U0825406

大唐辟邪司

Ⅰ 长安惊变

王晴川 著

中南出版传媒 湖南文艺出版社 HUNAN LITERATURE AND ART PUBLISHING HOUSE 博集天卷 CS-BOOKY

图书在版编目（CIP）数据

大唐辟邪司 . 1 / 王晴川著 . —长沙：湖南文艺出版社，2017.5
ISBN 978-7-5404-8038-7

Ⅰ . ①大… Ⅱ . ①王… Ⅲ . ①长篇小说－中国－当代 Ⅳ . ① I247.5

中国版本图书馆 CIP 数据核字（2017）第 064442 号

©中南博集天卷文化传媒有限公司。本书版权受法律保护。未经权利人许可，任何人不得以任何方式使用本书包括正文、插图、封面、版式等任何部分内容，违者将受到法律制裁。

上架建议：长篇小说

DA TANG BIXIE SI 1
大唐辟邪司 1

作　　者：王晴川
出 版 人：曾赛丰
责任编辑：薛　健　刘诗哲
监　　制：于向勇　秦　青
策划编辑：徐　娅　马占国
营销编辑：刘晓晨　刘文昕
版式设计：潘雪琴
封面设计：VIOLET
出版发行：湖南文艺出版社
（长沙市雨花区东二环一段 508 号　邮编：410014）
网　　址：www.hnwy.net
印　　刷：三河市鑫金马印装有限公司
经　　销：新华书店
开　　本：787mm × 1092mm　1/16
字　　数：300 千字
印　　张：19
版　　次：2017 年 5 月第 1 版
印　　次：2017 年 5 月第 1 次印刷
书　　号：ISBN 978-7-5404-8038-7
定　　价：39.80 元

质量监督电话：010-59096394
团购电话：010-59320018

目录

上卷

梦中身

下卷

傀儡戏

上卷

梦中身

章节一

画龙

月色晦暗，大唐京师长安城外的野陌荒林被笼罩在沉黯的夜色中。一盏泛着白蒙蒙光芒的灯笼在浓墨般的郊野间穿梭，最后钻进一座黑黝黝的古庙内。

这是一座早已废弃多年的龙神庙。挑灯而入的后生径直走到那四面漏风的大殿尽头，静静地盯着墙上的壁画痴看。

古旧的壁画中心是一条青龙，虽颜彩剥落大半，却依旧神气凛凛，闪耀的烛火下，似要破壁飞出。

后生看得如痴如醉，竟掏出一支金光闪闪的狼毫，顺着画上苍龙的笔道描摹起来。

“一面破墙上画着条破龙，有什么好看的？”幽暗的角落里忽地传来一声大咧咧的冷哼。

“这可是贞观年间画绝展道玄的遗墨真迹，现在已经很少见了。”后生没有吃惊，他早察觉到殿内有人，这时才回头细看，见大殿西角里有个白衣人抱膝而坐，头戴斗笠，看不清容貌。

后生温文尔雅地拱手道：“在下袁昇，长安人士，请教阁下尊姓大名？”

这袁昇身披宝蓝色交领轻袍，头上只一方逍遥巾。这一回头，才见他眉眼清俊，丰神如玉，在灯下持笔而立，更显潇洒。

“我，河间人陆冲！”

白衣人掀开斗笠，现出一张英挺的脸孔，浓眉虎目，虽然岁数不大，颌下已是一副虬髯。“经你这么一提点，我倒也看出这幅壁画的些许好处来。嗯，我见公子适才一直挥毫临摹那龙头，但不知为何偏偏绕过了龙眼，莫非你不知道画龙点睛的典故？”

“画龙点睛，那其实是传自梁朝张僧繇的一种道术……”袁昇笑了笑，却欲言又止。

“道术，你会吗？”这陆冲显然是个爱刨根问底的性子。

“那样只怕会毁去这幅画的。”袁昇叹了口气，转身继续描摹那幅壁画，“绝世佳作往往引鬼神之妒，难以久存世间。再有几场雨，这幅传世壁画就更难看清了。”

他随身携了颜料，闪闪灯映下，那条龙赤色弥漫，栩栩如生。

“我不懂画，”陆冲眯起眼，盯着那幅云蒸霞蔚气象万千的苍龙图，“但我觉得这幅画很怪，就像一个梦，很古怪很可怕的那种梦……嗯，应该叫梦魇！”

“梦魇？”袁昇却深深地叹了口气，“陆兄这比喻很精当，一语点明了画绝展道玄的深邃笔力。这也是此画最吸引我的地方，每次来此，都如同追逐一个神秘的梦境。”

不知为何，说到这里，他忽然有些恍惚。

自从在这荒僻冷庙里寻得画绝的名作后，这一两个月以来，他常到这里如痴如醉地揣摩名画。但每次描摹入神的时候，都会生出一种奇异的恍惚感。

此刻被陆冲无意间点出了“梦魇”两字，那恍惚感刹那间便浓烈起来。

那面颜彩斑驳的壁画先是模糊了一下，随即画上的云气竟似慢慢浮动，水花也在悄然翻涌，倒是那条龙变得黯淡下来，似乎要隐入起伏的浪花中。

袁昇只觉头脑一阵发沉，定睛再瞧，壁上的那条龙果然不见了。

一瞬间，他以为自己在做梦。但那盏灯还挑在残壁一角，泛黄的光焰还在壁间跳动着，身周还有微凉的潮湿夜风，一切又都是真实的。

只是，那条龙已经彻底不见了。

在本应是龙身盘曲的地方，现出一片白惨惨的物事。

那竟是一具骷髅。

骷髅屈身抱膝，呈现出一个极其诡异的姿势，仿佛死前拼命挣扎过的模样。

“这幅画难道有魔障？”袁昇顿觉全身一寒，“或者，是这陆冲给我下了巫术？”好在他及时心有所悟，急忙静气凝神。

“袁公子，小心！”

陆冲那低沉的喝声在耳边响起，袁昇如闻暮鼓晨钟，瞬间惊醒过来，才发觉自己仍是站在这间熟悉的幽冷荒庙内，眼前仍是那面熟悉的神龙壁画，但那具神秘的枯骨已经消逝不见。

“有人施法偷袭，咱们中了埋伏，”陆冲低声咒骂，“真他娘的卑鄙无耻下三烂！”

袁昇一回身，才见大殿的地上不知何时多了两三道黑影。

怪的是，只有影子，却没有人。只见那影子一道道地增多，最终变成八道。

每一道影子都是人形，却生着四只手，阴森森地游动着，缓缓向两人逼来。

“是影魅术？”

袁昇一凛，知道这影魅术是一种近乎失传的阴毒巫术，需用活人炼制，术成后驱影伤人，防不胜防，更能惑人心神，看来自己适才心神失控，极可能与此有关。

他扬头望向门外：“在下灵虚门袁昇，何方高人，竟对某施展这样阴损的巫术？”

灵虚观是京师长安最负盛名的道观之一，由其所发展起来的灵虚门则是当今四大道家名门之一，观主鸿罡真人曾是当今三大国师之首，修为深不可测。

听得袁昇自报身份，那虬髯汉子陆冲不由暗叹：“这袁公子果然便是号称‘鸿门第一人’的灵虚观名道！此人名气好大，但怎的适才还险些入魔，看来盛名之下其实难副。”

殿门外响起一声嗤笑：“灵虚门袁公子大名鼎鼎，原本不该招惹的，但你跟这姓陆的混在一处，就只得自认晦气了。”

笑声尖细如针，冷若冰屑。

恐怖的事情随之发生了，黑影游过之处，地上的尘土如被毒汁淋过般发出嗞嗞怪响，飞腾起来。跟着土下的青砖迅速发生深黑色的龟裂，砖屑纷纷剥落。

陆冲忽地扬眸大喝：“青阳子，铁头陀，陆某铁心归隐，实在懒得再去管宗相府的屁事。你们约某来此做个了断，却暗地里使这阴损巫术，好不卑鄙！”

殿外无声无息，没有人回答。

殿门却传来咯吱咯吱的闷响，仿佛被数万只怪蚁啃噬，跟着整扇门慢慢坍塌，化作一堆齑粉。

飞散的尘屑中，现出一个高瘦道士和一个长发头陀的古怪身影。

长发头陀咳嗽两声，慢悠悠地说了句：“宗相府哪是你想来便来想走便走的？青阳子道兄炼制的这影魅术正缺一道彪悍元神，我们瞧你正合适。”

他身材胖大，声音却尖细如女子，听来分外古怪。

“宗相，可是宗楚客大人吗？”袁昇蹙眉道，“既是当朝宰相，便更要遵循王法吧，怎能随意以巫术害人性命，收取元神？”

“宗相府的规矩，便是天大的王法。二位有何怨气，不妨去地狱跟阎罗王诉诉苦，论论王法吧……”

尖锐如针的笑声中，胖大头陀的手指急速舞动。黑影们的游动骤然快捷起来，所过之处，砖石上的龟纹更是裂为了巨大的缝隙。

影子如同蠕动的群蛇，挟着一股地狱般的阴寒气息漫卷过来，离着陆袁两人仅有丈余远近了。

“等等，”陆冲大叫一声，“二位，看在咱们相交数日的面上，我便跟你们回府，你们可不能为难我，如何？”

青阳子和铁头陀大喜，均想，这小子出身名气极盛的剑仙门，没想到却是个软骨头。正待说两句假话唬他就范，猛见一道白光自陆冲手中飞出。

白光如电芒般直贯而来，森森剑气竟扰得地上的黑影随之一淡。

这就是四大道门中剑仙门声威最盛的御剑术。剑仙门以御剑术而名震天下，但其弟子万千，真正能将御剑术炼成的却寥若晨星，而一旦有弟子当真炼出了飞剑，便能迅疾名动江湖。

此时那道剑芒毫不起眼，甚至有些黯淡，却带着一股雷电般的威严与寒冷。

猝不及防地铁头陀长声惨呼，已被那道电光贯胸而过。

“贼子，你不守规矩，胆敢偷袭！”青阳子破口大骂。他适才清楚地看到，陆冲的飞剑才出，剑芒便已穿过铁头陀的胸膛。这御剑术的道法果然犀利绝伦，根本不给你躲闪挡格的机会。

陆冲冷笑道："陆某眼中从来就没什么规矩。况且你们两个围攻老子，还有脸跟我提什么规矩？"

电芒挟着雷霆之气，迅疾刺向铁头陀身后的青阳子。

"快收剑！"袁昇忽地大喝一声，"小心误伤！"

原来不知何时，青阳子的手中竟多了一个粉衣女子，横挡胸前。那粉衣女子是个高鼻深目的胡姬，阴暗的灯芒下看不清面貌，被青阳子的神力抓在掌中，只是无助地惨呼。

"疾！"陆冲急忙大喝，收剑。

长剑险之又险地在胡姬脖颈前一寸顿住，杀气腾腾地定在空中。

闪耀的灯芒下，此刻才看清那是把黑沉沉的铁剑，剑刃宽大，带着一股气吞山河之气。此刻，挺括的剑身竟凝出了一片白中泛紫的异样光芒。

那胡姬望见长剑逼近，吓得失声惊呼："喂，那个大胡子，快把你的破剑收起来。还有臭道士，快放开老娘！"声音清脆，说起长安官话，居然也颇为流利。

陆冲哭笑不得。他这一剑本是全力伤敌，此时又全力收法，剑气反震之下，全身巨震，嘴角竟渗出一道血丝，一时无力回话。

"这挡箭牌如何？"青阳子笑吟吟地将胡姬举起，"适才路过波斯的幻戏班子，看这娘子落了单，便顺手拎来的。本想稍后尝尝这异国风味，没想到正好拿来克制你这把紫火烈剑！"

高瘦道士忽地右手五指飞划，本已有些呆滞凝固的黑影又飞速地动了起来。有三四道黑影甚至顺着墙爬上了屋顶，四臂舞动，作势欲下。

黑影们游过的墙壁处，先是裂纹，再是缝隙，然后那些坚固的砖石便纷纷化作碎粉细沙落下。

那些黑影仿佛挟带着某种恐怖阴狠的力量，腐蚀一切，吞噬一切。

"果然是好人做不得呀！"陆冲嘟囔着，眼前黑影已侵蚀到了身前数尺处，忙暗自运功于左臂，只盼以本门另一绝学玄兵术突施杀招。

阴沉沉的大殿内响起一道叹息，袁昇终于在龙目上轻点了一笔。

点睛之笔。

落笔的刹那，天上射出一道闪电。

蓦然间异变大生，一条狰狞的苍龙从旧壁上跃然而出，霎时雷霆大作，暴雨如注。

苍龙带来的雨水，夹裹着古怪的热力，地上的黑影便如被沸水浇中的残雪，冒出嗞嗞怪响，瞬间消散。

青阳子的修为都是阴寒罡气，此时身上更如被烈日炙烤，难受万分。猛觉掌上一空，那胡姬竟被两道黑索缠住，倒拽着飞上了空中。

“哎哟，小心些，接住姑奶奶！”那胡姬连声惊叫，人在半空中已经吓得昏了过去。

原来黑索正是自陆冲的左袖内飞出，这是他的另一门奇技玄兵术。在电光石火之际，玄兵化作黑索飞出，救下了那名胡姬。

紫芒闪处，那把长剑已如霹雳凌空，当头劈落。青阳子大惊，屈指连弹，地上跃起数道黑影，空中接连闪出数个僵尸般的怪影，扑向那道剑芒。

凄厉的剑芒如一道黑色的闪电横空划过，僵尸怪影瞬间碎裂。

青阳子一口鲜血便吐了出来，眼见那条苍龙呼啸盘旋，知道自己一身阴气全被此物克制，忙转身飞逃。他的身影如青烟般掠出大殿，蓦地乌光一灿，却还是被陆冲的飞剑透肩刺过。

惨呼声连绵不绝，青阳子仍是如飞远去。

“中了老子的飞剑还能逃走，有些道行！”陆冲握住飞回的长剑，罡气运转，长剑便化为巴掌大小的银芒，钻入他的背后。

那苍龙破壁跃出，只在房内一转，便穿窗入云远去。

神龙飞逝，暴雨瞬间便小了，变得淅淅沥沥。

陆冲叫道：“多谢袁公子，这便是你说的画龙点睛术吗，在下大开眼界！”

“那是我灵虚门秘传的画龙梦功，见笑了。”袁昇的声音有些沮丧。

他摸索着重又点燃了灯笼，见壁画坍塌大半，不由心内失落，忽然想起一事，特意向倒碎的墙壁内侧仔细看了看，只见了些残碎砖屑。

还好，没有什么枯骨，但适才的骷髅影像到底是怎么回事？为何会如此清晰，那甚至……不像是幻象。袁昇的心底仍有些疑惑。

“画龙？”陆冲仍在喋喋追问，“这个我知道，但为何叫……梦功？”

袁昇怔了怔，强迫自己不去想那古怪的骷髅幻象，只喃喃道：“梦中身，画中龙，假中真……观想如梦，借假修真。”

“听不懂，”陆冲撇嘴道，“这种做梦的修法，练起来麻烦，又不能杀人，修来何用？”

“天下道术，不过神、气、阵、符四类，梦功属神修类，功成之后可壮大元神，修习其他术法便易如反掌。”

“听起来挺神奥，”陆冲眼芒一灿，“若不是小弟须得加紧赶路，倒想跟你切磋一番。”

他是剑仙门的奇才，年前被人举荐入了宗相府。“宗相”便是当朝权相宗楚客，乃是韦皇后的心腹大臣，权倾朝野，受野心勃勃的韦皇后唆使，暗中搜罗了不少豪侠奇人，以备日后大事所用。但陆冲入得宗相府后不久，便与相府顶尖高手之一的青阳子结怨，加之他性子散淡，遂离开相府想一走了之。哪知如此这般不辞而别，正犯了宗相府的大忌，青阳子穷追不舍，更约他来此决战。

“喂，她怎么办？”

袁昇这才想起地上的波斯女子，忙将她扶了起来。烛光下，见这女郎甚是年轻，容貌平平无奇，双目紧闭，不知死活。

“也不知青阳子那家伙给她施了什么手法，但愿她只是受了惊吓，并无大碍。袁公子心肠好，又是灵虚观高才，精通医道，自是交给你了。”陆冲说着，自顾自地脱了袍子，光着膀子站在那儿，大咧咧地拧着雨水。

袁昇无可奈何，只得苦笑：“如此，陆兄保重，暂且别过！”背起那昏迷不醒的波斯女郎，转身便行。

陆冲忽地叫道：“老弟，临别之际，有一言相赠，你要快乐些！”

“什么？”袁昇回过头来。

“要快乐些！明白吗？虽跟你匆匆一晤，但我见你眼中总有那么点忧郁，很是娘娘腔般的忧郁。想来你丁点也不快乐。人生在世，匆匆百年，何苦要不快乐呢？所以请记住，要快乐！”

袁昇勉力笑了笑。

这是大唐景龙二年的暮春，袁昇头次见到陆冲。

多年以后，他还清楚地记得那家伙一边慢悠悠地套着湿漉漉的衣衫，一边大咧咧地笑道："你要快乐些！"

是啊，为什么不快乐呢？

院中夜雨已停，那轮月仿佛被水洗过了，变得通透明澈。

只是那时候，清朗的月光在他眼中，也是不快乐的。

"梦中身，幻中真，这天下的快乐有几分是真的呢？"

章节二

幻术

三年前，天下刚刚发生了巨变。

统治天下数十年的武周女帝武则天被宰相张柬之等臣逼迫退位，太子李显复了位，改年号为神龙，就是后人所称的唐中宗。

武周天下又变成了大唐。只是软弱的李显重登皇位后，极度宠信自己的老婆韦皇后，朝政便迅速变得混乱不堪，朝廷势力也分裂成了几大派系，纷争不断，暗流激涌。

昨晚刚下过了雨，长安的清晨还有些阴郁，贯通南北的朱雀大街两旁的绿柳高槐上都凝着亮晶晶的水珠，散出碧油油的光。残春将逝，初夏未至，大唐京师处处浓绿扑人，仿佛凝在一个深碧的梦中。

这是世界上最大的城市，全城形似棋盘，十余条大街纵横分布将全城分为整齐的一百一十坊，人口近百万，面积是汉代长安的两倍半，较之同时期的拜占庭帝国都城君士坦丁堡，更是足足大了七倍。所以，袁昇一大早从自己静修的精舍赶赴长安县金吾卫的这座临时牢狱，便着实费了些功夫。

他不得不来，因为是时任金吾卫中郎将的老爹袁怀玉求他来的。这么多年来，老爹还是首次开口请儿子给他办事。

袁怀玉这金吾卫中郎将是正四品的官职，在京城中虽算不上多大，但负责长安城的治安，实为京师中最重要的几个实权官职之一。要知在大唐景龙年间，后来盛唐时左右金吾卫掌治安、京兆尹管民事、御史台左右巡使负责监察的三权分立式治安模式还没有建立，京师所有的巡查、警卫、捕盗等治安大权都归金吾卫负责。而统领左右金吾卫的大将军、将军都是虚职，一般由功勋重臣、皇亲国戚来兼任。

那时候的金吾卫也还没有如后世玄宗年间那样设立左右金吾卫巡街使，所以长安街面上的各种捕盗擒贼、昼夜巡警、稳定京师等繁杂细密的诸事便全压在袁怀玉一人肩头。（作者按：历史上唐都长安，以朱雀门大街为界，其东万年县为左街区，其西长安县为右街区。金吾卫也分置左右街使，分别负责左右街区的纠察巡逻。本书中为读者方便阅读，没有细分为左右金吾卫街使，左右街的诸案大多由袁怀玉老爷子处理，此纯为小说家言，方家不必深究。）

好在老爷子多年来兢兢业业，倒也没出大的差错。但前日里，突发了一场怪事。一名在押的要犯突然自金吾卫的深牢大狱内逃脱。

金吾卫内部的设置是上有武官，下有暗探，中坚力量则是大小警卫，更因总要擒拿各路盗贼嫌犯，所以也设有自己的临时监狱。虽说是临时监狱，但也是坚壁深院，森严牢固。

让人震惊的是，这要犯却以一种非常诡异的方式逃脱了。

据狱卒赶来禀报，那犯人半夜里忽地发了疯般脱去身上衣裤，搓成了绳子，然后将绳子扔上了天空。那衣服结成的绳子便凝在空中不动。要犯仅着小衣，顺着绳子向上爬去，爬过房梁，再向上爬，然后整个人慢慢钻入了房顶，随即便消失不见。

接到报告后的秦怀玉简直要疯了。他是儒士出身，一向是子不语怪力乱神，忙严令此事不得外传，连掌管牢狱的金吾卫都不可打听此事。老爷子原本对儿子潜心修道之举极瞧不上眼，但遇上这等怪事，实是束手无策了，只得将精通道术的儿子拉过来瞧瞧。

说起来大唐朝廷和道术仙法还是很有渊源的，先是在隋末群雄割据时，有楼观道宗师岐晖，准确地预言李渊为真君出世，将做天子。李渊登基称帝后，更因道教教主老子姓李，干脆就在道士的建议下，自称是太上老君的后人。道教，也就成了国教。故而，修道成仙是当时很有前途的一个职业，修道者或者道士做官，也屡见不鲜，乃至有了“终南捷径”的笑谈。

上行下效，大唐臣民也崇道慕玄，再加上坊间许多传奇说书人的渲染，让许多百姓深信，在长安京师，在野陌陋巷，在深山荒林，既有千奇百怪的妖魔出没，也有道士法师在降妖除魔。

所以，听到灵虚观的修道天才袁昇亲自前来，许多金吾卫警卫和牢狱差役都赶来瞧热闹。

大家都知道，袁昇的师尊、灵虚观主鸿罡真人是大唐当今三大国师之一，被誉为仅次于陆地神仙袁天罡等人的绝顶道师。虽然两年前，鸿罡真人曾在一次求雨斗法中意外败给了宣机国师，此后又为苍生出手，拼却半生功力镇住了九首天魔，功力剧耗。但鸿罡真人在道门内依旧德高望重，甚至数位朝臣都奉其为师。

年方二十岁的袁昇不但是观主最喜欢的弟子，且术法惊人，号称“鸿门第一人”。

袁老爷子不愿让金吾卫的奇闻传扬出去，亲自赶来将许多看热闹的属下都喝退了，只留下几名案件当事人，跟袁昇细说端详。

“……就这样，这家伙拉着自己结的绳子，就这样逃了。”

那狱卒絮絮叨叨，终于向袁昇复述完了案情，跟袁昇从老爹那儿听说的差不多。狱卒最后又叮了一句：“哦，那贼人是个波斯人，名叫莫迪罗！”

袁昇静静站在那间监牢内，举目四顾。

这只是个再普通不过的牢房，房间不算高，靠甬道一侧都是粗大的铁栏杆，那屋顶也没有破洞。可就在一天前，那个要犯拉着绳子钻入屋顶，如同传说的穿墙术般，穿过屋顶，消失不见了。

唯一能证明这件奇事的，就是房梁上还悬着的那根绳子，犯人的囚衣撕扯后结成的绳子。

“有几个人看到？”袁昇扯了扯绳子，终于发话。

“三个人！”那狱卒答道，“小的吴春和许四那晚当值，听到囚犯六赖子大喊大叫，就跑过来了。”他和许四是当晚的狱卒，六赖子则是和那要犯关在一屋的犯人。

“六赖子最先看到了那犯人施展奇术爬绳，大喊大叫，于是你和许四匆匆奔来，隔着铁栏便看到了这奇景？”袁昇见狱卒吴春和许四点头，又问，“你们赶来时，那犯人已爬到了何处？”

“爬到绳子的中上部了，我们赶来后就大声呵斥，但那莫迪罗已爬过了房梁，仍继续向上爬！”

袁昇又问：“你们赶来后，六赖子想必一定在大喊大叫吧？”

“正是正是，小的们厉声喝止，莫迪罗哪里肯停。我们手忙脚乱地打开牢门，冲进来时，他半边身子已经没入了房顶，接着又蹿了蹿，就这样穿过了屋顶。他简直……就是一道影子。”

袁昇向一直默不作声的老父道：“父亲大人办案谨细，想必已细细查了屋顶和梁上。若小子推断不错，屋顶全无破洞，梁上也没有脚印和手抓之痕。”

“正是，你怎么知道？”袁怀玉最觉奇怪的正是这一点，这时忍不住叹道，“早听说近日妖异频出，朝廷要专设一个辟邪司来平妖扫异，那时我还觉得是多此一举，现在看来……嘿，真是妖孽！”

“咱们大唐竟要单设一个辟邪司？有趣！”

袁昇眸光一闪。他知道老父只读儒家圣贤之书，对这所谓专攻“怪力乱神”的衙司定然深恶痛绝，便没有继续追问下去，而是又将话题引回至案情上。

“世人对道术多有误解。天下道术，神气阵符——只有炼神、炼气、法阵、符咒四类而已。其中的甲马术、缩地术、平步青云等神行术便属于炼气和符咒修法，但也只是速度极快而已。实则肉体凡胎，绝不会化作影子或白光遁走。除非修到了白日飞升的境界，如袁天罡那几个神龙见首不见尾的陆地神仙，但他们又岂会被寻常衙役抓住？如果我所料不差，这贼犯精通的，是一种波斯幻术——绳技。”

“幻术？”袁怀玉疑惑。

“就是一种迷魂术，虽是波斯幻术，也不出道术中的炼神一类。施术者做出类似登云升天等奇怪之举，让观者惊骇激动，实则是迷魂术的一种技法。中了这迷魂术的人，都会随着施术者的言语描述，生出种种幻觉。莫迪罗先迷惑了六赖子，让六赖子以为他在爬绳升空，随即六赖子的大喊大叫，又迷惑了两位狱卒。”

袁怀玉恍然道：“我曾在平康坊内，见波斯戏子表演过这种幻术。他将一颗桃核埋入土中，口中念念有词，顷刻间便长出桃树，又生出桃子，他还当下摘了桃，卖与场中看客。这么说，那只是迷魂术罢了？”

“正是，桃核是真的，桃树和桃子也是真的，都是施术者的障眼器具，早就预备好的。待看客们生出幻觉后，他才拿出来以假乱真罢了。”

袁昇说着一指牢房门口那不起眼的角落：“那时候，莫迪罗应该就守在门旁边，待狱卒打开牢门冲入，他则大摇大摆地离开。”

“他隐身了吗？为什么我们看不到他？”狱卒吴春大奇。

“还是迷魂术在作怪，你们的心神都集中在那根绳子上。这就是最好的障眼器具。”他过去拉了拉绳子，笑道，“用囚衣临时撕扯做成的绳子，本应无法承载一个人的重量。”

袁怀玉恍然，挥手命一名衙役试试。那衙役拉住绳子便待攀爬，但稍一用力，绳子便断了。

事已至此，这桩奇人越狱的奇事已被袁昇谈笑间解开了谜题。袁怀玉不由一阵轻松。

“还有一桩古怪事……”吴春却苦着脸嘀咕了一句。

袁昇一笑：“请讲。”

“这贼人爬绳子越狱的事，发生在下半夜。可奇怪的是，就在前半夜，我竟事先梦见了这怪事。”吴春挠着头，喃喃道，“在前半夜，我倚在案前打盹，做了个梦，便清清楚楚地梦见莫迪罗拉着个绳子钻入屋顶不见了，然后我便听到六赖子大叫，小人才被吵醒，哪知竟真的看到有人正攀着绳子逃跑……”

许四结结巴巴地道：“正是，我……上半夜，也做了这样的梦。还有，六赖子也是一般地做了怪梦。怪了怪了，弄得小人等昏沉沉的，还以为，我等一直在梦中……”

事先做了这样的梦，以为自己一直在梦中？

袁昇的脸色首次郑重起来，他转头环顾众警卫，沉声道：“这等仿佛预知未来般的怪梦，你们还有谁做过？”

其余狱卒和警卫尽皆摇头。袁怀玉见儿子的目光竟落在自己身上，更肃然道：“看我做甚，这等怪力乱神之梦，我怎的会做？”

“难道是……魇咒？”袁昇喃喃出声。

袁怀玉奇道：“你说什么？”

"相传西域和波斯等地流传一种'魇咒'，能使中咒者时昏时醒，分不清梦境与真实。玄门中人，给此邪咒取了个雅称——梦中身。"说到这里，袁昇一凛，暗想，"奇怪，我修炼的画龙梦功，口诀中也有'梦中身'三字。"

他随即镇定下来，淡淡道："不过，你三人应该没有中过'魇咒'。此事也没什么玄奇，其实你们三人事先根本没有做过那怪梦，这应该是，你们后半夜中了莫迪罗的迷魂术后产生的幻觉。"

众人都觉有理，被袁昇破解了怪处，心中也没先前那般惴惴不安了。

袁昇将老爹拉到一旁，低声道："这莫迪罗为何被抓？"

老爹立时面色阴沉，也低声道："据说他偷了安乐公主府内的一件宝贝，七宝日月灯！"

听到"安乐公主"四字时，袁昇的面孔霎时一僵。

袁怀玉却没有留意儿子的神情，接着道："那七宝日月灯，你该知道的，就是引发'夺灯宴'的那件宝贝。那日是安乐公主的芳辰，来道贺的官员不少，除了府内的伎乐班子，又特意从西市请了几个幻术戏子，其中就有莫迪罗。公主的仆役发现宝灯被盗时，其余戏子都在，就只这莫迪罗不知去向。昨晚这厮在西市的一间酒肆吃醉了酒，被我们抓住了。看他已醉得一塌糊涂，无法审讯，只得暂押在此……"

袁昇自然知道老爹口中的夺灯宴和七宝日月灯。

那是一年前，万岁驾幸昆明池，与群臣宴饮。酒至半酣时，万岁兴致突发，将一件罕见的贡品七宝日月灯取出，命群臣赋诗，并言明此灯将奖励诗魁。最受万岁宠爱的安乐公主早就看上了那灯，向父皇撒娇索灯却不得。太平公主含笑站起，念诵了手下文人沈佺期所做的应制诗，其中有"双星移旧石，孤月隐残灰"等佳句。万岁大喜，当场要将此灯赏给太平公主。

安乐公主却叫声且慢，急命手下名士宋之问献诗。宋之问当场赋诗，"舟凌石鲸度，槎拂斗牛回"等句引得众人拍案称绝。

这是当今天下权力最大的两位公主。太平公主是万岁的亲妹妹，在中宗皇帝重登皇位的神龙政变中也出过大力。安乐公主则是万岁和韦皇后最宠爱的女儿，艳倾天下，在父皇面前说一不二。

所以，当这对姑侄公主一起争抢这盏宝灯时，背后便有了更深广的朝政影响。

当时万岁犹豫不决，只得将麻烦扔给聪明绝顶的昭容上官婉儿，请上官婉儿来品评两诗。上官婉儿评道：“二诗功力悉敌，但沈诗最后二句‘微臣雕朽质，羞睹豫章材’，气势已竭；而宋诗‘不愁明月尽，自有夜珠来’，仍锋芒健举。”

众人齐声称赞，连沈佺期也甘愿服输。于是，那盏本要赐给太平公主的宝灯便被万岁赐给了安乐公主。

这场昆明池赋诗盛会也因此被人称为“夺灯宴”。

由此可知，这宝灯对安乐公主的重要性。

“看来宝灯还没有寻到，”袁昇也为老爹着急，沉吟道，“莫迪罗是个胡人，应该还会回到胡人聚集的西市幻戏班子内，只有在那里，他才不引人注目。父亲大人派几名干将暗探去那里搜搜吧。”

揭开了“绳技”的谜底，袁昇也就不必再待下去了，拱手和老爹作别。

那狱卒吴春话多，忽道：“袁公子，您说那波斯幻术只是个障眼法，那天下到底有没有仙术，到底什么是仙术，给我们露一手吧！”

仅有的两三个金吾卫狱卒纷纷叫好。

袁昇只得一笑：“天下道学，分道、法、术三类，而以大道为上，至于道术，只为枝节。小生毕生苦修，只求大道，这种小术嘛……”

他忽一挥手，断在地上的两段绳子陡地缓缓升起，跟着绕空游走，牢房内随之生出一股小旋风。

“龙，龙！”众人都大叫起来。

果然是两条龙，虽然颜色灰黑，长仅数尺，却也张牙舞爪，气势惊人。

众狱卒惊叫声中，两条小龙忽然紧紧缠在一起，打了个盘旋，又化成了一整段的绳子，搭在了房梁上。

众人赞叹声中，袁昇的脸色却微微一黯，双龙没有穿窗而出，这么快就现回了本身，可知是自己心绪不宁所致。

为什么忽然间心绪如此颓然了，是不是因为听到了她的名字？

章节三 杀人壁画

出了金吾卫大狱，袁昇才忽然想到："波斯人，幻术？我为何不去问问黛绮。"

黛绮就是那日他在荒庙内救下的波斯女子，可巧她就是波斯幻戏班子的。

因那班子地处城郊，不受大唐宵禁制度的限制，她在夜里出来时又落了单，才被青阳子见到。这道士颇为好色，见黛绮虽容貌平平，但身材婀娜有致，便顺手抓了来，原想先做"挡箭牌"抵挡陆冲的飞剑，待擒了陆冲后，再好好享用这异国女郎。哪知荒庙一战，袁昇见青阳子伤害无辜，激于义愤，施展画龙术，救下了她。

袁昇身为"鸿门第一人"，地位极高，平日不入灵虚观，只在城外的一套精舍内结庐隐修。他便安排黛绮住在了西厢房。经袁昇妙手调治，只半日工夫，黛绮便已快痊愈了。

可怪的是，黛绮的伤虽不重，却总是爱沉睡。正因如此，这两日，袁昇一直没敢让她回去，只怕她被青阳子的影魅术沾染过。

不嗜睡的时候，黛绮会和他聊天。这个活泼可爱的波斯女郎居然能说一口极流利的长安官话。她说，自己的家很远，来长安先要坐大船，开过风浪很大的大海，才来到大唐的广州。每谈起沿途的奇闻趣事和波斯的幻术，女郎都说得眉飞色舞，连那极平凡的相貌都生动了许多。

回到宅子里，见女郎似乎刚刚午睡醒来，袁昇忙问："我记得你说过，波斯艺人中有一门'绳技'的奇术？"

"绳技嘛，这算是波斯最奇特的幻术了。据说，最高明的幻术师能顺着一根绳子，直接爬到云彩里面去。"

"你认识会这幻术的人吗？西市中谁的绳技最厉害？"

"不知道。"黛绮忽然狡黠地一笑，"这是我们的规矩，不能把我们的人出卖给你们唐人。"

袁昇板起脸道："哪怕他犯了大罪？"

"是啊，规矩如此，不能改的。我们波斯人有许多奇怪的规矩，比如我，这张脸是易过容的，你想看我的真容貌吗？"

望着那双闪亮的眸子，袁昇不由一笑："漂亮吗？"

他精通道术，早看出女郎那张平平常常的脸孔是一种古怪的易容术，但他一直没有点明，想不到女郎自己说破了。

"会吓死你的。"

"那就算了。"那抹愁绪又弥漫上来。你就是再漂亮又能怎样，这世间最美丽最迷人的容貌，我早就见过了。

"喂，为什么，你终日都很不快乐呢？"她忽然很认真地问，"莫非是，被你心爱的女人甩了？"

"甩了？"袁昇险些将口中的茶水喷出来，忙掩饰地一笑："你怎么这样在行，莫非你甩过别人？"

"老娘当然没有甩过人，但见多了我们那些波斯汉子被甩后，都是你这副窝囊样子。"黛绮学着波斯酒肆胡姬的泼辣样，叉着腰咯咯地笑起来。

大唐的女子虽然豪放些，但"甩过人"这样的词还从没有出现过。但说不定，这行径在爽朗泼辣的波斯女郎间曾存在过。

袁昇见她大咧咧地做出市井泼辣的胡姬状，忍不住又笑起来："记住，'老娘'是很不好的自称。你要自称'奴家'。"

"'奴家'不好听，女人为何要做奴？'老娘'也不好听，还有'姑奶奶'……算了，还是叫'我'吧。其实……绳技很难演练的，那需要很强大的心力。”

跟前几次聊天一样，他追问时，她偏偏不说，他不问时，她却会娓娓道来：“你适才说的这个……莫迪罗，我确实认得的。你说他盗宝越狱，我是打死也不信的。这是个难得的胆小人，只有一个毛病，便是好赌。他的幻术本事也平平无奇。似你说的，以心力迷惑三个人，那种罕见功力，莫迪罗可办不到。”

袁昇一愣，问道：“或许人家是深藏不露呢，这人平时喜欢去哪里？”

“他会深藏不露？”女郎不以为然地摇头，“他呀，除了西市的幻术班子，据说常去的地方是个寺庙……嗯，是西市的西云寺。他和那里一个有钱的胡僧是老相识，常去那里厮混借钱。”

“西云寺？”

袁昇一愣。他对这寺庙并不陌生。因为那庙内也有一面很古老的壁画，名为《地狱变》。

那是一种佛教题材的壁画，描绘了地狱内诸多的苦相，以劝人行善信佛。而西云寺这幅画的名头更大，作者竟是贞观时有“画痴”之称的孙罗汉。孙罗汉嗜画成痴，人名罗汉，便是因他擅画佛教壁画。这幅《地狱变》，是他呕心沥血画了多月而成。据说贞观年间，来寺内看画的人络绎不绝，来人见了画上狰狞的鬼王和恐怖的阴刑后，夏日之季都能冷汗不止。

那西云寺本是长安城西的一座老寺庙，唐初时道教鼎盛，险些被改为道观，其后寺僧力争，最终却阴差阳错地被西域的祆教占了去。那祆教由波斯传入大唐后，教义也吸收了佛教理论，对这幅纯粹的佛教壁画也不算太过排斥。袁昇曾去看过几次，对其笔意叹为观止。

虽是祆教胡僧，但按大唐的习惯，仍是称寺主为方丈。据说西云寺方丈在几年前忽然换成了一个神秘的胡僧，名叫慧范。

慧范是个很有经济头脑的胡僧，他利用胡寺中多有胡商往来的便利，经营放债和柜坊生意（柜坊是唐代的金融生意，类似后世的银行保险箱业务），累钱亿万。他的生意做得极大，甚至连太平公主都和他颇多往来。

袁昇常去西云寺观摩壁画，一来二去也和慧范混得极熟了。在袁昇眼中，慧范是个十足的市侩商人，他得知《地狱变》是一幅名画后，甚至想将整面壁画卖给袁昇，最终因为袁昇囊中羞涩且整个操作太过烦琐而作罢。

想不到，莫迪罗竟可能藏在那里。

听得儿子说起西云寺，老爹袁怀玉的脸色立时阴沉了下来，冷哼道："我大唐国力鼎盛，四方来朝，可朝廷对这些异教胡人还是太宽容了。好，找不到莫迪罗，便去管教一下胡商和胡僧也好。"

袁昇一凛。他知道老爹是儒士出身，历来瞧不起佛道之说，更别说祆教等胡僧了，忙道："我和那方丈慧范相熟，不如我带人过去走一趟。"

袁怀玉当即应允。袁昇特意向老爹要了一名干练的金吾卫暗探随行，为免惊动外人，都穿着便装。

那暗探叫吴六郎，年岁在三十左右，为人机灵，阅历极其丰富。他路上边走边聊道："公子爷，小的听说那西云寺里面有个壁画，会……会闹鬼的！"

"你说的是《地狱变相图》吧，那是贞观名画师孙罗汉的大作，画上的厉鬼阎罗栩栩如生，当年可是轰动京师啊。至于闹鬼嘛，却决计不会。"

"真的啊，最近听说，那壁画上面的鬼，许是年久成了精怪，真的会下来走动的……"

袁昇却不以为意地一笑："若是这样，我这捉鬼道士去了，岂不正好捉了！"

赶到西云寺前，已是暮色沉沉，长安宵禁的催更鼓已敲了多时。迎面却有一支捕快队伍疾奔而来，那领头的大胡子捕快还在吵吵着："快些快些，出了人命啦。"

"薛捕快，出了何事？"吴六郎与那大胡子相熟，认得是长安县的捕快头领老薛。

原来，大唐京师长安以朱雀门大街为中轴线，街东称东城，归万年县治下；街西为西城，归长安县治下。这就是所谓的"左街万年，右街长安"。

这群长安县捕快刚刚接到西云寺僧报案，说是在寺外发现了一具死尸，死状惨烈。出了这样的事情，金吾卫也不能袖手旁观，袁昇只得领着吴六郎赶了过去。

那死尸就在寺外院墙根上，果然是触目惊心，肚子破开，肠子被拉出，脸孔扭曲狰狞，死状恐怖至极。

袁昇看了两眼就别过头去，险些呕吐出来。他虽然道法不俗，但多年苦心修道，极少接触这种残酷的惨案现场。

“果然跟报案人说的一样啊！”大胡子薛捕快叫道，“是……是那恶鬼作案杀人。”

“什么恶鬼杀人？”袁昇强力定住心神。

金吾卫的地位远高于长安县，薛捕快见袁昇与金吾卫暗探同行，又气概不凡，不敢怠慢，忙道：“这西云寺是座胡僧的庙，里面有一面壁画，画满了恶鬼。坊间都疯传，那壁画上常跳下恶鬼来杀人。这人的死相如此恐怖，必是恶鬼所为……”

“胡言乱语，小心我治你妖言惑众之罪！”

袁昇喝住了薛捕快，命吴六郎砸开了庙门。

方丈慧范急匆匆地赶了出来。这是个五十岁出头的胡僧，身材健硕，面色白润，眼中却满是市侩的狡黠光芒。

一见袁昇，慧范便拱手叫着“袁大郎”，赶着来套近乎，忙道：“袁大郎与小僧相熟，定知道此事与敝寺绝无干系。啊，竟然是敝寺的僧人报案？这……这是哪个不长眼的。”

袁昇低声道：“这人死在你寺外，也未必跟你的寺院有何干系，但你们得过去看看，若能认出死者最好。”

慧范苦着脸，带着两个侍者跟了过去，只看了一眼死者，便吓得大叫一声，扭过头去不敢再看。

薛捕快忙喝道：“坊间传说，你寺中壁画上的恶鬼常跳出来杀人作恶，那是怎么回事？”慧范拼命摇头，连说“绝无此事”。

吴六郎道：“那壁画到底是何物，不如请方丈带我等去看个究竟！”

方丈的脸色有些难看，望向袁昇求助。袁昇道：“便让他们去看看也好，事后给你证个清白！”

慧范无奈，只得带着众人进了寺院。那幅著名的壁画就在寺内的后院，那里原是佛寺阎罗殿的位置，眼下殿内的壁画被几重厚布裹着。

厚布揭开，现出那幅气势恢宏而又阴森恐怖的巨大壁画。

威严阴沉的各殿阎罗、狰狞的鬼王、满壁飞动的各色小鬼，还有诸多触目惊心的地府刑具和受罚的各色罪人，在烛火下纤毫毕现，呼之欲出。虽然袁昇已看过多遍，但此时仍觉肌骨生寒。

陡然间，他的身子一震，目光集中在了壁画左下角上。那地方画了个罪人正被小鬼按住开膛破腹。明晃晃的烛光映照下，却见那罪人身上红芒闪闪，极是醒目，仿佛像是刚被淋上了鲜血。

“那个鬼卒呢？”袁昇叫了起来。

对这幅画的很多细节，他都熟记于心，他清楚地记得罪人身旁有两个鬼卒行刑，一个按住罪人，一个则伸手插入罪人腹腔。但此时，画上只有按住罪人头胸的小鬼，而另外一个更恐怖的掏腹鬼王却已不见踪影。

“哎哟，这人被开膛破腹，五脏掏空，这死法和寺外刚死的那人一个样。”吴六郎也大叫了起来。

一模一样的恐怖惨状，只不过一个是幻想的壁画，一个却是血淋淋的现实。

寺内鸦雀无声。

半晌，慧范才哆哆嗦嗦地解释，说这壁画虽然灵异一些，但绝不会变鬼杀人。至于那个消逝的鬼王，他更是一口咬定是袁昇记错了，那地方本就是一处空白，颜彩早已脱落。

“我们已查明了死者，”薛捕快刚得了手下传讯，这时赶过来叫道，“是西市里放债的韩跛子，五十来岁，这人吝啬狠毒。三天前，他靠着放债钱，强娶了个十四岁的姑娘。那姑娘不愿嫁他，竟跳河自尽了。”

一个胡僧闻言大惊，喃喃道：“这么说，这死者韩跛子是谋财害命者，合该开膛破腹，这与本寺《报还经》上的记载一模一样……罪过罪过。”

祆教原本崇奉光明神，但流入大唐后也不停吸收佛教理论，而胡僧慧范头脑机灵，独创了一本《报还经》，掺入不少佛道之说，在长安胡商和百姓中居然大受欢迎。

此时，现实中发生的事却与神异传说越来越吻合，众人都觉得一阵毛骨悚然。

袁昇忙低喝：“赶紧传长安县仵作吧，勘验尸身。至于壁画厉鬼杀人的传说，万万不可张扬。”

薛捕快领命而去。袁昇才将慧范拉到一旁，低声问：“你认识一个叫莫迪罗的波斯艺人吧，最近可曾见到他了？”

“这家伙啊，他和半年前投奔本院的檀丰大师是波斯旧识，前两月常来找檀丰借钱，但最近好多天没见到他了。”

慧范说罢，忙又唤来了胡僧檀丰。檀丰是个三十来岁的胡僧，大唐话说得虽不利落，表达得还算清晰，他果然也是十余日没有见到莫迪罗了。

慧范松了口气，忙赌咒发誓自己和檀丰所说句句是实，又再低声叮嘱，他这寺庙经营的买卖多与王公大臣相干，而太平公主的柜坊钱也是由他来亲自经营的。他慧范可说富甲一方，素来结交权贵，绝不会去勾结匪类。

听对方搬出了太平公主，袁昇不由蹙紧了眉头。

显然，丢宝贝的是安乐公主，而慧范给太平公主经营柜坊钱，盗宝人莫迪罗又常出入慧范这家寺院。如此说来，岂不是太平公主派人盗走了安乐公主的宝贝？

依着太平公主万事争先、不甘人后的性子，在夺灯宴上被侄女安乐公主抢走了风头，倒是极有可能做出这种事的。

袁昇越想越是心惊。

不一刻，老爷子袁怀玉便匆匆赶来了。趁着仵作还在勘验尸身，父子俩在一间禅房内小心地分析了形势。

太平公主是皇帝的亲妹妹，在扳倒武则天、拥立皇帝李显登基的政变中居功至伟。安乐公主则是皇帝现下最疼爱的小女儿，号称大唐第一美女，绝色无双，又奢华无度。这二人是当今朝廷除了韦皇后外，最有权势的两个女人。

两个公主，本是亲姑侄，偏偏一直进行着暗流激涌的争斗。

这种斗争很微妙，青春美艳的安乐公主深受父皇宠爱，又有母后做大靠山，在半年前太子李重俊作乱被杀后，便一直有人风传安乐公主要被立为“皇太女”，风头无二。

太平公主虽然在和侄女的争斗中暂处下风，但这位姑姑智谋过人，在武则天时期便掌握政权，眼下更是颇受其皇帝哥哥倚重，多位朝臣出自她门下，对大唐朝政影响深远。

夺灯宴则是两大公主一次明面上的争锋，可眼下象征安乐公主胜利的七宝日月灯偏偏丢失了。

袁怀玉更是唉声叹气。安乐公主丢失的宝灯还没有找到，京师重地又发生了恐怖的厉鬼杀人案，这位金吾卫主要长官的脑袋简直要炸开了。

好在死者是响催更鼓后才发现的。大唐有宵禁之制，当时街上的行人已没有几个，应该没多少人看到。袁怀玉急命所有金吾卫加紧行动，严控什么恶鬼破壁杀人的谣言传出，免得人心惶惶。

父子二人最终决定，兵分两路，老爹负责追查安乐公主丢失的宝灯，派人四处追查莫迪罗的下落；袁昇则要深查恶鬼破壁杀人案。

袁昇向老爹讨要了吴六郎为助手，乔装后便直接住在了西云寺。

金吾卫和捕快们终于散了去，方丈慧范向袁昇说尽了好话后也告辞离开，袁昇的厢房才安静下来。

夜深人静，他躺在榻上，苦思对策。

窗棂上忽地传来轻轻的三声叩响，跟着房门轻启，走进一人，这人头戴软裹巾式幞头，很懒散地披一件铜钱纹的圆领窄袖。虽是一身商贾打扮，却带着一股凛凛的剑意，他竟是在龙神荒庙内见过的剑客陆冲。

“天擦黑的时候就看见你来了，见你急得像猴，忙得像驴，某不便打扰，候到深更半夜才来见你。”陆冲大咧咧地坐下，用他惯有的陆氏幽默言语打了招呼，便摸出了腰间的酒葫芦，猛灌了几口酒。

原来陆冲那日荒庙脱困后，竟没有离开长安远走，而是换了身商贾装束，这两天一直躲在这间胡寺内。

按他的说法，得罪了宗相府，大是麻烦，对方府内高手多是道家奇人，必然会在京城外的要道中布下罗网，所以他干脆伪装成香客，躲入城内的这间胡寺，反而不显踪迹。

“妖魔破壁杀人？”

陆冲早看到了黄昏时寺庙内发生的异变，此时不以为意地摇头道：“那也没什么稀奇。你在那破庙中，不也曾经用画龙点睛，召唤出壁上的神龙破敌吗？”

“那是画龙术而已，实际上并没有神龙，”袁昇知道他是个直性子人，倒很想跟他聊聊这奇案的案情，“天下道术，神、气、阵、符！我所修的画龙梦功，介乎符、神二道，所谓‘一点灵光便是符’，神龙是我的元气和符咒之力所化，受我的元气操纵，那场热雨耗费我不少功力，但声势很大，所以惊走了青阳子。”

陆冲哦了一声：“所以说，壁画上的厉鬼也罢，神龙也罢，都如戏子们身上的衣服，真正能生出奇效的，是那施法人？”

“不错，壁画上的鬼怪妖魔，再如何活灵活现，也是一堆颜彩而已，它们不可能下来杀人。至少我没有听说过这样的妖法。”

陆冲兴冲冲地一拍大腿：“这鬼怪杀人奇案，勾引得本剑侠起了好奇心。老弟，我准备帮你一把。”

袁昇眼前一亮：“有劳了，我瞧许多麻烦都与这座奇怪寺院有关。你回去后，还以商贾香客的身份潜伏寺内，帮我多多探查。”

陆冲嘿嘿笑道：“你觉得真凶就在寺内……那你最怀疑的人是谁？”

“应该便是那神秘失踪的莫迪罗吧，现在金吾卫正满长安地追缉他。他或许不会潜伏于寺内，但这座胡寺仍然与他有千丝万缕的干系。还有安乐公主府那失窃的七宝日月灯，必然也与他颇有干系。”

“安乐公主府，七宝日月灯？”陆冲不以为然地信手比画着，“虽然本剑侠没听说过，但那种巴掌大的宝灯，应该很容易丢吧？”

袁昇蹙了蹙眉，心中闪过了些什么，却没有言语。

陆冲拍了拍他的肩膀，笑道：“嘿嘿，本剑侠其实最懒得管闲事，但我欠你个人情，便帮了你这个忙吧。”

二人为免惊动寺僧，连灯烛都没有点，又细细聊了几句，陆冲便飘然而去。

章节四 古寺迷局

没想到，形势迅速崩坏。转天晚上，第二个死者便出现了。

吴六郎借住的厢房就靠着寺院边墙，夜半后听得墙外响起几道阴森森的惨笑，声音古怪，不似人声。他急忙赶出去，却见一人倒在了寺外的院墙边。

那死者装扮奇特，正是西市里卖艺的波斯艺人们常穿的那种造型夸张的胡服。他脸孔朝下僵卧地上。最可怕的是，他那身子竟被锯成了两段，地上还有残渣碎肉，却少见血迹。

袁昇闻报后，急忙叫了慧范一同赶去。见了那惨状后，慧范忙扭过头去，哇哇地呕吐起来。袁昇也觉得头脑眩晕，忙扶了墙根站定，喝道："翻过来，看看死者是谁？"

吴六郎爹着胆子走过去，轻轻翻过了那人的脸孔，竟是一张皱纹堆垒的波斯人脸孔。

慧范身边随行的一个侍者忽地叫道："这……这不是莫迪罗吗？"

慧范忙转头细瞧，也惊道："啊，真的是他，是莫老胡啊！"

袁昇的心骤然沉了下去。

莫迪罗，安乐公主府内的盗宝人，又在金吾卫大狱中施展邪法逃遁。在西云寺发生恶鬼破壁杀人案后，袁昇第一个怀疑的，就是与这胡寺有牵连的莫迪罗，但此时，这最大的凶嫌却被腰斩在此。

一切都变得愈发地扑朔迷离。

袁昇慢慢蹲下身，凝神细看莫迪罗。那张老脸上涂满了惊骇、恐怖和畏惧。奇特的是，这人死前的表情竟完全凝固住了，此刻在惨白的灯笼光芒下，那神情更是骇人。

吴六郎也蹲下来细瞧，喃喃道："好古怪啊，小人办案快十年了，从未见过死人有这样的脸……"他伸手轻触莫迪罗的脸孔，不由骇然道，"怪了，干硬干硬的，似乎这家伙的血都被吸干了。"

"恶灵吸血……"

一个侍者叫道："啊，本院经书中记载，西方有一种叫'吸血鬼'的恶灵，专门吸人鲜血。"

慧范急忙咳嗽一声，想止住那侍者的话。偏那人全没留意，仍在啰唆不休："这莫迪罗，只知道赌钱，三番五次来找檀丰大师借钱……哎哟，嗜赌、贪财，罪入腰斩地狱，合受腰斩酷刑……真真和本寺《报还经》所说，一般无二啊！"

慧范这时最怕将这凶案与寺内的传说联系在一处，忙喝止了他："住嘴，袁大郎在此，断案全听大郎的，旁人不得多嘴。"

"《地狱变》？"袁昇则心念电闪，忙道，"去看看壁画。"

几人匆匆赶回阎罗殿。红彤彤的灯笼光芒下，袁昇一眼便看到了画上的嗜赌罪人，身处腰斩地狱，身子被厉鬼锯成两半，辗转嘶号，画面阴森凄恻。

"那恶鬼少了一个！"吴六郎大叫。

袁昇早看出来了，原本是两个拉锯行刑的鬼卒，现在只剩下了一个背对看客的小鬼。他望向战战兢兢的慧范，冷冷道："这下你推不掉了，拉锯腰斩，必是两个鬼卒行刑的，那一个哪儿去了？"

慧范脸色煞白，说不出话。所有的人都沉默下来，有人已经吓得双腿打战。

少一个恶鬼，世间便多一个死者，死者的惨状与《地狱变》上的图画一模一样。这是何等惊悚的奇案！

苦苦思索间，袁昇习惯性地摸出了腰间的狼毫，轻轻点在了那空白的画面上。他用的笔较寻常毛笔略粗，一端有狼毫，一端藏利剑，通体熟铜镏金，实为一件极少见的道家法器，名为春秋笔。

“阎罗……阎罗王显灵了！”一个侍者竟跪了下来，向那壁画砰砰地叩头。跟着又一人跪倒。顷刻间，慧范身边的四五个胡僧尽数跪倒。

狼毫上残存的水在壁画上慢慢渲染开来，袁昇心内急转着，猛地咬了咬牙，大喝道：“这不是阎罗显灵，而是一种妖法，全都起来！方丈，请集合所有僧众，连借住在此的香客也一个不剩，全召唤过来。待我当场破此妖法，擒住妖人。”

慧范惊疑不定，但素知袁昇身怀绝技，忙依言安排。

没多少时候，寺中僧俗都匆匆赶来，有百多名胡僧，还有二十来个胡商香客。众人聚在大殿外，议论纷纷。

“诸位听好，近日有人施了壁画厉鬼杀人的妖法，以致邪灵侵犯贵寺。袁某不才，就给诸位破了这妖法，更可当场擒住妖人。不过，还请诸位助我一臂之力。”

慧范忙拱手道：“有劳袁大郎了，不管让我们做什么，我等都会遵行。”

“就请除了方丈以外的各位，在我挥笔作法时，不停地向壁画叩拜，心诚则灵，自能使厉鬼现形。”

慧范不知他是何用意，但还是应道：“这壁画原是寺内祖传的异宝，叩拜一番，也是应该的。”众人齐齐称是。

袁昇命人端了盆清水来，喝道：“有劳了，待我喊一声‘成了’时，各位便可停止。”便将巨笔蘸满了清水，在壁上急速挥毫。

自方丈慧范以下，众人齐齐叩拜起来。

“袁大郎，”慧范见他只蘸了清水，在壁画上的恶鬼消失之处点染，恍然有悟，“你是想说，壁画上的恶鬼被人用颜彩盖住了，现下要用清水洗去？”

袁昇不答，只是继续挥毫。他蘸洒的清水越来越多，可壁画上空白依旧，恶鬼依旧没有显形。

僧众们满面狐疑，但还是依言拼命磕头叩拜。

猛听得袁昇大喝道：“成了！”

众人忙抬起头来，却见壁画上那两处依旧空空荡荡，恶鬼何曾现形？

一时间众人全呆愣起来，不知袁昇是何用意。

又沉了一沉，袁昇忽地一声长啸："现！"

说来也怪，壁画上那两块空处竟慢慢地显出两个厉鬼形象，一个伸爪掏心，一个持锯横斩，形象阴森恐怖。最奇的是，这二鬼颜色鲜红，仿佛鲜血所画，又是突然显形，仿佛被法术召唤出一般。

众人连连惊呼："袁大郎果然好神通！"争先恐后地望壁磕头。

袁昇又喝道："厉鬼已现，真凶何在？"

"手到擒来！"

陆冲自人丛中闪身而出，扬手将一人扔在了地上。那人也是寺中胡僧打扮，缩着身子趴在地上，看不清面貌。

"诸位，"袁昇冷笑道，"请看看此人的真面目吧！"

吴六郎早扑过去，将那胡僧揪了起来，一张满是皱纹的波斯人面孔，满是震惊、仓皇还有几分阴毒。

"这是……"几个胡僧见了鬼般地大叫起来，"啊，莫迪罗？"

确是见了鬼，因为这几人刚刚才见着莫迪罗的尸身被锯成两半，抛尸寺外。但此时这位莫迪罗居然又活了过来，而且潜伏于此。看到莫迪罗那阴毒骇人的目光，他身旁的人齐齐大叫，都觉得浑身冰冷。

众人仓皇惊呼间，莫迪罗的眸中精芒迸射，双臂陡振，已将吴六郎震得跌在一旁。他身子一弹，如一缕轻烟般地跃起，扑向心惊肉跳的慧范。

这人的身手绝不在陆冲之下，适才只是一时不慎，为陆冲所擒，随后便一直示弱装傻，此时他突然发动，显是要擒住方丈为人质，再求逃脱。

他出手快如鬼魅，简直不似凡人身手。

但还有两个人比他更快。

两道光华斜刺里斩来，陆冲施展玄兵术，左袖内飞出的奇兵是一对截肘双镰，光华盘旋，迎面慑住他的身形。

袁昇则大喝道："缚鬼！"暴喝声中，猛然挥笔。

莫迪罗只觉眼前一花，恍惚中壁画上那两个新描的红色厉鬼竟破壁而出，齐向他扑来，跟着他心口剧痛，如遭掏心重击，腰部也是撕痛难忍，如被利刃横斩。

"灵虚观的缚鬼诀！"他惊呼声中，重又跌落在地，全身虚弱无力。

袁昇踏上一步，猛然一扯，莫迪罗的脸被撕下一张皮来，现出一张惨白的波斯人脸孔。这人的年纪不大，三十岁左右，满脸暴戾阴狠之色。

“你……你是，”方丈慧范大吃一惊，“檀丰大师？”

袁昇道：“不错，真凶就是你手下的胡僧檀丰，正是他，勾引嗜赌的莫迪罗来他这里借钱，看到时机成熟，便杀了莫迪罗，易容成这波斯艺人的相貌，在安乐公主府内盗了宝灯，醉酒被抓后，又施展幻术从金吾卫大狱中逃脱。随后潜入这里，连造厉鬼杀人的惨案。”

慧范怒道：“孽障，你为何要这么做？”

檀丰闭口不答。

袁昇忽然在他脸上一抹，檀丰的脸孔重又变成莫迪罗。袁昇嗤地一笑：“波斯的易容术果然厉害。不过适才你突如其来被我们抓住，若仍以檀丰的本来面目大喊冤枉，只怕我们还要大费周折。偏你要要小聪明，竟变成莫迪罗的样子，想引得我们惊慌失措，你好乘乱逃脱。只是如此一来，你便不打自招了。”

檀丰忽然张开双眼，眸内厉光闪烁，如同鬼火，阴恻恻道：“袁昇，袁昇，你很好，呵呵，你很好……”他声音阴森悠长，如同念诵什么古怪咒语。

吴六郎大怒，上前狠狠扇了檀丰两记耳光。檀丰丝毫不惧，鬼火般的目光仍是紧盯着袁昇。

吴六郎见他闭了嘴，才向陆冲拱手道：“多谢这位朋友，你怎知真凶便是这家伙的？”

陆冲向袁昇甩了下头：“都是袁公子的功劳，我只是奉命行事。”

不知怎地，袁昇被檀丰那一阵冷笑搅得心中兴致全无，也没有多做解释，只道：“六郎，先将他押回金吾卫大狱，这回定要好生看管，万不能再让他跑了！”

“大郎，借一步说话。”慧范忙将袁昇请进一间密室，拱手连说好话。他倒全不在意那檀丰是否真凶，只是希望金吾卫就此打住，不要深究。

袁昇随口敷衍，心想这些朝廷秘辛最好不要多掺和进来，便是老爹也要早早脱身。

不管如何，这恐怖阴森的壁画恶鬼杀人案和莫迪罗盗宝案都已解决，袁昇好歹松了口气。

“多谢你啦！”

诸事了毕，天色已然大亮。袁昇赶回自己的别院，第一件事就是向黛绮姑娘道谢：“亏得你告诉我莫迪罗曾去过西云寺，才让我顺藤摸瓜，擒住了真凶檀丰！”

听袁昇略述了案情，黛绮的神色竟慢慢变得古怪起来。

“怎的？”袁昇笑道，“听到这么多的鬼怪杀人，难道吓到你了吗？”

“那倒不是，”黛绮的目光变得僵硬起来，缓缓道，“只是，这两天我常常昏睡，也常做怪梦。昨晚我便做了个很奇怪的梦，梦见你去了一个很大的寺庙，并在那里面描摹一面很大的壁画……”

她说到这里，忽然住口，勉强笑了笑：“好了，不说这些，我很想知道你到底怎样设的局，你早就知道檀丰化成了莫迪罗的模样在行凶作恶？”

女郎古怪的神情仿佛是一抹若有若无的阴云，让袁昇微蹙起了眉头。

章节五

梦中身

此时听黛绮细问端详，袁昇心内又有些欢喜，摇头笑道："我哪有那未卜先知的本事。这次恶鬼破壁杀人案阴森恐怖，最奇特的就是每次杀人，壁上的恶鬼都会减少一只。此事虽然惊人，但也露出不少破绽。我相信，那应该是一种神秘的颜彩，将鬼卒涂抹遮盖住了。这只能说明，作案者必是可以随意接触壁画的寺内胡僧。

"看到莫迪罗的尸身时，我便已怀疑檀丰了。莫迪罗陈尸之处没有多少血水，那张脸更被某种药水精炼过，显然他早已死去多日了。而莫迪罗死前一直跟檀丰接触，尸身又在西云寺外找到，檀丰如何也脱不开嫌疑。但要如何揪出这胡僧，却要费些心思。我作法时，故意用清水擦涂颜彩，其实只是装模作样，暗中早命陆冲在旁细察，看看有没有人在膜拜的时候敷衍了事，甚至别人都拼命磕头时，那人应该一直抬头偷偷留意壁画。"

黛绮很聪明，拍手笑道："好主意，当时院中有百十人，原是不好分辨的，但胡僧们都很虔诚，大家都在拼命磕头，那人却虚假应付，那便很好辨认了。"

袁昇点头道："况且，只用清水是绝对无法擦去那些颜彩的，这道理只有真凶知道，除了磕头时假意应付，这真凶的脸上还应该满是不屑，甚至还有冷笑。”

“嗯，如此一来，陆冲先生应该能看出些破绽来了，但最后，那壁画上到底还是现出了两个厉鬼的形貌啊，你是如何做到的？”

“那只是我用清水描摹出的轮廓，最后我运功一喝，又运上了画龙术，清水轮廓便会现出鲜红颜色。这时候，寻常僧众只当是神迹降临，拼命叩拜，但真凶则会震惊莫名。果然，那时全场膜拜，而檀丰竟愣在了当场。”

黛绮闪亮的眸中满是激赏，又问：“只是檀丰为何要做这些伤天害理的勾当呢？”

袁昇脸色一沉，苦笑道：“伤天害理只是表面，内里应该还有更可怕的事情……”

他深知，檀丰装扮成莫迪罗行凶，并不难解释：莫迪罗只是个胆小的波斯艺人，没什么朋友，用他的模样作案，事后不会查到他的头上来。

奇怪的是，檀丰为何在做出安乐公主府内盗宝、金吾卫大牢越狱这等惊世骇俗的大事之后，又造出西云寺的恶鬼杀人惨案？

难道仅仅是要将京师众人的目光引到西云寺来吗？

想到这一系列惨案的背后，很可能是太平公主和安乐公主的斗法，他的心便愈发紧了起来。

“姑娘问得是，那檀丰为何要这么做呢？这话也正是我要问姑娘的！”

随着这声冷笑，陆冲大踏步走入屋中。

“这个，”黛绮一愣，摇头道，“我怎么知道？”

“你的伤全好了吧，为何还要赖在袁公子这里？”陆冲坐了下来，摸出葫芦来灌了口酒，话锋咄咄逼人。

“用你管？”黛绮叉起腰，学着酒肆胡女的样子娇嗔冷笑，“姑奶奶想在这赖多久就赖多久。”

陆冲冷哼道：“其实我一直觉得很凑巧，我约了青阳子在那破庙决斗，恰巧黑脸道士就顺手抓了你，而又恰巧，你还知道莫迪罗藏在西云寺？”

“那又怎么样，姑奶奶害你丢了一根寒毛了吗？你们还不是在西云寺抓到了真凶？”

黛绮一句话噎得陆冲哑口无言。

袁昇只得笑着劝解："黛绮姑娘对我助益极大，而且也许她曾中过影魅术，患上了嗜睡怪症，不得不在我这里委屈几日了。"

"确是助益极大，比如易容术！据我所知，并非所有的波斯艺人都戴着一张假面皮，只有一种人戴，灵慧旅人！"

陆冲紧盯着黛绮，一字字道："灵慧旅人是波斯艺人中最神秘的一支，他们生具异禀，最擅心神操控等类秘术。黛绮姑娘在易容术上的修为不俗，应该是灵慧旅人吧？"

黛绮目光一黯，随即冷笑道："什么灵慧旅人的，没听说过。哼，倒是你陆冲，听那臭道士说，是宗相府内逃出来的，连我们波斯艺人都听说过宗相府内第一高手薛青山的大名。小心他找到你，像拖死狗一样把你拖回宗相府。"

陆冲脸色通红，拍案怒道："老子会怕薛青山这狗贼？好，袁昇，你这房子多，给我腾出一间来。老子就在这儿等薛青山过来，瞧瞧谁是死狗！"

见他两人一见面就针锋相对，袁昇无奈，只得命小童去安置房屋。

陆冲仍是瞧着黛绮万分不顺眼，但互嘲了几句后，就发现自己全不是伶牙俐齿的黛绮的对手，不由愤然起身，道："好男不和女斗，昨晚除妖，闹了一夜，老子睡去了。"说罢便气哼哼地跟着小童出了屋。

屋内安静下来，黛绮才哧地一笑："袁公子，你这朋友脾气好大啊，不过他怀疑我，也有些道理。有时候，连我自己都不知道，我到底是什么人。"

她的笑容有些无奈。袁昇忽然发现，这女郎的双眸其实很迷人。

"还有啊，我总觉得，"她犹豫了一下，缓缓道，"西云寺的怪案，似乎了断得太顺畅了一些。"

"太顺畅了些？"

"我也说不出有什么古怪，"女郎幽幽叹了口气，"还是说昨晚我做的那个怪梦吧，我梦见你去了一个很大的寺庙，看到一幅很大的壁画，并且有鬼怪从壁画上跳下来杀人，但最终你抓到了那坏人……是的，你做的这些事，我早就梦到过了，这到底是为什么？"

袁昇一愣，苦笑道："你说的这些，恰与我们大唐'庄周梦蝶'的故事一样。庄周梦见自己变成了蝴蝶，飞来飞去挺自在，醒来后不知道是自己梦见变成了蝴蝶，还是蝴蝶梦见变成了自己。”

“有趣得很！”黛绮的眼睛更加明亮起来，“但我居然能梦到你做的一切，这比‘庄周梦蝶’要复杂多了。这是怎么回事？我们波斯人有个‘梦妖’的传说——梦妖，就是梦的妖怪，会把人吃进梦里面。难道说，你一直活在我的梦境里面？”

不知怎的，望见黛绮那双波光闪闪的明眸，袁昇的心也陡然一沉。确实非常古怪，是黛绮做梦预感到自己所做的一切，还是自己侵入了黛绮的梦境？若说是“梦中身”那等魇咒，但黛绮是何时被人下的咒？

他正待说什么，忽见门外跌跌撞撞跑进来一人，正是吴六郎。

“袁公子，大事不好了，莫迪罗……啊，不，那个檀丰，又在白日里消失了。”

“怎么回事？”袁昇惊道，“他中了我的缚鬼诀，七十二个时辰内决计无法施展妖法巫术的。”

“不见了，就那么在大牢里白日消失了。”吴六郎脸色煞白，“跟见了鬼一般。”

急匆匆和吴六郎赶到了金吾卫的大牢，迎面便碰见了满脸无奈的老爹，袁昇忙问：“到底是出了何事？”

袁怀玉只是沉沉叹了口气，招了昨晚当值的狱卒吴春和许四过来。

“小的吴春和许四那晚当值，听到六赖子大喊大叫，就跑过来了……真的，就这样，这家伙拉着自己结的绳子，就这样逃了。”

听狱卒吴春复述了案情，袁昇登觉脑袋发涨，怎么又是用“绳技”的幻术，连当值的狱卒、同牢叫六赖子的犯人都一模一样？

一行人到了檀丰逃脱的牢房，果然还是那间屋子，房梁当中还悬着那根绳子，囚衣撕扯后结成的绳子。

一种诡异的眩晕感蓦地袭来，袁昇默然片刻，才缓缓问：“你们赶来时，那犯人已爬到了何处？”

“爬到绳子的中上部了，我们赶来后就大声呵斥，那家伙一伸手，就抓住了房梁，继续向上爬！”

“你们赶来后，六赖子想必一定在大喊大叫吧？”

“正是正是，小的们厉声喝止，那贼犯哪里肯停……那家伙简直就是一道影子……”

袁昇仰头望着房梁，朗声道：“父亲大人，若小子推断不错，屋顶全无破洞，梁上也没有脚印和手抓之痕……这要犯精通的是一种波斯幻术，绳技。那人先迷惑了六赖子，又继续迷惑了两位狱卒……待狱卒打开牢门冲入，他则大摇大摆地离开。”

等等，哪里不对？

袁昇忽然生出一阵彻骨的寒意。是的，他说的话、听的话、看到的景象，都是曾经经历过的——眼前的一切，都与几日前，他侦破莫迪罗以幻术越狱的情形几乎一般无二。

怎么回事，难道自己在做梦？

接着他便看到，老爹袁怀玉挥手命一名衙役过去试试。那衙役拉住绳子便待攀爬，但稍一用力，绳子便断了。

“吴六郎！”袁昇再也忍耐不住，大喝起来。

吴六郎急忙闪了过来，一脸懵懂。

袁昇紧盯着他的脸，沉声问：“这檀丰已是第二次被抓了，前番他易容成莫迪罗，便以绳技逃脱，这次为何又让他故技重施逃掉？”

“公子说笑了。”吴六郎满脸惊诧，“这等以幻术逃脱的怪事，咱们可是头次见到。”

“胡说！”

袁昇大喝起来：“前番被抓的莫迪罗就是这样逃遁的，你们速去查阅卷宗。”

“哪用查阅卷宗啊，就是头一次。”狱卒们和金吾卫们都大笑起来，“公子莫不是在做梦？”

袁怀玉不得不咳嗽一声：“昇儿，你怎么了，中邪了吗？”

盯着老爹满是关切的目光，袁昇更觉头大如斗，莫非我真的在做梦，莫非我一直在梦中和现实世界的颠倒中吗？

他苦笑了一声：“父亲大人，我有些困倦，暂且告退。”踉踉跄跄地便向外走。

忽听狱卒吴春喊道："袁公子，那到底什么是仙术，给我们露一手吧！"

恍惚中，众狱卒和捕快纷纷叫好。

袁昇下意识地抓起了那半截绳子，想运起画龙术抛出去，但猛然想到，这情形也跟上一次全然相同啊，霎时间心情全无，就这样拖着那绳子，茫然出了金吾卫的大狱。

他心头莫名地飘起檀丰那阴森的冷笑，跟着便闪过黛绮的那句追问——难道我一直在梦中吗？

是啊，先前黛绮曾说过，她梦到了自己在西云寺做过的一切。难道自己一直都在做梦，或者，自己是坠入了黛绮的梦中？

檀丰、黛绮、陆冲、莫迪罗，西云寺内的恶鬼杀人，自己又巧计擒凶，这些人这些事，哪些是真实的？哪些又是梦境中的？

大街上人流熙熙攘攘，却带着一股诡异的模糊感，似乎一切都是梦境。

章节六

鸿门惊变

晌午时分，街上正热闹，满处喧嚷笑闹。偏偏袁昇觉得那些声音都听不真切，仿佛是遥远梦魇中的呓语。

他在人群中急速穿梭着，如飞一般地赶往大玄元观。这时候，也只有师尊鸿罡真人能救他了。

街衢正前方，赫然现出一座气势宏伟的道观，匾额上是万岁手书的“敕建大玄元观”六大金字。

唐高宗时，老子被尊封为“太上玄元皇帝”，并建造祠堂庙宇祭拜，长安京师便有一座很有名的大玄元观。其后武则天为了革除唐命，创建大周，不得不借助佛教之力，自称是佛家净光天女转生，被佛祖预言，将以女身做天下之主，此后全力崇佛抑道。那大玄元观也就荒废了。

三年前的神龙政变，李显复位。为了让世人皆知，大唐依旧尊崇李家始祖开创的道教，皇帝李显立即就在京师早年玄元旧观的基础上扩建形成这座规模最大的大玄元观，此时工程已近尾声，据说即将举行规模盛大的开光庆典。

踏进大玄元观的大门，袁昇便觉清醒了许多。

观内鼓乐悠扬，九九八十一位高功道士正在演练灵虚门的祈福开光法阵。数日后，开光盛典就要举行了。这次盛典非同小可，传闻皇室贵胄都要亲临拜祭老君玄元皇帝，主祭人可能就是风传要被封为皇太女的安乐公主，甚至有可能是当今二圣之一的韦皇后。

可想而知，众高道们的操演是何等认真辛苦。

袁昇一眼便看到了高台上端坐的鸿罡真人。他知道师尊自上次与宣机国师斗法失手，特别是耗损数十年功力镇住了九首邪灵后，便常常闭关，不见外客，难得今日一来，便在此寻到了师尊。

鸿罡真人年近七旬，却貌如中年，须发如墨，如神仙中人。他虽寂然而坐，但目光却笼罩全场，早看到了跌跌撞撞走入场内的袁昇。

“师尊！”袁昇赶过去扑倒在地，几乎在一瞬间，那些不真实的感觉竟消散了许多。

莫非这一切真的只是个白日梦？

一双有力的大手将他搀起来。袁昇才看清，那正是师尊身边两大侍者之一的二师兄凌智子。

“你觉得自己一直在做梦？”

在洁净典雅的丹房内，鸿罡国师听罢弟子的叙述，不由得微笑起来：“还记得画龙梦功的口诀吗？梦中身，画中龙，假中真……其实世间人都是梦中身，又有几人不是活在梦中呢？至于你眼前的偏差，缘起当是你的心魔所致，根源则是你中了西域一脉的魇咒！”

“魇咒？”袁昇一凛。

“相传西域秘术中有一脉邪法，名为魇咒，可使人时昏时醒，如坠梦中。不过魇咒只是外感外因，内因则是你的心魔作祟。你修习的画龙术本就是梦功，讲究以元气为笔，以观想如梦，以符咒催运，修习之时与做梦有何差别？你这半年来用功过甚，便如对自己施了迷魂术，实是心魔作祟，走火入魔了。”

“当真一切都是我自己的心魔作祟，走火入魔？”袁昇浑身冷汗，急忙叩头道，“请师尊救我。”

“西域这一脉的邪术魇咒颇为阴险，为师也没有太多把握。”真人略一沉吟，终于将枯瘦的手掌轻按在弟子的头顶，缓缓念道，“闭目，静心，心如止水，莹澈空明……”

这两句话仿佛带着奇妙的韵律，刹那间，袁昇只觉心神间一片空蒙，仿佛踏入了一个神异的世界。这个世界是灰蒙蒙的，一切都显得有些模糊。

咚咚的法鼓声响起，袁昇看到数十名高功道士正在操演那熟悉的法阵。带领众人行法的，是个身材高挑的道士。道士慢慢转过身，那人竟是……自己。

袁昇霎时一震。这种开光护国祈福法阵，历来是本门地位最高的人来领阵，在灵虚门内也只有国师之尊的师尊才有资格。

师尊的声音及时钻入他耳中：“你可能会看到许多奇怪之事，有的全是虚妄，有的则是未来之事。这魔咒邪法，定要先种下一个种子，或是贪婪，或是美色，或是畏惧，种子最后都会长大，幻化为亦真亦假的邪梦之花。记住，世人皆如梦中身，万事转头还似梦！”

袁昇更觉奇怪，开光护国祈福法阵是数日后的事情，为什么会是自己带队操演法阵?

这是未来，还是虚妄?

正寻思间，忽听一阵凄厉无比的哭号声传了过来，跟着便看见个满头卷发的波斯老人，颈戴枷锁，正无助地号哭。那人的形象，赫然便是被檀丰腰斩的艺人莫迪罗。

“莫迪罗，你为何在这里？”袁昇知道这是心内世界生出的异象，但仍是怔怔地向他走去。

面容枯槁的莫迪罗老人没有答话。却有一道更大的阴影在他身后升了起来。那是个形容恐怖的双头恶鬼，竟伸出了利爪，慢慢抓向老人的头顶。

“降魔，定！”袁昇恍惚间忙结了降魔印，出手相救。

双头恶鬼的一个头定住了，但另一个头却狰狞大笑起来：“蠢材，看看我是谁！”

那个恐怖的大脑袋猛然摇晃，竟又生出了七个头来，九个脑袋或哭或笑或嗔或喜，狰狞诡异。

“大天魔……九首邪灵！”

袁昇惊呼出声。他清楚地记得，师尊与宣机国师斗法失利之后，又经得一次极大的损耗，那便是为天下苍生出手，拼却半生功力镇住了九首邪灵，没想到这种恐怖的大天魔会突然出现在自己的元神世界中。

九首邪灵的九个头一起怪笑，利爪继续劈落。

“止！”袁昇抽出腰间长剑，愤然挥出。邪灵的九个怪头同时发出凄厉的号叫。

忽然间，耳畔响起雷霆般的一声大喝：“灭除心魔！”

轰然一响，邪灵不见了，莫迪罗不见了，袁昇才发现自己还在安静的丹房中，手中却真的握着一把剑。而那把剑已刺入了一个人的前胸。

被刺中的人，居然是师尊鸿罡真人。

温热的鲜血喷在手上，满是黏稠的感觉，袁昇才骇然发现，自己竟挥剑重伤了师尊。

刹那间，身边的一切都变得虚无缥缈起来，难道自己还没有完全从那个世界中挣脱。

“为什么？”他大叫。

“你适才在梦中看到了恶鬼？”真人的声音依旧从容不迫，“明白了吧，恶鬼不只是在壁画上，我们每个人心中都藏有鬼怪，贪婪、妒忌、畏惧、仇恨、嗔怒……这些都是种子，种子种下，就会发芽，变成所谓的鬼怪。”

袁昇怔怔道：“实则……那些都是我们的心魔，所以要……灭除心魔？”

“正是，”真人面色惨白如纸，只有那双眸子熠熠生辉，“记住，我们要做的，便是灭除自己心中的恶鬼！”

砰然一声，丹房的门被人震开，二师兄凌智子疾步冲入，见状惊呼道：“师尊，你怎么了？十七弟，你做了什么？”

“我……我到底做了什么？”心底轰然生出一声巨响，袁昇终于昏了过去。

再次醒来时，袁昇发现自己躺在一间洁净的丹房中。

“师尊，师尊呢？”他猛地想起来，自己适才应该是在玄元观向师尊求助，但随后自己生出了可怕的心魔，似乎还刺伤了师尊。

房门咯吱一声打开了，一个黑须道人肃然走入，叹道：“十七弟，你终于醒了。”

来人正是灵虚门的大弟子凌髯子。

见大师兄竟穿了一身雪白的道袍，头上也垂着白巾，袁昇一凛，颤声道：“大师兄，发生了什么？”

“师尊羽化了！”

世人称道士去世为羽化成仙。袁昇只觉脑袋轰然一响，大吼：“你说什么？”

大师兄轻叹了口气，放缓语调，终于让袁昇听明白，原来便在适才为袁昇疗伤后，鸿罡真人旧疾突发，溘然辞世。

袁昇哪里肯信。直到浑浑噩噩地跟着大师兄来到大殿，看到鸿罡真人僵卧在棺椁中的尸身，他才骇然明白，师尊竟真的去了。

“不，我一定还在梦中，这一定是个邪法。”痛哭之后，袁昇忽然疯了般大叫起来，“师尊神功通玄，怎会无故羽化？”

“你知道，师尊前番与宣机国师斗法，又全力收复九首天魔，此后元气大伤，甚至三月之前，师尊已预示了归期！”

听了大师兄的话，袁昇不由瞪大了双眼。

凌髯子叹道：“你一直在别院苦修，师尊没让我们将此事告知你！适才师尊在仙逝前，特意交代了两件事。一，由愚兄执掌灵虚门……”

大师兄故意顿了一下，见袁昇连连点头，才又说下去：“二，由你接任大玄元观观主！”

“你说什么？”

这消息让袁昇更加震惊。灵虚门是四大玄门之一，大玄元观则是灵虚门督建的京师最大道观，可说只有当今三大国师这样的尊崇地位，才能升任观主。而这种敕建的大道观，历来由前任观主指定继任观主。

自己在灵虚门虽然少负“第一仙才”之名，但却只是幼徒身份，自然无法成为掌门，但师尊却指定了自己荣任大玄元观这座官方大道观的观主。

“不错！师尊甚至在羽化前写好了呈给宗正寺的荐书，而且荐书上注明，你继任玄元观主之后，数日后的玄元神帝护国祈福开光大典，也将由你主持！”

宗正寺本是大唐朝廷管理皇室宗族事务的机构，而道士也归它管理，那是将男女道士视为李唐皇族本家之意。按照惯例，鸿罡国师那份遗嘱般的荐书递交宗正寺后，一定会被朝廷准许。

袁昇的头脑瞬间处于混沌状态，他喃喃道：“这……这怎么成，小弟资质浅薄……"

"你少负仙才，历来号称鸿门第一人，连师兄我都服膺你，在京师中更是名声远震……"

一番安慰鼓励后，袁昇仍觉不可思议，猛地打断了他的话："大师兄，你告诉我，师尊是如何仙逝的？"

凌髯子满面悲戚，猛力拍着他的肩头，缓缓道："不要胡思乱想了，师尊当年斗法失手，本已是重伤未愈之体，其后不久又施法降伏大天魔九首邪灵，几乎耗尽了功力。这些日子来，日夜督建将这座玄元旧观改造为天下最宏大的大玄元观，更是心力交瘁。此时他又勉力给你疗伤，终于灯枯油尽。不过，十七弟你万万不可自责，师尊仙逝前早说了，修道之人要知'寿夭不二'之理……他还让我转告你一句话——世人皆如梦中身，万事转头还似梦！"

世人皆如梦中身，万事转头还似梦？

袁昇立时记起师尊给自己疗伤时说过的话："记住，我们要做的，便是灭除自己心中的恶鬼！"

他的心轰然一响，可怕的恍惚感再次袭来，伤心、痛苦、自责、迷惑，诸般情愫一起涌上，竟又昏了过去。

再次清醒过来时，袁昇看到的只是微黄的四壁，夜深如海，一灯如豆，大师兄已不知去向。

大玄元观的深夜，悄寂宁谧得如同一个浓梦。

袁昇缓缓站起身，行尸走肉般地踱入大殿。那里停放着师尊的遗蜕。

想必白日里祈福念经超度都已经很久了，眼下仍有一位中年道士带着十六名高功道士在低声念经。鸿罡国师死得太过突然，遍布天下的四方徒众还没有得到讯息，估计到了明早就会有大批京师道众赶来吊唁。

袁昇走到那中年道士身前，低叹道："二师兄，你们去歇歇吧，我想一个人在这里陪陪师尊。"

二师兄凌智子微感诧异。他在灵虚门内众弟子中虽排位第二，但地位却实在尴尬，论资历，永远不及大师兄凌髯子，论聪慧和天分又不及袁昇和关门弟子"小十九"。这种地位上的高不成低不就也就造成了凌智子行为上的谨小慎微。他知道这时候的袁昇地位非凡，万不能得罪，温言抚慰了几句，便率众缓步而出。

大殿中瞬间寂静下来，袁昇静静盯着师尊的遗体，忽然间放声大哭。

这般抚尸痛哭，自是昏天黑地。过了许久，他才轻轻地摩挲着师尊的右掌。那只往日里温和的大手已然冰冷，却还能带给他极亲切的感觉。

忽然他心中一动，才见师尊的掌心竟隐隐现出一道黑纹的诡异图案。他很熟悉，那是一个灵虚门内的道家秘传符箓，其意为“天魔”。

天魔之箓，据说师尊在降伏九首天魔时就用过这符箓。但为何此时，会在师尊的掌心现出天魔之箓的图形？

他心中乱成一团，忽然做出了一个大胆的举动。他站起身，给师尊整理遗容衣襟，然后轻轻掀开了那袭鹤氅。

飘摇的白烛光芒下，正瞧见师尊胸口处那道触目惊心的血痕，那是崭新的伤口。

一瞬间，他险些栽倒，下意识地掩好鹤氅，心内只是喊：“莫非真的是我，真是我杀了师尊？”

整个天地都在旋转起来，他的双眼都泛了红，踉跄着出了大殿。

大玄元观的院内满是诵经之声，所有的道士几乎都没睡，或是肃立院中，或是静坐斗室，都在给老观主诵经度亡。

袁昇茫然奔行数步，竟进了后园，前面有无数翠竹迎风摇曳。

忽然间，迎面闪来一道黑影，跟着便听大师兄凌髯子沉声道：“十七弟，你糊涂了，怎的往这里跑。这是师尊往日闭关之所，后面是本观禁地锁魔苑。”

袁昇哦了一声，才想起那锁魔苑内有一口镇元井，其内锁着被师尊以无上神通镇住的九首邪魔。想到那似梦非梦时看到的九首邪灵，他不由打了个寒战，略辨了下方位，疾步向观门行去。

他也不理大师兄在身后的招呼，如飞一般地出了大玄元观，一路奔回了自己的清修别院。

章节七

心门

清修别院内冷清寂静，没有灯火，波斯女郎似乎不在，也许是早就睡了。

袁昇飞奔进自己的书房，径直踩着梯子从书柜的最顶端抽出三本古书来。这是当年师尊传给他画龙术时交给他的古谱珍本。

正如鸿罡真人所说，梦境修法难关重重，历来少有人修炼。这三本珍籍都是灵虚门的梦修法秘典，便都传给了他。但袁昇只是修法，对这些深奥广博的典籍极少翻阅，这时候他才急着要探究个清楚。

四周悄静得吓人，唰唰的翻书声显得极为刺耳，袁昇再次升起一种恍若噩梦的感觉。这些日子以来，他似乎一直都在梦中，一个深邃难醒、越陷越深的噩梦。

翻书声忽然停止。

果然，他看到了那些触目惊心的字眼："西域魇咒术，邪法也，施法者以诡咒之术催人，中者如处诡梦中，或晨昏颠倒，不辨真幻，甚或依施术者所言行事。为中术者施救极难，当以清净本心，持无上真言……"

袁昇的后背升起一层寒意，晨昏颠倒，不辨真幻，不但确实有这样一门咒术，而且施救极难，怪不得师尊被自己失手杀害了。

他的心突突乱颤，奋力平静下心绪，紧盯着古书上的几行真言，全心默诵着，又努力凝神入定，却无论如何也无法进入定境。

四周变得更加模糊，仿佛一团白雾在屋内飘然弥漫开来。

薄雾中，一道白影缓步而来。那道白影有些眼熟，似乎是陆冲。

雪白的窈窕身影走到近前，袁昇才看清，那个人竟是黛绮。

袁昇拼力咬了下舌头。一股钻心的痛感传入，那团白雾渐渐消散，他终于确认自己没有在梦境中。

"原来是你！"他仿佛明白了些什么，"你到底对我做了什么？"

黛绮的话出乎他的意料："你一直醒着，你又一直在梦中。因为你的脑神被人控制了。施术控制你的人，就是陆冲。"

"脑神？"袁昇一愣。

"这是我们波斯幻术的叫法，类似于你们道家的元神或者心神。"

"他为什么这样做？"

"你还不明白吗，灵虚门在道家地位尊崇，但与无极、剑仙等门一直暗中较力。你最近常去那龙神荒庙观摩壁画，修炼画龙术，行踪早已被他们熟知。你们的相遇，都是被人精心安排好的。"

袁昇心中一颤，低叹道："我和陆冲的相遇是被算计好的，那么，你我的相遇呢？"

"我只是个路人，"黛绮也轻轻叹息，"却被那恶道士抓住，又被你全力解救。大唐人讲究知恩图报，我们波斯人也会的。在我波斯幻术中恰好有一门致幻术，当年在幻戏班里曾经用心学过的。如果你愿意，我可以试试给你治一治。"

她的声音轻柔动听，梦一般的迷人："不过，你们大唐道家秘法博大精深，我必然会很吃力，你要小心些。"

"如此，便多谢你了！"他暗自咬牙，缓缓点头。

"记住，你要完全向我敞开心门。"

袁昇的脸不由微微一红，正想说什么，却见黛绮已经缓缓扬起十指，结了个古怪的手印，跟着轻轻扭动腰肢。随着这充满魅惑的动作，她整个人都变得妖娆起来。

她轻念起了咒语，那是一种奇异的韵律，仿佛是异域情调的波斯乐曲。美妙的咒语声中，她忽然缓缓地揭开了一层面皮。

如同花朵褪下外层粗糙的花瓣，黛绮撕下了那层“脸皮”后，露出一张明艳不可方物的娇靥。

袁昇呆住了，喃喃道：“这……这才是你的真容？”

“是的。”那张容光迫人的笑靥凑上前来，仿佛要让他看得更清楚，“我一直在那幻戏班子，又不想让那些俗人们见到我的脸，就只得戴着那张假面皮。但这时候，我们两个要完全敞开心门，就不能戴着假面了。”

波斯美女的笑容热艳火辣，迥异于中原女子的美，却美得如火一般惊心动魄。

“这……是梦吗？”他喃喃道。

“这才是真实的我，但你也可以把这当成真实的梦，”美梦般的眸子紧攥着他的心魂，她忽然轻轻地问，“你爱我吗？”

袁昇的脸更热了，却毫不思索地道：“我爱。”

他心底有些奇怪，爱，这是一个比较陌生的字眼，也许是异国人改用了大唐的语言，却改得活灵活现。

“从一开始吗？”

“不是，开始只是怜惜。后来，我们在一起日子久了……”

“也许开始时就爱，只不过你不知道，但我知道！”

两个人的话都是火辣直白，也许因为在梦里面，抛去了所有伪装。

袁昇一阵激动，忽然抱住了她。这是真实的身体，柔软，温暖，芳香。黛绮的脸变得火一样红，忽然仰头向他吻来。

红艳的唇带着花蜜般的芳香。他却紧盯着她的眼睛，仿佛那里有一扇门，可以钻进女郎心底的门。

在两人唇瓣交融的刹那，女郎羞涩地慢慢闭上双眼，那扇门即将关闭。

这是他唯一的机会。他的心底急速涌起那串真言。

下一刹那，轰！

门打开，他冲入了门后。

门后就是她的心内世界，奇异，美丽，到处都盛开着美丽的花朵，远处是波涛汹涌的湛蓝大海，海边有奇形怪状的建筑。

正如女郎所说，她已向他完全敞开了心门。袁昇又推开一扇门，进入下一个深邃的世界。

他看到了巍峨的大船，络绎的商队，女郎的身边有一位和她很亲近的老人，似乎是这商队的小首领，在上船前郑重叮嘱女郎什么。美丽的女子不得不戴上了面具。

大海波浪翻涌，商队长途跋涉来到中土大唐的广州后，又辗转来到雄伟的长安……熟悉的街衢，充满异域风情的平康坊，大声欢呼的京师观众……

他无暇多看，再推开了一扇心门，便看到守护女郎的老人被抓了。不住哀号的老人仰起头来，那张脸，竟然是……莫迪罗。

袁昇大惊，在西云寺外就被檀丰腰斩的波斯艺人莫迪罗，难道竟和黛绮关系紧密？跟着便想到，师尊给自己疗伤时，梦中所见被九首天魔折磨的波斯老人，似乎也是莫迪罗。

一时间疑云迭起，他的头有些眩晕。

只是抓住老人的家伙则被一团迷雾裹住，形貌模糊，袁昇不得不集中全部心神，仔细分辨。

忽然间黑气一闪，抓人者突兀地钻出迷雾，双眸锐利如电。他认得那家伙，一张惨白的波斯人脸孔，正是檀丰。

檀丰的眸子熠熠如剑，直逼过来。袁昇的心猛然抽紧。

原来根源在这里，自己推开一扇一扇的心门，探寻黛绮的内心。但没想到，在黛绮的心神深处，还潜藏着檀丰这样一位高手的元神意识。

大事不好，逃之夭夭，袁昇的元神飞速向回逃脱。

他才动念要逃脱，檀丰的眸子已如有感应般变得愈发锐利。袁昇全力飞奔。这种纯意识的飞奔本该极为轻松，但四周的空间都扭曲起来，变得黏稠冰冷，寸步难行。

袁昇知道只要稍有不慎，自己的元神就会被永久禁锢在黛绮的精神世界中，那时候现实世界中的自己，也会变成一具无知无觉的活死尸。

一扇心门，又一扇心门，被他吃力地打开，再挣脱出去。

忽然间檀丰厉声大喝，犹如魔王的怒吼，霎时天地间一片漆黑，身周的一切都改变了形象，这里不再是黛绮的元神世界，而是……地狱变。

地狱变的壁画从檀丰眼中如画卷般闪出，却无比真实，光影闪耀间，一个又一个的恶鬼从他的眼中，从那些壁画中钻出，疯狂地冲来。

他们狞笑着、狂叫着、哭号着折磨着一个又一个的罪人。那些罪人表情痛苦，不停地哀号。

袁昇发现，恶鬼们折磨的那些罪人都是自己，无数个自己正做出各种各样的痛苦神情。

他再也找不到黛绮的心门，全部元神都被阴冷的雾气缠绕住，那感觉寒透骨髓。他不禁浑身打战。

原来这是一个可怕的圈套，檀丰早知道自己会探寻黛绮的元神世界，所以预先埋伏了一个这样可怕的杀招。

万分危急之际，黑暗深处毫无征兆地爆出一团烈火，四周的地狱惨状竟随之一黯。

袁昇的心神刹那间一片清明，他猛然向恶鬼当中最大的魔王撞过去。这一撞，竟从那庞大身躯当中钻过，那里正是黛绮的一扇心门。

轰的一声，他终于冲了出来。冲出前的一瞬，回头看时，他发现那团火光最后幻化成了一双眸子，美艳绝伦，风采撩人，正是黛绮的美眸。

只是不知为何，黛绮的美眸却淌着泪水。

光焰渐渐消散，淌泪的明眸也慢慢黯淡下去。

这情景太过诡异，最后一刻，到底发生了什么？

地狱、恶鬼、花朵、商队、明眸……齐齐消逝不见了。他盘坐在自己的书房中大汗淋漓，夜色正深，四周静得出奇，只听见自己呼呼的喘息声。

难道又是一个梦？

“我低估了你，你居然也精通梦功，刚才竟反制了我的心神。”轻柔如梦的叹息自身后传来，素白的玉手按在他的肩头。

他猛然回过头，黛绮没有戴面具，仍是那张美艳的脸孔，唇边渗出一串血水，却带着一股别样的诱惑。

袁昇低叹：“陆冲说得没错，一直是你，在用邪法控制我，对吗？藏在你心神深处的那个人是檀丰吧，他为什么控制你？”

黛绮没有回答，目光中五味杂陈，有震惊、失落，更多的却是酸楚。

“你这么做，到底是为了什么？”袁昇大喝起来，“就是为了杀死我的师尊？”

“你不懂的，你不懂的……”女郎终于抛下一声叹息，转身便走。

“小妖女，这时候你还想走吗！”

随着这道冷喝，一身白衣的陆冲突兀地现身，挡在门口。森冷的剑气横空掠来，死死锁住了黛绮的身形。

黛绮绝艳的面孔变得毫无血色，转身望向袁昇，道：“你要怎样处置我？”

陆冲冷笑道：“简单，问出元凶，再一剑杀了。”

“放她走吧，虽然她骗过我很多次。”

袁昇怅怅地望着黛绮，沉沉道：“谢谢你，让我有过一次很美的梦……虽然只是梦，但不管怎样，那一刻，我很快乐。”

顿了顿，他又叹道：“很久了吧，我都没有这样快乐过了。”

他忽然想起前几日闲时和黛绮聊天，她清脆的笑声在耳边响起：“你应该再快乐些啊，为什么不快乐呢？”

黛绮忽道：“你看到了我的心，我也看到了你的心。我见到了那个女子，真美丽啊，不过，我还是希望，你能快乐些。”

袁昇的身子忽然突突发颤起来，两行热泪倏地滑落，急忙转过头去。

“多谢你不为难我，告辞！”她幽幽叹了口气，黯然转身而去。

陆冲见黛绮飘然远去，不由怒道：“袁昇，你当真放这妖女走了吗？你这人号称修道天才，想不到却是个十足的蠢材。”

袁昇缓缓道：“留下她也没有用。她只是个微不足道的小人物。”

“留下她，至少可以顺藤摸瓜，找到主谋！”陆冲余怒未消。

袁昇不语，良久，才黯然一笑：“她的心神中已被厉害角色下了魇咒，你抓住了她，她也供不出那人是谁。好在，我已经看到了那个人……”

“谁，是檀丰吗？”

“眼下还不好说，”袁昇摇了摇头，“陆兄，我们的麻烦不小，你还有兴致干下去吗？”

陆冲翻起白眼：“当然有，老子现在简直是兴致勃发，一发难收了。”

章节八

心结

第二天一早，按照与陆冲分头行事的约定，袁昇又赶回了大玄元观。

他苦思半晚，觉得这座由玄元旧观基础上改建而来的宏大道观其实颇为神秘，甚至可说是疑云重重。

比如，师尊功力深厚、素来康健，但近年来耗费心血过剧之事，主要是督建这大玄元观，据说师尊吃住都在玄元观旧院内的某处，那么其起居之处是否异常，其饮食是否曾中毒？

比如，在自己昏倒的那段时间内，到底有什么人曾经进入过师尊的那间丹房？

还有，师尊曾降伏了会危害京师的九首天魔，将其镇于锁魔苑内的镇元井内。但此时反过来一想，便觉有些古怪——在一座敕建的新道观内，为何偏会有一处所谓的禁地？

还有最紧要的，师尊的掌心为何会现出那道诡异的天魔之箓？

观内的众道士都已换了孝衣，大师兄凌髯子正在前后忙碌，指挥人手布置灵堂等后事。袁昇仍觉得有些似梦似醒的古怪感觉，更因他多年来一心精修，对这些俗务知会不多，也就帮不上多大的忙。

昏昏沉沉间，他被两个小道士伺候着换了孝衣，便再来到师尊的棺椁前守灵。前任首席国师鸿罡真人突然羽化的消息已传了出去，这一日已陆续有道门高人赶来吊唁。袁昇少不得又要陪着大师兄一起应酬接待各方来客。

这般忙碌了大半日，直到日色西斜，袁昇才消停下来。

黄昏时分，大玄元观的后园显得颇为冷寂，数丛疏竹在暮风下发出萧萧的低吟。袁昇便在飒飒竹吟中踱着步，不知不觉间，便又走到了那个神秘之地。

夕阳的最后一抹红照在“锁魔苑”三个大字上，平添了几分阴森。袁昇觉得那抹余晖仍在悄悄地流动着，似是一只狡诈的眼睛正偷窥着自己。

这扇门背后，就是本门中人连谈话都被列为禁忌的东西——九首天魔。

佛教中称天魔为魔王、天子魔。道教将魔分为十种，有鬼魔、阴魔、阳魔等等，而魔力最上者为天魔，诸般解释，各持一说。以袁昇之广博见闻，也从未见过此物，只是从个人之理悟，觉得那应该是另外一重天地的魔灵，因而有万千变化。

这九首天魔之说更是缥缈而诡异，也只有四大宗主这些级别的道门高人才隐约知道些消息，那这里面到底封存着什么样的秘密？或许只有打开这扇门，才能知晓师尊掌心那道天魔之篆的秘密。

袁昇伫立在夕阳残照间，心底疑惑万千。

蓦地一阵暮风袭来，吹得竹丛的枝叶乱摇，似有许多暗影在仓皇地晃着。

“是谁？”他心生感应，猛然回过头来，正瞧见竹影间二师兄凌智子那张有些尴尬的白脸。

凌智子见已被他发现了踪迹，只得缓步走出，干咳一声：“十七弟，我见你昏昏沉沉的，怕有什么闪失，便跟过来瞧瞧。”说着压低声音，“前面可是本门禁地，你在此徘徊做什么？”

袁昇冷冷瞥了他一眼，看来这家伙鬼鬼祟祟地跟了自己许久。暮光下，二师兄这张脸更显得有些虚假。此时若论地位，他是大玄元观新任观主，远在二师兄之上。他便也懒得再虚假客套，道：“二师兄，小弟有一事请教。我记得师尊生前，一直是你随侍左右的。师尊的饮食，近日来可有何异常？”

凌智子的脸色有些古怪，却还是极镇定地点了点头：“师尊饮食向来清淡，这你是知道的，近日来也是如此。若说变化，就是吃得越来越少，甚至有时已近辟谷之境。”

“辟谷之境？”袁昇一惊。辟谷是道家的一种修炼之法，最高明的道家高人甚至在辟谷时可以几日不食。很奇怪的是，师尊既然要督造大玄元观大费心血，为何还要辟谷少食？

他叹口气，又问：“我在昏过去之前，也是看到二师兄第一个冲进屋来。这么说，你是唯一见到师尊仙逝时的人了？”

凌智子的脸色更僵，沉声道：“我在门外听得异响，便冲了进来。但刚冲进来，便见你昏了过去。不过，大师兄几乎是前脚接后脚地跟了进来。是我二人一起，看着师尊仙逝的。”

袁昇无语。凌智子的这些话，隐隐地，也和大师兄凌髯子的话能互相印证。

“你放心吧，师尊寿终正寝，羽化成仙，走得极是安详。”凌智子轻拍着他的肩头。暮色中，凌智子的眸光亮起来，甚至带着一种诡异的光。

袁昇跟他微一对眼，便觉心神一阵恍惚。凌智子的双目愈发闪亮，低声道：“不要胡思乱想了，现在，你需要安安稳稳地睡上一个美觉，最好再做上一个美梦。”

他的声音很轻柔，袁昇几乎就想在他温和的轻语声中睡去。师尊仙逝后，袁昇便心力交瘁，反而难以安眠，即便入睡，也睡得极不安稳。

“你撒谎！”

竹林内忽地传来一声怒喝。一个高大的身影匆匆闪到。这人方脸浓眉，面色黝黑，正是袁昇的五师兄凌尘子。

袁昇给这道喝声弄得悚然一惊，心神略定，登时狠狠瞪了凌智子一眼，暗道：“二师兄当真古怪，为何要对我施展这种迷魂邪术？是了，他也曾修习梦修术，但他到底要干什么？”

这时候，他还不便跟二师兄撕破脸皮，只得向凌尘子点头道：“五师兄，你何出此言？”

凌尘子瞪视着凌智子，怒道：“因为他撒谎，师尊绝不是寿终正寝。”这位五师兄是个铁匠出身，性子耿介，此时怒气上来，双眼都瞪出了血丝。

凌智子一惊，冷哼道：“老五，你又饮酒了？这般胡言乱语！”对这位“打铁”的五师弟，凌智子还是敢摆出二师兄的架子的。

“你在撒谎，只因大师兄是和我一起进的丹房。我们进屋后，便见十七弟已然昏死，师尊也是奄奄一息，此外屋内便只有你。”凌尘子瞋目再喝。

“不错，你说师尊奄奄一息，那便没有仙逝，师尊临终前还不是当着大师兄的面，将后事安排得井井有条。”

不知怎的，凌尘子对这位二师兄颇为敌视，双目火红地瞪着他，道：“反正你撒了谎，有一便有二。关键是，在十七弟昏过去后，你对师尊做了什么？”

“住口！”凌智子闻言怒不可遏，双眸灼灼地回瞪着他，“那时是紧要关头，我急得心乱如麻，没记得你跟大师兄一起进来也很寻常。哼，我自然只记得大师兄，你又算是什么东西，我凭什么要记住你？就凭这个，你便说师尊不是寿终正寝？”

二人的眼中都似要喷出火来，凌智子的目光尤其锐利。

袁昇心中一动：“二师兄难道对五师兄也要施那邪法吗？”忙挡在五师兄身前，温言劝慰。

凌智子还算性子缜密，知道这非常时期，最忌门内吵斗，便即拂袖而去。临走前只丢下一句狠话：“老五，师尊尸骨未寒，你便胆敢以下犯上，待我禀过大师兄，定要门规伺候。”

凌尘子绷着一张方脸，只是愤愤地盯着他的背影不语。袁昇望见他那双眸子已是血丝密布，显是一晚也没有合眼，忍不住叹道：“五师兄，何必对二师兄这样？”

“我恨他，师尊的那份奏折，就是经得他的手，送交了宗正寺。”凌尘子一字字地道。

“什么奏折？”袁昇大奇。

凌尘子嘶声道：“还有哪个，就是让师尊千古蒙羞的那份，举荐安乐公主为皇太女的那一份。”他忽地狠狠捶了自己的脑袋一拳，颓然道，“师尊确实不是寿终正寝，师尊……是因我而死！”

最后这句话更是石破天惊。

他正待细问，凌尘子已撕扯起自己的头发，惨然道：“就因为那份奏章！师尊在前些时日居然给万岁上书，以天象为说辞，向万岁举荐安乐公主为皇太女。师尊在我心底就是一座高山，但这份让整个灵虚门都抬不起头来的奏章，却让这座山塌了，碎了。所以几天前，我和师尊大吵了一架，当时便气得师尊吐了血……”

袁昇这才明白五师兄的话。

原来皇帝李显是有太子的。但这位太子李重俊却非韦皇后嫡出，因而在皇帝和韦皇后身前极不受宠，甚至常受韦皇后亲生的安乐公主排挤。被逼得没有退路的太子李重俊矫诏以亲信三百余人发动景龙兵变，斩杀武家党的武三思和武崇训父子及其党羽，又冲入宫城寻杀韦皇后和安乐公主未果，最终为宗楚客率兵所阻，功亏一篑，为部下所杀。

于是大唐当朝就没了太子，这就让安乐公主滋生了更大的野心，韦皇后也为之推波助澜，“皇太女”一说甚嚣尘上，其中不乏想在政治上押宝走捷径的投机取巧之辈为之造势。只是，虽不久前有武则天女皇主政的例子，但到底中华数千年男尊女卑的观念影响，安乐公主这“皇太女”的美梦总也可望不可即。

便在这种复杂形势下，身为前朝第一国师的鸿罡真人忽然上书，以天象星宿为说辞，力推安乐公主为皇太女。

鸿罡真人为德高望重的道门高人，朝野间信徒无数，此举颇为出人意料，震惊者有之，怀疑者有之，迷惑者有之，而更多的人则是鄙夷不屑。甚至连鸿罡的亲信弟子都大为不解，性情耿介的凌尘子更是愤愤然找到师尊，大吵了一通。

听得五师兄痛心疾首的一番自责，袁昇不由苦笑起来：“便因那一场争吵，五师兄你便认为是你气杀了师尊？”

凌尘子摇了摇头，又狠狠点了点头，颤声道：“至少，至少师尊这次暴亡，也与我大是相关。是我忤逆了师尊，气得师尊吐了血。”

袁昇不由叹了口气，只得温言劝解。但凌尘子根本不和他多言，只是摇着头走远，口中喃喃不已：“是我害了师尊，全是我……”

看着五师兄黯然远去的背影，袁昇才忽然发现，自己的师门其实也疑点重重。

到底师尊因何而死，难道真的是自己梦中失手所致吗？为什么不会是别人？为什么不会是固执的五师兄？为什么不会是那个鬼鬼祟祟的二师兄？

他的头又痛起来，那种迷离如梦的朦胧感也悄然涌了上来。

陆冲早早地便赶到了西市。

西市是长安城最为繁华的地方，占地为整个长安城的二坊，几乎囊括了世界上所有可以买到的商品，计有二百二十行之多，为当时整个东西方世界中最大的货物市场。这里有各色胡商，波斯邸更是鳞次栉比，连罗马人都赶来这里采购丝绸瓷器，从这里发出的货物直达欧洲和非洲。

陆冲早早地便顺着西市北大街转悠着，从张家楼食店、王会师店穿过去，进了胡姬酒肆。跟几个碧眼丰臀的胡女笑闹一番后，陆冲才打探出来了一点消息，在催更鼓敲响之前，钻进了一家百戏班子。

西市之所以让人目眩神迷，除了有琳琅满目的各色货品，更因为这里有世界上最炫目的百戏班子演出。按大唐的宵禁之制，只是催更鼓后坊门关闭，寻常人等不准在各坊间走动，但留在西市内的长安闲人们便可在坊内纵酒狂欢一夜。只是现在还不到宵禁的时候，西市百戏班子最热闹的时刻还没有到来。

陆冲在这家名为“紫昆仑”的百戏社前犹豫了片晌，终于跺了跺脚，咬着牙迈步而入。

“哎哟，这不是陆大剑客吗，您是喝多了，还是吃错了药，怎的来看小女子了？”

说话的是个娇俏女郎。她看上去二十三四年纪，五官精致，可说颇为美艳，只是如画的眉宇间却笼着一层英气。此时她正对着铜镜轻描自己的蛾眉，只给陆冲一个俏媚的背影。

“青瑛，有件事十分古怪，只怕天底下只有你才能看透。”陆冲自知跟这女郎斗口，决计没有好下场，索性厚起了脸皮，给女郎戴起了高帽，“你说，有没有一种术法，可以让人活在梦中？”

“让人活在梦中？”叫青瑛的女郎果然被陆冲轻轻巧巧的一句话引起了好奇心。

她扭过头，狠狠瞪了他一眼。这个男人曾与她相恋一场，他曾说她是他的红颜知己。只是两人实在是有缘无分，在一起时争吵的时候多，后来陆冲索性一走了之。

陆冲看到女郎似嗔似怨的眼神，心里一阵舒坦，知道她很可能会答应援手了。

他深信自己这欢喜冤家的本领。这位美女精通易容术和神行追踪术，更因她身负家仇，为了尽快提升功力，甚至曾易容后，想方设法地混入过四大宗门等的藏书要地，生吞活剥地背诵过各种术法要领。虽然这些术法派别各异，难以尽数修炼，但青瑛却阴差阳错地成了大唐最好的“术法分析师”。

只不过这位红颜知己因家仇之故，对自己的来历捂得极严，只是纠集了一批身份各异的歌姬、胡女等神秘美女，经常混迹于几个百戏班子中，终日价不知忙些什么。也正因她对自己的神秘身份讳莫如深，陆冲总觉得女郎跟他不是一条心，两个人没少为此争吵。

听罢陆冲复述袁昇的诡异的入梦情况，青瑛也觉得很奇怪。

“这里面有个巨大的疑问，”女郎沉吟道，“怎么解释莫迪罗两次同样的绳技越狱，真的都是梦境吗？那些金吾卫的人，甚至包括袁昇的老爹，为何都不记得第一次越狱的事？”

“是啊，直到现在，他老爹还以为袁昇在做梦。不过，”陆冲忽地瞪大双眼，“我也无法证明袁昇没有做梦，只因袁昇所说的莫迪罗第一次越狱之事，我可没有亲眼见过。”

青瑛不语，沉了沉，才道：“不管袁昇的精神是否出现了异常，他，还有那些金吾卫，一定遭遇了一个精通元神迷魂的高手。”

陆冲顿足骂道：“一定是那个波斯妖女黛绮！可恨袁昇这小子失心疯，居然把她放走了。”

青瑛怒道：“人家那叫有情有义，哪像你这个家伙！哼，我问你，若是我二人和他二人易地而处，你定会将我绳之以法了，是不是？”

陆冲大惊，哪敢和她扯皮这些，忙道：“你又胡思乱想什么？她是个来历不明的妖女，你可是本剑侠心中冰雪聪明灵秀绝伦的美女暗探，再说，哪怕是你盗了安乐公主的日月神灯，本剑侠也视若不见，一笑置之。”

他不敢在这话题上多做纠缠，嘿嘿一笑之后又道：“好在本剑侠在这妖女身上下了神鸦咒，可以追踪她的大致踪迹。”

他向青瑛讨了些朱砂，蘸了些酒水，在案头上画出了长安城坊街河流的大致图形，再从怀中取出个葫芦，从里面倒出个拇指大小的飞鸟状红石。

这“小红鸟”实为用道法炼化的朱砂原石，此时在陆冲的法咒驱动下，便真如一只飞鸟般地在案上循着朱砂地理图飞转起来。

片刻后，红鸟定住了。

“黛绮就在这西市附近，怎么可能？”陆冲疑惑地在那地方比画着，“这里……可疑的地点只有一处——胡僧慧范所在的西云寺。”

“西云寺？”青瑛点点头，“好的，不过这袄教胡寺那边先不要打草惊蛇，我会派几个胡姬姐妹去那里祈祷，借机探查。”

“说到胡姬，” 青瑛的眼睛忽然一亮，“你们都忽略了一点，黛绮和檀丰伪装的莫迪罗都是波斯人，那你们一直没有去探查黛绮所在的那个波斯幻术班子吗？”

陆冲哼道：“本剑侠如何想不到，只是时候紧急，哪里来得及分身去查？”

青瑛俏眼一横，嗔道：“若非如此，你才不会来找我，是吗？”当下便叫来了几个熟悉西市百戏班子的胡姬姐妹打听情况。

众姐妹七嘴八舌地一通交流，果然得知了不少信息。

原来黛绮所在的波斯“黑骆驼”幻戏社在西市颇为有名，这班子最擅长幻术表演。只是听说最近黑骆驼幻戏社似乎出了点小麻烦，那班首忽然失踪了，社内就乱了起来，近日全靠那副班首全力支撑。

“班首失踪？”青瑛的眼珠转了几转，“这可不是小事啊。谁有办法混进那个班子去探查一二。”

一个圆脸胡姬笑道：“那也不算什么难事。听说他们班首失踪前，曾接了一件大生意，正要去一位权贵家表演幻戏助兴。这两天，副班首全力操持演练，却少几个通晓幻术表演的舞姬，正四处招兵买马呢。”

“好极了，”青瑛大喜，喊着圆脸胡姬的名字道，“艾丽，快想想办法，把我举荐进去。对了，他们要给哪家贵胄演戏？哪日开演？”

艾丽笑道：“副班首可是我的追求者之一，举荐你也不算麻烦。那家权贵可了不得，当朝宰相宗楚客宗相爷。听说是宗相爷要给老母做大寿，许多朝廷显贵都要到场的。时候嘛，就在明晚！”

“明晚，宗相府！”陆冲大是震惊，“居然是本剑侠的老冤家。”

想到跟自己在龙神庙约战的青阳子等高手，陆大剑客不由得皱起了眉头。

“好热闹啊！”青瑛明眸闪动，笑道，“艾丽，你为人最是机灵，便随我去。”

陆冲狠了狠心，叫道：“此事有些凶险，我随你去！”

青瑛奇道：“你聋了吗？没听到人家要的是两个通晓幻术表演的美女，你通晓吗，你是美女吗？”

陆冲干咳两声：“你不是会易容术吗，便给我易容成……呃，这个比较难。是了，我记得你还会一门半生不熟的隐身术？”

章节九

镇元井

无边的暗夜终于铺了下来，袁昇在灵堂中默坐，二师兄凌智子仍是带着十六名高道在他身后诵经。

袁昇则静坐在师尊的遗蜕前，神色黯然。今夜之后，师尊就要真正入殓。那以后便再也看不到师尊了，其音容笑貌便只能从回忆中择取了。

他再次将目光落在鹤氅掩盖下师尊的那只右掌上，忽地心中一震。他还当自己眼花了，忙伏近身，仔细审视。

没错，师尊右掌上的那道暗纹不见了。

袁昇急忙起身，调亮了烛火，细看多时，果见那个天魔之篆已经消失得无影无踪。

他觉得一阵惶恐，忙向诵经的二师兄招了招手。凌智子马上小心翼翼地凑上前来。听袁昇说了心中的疑问，凌智子满脸疑惑，翻着小眼睛盯着他，道："十七弟，你说的什么，师尊掌心的暗纹？不可能啊，我怎的没有看到过？"

一股寒意倏地涌上，袁昇忍不住道："怎会没有，我昨日明明看到的，绝对是天魔之篆，又怎能错？"

他声音一高，惊得后面十六名高道都是一愣，停了诵经，怔怔望着他们。

“休得在师尊身前惊扰！”随着低沉的一喝，大师兄凌髯子缓步走入，先向那些高道挥了挥手，让他们继续诵经，才将袁昇和凌智子叫到身边，细问端详。

“什么天魔之箓的暗纹！我和你二师兄亲自给师尊更的衣，若有这等事，我们又如何看不到？”凌髯子说着蹙起眉头，“十七弟，你莫非又做了怪梦？”

给大师兄那满是疑惑的目光一浸，袁昇心底的寒意更甚，急忙摇了摇头：“没有，我……我或许是这些日子太过劳累了。”

凌髯子叹了口气：“是啊，你是心力交瘁、劳累过度，去歇歇吧。别忘了，你可是新任观主，玄元神帝开光祈福大典，还需你亲自主持。”他轻拍着袁昇的肩头，“赶紧回丹房，去睡上一觉。”

袁昇不愿再说什么，只是最后向师尊的右掌投去满是疑惑的一瞥，随即黯然出殿。

他已是新任观主，有自己的静修丹房。也确是身心俱疲了，进屋后没多久，袁昇便沉沉睡去。迷离中，一抹白雾漫卷过来，让他分不清是现实中的雾，还是梦中的雾。

“醒醒！十七弟，快醒醒！”

一声轻唤入耳，袁昇一个激灵，猛地坐起身，呼呼喘息。

眼前一灯如豆，袁昇看到了灯影里五师兄那张焦急而憔悴的方脸，他登时一喜，忍不住惊叫道：“五师兄，果然是你，你没事吗？”

凌尘子皱眉道：“什么果然是我，我能有什么事？倒是你，出了这么多冷汗，是做噩梦了吗？”

“没事就好……没事就好！”袁昇喃喃低语。

刚才他确是做了个噩梦，竟梦见自己和五师兄稀里糊涂地暗探锁魔苑内的镇元井，更在阴森古怪的井内，发现了即将突破禁制的九首天魔。一番惊恐万状的搏杀后，不知怎的五师兄竟变成了九首天魔的模样，袁昇失手之下，一剑刺入了五师兄的小腹……

好在正当他在噩梦中挣扎难出之时，凌尘子赶来，将他拍醒。

还好，只是一个梦！袁昇心内暗自庆幸，这时也不便回顾那阴森可怕的梦境，只问：“五师兄，你怎的来了？”

“睡不着的，我心里面有事。”五师兄在黯淡的灯辉下瞧着他，忽道，“或许咱们想的一样，那个锁魔苑，有些古怪！”

听他提起了锁魔苑，袁昇不由一悚，道：“你要怎样？”

“你想过没有，师尊的暴亡，也许与那地方有很大的关联，或许天魔要复活了！”凌尘子瞪着火红的双眼盯着他，“如果真是那样的话，大唐京师就要死很多人。那么，师尊之死也仅仅是个开始……”

袁昇愕然。五师兄的话说得颇有道理，但他总觉得哪里不对头，似乎是与梦里的诡异感觉有些相似?

“其实你和我一样，对那地方都很疑惑。那不如一起进去看看吧。”凌尘子一字字道。

“好吧！”袁昇终于呵出一口气。毕竟师尊掌上的那道诡异暗纹，正与天魔有关。不揭开这道谜底，他实在是寝食难安。

袁昇的双眼通红，五师兄的双眼也是火红的。两个眼睛爬满血丝的人对望着，终于都点了点头。

锁魔苑前还是竹影萧萧，只是那些影子都是黑丛丛的，显得有些阴森。一抹月光轻飘飘地照在“锁魔苑”那三个字上，别衬出一股凄迷。

袁昇望着那抹月光，忽然觉得自己又在做梦，忙咬了咬下唇。一股痛楚袭来，提醒他这是在现实中。凌尘子倒极为果断，大步走来，扯了他一把。两人觑见四周无人巡视，便并肩跃入了苑墙。

锁魔苑并不大，苑内只有一座八角飞檐的铜亭。亭子内黑沉沉的，似乎月光也根本无法穿透进来。那口神秘的镇元井就坐落在铜亭最黑暗的中心，犹如一只乌黑的眼。

整座铜亭都刻上了符咒，特别是光滑的井沿上，都是密密麻麻的符箓。

袁昇认得，那些符咒其实都是一个字——镇！而这座铜亭的八角分别喻示八卦，明柱竟也用了八根，柱上的符箓大小不一，却错落有致，看来这些符箓的摆布都是遵循着某种阵法。

凌尘子低叹道：“八角代表八卦，八柱分镇八风，所有的符箓加在一起共有九百九十九字。不说外面的锁魔苑，只这座铜亭便足以镇压各种妖邪。”

袁昇才想起来，五师兄在神、气、阵、符这道门四大类中，最是精修阵学。听得这番解说，袁昇慢慢放下心来，这八角铜亭的布置如此精细谨严，看来这里应该没什么异常。

哪知他刚走到井前，便生出一种无比阴郁的感觉，隐隐地，似乎井内正传来某种奇异的召唤声和凄恻的哭号声。袁昇只向井中瞄了一眼，竟觉得天旋地转，他忙收回目光，强力凝定心神。

凌尘子忽然涕泪横流，哽咽道："十七弟，跟你说一个秘密吧。因为那份奏章！师尊在前些时日居然给万岁上书，以天象为说辞，向万岁举荐安乐公主为皇太女。师尊在我心底就是一座高山，但这份让整个灵虚门都抬不起头来的奏章，却让这座山塌了，碎了。所以几天前，我和师尊大吵了一架，当时便气得师尊吐了血……"

他越说越是痛苦，竟又撕扯起自己的头发。袁昇却觉一阵毛骨悚然，忍不住道："五师兄，这些话，你不久前刚刚跟我说过的。"

凌尘子止了哭声，一脸疑云，喃喃道："我说过，没有吧？"

"似乎……一个字都不差。"袁昇猛然抬起头，"五师兄，我们应该回去，我有一种很不好的预感。"

"不成！"凌尘子俯视着井下，缓慢而又毅然地摇头，"我也有种不祥之感，但我一定要下去，哪怕我死在里面。"

袁昇急忙喝止他："住口，咱们修道人不可妄谈'死'字，这可是个极其不佳的前兆。"

五师兄呵呵地笑着："道家前兆？其实在我来找你之前，也刚刚做了个梦。我梦见你杀了我，就在这镇元井内。"

于是凌尘子开始述说他的梦境。

袁昇越听越觉得脊背发凉。五师兄做的梦，居然跟自己刚刚做的梦一模一样。在那个梦里面，自己杀了五师兄。而五师兄的梦里面，他被自己杀死。地点都是锁魔苑内的镇元井，诸般细节竟都一模一样。

这是怎么回事？难道我们彼此进入了对方的梦里，但天下怎能有如此怪事？

他再望向那口怪井，忽觉这种诡异的感觉，似乎都与这座阴森的深井有关。

凌尘子忽道："可即便如此，我也要下去，我甚至希望找到那天魔，那是耗费师尊神气的元凶。”

“好吧！”袁昇只得叹口气，再次望向那深邃无际的怪井，“若我所料不差，师尊已在这深井内外设置了多重法阵，再加上那个不知哪重天地坠入此间的九首天魔，只怕已让井内的世界发生了改变，甚至形成了自己独有的天地规则。你一定要下去吗？”

“一定！我一定要确认，是天魔的缘故让师尊早亡，不是我，不是我！”凌尘子的声音有些嘶哑。

袁昇只得道：“好吧，你下去！不过，我得待在这里，给你结阵护法。”他没有说出心里的话，我们不在一起，那么，那个梦之前兆再确切，也不会发生吧？但愿不会发生。

五师兄看了他一眼，便毅然下了镇元井。

深黑的夜，寂静如海，凌尘子如一道黑烟般慢慢沉入井内。奇的是他下去后，井内居然悄寂无声，如同将石块丢入深不见底的深渊，没有一丝回响。

袁昇不由生出一种异感，那镇元井就是个活的生灵，五师兄其实是被它一口吞没了。

然后就是漫长的等待。

他从未有过如此古怪的感觉，仿佛已过了一整夜，又仿佛才过了一盏茶的时光。这镇元井附近，果然如他所说，形成了自己独特的天地规则，甚至连时光快慢都与别处不同。

终于等得不耐烦，袁昇不禁探身井沿，运起本门传音秘术喊道：“五师兄，你在哪里，速速回来？”

但任凭他嘶喊多时，那口井依旧毫无声息。袁昇甚至觉得，连自己的声音也被这口井给吞没了，连一丝回响都没有荡起。

袁昇咬了咬牙，只得小心翼翼地潜入了井内。

那种感觉很古怪，他的头才沉入井沿，立时觉得像是被一种深邃浓厚的黑暗吞没了。跟着，便觉得身下传来一声声沙哑的惨号，仿佛是无数只厉鬼被拔去了舌头，却又遭受难耐的酷刑，忍不住还要嘶叫哭喊，便发出这样沉闷的惨叫。

那声音带着无边的痛苦，又带着无边的绝望。

袁昇第一个反应便是脱身折返，但想到五师兄生死未卜，便只得凝定心神，攀着井缘，勉力下沉。

那井壁似乎不是砖石所做，黏腻腻的，抠上去感觉很古怪。越是向下，那种惨号声愈发真切，声音先是在下面，渐渐地来到了耳边，然后便蹿入了心底。无数只被拔去舌头的厉鬼咆哮声，简直逼得他要发疯。袁昇猛然想到了那幅神秘莫测的壁画《地狱变》，难道这里就是传说中的拔舌地狱？

身子还在不停地沉下，仿佛这深井永无尽头，而身周的黑暗也愈发黏稠。甚至袁昇用上苦练的夜眼功夫都难见分毫。他不得不燃亮了师门特制的万年烛。

烛火铺开的一瞬，脚下忽然一实，竟然是到底了。这口井里面果然没有一滴水。袁昇才明白这井的内壁为何那么古怪，虽然整座井是干的，但井壁却黏稠潮湿，甚至还在微微地蠕动着。

他尽力举起万年烛远望，烛光却照不到前方的尽头，镇元井的底部竟然又向前延伸了出去。这座井果然大有玄机，它到底通向哪里，那九首天魔到底囚禁在哪里？

五师兄依旧踪影不见。他只得咬咬牙，继续前行。袁昇觉得自己是行走在某种怪物的体内，而且就在这慢慢蠕动的井壁间，似有一双双古怪阴郁的眼睛正盯着自己。

更诡异的是，就在他适才凝步远眺的一瞬间，那些惨号的怪声全无，整座井冷寂得渗人，仿佛洪荒未开时没有任何生物的死静，甚至袁昇发出喊声，听起来都影影绰绰，仿佛永远传不到头的样子。

而他才一迈步，怪叫嘶吼声又再响起，而且更加疯狂。

袁昇忽然心中一动，猛然加速飞奔。随着他步法陡快，惨号声变得悠长起来，却也愈发凄恻惨厉，变得更加怨毒阴森。

更可怕的是井壁也慢慢翕动，仿佛那巨大的怪物在蠕动自己的肠子，要将进入体内的异物消化掉。难道五师兄便被这怪物给消化了？

袁昇绞尽脑汁，也想不出天下道门还有哪派的法阵能设置出如此怪相来。他只得拼命奔跑，只盼着在怪物将自己消化之前，能突破这古怪之地。

好在师门秘制的万年烛能耐阴风，他这般飞奔，照样光焰不灭。

突然间双臂剧痛，一道道鲜血迸射出道袍，随着他步伐加快，手臂上的裂口和血流也不断加速扩大。袁昇大吃一惊，难道这怪异的地方居然能控制自己的身体，让肌体无端受损？他猛一低头，才发现手上竟生出了细密的鳞片。

这到底是怎么回事？袁昇觉得自己要疯了，忙将金光咒、伏魔咒、太乙神咒等诸般护身法咒拼力默念起来。

但似乎没什么用。手臂上还在继续翻出密鳞。他下意识地摸了下脸，心下更惊，脸上虽没有鳞片，却生出了无数皱纹，甚至颔下的胡须也暴长起来，仿佛这片刻工夫他就老了数十岁。

便在此时，一道黑影斜刺里扑来。这一撞事先全无征兆，袁昇被黑影撞得一个踉跄，险些栽倒，浑身剧痛之下，拼力稳住了身形。

那黑影也晃荡着退开，随即又飞快地爬了过来。那是……巨龙？鳄鱼？狻猊？

那东西终于完全爬到了烛火下，竟是一只巨大的蜥蜴。巨蜥的脊背、四肢已经鲜血淋漓，甚至脏腑都已从破裂的腹腔拖出，密生鳞甲的身上竟挂满了各色蛆虫。那些蛆虫正狠命地咬噬着它。

不知怎的，袁昇觉得巨蜥望向他的目光却没有一丝敌意，只有说不尽的哀怨、绝望、悲哀和同情。

袁昇本该不寒而栗，但这时却已忘记了痛楚和畏惧。他想到自己手臂上的鳞片，忽然生出一个奇怪的念头，那蜥蜴就是五师兄，这怪井将五师兄变成了蜥蜴，莫非下一刻，自己就会这般模样？

“五师兄，是你吗？”他的声音颤抖而虚弱。

蜥蜴只向他点了点头，目光更加哀痛，忽然转身向前飞蹿而出。袁昇几乎不假思索地飞步跟上。

再次飞奔起来，耳边的嘶号声愈发凄惨，此起彼伏的闷嚎中，袁昇胸背上的皮肤爆开无数裂口，一道道血花飞溅出来，裂口则迅速地被鳞片填满，而手臂上最先生出的鳞片则在迅速增厚。

袁昇这才看清，原来井壁上蠕动的都是鳞片。他忽又冒出一个怪异念头，那些发出绝望呼号的，也许跟自己一样，都是活生生的人，却被这怪井变成了披鳞戴甲的蜥蜴，然后再被深井同化，变成“井壁”！

想到自己最终的结局也许就是变成井壁上蠕动的鳞片，他便生出一种深深的绝望感。这座镇元井果然是本门禁地呀，怪不得师尊生前曾严禁弟子靠近，可恨自己居然不知天高地厚地钻了进来……

那只巨蜥还在拼力飞蹿着，沿途拖了一地的鲜血。袁昇也只得不管不顾地跟上。

前方骤然光亮刺眼，袁昇不由得止住了步子。

“三清四御在上！”终于看到了那怪物，被惊得浑身颤抖的袁昇不由默念了一声道号。

那怪物有人的身躯，却生着九个怪头，只是头脸四肢躯干上都密布鳞甲，连九只怪头上都是细密的鳞片。看那九个头，居然都是人类的五官，有的面容极彪悍，有的面容则极丑陋，有的面容颇俊俏，更有的则长发垂掩，容貌温婉娇媚如女子。只是这些怪头都微垂着，九双眼睛都紧紧闭着。

在这怪物的体外则箍着一层薄膜，那层膜渗着沁人肌骨的冰冷气息，仿佛是九幽地底的千载寒冰。那刺目的光亮不知是那道寒膜发出，还是这怪物自己生出的。

这样耀眼的光芒，这样一只庞然巨怪静静地凝立在那儿，甚至有些惊心动魄的妖艳美感。

九首天魔！袁昇暗自长长舒了口气。看来这天魔已被这寒冰般的薄膜冻住，那层膜便是师尊留下的封印禁制。

但他那口气还没有喘匀，眼前异变陡生，寒冰内部猛然一亮，正中怪头的那双眼睛陡地睁开了，那双森冷的眸子爆出一道强光，直射寒膜外的袁昇。

那目光如此冷酷和怨毒，竟激得袁昇浑身一个哆嗦。跟着又一双眼睛张开，接着是第三双，第四双……

随着一双双眼睛的张开，箍在天魔体外的那层薄膜开始剧烈地抖颤起来，一道细小的裂纹忽然从中裂开，并越挣越大。

果然，这天魔要突破禁制了。

这念头才一闪，那最后一双眸子已然张开。跟着九个头齐齐张开大口，有的狂笑，有的大哭，有的嘶喊，有的呻吟……剧烈的声浪中，那层寒膜也发出痛苦的嘶叫，裂纹越来越密。

袁昇的双耳也要被那九首怪物的号叫声震破。他知道此时形势紧急，这九首天魔马上要破除封印了。

袁昇大喝，出剑。他倒擎春秋笔，笔尾骤然弹出一段锐利的剑锋。此剑名曰掩日，据说为当年越王所铸的锟铻之神八剑之一，剑虽不长，但极为犀利。

掩日神剑耀出灼人的寒芒，直刺向正中那只怪头。哪知剑光才闪，那只蜥蜴便疯了般蹿起。它似乎对袁昇的剑法了然于胸，这一蹿正好挡住了那剑势，嘶的一声，长剑透体扎过了巨蜥的腹部。

袁昇大吃一惊，甚至不敢拔剑，否则长剑拔出，这巨蜥立刻就会开膛破腹而亡。他只得怔怔松手。那还插着半截剑身的蜥蜴则继续跃起，疯了般撞向那天魔。

砰然一声巨响，寒膜内的九首天魔竟露出惊骇痛苦的神色。跟着便是第二声大响，天魔浑身巨震，九双眸子一起闪亮，透出无奈的怨毒神色。

便在袁昇震惊茫然之际，蜥蜴则仰头发出沉闷的巨吼，第三次狠狠撞击过去。

一声刺耳的嘶鸣响起，那寒冷的薄膜终于如脆冰般破裂。奇怪的是，在寒膜破碎的一瞬，里面的九首天魔并未破封而出，而是发出凄惨仓皇的嘶号，其轮廓也迅速模糊起来。那九首魔怪的形象还在无奈地挣扎，但一双双眼睛却只能黯然闭上。

在最后一双眼睛如残灯般熄灭的一刻，九首天魔的嘶号声也同时止息，那魔怪之形则如最后一瞬的烟花般爆开，随即消逝无踪。

“明白吗？”巨蜥痛苦地倒地，竟口吐人言，“千万不能触碰那层膜，那才是……真正的机关！”

它庞大的身躯不住抽搐，随着每一次抽动，它的四肢上的鳞片便抖落不少，转眼间他的双臂已经回复人形。

“五师兄，果然是你！”

袁昇忽然明白，正是这只蜥蜴，也就是五师兄救了自己，原来最可怕的不是被封印的所谓天魔，那只是一个幌子，真正的机关则是那层寒冷刺骨的膜。巨蜥适才拼命挡住了自己的剑，禁止自己直接触碰那层膜。

否则会怎样呢？很可能就是自己如同五师兄一样，便异化成一个怪兽。

但凌尘子这般不惜一切地撞破了那层膜，也付出了惨重的代价。他的全身伤痕累累，腹部还插着掩日剑，甚至肠子已经流出。

“快走！”凌尘子虚弱地吼叫起来，“那层膜……在修复，快，快从那层缝隙中逃走！”

果然，那层本已残破撕裂的薄膜正吐出无数的细丝，许多缝隙正在渐渐地接驳、融汇、闭合，中间那道巨大的豁口中更是缀出千丝万缕，正在慢慢变小。看来这井内的神秘天地随时会自己修补伤口。

“我们一起走！”袁昇大吼，一把揪起了凌尘子。

“时间不多了，不要管我，否则你突破不了那层天地。”凌尘子想挣扎，却已全身无力。

袁昇不管不顾地提着凌尘子的背心，大吼一声，向那道豁口飞奔。一声怪异的巨响，他撞了过去。

下一刻，剧烈喘息着的袁昇发觉自己正站在亭中。

这里赫然是锁魔苑那黑沉沉的铜亭，连月光都无法穿透进来的八角铜亭。那口神秘的镇元井就坐落在铜亭最黑暗的中心，犹如一只乌黑的眼，狰狞地望着他。

“我一定要确认，是天魔的缘故让师尊早亡，不是我，不是我！”五师兄凌尘子站在井边，执拗地望着他。

袁昇叹道：“好吧，你下去！不过，我得待在这里，给你……”话没说完，他急忙顿住，骤觉一阵深冷的凄寒，怎么会是这样？自己怎么会重复先前的情景？

自己明明早已看到五师兄下了镇元井，而且自己也早就追踪而下，在井下看到了无数诡异情景，可眼下，自己怎的又回到了井边？难道这座古怪的镇元井，竟能让时光倒流？或者，自己又开始做那怪梦，在梦中会重复现实？

凌尘子最后看了他一眼，便毅然向镇元井潜下。

深黑的夜，寂静如海，袁昇浑身颤抖着望着凌尘子正如一道黑烟般慢慢沉向井内。

看来时光真的倒流了，自己是否还会选择让五师兄下去？

“不！”他猛然仰头，狠狠地咬了下自己的嘴唇，一股钻心的痛楚袭来。他的神智一清，不由大喝道，“这不是梦境，也不是时光倒流，这是……幻象！”

幻象!

随着这两字怒吼而出，黑沉沉的铜亭消逝了，乌黑如怪眼般的镇元井消逝了，正在一点点沉下的五师兄则用一丝奇异而怨毒的眼神盯着他，最后也如一缕薄雾般消散而去。

一抹温柔的月光当头照下来，袁昇发现自己正倒卧在有些清冷的街道砖石上。

清风如水，明月如镜，柔软浓密的垂柳在低回的夜风下在他的头顶轻拂着。这一刻宁静而美好。袁昇发现，这里竟是西市附近。

“五师兄！”他猛然低头，才惊骇地发现，五师兄凌尘子就在身边，却已奄奄一息。他的内脏流出，掩日剑就反插在他的小腹上，鲜血流得满地都是。

“明白了吗？”凌尘子虚弱地笑着，“也许这是一个很大的局。好在我明白了，师尊不是因我而死，我也……不负师尊！”

那道笑容忽然在那张苍白的方脸上凝固。

“五哥！”袁昇凄恻地惨呼了一声，却发现，五师兄凌尘子真的死了。这一切，竟与自己的梦中所见依稀相似。

他又拼力咬唇，很希望这是个梦，但钻心的疼痛无情地提醒他，这完全是真实的。

忽听得悠然的钟声传来，袁昇茫然抬起了头，才看见前方的垂柳浓荫处那一角尖尖的殿檐。他恍惚了一下，才认出那中西结合的神秘建筑，正是西云寺。

章节十

相府寿宴

宗楚客，曾经三度出任大唐宰相，虽然贪婪成性，却也着实有些才干，工于诗文，又颇有谋略胆魄。当年太子李重俊兵变杀入皇城时，宗楚客坚定地率兵死守太极殿，为最终剿灭重俊立下首功，因此颇受韦皇后和皇帝李显器重。

如此权倾一时的风云人物为老母做八十五岁大寿，前来庆贺的宾客自是云集了当朝权贵。

依着当时的规矩，寿筵早已开了数日，到贺的显贵已来了数批，在今天的正日子里则只有宗家亲信、本族显贵在后厅济济一堂。最要紧的是，今天来了两位贵客，太平公主和安乐公主这两位最受朝野瞩目的公主居然一起驾临宗相府贺寿。

暮色初降，相府后园花团锦簇，各种精心栽培的异种牡丹在无数盏精致宫灯的照耀下，点染出一派富贵堂皇之色。一座大明厅中红烛高烧，琼液满樽，精神矍铄、满面雍容之色的宗老夫人在两位公主的陪伴下居中而坐，宗楚客与其弟宗晋卿和几位同为韦后一党的权贵亲信在侧席相陪。

明厅两边的廊间列满了相府中的绝色乐伎，对面则由浅浅池塘圈出了一座高大的轩榭，乐伎们便在轩榭上穿插着歌舞献艺。只不过对于在座的这些高官贵妇而言，这等华丽的歌舞早已看腻了，好在宗相府的大总管别出心裁地从西市高价请来了一个波斯幻戏班子。

此刻，黑骆驼幻戏社的副班首正忙得焦头烂额。

班首在前几日失踪了，生死不明。社中三大台柱之一的黛绮也在近日失踪。可今天这一番演出可谓重中之重，不仅关乎幻戏社的声誉，甚至关乎幻戏社的生死，副班首为了自己的脑袋也不得不提起十二分的精神来安排。

好在第一个登台的波斯老幻术师博得了一个开堂彩。那是一个叫“分桃”的幻术。那幻术师先是表演了一番西域的柔术，跟着就搬出一个巨大的花盆来。那盆中只有泥土，却没有花树。老者从袖中取出一个桃核，向众人展示一番，然后装模作样地埋下。

“长，长，长，长出芽来！”幻术师用汉语高叫着。他声音悠长浑厚，颇具磁性。

盆中果然钻出了碧绿的树芽。

“生出枝干……快快开花……”随着幻术老者吟唱般的朗声念叨，盆内的嫩芽果然很快“长成了”一棵桃树，又迅速开花，迅速结了果。

厅中观看的贵妇们都不由得啧啧称奇。

在轩榭的一角，青瑛和艾丽并肩而立。她们已穿上了黑骆驼特制的美艳胡服，站在廊边候着。

“波斯幻术，果然有趣。不过我猜那巨大的花盆里面，可能有些门道。”一道极低的声音对青瑛耳语着。奇怪的是，发出声音的人却不见踪影，正是刚跟青瑛学了隐身术的陆冲。

青瑛冷哼道：“这些旁门左道，自然瞒不过你陆大剑客，不过我那隐身符根本就不过关，你就少啰唆吧，小心你的鞋子。”

原来青瑛曾偷入各门去博览道书，所学甚是杂博。但凡事博则不精，这门隐身术，她修了许久，也只炼出了七八道隐身符，而且这几道隐身符还效验不佳，总不能完全隐身。这一次陆冲的鞋子便无法消失。青瑛只得随身拉着一辆盛有衣服和道具的小推车，掩盖了这双凭空出现的“会走路的鞋子”。

“憋闷得要死，实在忍不住啊，”陆冲乘机凑到女郎耳边，低声道，“你倒猜猜看，安乐和太平这两位公主何等身份，为何都来给宗楚客的老娘祝寿？”

青瑛从这里能清楚地望见两位公主的尊容。安乐公主正当妙龄，果然艳媚无双，那一身“落花流水锦”织就的深紫色牡丹衫子衬着同色如意牡丹百褶裙，让她整个人如一朵盛放的名花，艳冠当场。

安乐的姑母太平公主应该已年过四旬了，但她风韵犹存，方广的额头上几乎看不见皱纹，保养得如同三十岁的艳妇，一双美眸更是清澈深邃，她似乎知道自己这年岁无法和侄女争妍，便只着一身淡黄色的散花锦衫裙，显得人淡如菊，典雅高贵。

“显摆什么，就你知道宗相府的底细吗？”青瑛哼道，“宗楚客虽然权柄极盛，但他老娘的名望却更显赫。这位宗老夫人是前女皇武则天的堂姐，只比武则天大了半岁。人家所生的儿子中宗秦客、宗楚客皆为大唐宰相。只不过老大宗秦客在十多年前的一场朝廷风波中死于流放之地。”

陆冲叹道：“是呀，这老太太是则天女皇的堂姐，那就是太平公主的堂姨了，怪不得两大公主都这般客气，辈分在那儿了。”又揉着鼻子哼哼起来，“好讨厌啊，虽在相府混过几天，却不曾到这后园来，没想到这里这么多的破花。”

“真是大煞风景！这花很香呀，”青瑛嗔道，“这可都是异种牡丹，每一株的价格抵得上十户中等人家的赋税。你看看，这园子里，有多少牡丹？老太太身前那两株，都是从慈恩寺移植过来的异种紫牡丹，每株上花开有二百朵，更是价值连城。”（大唐时从宫廷至民间都好种牡丹，致使牡丹千金难求，乃至有“王侯家为牡丹贫”“一国如狂不惜金”之说。）

陆冲举目望去，果见除了那极罕见的紫牡丹，还有浅红、通白、金黄等各色奇花。此时已至暮春，牡丹花期将过，但这些花争奇斗妍，明艳炫目，最绝的是在长廊下都栽有一种深红牡丹，给灯光一打，仿佛红霞铺地，让人叹为观止。

“怪就怪在这些花香上，香气太浓，老子的鼻子受不了，受不了就会打喷嚏。”陆冲愤愤道，“都说宗楚客敛财无度，这下终于知道他多有钱了。”

青瑛才想起陆冲鼻子上的毛病，顿足道：“用袖子遮在鼻子上，小心些呀。宗相府除了宣机国师，还有大剑客薛青山和你的死对头青阳子，你一个喷嚏打出来，咱们可就都万劫不复。”

“长，长，快快长大！”在幻术师的吟唱声中，树上的桃子越结越多，也越来越大。

陆冲又忍不住了："桃子是真的，桃树也是真的，只是这从无到有、由小变大，则是一种戏法，其窍诀便在那幻术师的大袖和其背后的幕布，在其不住舞动时，做了巧妙的偷梁换柱。怪了，这么说，波斯幻术仍旧只是一种百戏，还算不得术法？"

"你说的西域术法，那黛绮应该会的，听说那种灵慧旅人都擅长心灵操控。"青瑛忽地压低声音，"喂，你可要小心些，宣机国师可坐在那儿呢！"

果不其然，在宗楚客身旁的一张几案旁，端坐着一个中年道士。这道士容貌颇为奇特，黄发黄须，连双眉也微微发黄，双目微闭，偶一张开，便有电光般的眼芒闪过。这神异相貌，正是当朝第一国师宣机真人的独特招牌。

"宣机老道都来了，嘿，老寿星的面子真大。"陆冲刚将目光凝在宣机身上，那边宣机国师竟如有感应般地向他望来。

跟那湛然如电的目光一对，陆冲立时浑身一个激灵，虽知自己有隐身符护体，但还是下意识地向旁侧了侧身子，躲在了一根明柱后面。直到宣机神色淡漠地低下头去，陆冲才长出了口气："好古怪的家伙，难道老子的隐身符被他看破了？"

"看那边的老胡僧，啊，那竟是慧范！"青瑛也眯起了眼，"这老胡僧神通广大，居然能混到这地方来。"

果不其然，西云寺的方丈慧范竟坐在安乐公主另一侧的几案旁，不住插科打诨，一副市侩之色。

陆冲也不禁叹道："这家伙，看他座席的位次，这地位竟不逊宣机国师呀。"

说话间，慧范侧头说了些什么，惹得安乐公主和太平公主都咯咯娇笑起来。那边宗老夫人没有听清，也侧头去打听，听明白后便放声大笑起来，她身边的贵妇们也一起笑起来。

看来这个油嘴滑舌的老胡僧果然有一种本事，在两位公主面前是左右逢源。

"仙桃已成，献寿桃！"随着那幻术师最后一道高声吟唱，便有不少美艳胡姬翩然上前，摘取树上的桃子，奉给前厅的贵妇。

青瑛身为幻戏社中最为美艳的舞姬，要最后出场，将最大的桃子献给宗老夫人。她低声叮嘱了陆冲一句"你仔细些"，才翩然出场。

她装扮艳丽，手捧大桃，如风行水上般行到前厅，连翻了几个漂亮的空心筋斗，最后便如仙女天降般来到宗老夫人案前，稳稳将寿桃献上，嫣然道："恭祝老夫人长命百岁福如东海！"

老夫人大喜，笑吟吟道："好百戏，好身手，看赏看赏！"

太平公主却常常留意奇人异士，忍不住道："你在波斯幻戏班子中，却是个汉人，叫什么名字？"

青瑛这时不敢放肆，低眉垂目地答道："小女子青瑛。"

"抬起头来，让我瞧瞧，嗯，好面相。"太平精于识人，一眼便看出她那娇美中掩不住的一抹英气，忍不住心生欢喜，"可愿到我府中来？"

青瑛却忽地心中巨震。她见过太平公主几次，但从来都是远观，这时当面言谈，才听出这冷艳贵妇的声音。那是她苦苦寻找的声音。当时她家中遭逢大难，她年纪幼小，机缘巧合躲过大劫，却无法看清仇人的脸孔，只是听到了那仇人之一的女子发出的声音。

那是她一辈子也忘不了的声音，低沉，舒缓，似乎万马千军杀来都毫不慌乱，又带着一股难言的冷酷，似乎血流成河也不会眨一下眼睛。

"奴婢能得公主垂青……感激不尽！"青瑛急忙收摄心神，躬身施礼。

她心底的震荡反映到脸上，只是一瞬的呆滞，但太平公主却敏感地察觉到了什么，一时蛾眉微蹙，没有言语。

一旁的安乐公主笑道："姑母真是慧眼识英才呀，这美女身手利落，人又艳丽，真真连我都喜欢呢。"

太平公主心中微动："这叫青瑛的女子出身风尘，这也罢了，但为何适才她的目光如此古怪？"索性就着安乐公主的话顺水推舟，笑道："好呀，你若喜欢，姑母就送给你了！"

安乐公主略感惊讶，但一来服膺太平公主识人的眼力，二来跟这位姑母明争暗斗久了，抢姑母看上的宝物抢上了瘾，那盏七宝日月灯如此，眼前的美丽女郎也是如此。当下笑道："青瑛，我这里可赶不上姑母府内的气派，你可愿来我府内？"

青瑛大是失落，但已察觉到太平公主那疑惑的眼神，不敢造次，忙赔笑应承："殿下说笑了，无论到哪家公主府内服侍效命，都是小女子八辈子修来的福分。"

安乐公主咯咯娇笑："好伶俐的嘴巴，站在我身后吧。"青瑛忙再施礼，强掩心底的失落，还要装作万分欢喜的模样，站在了安乐公主的身后。

这时候只闻太平公主笑语晏晏，那淡菊般的黄衫更是就在眼前，青瑛的眸内杀机几闪，却又无法下手。不远处那个黄须黄发的宣机国师似乎从未瞧她一眼，却带给她难以言语的巨大压力。在这等大宗师的威压下，青瑛根本找不到出手的时机。

这边陆冲也一直凝目关注着青瑛，只因太过入神，所以直到那十五六岁的微胖胡姬快走到自己身前，他才察觉过来。见那胖胡姬张大嘴巴盯着自己的脚，陆冲心中暗骂："看什么看，没见过这么帅的靴子吗？"

他随即明白过来，自己的隐身符没法隐去双脚，本来一直靠那辆盛衣小车阻挡着，但适才要躲避宣机的目光，移到了明柱后，结果这双脚便露了出来。

胖胡姬觉得眼前的鞋子很古怪，左看右看瞧不明白，索性狠狠地一脚踩去。陆冲疼得龇牙咧嘴，却不敢出声，也不能移动。

胖胡姬踩了两脚，发觉没有将这怪鞋踩扁，不由大发娇嗔，又奋力地踢起来。陆冲明白她是想把这双怪鞋子踢到那盛衣小车下，心中叫苦不迭，便只得咬牙挺住。

"奇怪，这鞋子生了根。"胖胡姬又狠狠地跺了两脚，跺得陆冲欲哭无泪，她忽又想起个办法，转身拉过那小车来，想将这鞋子盖住。

陆冲见了她那架势，知道车子一撞上自己的腿，便要露馅，正想拔足飞奔，好在这时艾丽见状奔了过来，不由分说地将那胖胡姬拉走了。

太平公主瞥了眼案头的寿桃，忽地笑道："说起波斯幻术，我这个胡僧老友也是会的，慧范，还不给老夫人露上一手？"

慧范显然常陪伴这些贵妇，早已混得极熟了，闻言哈哈笑道："公主殿下，人家这是吃饭营生，术业专攻，何况还有宣机国师在此，老僧那点伎俩，哪敢班门耍大斧呀。"

一句"班门耍大斧"逗得众贵妇齐声娇笑。太平公主指着他笑道："好你个老胡僧，休得饶舌，快快献艺。"

"那好，那好，"慧范笑吟吟站起，"到得宗相府，方知牡丹娇！这满园花香，万千牡丹，可将大慈恩寺都给比下去了。可这牡丹虽好，还只是凡尘之花，老僧便应个景儿，借几朵天界之花来给老夫人贺寿！”

“天界之花？”安乐公主都觉稀奇，笑道，“你这老胡僧可不要打诳语呀，稍后见不到天花乱坠，我拆了你西云寺的柜坊生意。”

慧范不以为意，拱手道：“公主可别吓唬老僧，老僧若是怕，只怕天人也不给送花来也。”他口中唠唠叨叨，四下里又是作揖，又是嬉笑，惹得一众贵妇娇笑不止。

“看那花儿，好大的花！”不知哪个眼尖的贵妇先惊叫了一声。众人才见一朵奇花冉冉地从天而降。

这朵花足有脸盆大小，远大于世间之花，再看其形状，似是牡丹，但又远较牡丹繁茂细密，花色五彩纷呈，悠悠荡荡地在空中飘摇而来。

众人瞠目结舌之际，又有人接连大叫：“又一朵，又一朵，第三朵……第四朵……”

此起彼伏的惊呼声中，沁人心脾的馥郁香气弥漫满空，无数朵巨大香花从天而降。这些花儿小者似脸盆，大者如车轮，颜色均是五色缤纷，再给庭院中的眩目灯烛一照，便幻出七彩璀璨，光影绚烂。

一群贵妇和重臣们均觉眼花缭乱，叹为观止，连见多识广的宗楚客都拍案称奇。宣机国师也不由凝起黄眉，注目满空飘摇的奇葩异花，若有所思。

满庭众人赞叹不已，唯有一人无比难受，这人却是正在隐身的陆冲。他缩在廊后，揉着脚趾，也是震惊无比，更可恨的是那满空起伏的异香一阵阵地漫卷而来，冲击得他的鼻子时时发痒。

安乐公主又惊又赞，忍不住道：“好啊，慧范你这老狐狸，认识你这么久，居然还藏着这么一手绝学。罢了，回头我府上也送两千贯钱，存入你的柜坊。”

慧范喜得连连作揖，哈哈笑道：“多谢公主殿下，既然公主殿下立下了金口玉言，那老衲也就如实招了吧，这天花乱坠实则是借花献佛！”

他话音一落，那满空飘摇的奇花纷纷坠落。早有好奇的小厮丫鬟们赶上去，拾宝贝似的捧起来，献到案头。宗楚客的一名小妾眼尖嘴快，叫道：“啊，这天界之花原来是许多花编成的呀，怪不得这般大！哎哟，相爷，这都是咱园子里的紫牡丹呀，这是紫牡丹，这是深浅红，这是花白檀……”

众人这才看清，怪不得这些天花大者如车轮，原来竟是许多牡丹编扎而成。

再转头看时，廊间檐下，许多牡丹已空，厅前那两株从慈恩寺移植过来的异种紫牡丹更是被拔得光秃秃的。

太平公主憋不住，当先大笑起来：“慧范，你这老狐精！”一时众贵妇连上宗老夫人都放声大笑。

宗楚客何等机灵，也挥袖大笑：“这也了不起得紧呀，若无运使六丁六甲的神术，谁能在这眨眼之间，扎制成这么多的奇花。快，给慧范大师敬酒。”他深知这老胡僧与太平公主等一众贵妇都有深交，虽心底暗骂这老东西糟蹋了自己的满园牡丹，却只得强颜欢笑。

青瑛站在安乐公主的身后冷眼旁观。她精研各路道法神术，对波斯西域的幻术也有所涉猎，此时不由暗呼古怪，只觉慧范的这一套路数似曾相识，不像是西域的幻术，但到底像什么，却想不起来。

她满面疑惑地紧盯着慧范。却见慧范大是得意，正笑吟吟地四处拱手，忽然目光和宣机国师那满是疑惑的犀利目光撞上，不知怎的，慧范的笑容竟僵了一僵。这老胡僧一直对众贵客含笑作揖，但望见宣机时，竟在一呆之后，若无其事地转过了脸去。

这老胡僧似乎对宣机国师很不买账呀。青瑛将这一景看个满眼，正觉奇怪，忽见身前的安乐公主咳嗽一声，飘然起身，向廊后行去。那一边，慧范竟也笑道：“多谢各位捧场，老衲耗费功力过剧，上了虚火，先去更衣了，失陪失陪。”说罢便不顾一众贵妇的齐声起哄，施施然地转向廊后。

青瑛心中一动，便也低眉顺眼地随着几个丫鬟，跟在安乐公主身后向左廊后行去。左廊后是一间装饰奢华的更衣如厕之所，内置沉香、麝香等名贵香药的熏香，为各赴宴的权臣贵妇们方便所用。

“你们不必跟着伺候了，在这儿候着即可。”安乐公主根本没有回头，只淡淡地一声吩咐，便止住了身后一众丫鬟们。青瑛也跟着众人一同止步，抬头看时，便见廊右先拐进来一人，只看那半截窄袖，正是胡僧打扮的慧范。

青瑛咬了咬牙，自怀中捏出一道隐身符，口中默念法诀，片刻后身子隐去，便向前飘然跟去。

此刻那条幽静的长廊中，便只有身姿窈窕的安乐公主款步而行。

“哎哟，公主殿下，在这儿碰见您啦。”慧范似乎很凑巧地从迎面的长廊间拐入，低笑着打着招呼。

安乐公主只瞟了他一眼，没有应声，依旧袅袅前行。慧范很识趣地跟在她身后半步。

“天花乱坠，演得不错呀。”安乐没有回头，只是很随意地赞了一句。

慧范忙低声道：“老衲永远为顺天翊圣皇后效忠。太平这边，不过是虚与委蛇，顺道监视罢了，请公主殿下和皇后但放宽心。”

以隐身术远远跟在安乐公主身后的青瑛骤然一惊。慧范所说的“顺天翊圣皇后”是韦皇后新晋的封号，难道这老胡僧的真实身份竟是韦皇后的亲信?

她才觉一惊，那古怪的老胡僧慧范已如有感应般地回头向她望来。青瑛暗自一凛。她深知自己的隐身符炼制不当，每次隐身总要露出些马脚，但这难以隐身之物，只有相近的同伴给她检验提醒，她自己是看不到的。此时她不敢托大，干脆侧身隐在了一根明柱之后。

慧范的老眼中精芒一闪，似乎察觉到了什么。偏在这时，安乐公主幽幽地道：“后日就是玄元神帝开光祈福大典了，母后说，你也去凑凑热闹吧！”

这句话极是随意，但慧范却觉身子一震，只得黯然收回搜寻的目光，低声道：“好，老衲……遵命。”

安乐再不搭理他，转身拐入那间用香狮子铜炉熏香的奢华之厕。慧范无奈地叹息一声，这时不愿再多生事端，又原路退了回去。

两名青衣小鬟正在厕门前捧着香炉伺候着。见安乐公主迎面行来，左边那小鬟当下躬身施礼，右边那小鬟却似见了鬼一般盯着安乐公主身后，口唇哆嗦，说不出话来。

她看到了一段奇异的腰带，凭空飘浮着，正在廊间忽隐忽现。

好在安乐素来眼高于顶，根本对这等小丫鬟视如空气，全没有察觉到她的异状，举步进了厕门。

左边小鬟这才看到同伴的异状，低声呵斥道：“小红，你见了鬼了吗，瞧你这副鬼模样！”那小红颤声道：“确是，确是……见了鬼，我看到一根带子，在空中飘呀飘……”

慧范这一卖弄手段，博得满堂喝彩，正宗表演幻戏的黑骆驼幻戏社便得更卖力气。好在这次登场的是社中手段最高的美女幻术师。这是个三十来岁的美艳胡姬，她的拿手绝活居然与慧范刚施展的“天花乱坠”相似，名为“天香贺寿”。

美艳胡姬先表演了一番柔术，几个跟斗翻过来，身子端的柔若无骨，跟着手中便幻化出一把大扇。那扇用名贵香药熏过，起落之际，荡起香风阵阵。她左手挥扇，连扇了几下，右手忽地捻出了一朵莲花。

那莲花晶莹剔透，纯是冰雕而成，更在身后多彩罩灯的映照下发出璀璨的七彩宝光。

这一手原本颇为奇特，但因有慧范珠玉在前，众贵妇都不怎么觉得惊奇。只有宗楚客抢先笑道：“暮春时节，居然变出了冰花，莫不是天上来的吗？看赏！”

胡姬将手一挥，冰莲花跃入了厅前的池塘中，飘飘荡荡，直向老寿星宗老夫人身前飘来。她接连挥扇，变出的冰莲花一朵比一朵巨大，虽不如先前慧范那样惊人眼目，倒也实在是一手绝活，一众贵妇们都不由拍手赞叹。

适才听得那丫鬟小红的一声惊呼，青瑛才知道自己的隐身术也露出了马脚。她不敢与安乐公主一行人汇合，而是闪到了一座假山后，猫伏蛇行，悄然赶回了轩榭，与陆冲相聚。

随着那胡姬变出的冰莲花越来越多，轩榭外掌声渐响。陆冲却不以为然，对青瑛低声发着牢骚：“这仍旧只是纯粹的百戏，那冰莲花早已雕好，只凭着那大扇夺人眼球，再乘机偷梁换柱而已。”

青瑛却没心思搭理他，心内只是琢磨安乐和慧范的对话，只觉这两人鬼鬼祟祟地只说了三句话，却似有着极深的蕴意。

一共九朵冰莲花飘浮在池塘水面上，被各色灯笼一照，映出七彩氤氲宝光，又合了“天长地久”的好口彩。在一众宾客的掌声中，那美艳胡姬施施然退了下去。

太平公主适才遣出手下奇僧慧范献了绝艺，这时颇有些意犹未尽，瞟了眼一直默不作声的宣机真人，微笑道：“宣机国师，前番慧范那老胡僧演了手西域幻术，这回这胡姬美人又来了场天香贺寿，难道我中华道法，在这些波斯胡术前已黯然失色了吗？”

如厕的安乐公主这时刚刚赶回。她最喜热闹，此时哼了一声，道：“姑母，这回您只怕要走眼了吧，这等障眼法的小术，只怕还入不得宣机国师的法眼呢。怎么样，国师要不要也露上一手？”

宣机国师微一沉吟，便笑道：“今日老夫人寿辰，又有两大公主点评，老道便凑个热闹。”

在座的权贵都是八面玲珑，此时已看出了端倪，这姑侄两大公主又要斗法了。虽然太平公主开口便是华夷之争，但慧范可是她门下红人，而众所周知，宣机国师则与韦皇后和安乐公主走得最近，此时宣机出手，如果比不上慧范的那手“天花乱坠”，安乐公主不免要输给太平公主一阵。

太平公主见宣机淡然站起，忙道：“国师，慧范请来了天界之花，胡姬变来了九朵冰莲，不知你要变个什么？”

宣机抬头望了望天上的明月，道：“今日既是宗老夫人的大寿，贫道便请月里嫦娥下凡，给老夫人歌舞一番如何？”

此言一出，众人都觉新鲜，但众贵客都是心思机敏之人，当着太平公主的面，谁也不敢应声。果然太平公主连连摇头，笑道：“不好不好，天花乱坠，天香贺寿，左右都是天上来的障眼法，天上的事物变得多了，也就不大新鲜。国师若真有本事，我点上一件寻常物，你可能变出来吗？”

宣机黄眉微蹙，仍笑道：“请公主出题，贫道斗胆一试。”

“好，便请国师将安乐公主前些日子丢失的七宝日月灯变出来，可好？”

众人都瞠目结舌。象征着李唐皇族的太平公主，竟然挑上了韦后那边最著名的方外人士宣机国师，看来这寿宴上果然暗流激涌。宗楚客身为韦后一党的首脑臣子，也不由眉头紧蹙，却又不便出言阻拦。

只有慧范拍手大笑，不顾安乐公主冰冷的眼神，嬉皮笑脸地道：“妙极妙极，一不请真人上天擒龙，二不请真人下海探珠，这宝灯虽是个极要紧的物事，却又极寻常，定然难不倒宣机真人的！”

宣机不动声色地道：“这个倒也不难。只不过，取天上之物只需跟鬼神打个招呼，还算平常，但取凡间之物，却需役使鬼神去凡间偷梁换柱，所以，贫道施法时，万万不可被打扰破法。”

“那也容易。”太平公主淡然笑道，“稍后国师作法，谁敢打扰，我定要治罪。”

“如此，贫道便献丑了！”

宣机国师起身走到厅中，单掌捏了法诀，口中念念有词，忽地向空一指，喝道：“六丁六甲，绳来！”

忽然间厅前的虚空中便垂下一根大绳，片刻后，又垂下一根，两绳在空中悠悠荡荡，似两根手臂般忽分忽合。

“绳技！”陆冲忍不住低呼了一声。

话音未落，那两根大绳中间，忽然垂下一盏明灯。这灯流光溢彩，上面缀满了各色宝石，水晶、琉璃等编缀而成的五尺流苏犹如绚丽的凤尾，可不正是安乐公主珍爱无比的七宝日月灯。

“这是怎么回事？”陆冲嘀咕道，“他难道真的将安乐的那盏灯给盗来了？”

“不可能！”青瑛缓缓摇头，“那胡姬的天香贺寿是事先雕好的真冰莲，慧范的天花乱坠则是亦真亦幻，也是用扎制好的牡丹来瞒天过海。宣机的这一手，除非他就是偷盗宝灯之人，否则只能是纯粹的幻术！而且，这幻术竟与檀丰的绳技一脉相承！”

陆冲也悚然一惊：“檀丰？两次从金吾卫用绳技越狱的那个胡僧？！”

眼见那两根大绳犹如两只巨手般缠绕着那盏灯悠悠荡荡地飘来，安乐公主也觉得不可置信，揉了揉眼睛细看，果然是自家的宝灯，忍不住低声吩咐一个小鬟：“快，赶回府内看看，别是咱家的宝灯，真让宣机用法术给搬到这儿来了。”

那小鬟领命，转身飞奔而去。

这时，那宝灯被两根巨绳吊着，已飘到了厅前上空三丈来高，宝光灿然，映得满院生辉。宗楚客唯恐这曾惹来天下大乱的宝灯在自己府上有个三长两短，忙招呼几个小厮赶过去接捧宝灯。

便在此时，奇变突生。那只缓缓下坠的宝灯忽然向上飞去，众人大感惊异，齐齐爆一声喊。

“有人破法！”宣机一声怒喝，“是谁扰我神术？”

随着他这声呼喝，那盏美轮美奂的宝灯忽然炸开，在众宾朋的惊呼声中，在空中化作无数碎片。

青瑛冷笑道："装神弄鬼，果然只是幻术。假的真不了，他怕露馅，便推脱有人扰术。哼，姑奶奶倒要看看，宣机你怎样收场？"

她哪里想到，宣机早想好了收场的法子。这位当朝第一国师忽地挥手向陆冲这边指来："那边有刺客，以隐身符护体来此行刺，六丁六甲，锁！"

他这一指，也不知运上了什么法术，陆冲竟再难移动一步，更可怕的是他早已隐秘的身子竟慢慢显形，先是两只脚，再是两只腿，跟着慢慢到了腰带。

众宾客、丫鬟、小厮齐齐向这边望来，更兼指指点点地叫喊着："变了，变出来了……哎哟，两个刺客，一男一女呀！"

陆冲很吃力地移动着身子，只觉身子重如千斤。他虽不知自己身子正在显形的异状，但看到身边同样隐身的青瑛，从脚至腰，正慢慢显形，便猜到了自己的"惨状"。这情形古怪而又滑稽，又带着难以言喻的凶险。

转眼间现形已经到了陆冲、青瑛二人的胸部，马上两人便要原形毕露了，偏偏这时还被宣机的符咒困住，寸步难行。

危急之刻，青瑛情急生智，忽然一扯陆冲，大喊道："莫迪罗，还愣着干什么，快跑啊！"

这一声"莫迪罗"喊得时机极准，果然让宣机大为震惊。一凛之际，他的锁身符咒便是一懈。

青瑛登觉身子轻松，乘机拉住陆冲转身飞逃。

两个没有脑袋的怪人手拉着手在轩榭长廊间飞奔，这情形万分诡异。一众宾朋贵妇都叫嚷起来。

宗楚客勃然大怒："青阳子，尔等何在？"

但他这次盛宴以陪伴老母和公主等贵妇为主，后园内多是丫鬟们伺候着，青阳子等草莽高手全被他安排在了园外警戒。此时他长声呼喝，青阳子等一众高手听得讯息，才乱糟糟地向这边冲来。

青瑛脚下加速，手中又捻出两道隐身符，猛力拍在两人身上，念动法诀。转过两道回廊，身影又再隐匿。这一次的隐身符居然挺争气，露出的马脚似乎不大显眼。后面闻讯追赶过来的家丁们只觉眼睛花了一下，便失却了两人的踪迹，不由再次哗然。

宣机国师手掐法诀，望着二人离去的背影，若有所思，那道锁身符咒却没有发出。

直到两人的身形完全消失，他才怅然收回目光，转而望向身右。右边案头上，老胡僧慧范如同个老狐狸般正望着自己笑，一股若有若无的劲道随之消逝无踪。

宣机的心陡地一沉："果然是这个老胡僧弄鬼，为何他总要与我作对？"

章节十一

暗流

天色有些阴郁，才过午后，便看不见日头了，但这间精舍内却明亮耀目。

屋内耸立着两对造型别致的灯树，竟都是一凤一凰的对舞之形，而在其展开的翅、尾和脑顶上都设置了巧妙的烛台，几根散发着氤氲香气的红烛映出灿灿的赤芒。

这对凤凰灯树是纯金打造，而造型之精致奇巧更是冠绝天下。屋内与之相配的几案、屏风、橱柜等物都奢华到极致，典雅到极致。甚至从这半启的窗棂望出去，可见窗外绿意浓浓的庭院间，每一处秀石假山、阁廊轩榭，莫不华丽精巧。

这里正是安乐公主府，天下最美艳最有权势的女人的香巢。

此时安乐公主正有些慵懒地斜倚在一张三面雕花卧榻上，明眸流波，笑吟吟地望着对面的袁昇。

昨晚从镇元井脱困之后不久，袁昇汇合了陆冲与青瑛，仔细听了两人告知的宗相府夜宴情形，便陷入了沉思。五师兄已死，但私闯本门禁地锁魔苑的事还不能张扬，所以向大师兄通报五师兄死讯时，袁昇只得尽力遮掩。

灵虚门众高道闻讯后自然都很震惊悲痛，好在二师兄凌智子力证，凌尘子这两日总是神思恍惚，时发痴狂，他这应该是癫症大发后将自己误杀。袁昇虽心底大是苦痛和自责，但这时候，他也只得全力附和二师兄的说法。在凌智子伶牙俐齿的辩说下，灵虚门只得认可了这个说法。

袁昇心内充满了愧疚。但这时候不是伤心懊悔的时候，他仿佛看到了一个可怕阴影，这个阴影硕大无朋，却又诡异难测。所以他最终决定，来找安乐公主。

他知道公主每天都会起得很晚，不宜早上过来。况且一大早，他还要在大师兄凌髯子的带领下，仔细演练玄元神帝开光祈福大典的诸般礼仪。毕竟后日就是祈福大典的吉日了，好在道家开光祈福的仪式都是袁昇早就烂熟于心的，跟大师兄等人演练一番，便已娴熟无比。

终于望见那张让他朝思暮想的娇靥，袁昇觉得自己的心又急速地跳了起来。

袁昇与安乐公主相识的时候，安乐公主刚刚经历了一场死里逃生的大变——当时的太子李重俊因非韦皇后亲生，又被咄咄逼人的安乐公主和韦后逼入绝境，不得已冒险发动兵变。虽然在玄武门功亏一篑，被自己手下倒戈而杀，但在冲入玄武门之前，太子还是杀了武三思、武崇训父子。武崇训也正是安乐公主的丈夫，安乐公主自己也在玄武门前历经了生死奇险。随后她便患上了严重的失眠，缠绵难愈，众名医束手无策。直到慕名请来了袁昇，才由这位灵虚门第一仙才用道家奇术治好了她的痼疾。

他和她的相识是一场偶遇，却成了他心中最美丽的阴影。他无法驱逐她，也无法靠近她，只能任她留在心底，养成自己永远的痛。虽然豪爽的公主希望他随时来自己的公主府探望，但袁昇还是选择了逃避。

直到此时，他却不得不来。也只有从这位最具权势的公主口中，他才能打探到一点点能窥破那巨大阴影的讯息。

“公主的气色不错，看来前段时日身有积寒、带脉郁阻之症已调养好了，这几日还用那六合安神丸吧，再加秋桐叶做引子即可。”

安乐公主咏咏一笑：“好了好了，你唠唠叨叨的，当真成了个老太医吗？可惜你还少一把大白胡子。”

袁昇也不禁笑了。跟她在一起，最有趣的地方便在于她的爽朗随和。每每在她毫无拘束的银铃般笑声中，他能将心底的层层包裹尽数卸下。

“你这么久不来看人家，人家可时时记挂着你呢。”安乐向他深深凝睇，叹道，“听说，你近日似乎着了魔，总是爱做梦？你瞧，连你得的病都跟人家相似，我是总睡不着，你是总爱睡着。”

“我这不是病，只是修炼术法时中了魔。我做的梦也很怪，都是一些预测般的梦魇。许多事，我都要在梦里先经历一回，然后才是现实中的重演。”

袁昇说话时微微低下头，不愿直视她深情款款的眸子。对面是号称大唐第一美人的绝色女郎，即便是对袁昇这样的修道天才，同样带着致命的魅惑。

“预测般的梦魇？这倒奇了，”安乐从榻上挺起纤腰，明眸闪闪，“那你都能预见些什么，可曾梦见我的未来，看看我能不能做皇太女？”

袁昇抬起头，紧盯着那双颠倒众生的眸子，知道安乐并没有撒谎。她是个不擅作伪的人，如果事先知道，便绝不会装得如此惊奇。

他叹口气：“其实恕我直言，皇太女这件事太难了，自古以来，从未有之。公主还是顺应天命，不可强求吧。”

“哼，我偏要强求。”女郎似嗔似怨地蹙起蛾眉。

袁昇忍不住问：“裹儿，你有没有想过，你有几分把握？”

安乐公主出生于唐中宗李显的危难之际。那是嗣圣元年，刚当了几年傀儡皇帝的李显便被母后武则天废为庐陵王，贬至均州，后迁至房陵。退位的皇帝随时有被杀的危险，李显一路上提心吊胆，相依为命的妻子韦氏路上动了胎气，早产生下一女。李显曾脱下自己的衣服裹住了她，因名其为裹儿。也正因一家三口的患难之情，此后李显与韦氏极为宠爱李裹儿。

美艳绝伦的李裹儿也因此养就了傲慢任性的脾气。她是大唐最为受宠的安乐公主，她特立独行，她我行我素，她想要得到什么就得到什么。

所以，当她看到沉静如水、英华如玉的袁昇时，便曾怦然心动，甚至大胆地要求他叫自己“裹儿”。他当然不敢，只是在无人时，在她执拗的央求下，红着脸叫过几次。她还为他的脸红笑了许久，他则在她的笑中脸色更红。

这时候，他情急之下，情不自禁地又叫了一声“裹儿”。

听得这声“裹儿”，她的双眸瞬间亮了起来，轻声道：“把握很大，大到你不敢想象！”

袁昇的心中骤然一动。她为何要这么说，她所说的把握很大，到底从何而来？

“你留下来吧，帮帮我！咱们一起，创造大唐的未来。”安乐公主说着轻拍着柔软的香榻，软语相求，“现在，跟我说说，你都能梦到什么未来的事？”

他再次低下头，叹道：“公主说笑了。我那些梦没有占卜的妙用，我总是梦见杀人，都是些不祥之梦。”

安乐公主有些失落，随即将手一挥，笑道：“那就不用管它。我也常做些不祥之梦，总梦见自己滑向深渊，可我根本就不在意那些。这叫见怪不怪，其怪自败。”

袁昇不由有些无奈地一笑：“是啊，近日里京师中的怪事太多了。”

二人一起谈起了最近发生的大事，从鸿罡真人的突然亡故，西云寺的壁画杀人，再到宗相府宴会上那两个少了脑袋的刺客现身后又隐身……

安乐公主不由幽幽地叹了口气：“你觉出来没有，所有这些怪事的开头，其实就是我家府内丢失了那盏宝灯！”

袁昇心中一动，忽然抬头，看见了屏风上方悬挂的那盏宝灯。那灯缀了七种名贵宝石，单那灯下的流苏便全是由水晶、琉璃和碧玺编缀而成，从梁上垂下，直达五尺，壮观华贵如一只艳丽的凤凰。

“这不就是那盏灯吗，公主怎的说丢了？”他有些奇怪。

安乐叹了口气：“这灯名叫七宝日月灯，你眼下看到的，只是外面的‘日精灯’，实则在里面，还有一盏更精致小巧的‘月华盏’。可惜啊，那恼人的盗贼，将那月华盏盗走了。”

“原来如此，”袁昇意有所动，恍然道，“这外面的日灯太大了，任是何等神偷，也无法将之带走，所以那人也只得退而求其次，盗走那月盏了。不过公主放心，家父正在奉命加紧搜寻，我也会全力协助，定有找到的一日。”

他站起身来告辞，小心翼翼地问出了极关键的一件事：“后天，我将主持玄元神帝开光祈福大典，公主可会赏光，来大玄元观助兴？”

安乐公主笑道：“那可是你的大日子，我自然会去。如何，觉得惊喜吗？”

二人目光对视间，女郎的眸子流光溢彩，妖艳夺目，她很得意自己这种魅惑的目光。

为什么每次她都是这样，似乎总是很得意能将自己玩弄于她的股掌之间？袁昇却在心底暗叹，却还点头笑道：“小道自然受宠若惊！”

“再给你来个惊喜吧，皇后娘亲也要去的！怎么样，这惊喜接二连三吧，也许……”女郎的眸光愈发璀璨，“还会有更大的惊喜！”

更大的惊喜？袁昇却仿佛被一道无形的雷电击中，浑身一阵麻木。

“怎么样，你要如何感激我？”女郎娇媚地一笑，才将他惊醒。

袁昇才想起来僵硬地一笑：“小道感激不尽。”

暮色沉沉，大玄元观内的方丈丹房内，全身雪白道袍的袁昇黯然而坐。

陆冲则背着手，在他身前转着圈子。青瑛抱着膝，坐在袁昇对面，娇俏的脸上含着一丝淡漠的笑容，似乎要随时出口讥讽沉不住气的陆冲。

实则两个人刚刚小吵了一架。陆冲郑重将青瑛介绍给袁昇时说了句“这是我老婆青瑛”，青瑛闻言又羞又恼，便娇斥了几句。陆冲厚起了脸皮，只嬉笑而不应战。但说来也怪，青瑛虽然愠怒，心底又有些说不出的欢喜。

双方已将宗相府和镇元井内的诸般变故都说了，均觉事态之怪、形势之紧，实在出乎意料，此时都在苦思对策。

“青瑛姑娘，你以为如何？”

袁昇终于向青瑛笑了笑。他虽与这位女郎初次见面，但早在陆冲的口中听过了多回，今日一见，果然便对女郎有极强的信任感。这种感觉很奇怪，有时候同门兄弟朝夕相处多年，却始终貌合神离，而有的人不过数面之缘，却能让你一见生信。

“最古怪的地方就是西云寺！”

青瑛筹思已久，此时当仁不让地侃侃而谈：“黛绮被陆冲下了神鸦咒，是在西云寺附近消失了踪迹，而檀丰也是出自西云寺。昨晚宗相府夜宴，西云寺主慧范，相传一直是太平公主的人，但他居然自称对韦皇后效忠。不管这效忠是真是假，都已足够惊人。”

陆冲气哼哼道：“这不难解释。慧范这老胡僧最擅配制春药，太平公主和韦皇后只怕都很稀罕那玩意。哼，这些大唐贵妇，皇后公主，风流荒唐，哪一个是好东西。”

“你不要胡乱岔题好吗？”青瑛嗔道，“我要说的是，我们一直没有留意慧范这个嬉皮笑脸的老胡僧。”

陆冲嘿嘿一笑："你们的毛病就是太过小心，照我说，袁昇告知他老爹，搬来金吾卫，先将这老胡僧囚了，重刑审问，便知端倪。"

袁昇摇了摇头："慧范是太平公主的人，我老爷子那点根基，还真不好轻易动他。况且，家父一直以为我犯了梦游癔症，未必会相信我的话。我倒更奇怪这老胡僧的那一手幻术，我本与他相交了一段时日，却一直不知道，他还有这手本事……"

他忽然觉出一阵寒意从心底泛起，沉声道："想想看，如果一个人时时陪着你聊天，常常看着你作画，满脸嬉笑，人畜无害，但你却对他的道术深浅甚至有无道术都全然不知晓，这只能说明一件事，那人的道术修为远胜于你。"

陆冲和青瑛对望一眼，均觉愕然，能将灵虚门的第一天才唬得如在云里雾里，这老胡僧着实不简单。

"青瑛姑娘，你觉得这老胡僧的幻术手法似是哪一派？"袁昇已是第二次问起这个问题。

青瑛沉吟道："适才我已说过，这人的'天花乱坠'很像西域的幻术，但又似是大唐某派道门的奇术，只是手法太奇怪，忽而高明，忽而粗糙，让你全然看不出是哪一派。"

"那是他在伪装而已，他的手法一直很高明，粗糙只是他的伪装。他故意做了多重伪装。"

袁昇阴沉着脸，若有所思，却没有继续这个话题，而是沉声道："再说说西云寺，还有个重要疑云，为何镇元井内的法阵密道，居然距离那里也不远。五师兄临死前也许是回光返照，竟说那也许是一个很大的局，这到底是何意？嘿，也怪我太过莽撞，实不该跟五哥夜探镇元井，连累五哥丧命！"

"你本不该自责！"青瑛明眸闪烁，"你为何不换一种思路。镇元井本来就是一个杀局。做这个杀局的人本就要杀他，结果就是，你的五师兄必死！"

丹房内霎时一静。陆冲震惊无语，很想问一声："他五师兄造了什么罪，为何有人一定要他死呢？"但他的目光很快被袁昇吸引过去。只见袁昇的身子突突发抖，脸色苍白一片，他忍不住问："喂，你怎么了？"

"我没事……"袁昇长吸了一口气，才道，"青瑛姑娘，你这念头极妙。不错，我们该换一种思路，要将所有发生的一切，尽数串在一起——师尊掌心上的天魔之箓，镇元井的密道，西云寺方丈慧范很可能又搭上了韦皇后的那条大船，胡僧檀丰与宣机国师一脉相承的幻术，还有，后天的玄元神帝祈福盛典……”

袁昇的话忽然顿住，眼前闪过安乐公主那明媚无俦的眼眸，霎时间心底一片漆黑。

“看来，我们已没有退路，只能拼死一搏了。”袁昇仰头望着窗外浓黑浓黑的夜色，“不然，你、我，还有许许多多的人，都要死无葬身之地！”

陆冲叫道：“袁兄，你说得高大伟岸，小弟稀里糊涂啊！”

青瑛也是秀眉微蹙，眸中疑云四起。聪慧的她已发觉，这位新任的大玄元观主似乎已看透了些什么，只是他显然不愿意说，或者他还故意隐藏了一些东西，但他最后说的这些话，已委实让人震惊。

陆冲又惊又疑，道：“到底是怎么回事，竟会让你觉得这般可怕？”

袁昇只是摇头，缓缓道：“陆兄，青瑛，我们便是全力死拼，也不过是万分之一的胜算，你们敢不敢拼？”

陆冲和青瑛对望一眼。青瑛先笑道：“袁观主，小女子虽然浅薄，还看不透你所说的凶险，但本姑娘一直就是在险中搏命，况且正如袁观主所说，我们已没了退路，那还不放手一搏？”

陆冲忙挺胸道：“兄弟老早便得罪了宗相，亏得你救我一次。眼下我还怕个什么？”

“好吧，”袁昇缓缓自袖中抽出了一根银针，沉声道，“修道之人都有一个可破除本人修为的命咒。这根银针就是以我的命咒炼过。三十六个时辰内，将此针发出，若我不能默念命咒，便会立毙于此针之下。”

他走到青瑛身前，将那根神针郑重地交到了青瑛的手上，一字字道：“后天的大典之时，你可见机行事。我的命，在你手上。”

青瑛和陆冲齐齐大惊。陆冲忍不住大叫：“这到底是为什么？后天不是在你们这座新道观行那玄元皇帝太上老君的开光大典吗，还会有什么事情发生？难道宣机那老道胆敢冒天下之大不韪，杀到这里来？”

“现在还不能说，但愿我的预料不对。”袁昇痛苦地摇着头。

他的头又有些痛。恍惚间，觉得那种似梦似真的迷离感又再袭来。

是啊，亦真亦梦，最近这些日子，他一直处在这样的古怪情景中。直到最近一次，梦见了五师兄的死，而最终五师兄真的如在梦中一样，死在了自己的剑下。

难道真的是魔咒，那个魔咒一直在纠缠着自己，根本没有消失?

他痛苦地扬起头，眺着窗外深沉的夜色，竟忽然想起了黛绮。这个爽朗泼辣的波斯美女怎样了？在这个时候想起她那双清澈的眸子，就如在这浓黑的夜色中看到一双熠熠闪烁的朗星般让人沉醉。

章节十二

盛典

两天后，便是早已定好的大吉之日，朝野瞩目的玄元神帝开光祈福大典。

大玄元观内群贤毕至，除了京师的各派道家宗主、玄门精英，更有众多朝廷重臣亲临。

最让人震惊的便是传说中主持大典的那位皇室贵胄，两日前便风传韦皇后会亲临，但在昨天，道观接到了密旨，皇帝李显为了展示对玄元皇帝太上老君的虔诚，将强撑病体，亲临道观，拜祭老君。

这是一道轰动性的密旨，道观内的众高道紧张更胜于欣喜。袁昇又带着各位师兄苦练了参见万岁的诸般礼仪。虽然拱护万岁是皇帝禁卫亲军，号称“万骑”羽林军的职责，但金吾卫还是早早便到了，袁怀玉率领着一众精干密探亲随在外围忙前忙后。

距离吉时还有半个时辰，万岁爷便到了。

盛大的仪仗下，皇帝李显那早衰的容颜已经精心修饰过，见了些光彩。在他身旁，则是风韵犹存的韦皇后。看韦皇后雍容豪奢的气度，袁昇便暗自慨叹，与唐高宗、武皇后时相似，又一个大唐“二圣”临朝的时代来了。

万乘至尊的亲临，将祈福开光大典推上了新的高峰。同时，也昭示着道教终于恢复了大唐国教的身份。

率领着大师兄等众高道毕恭毕敬地叩拜了万岁和皇后，袁昇的心一直在突突发颤。虽然不想看，但他的眼睛还是瞥到了韦皇后身后那道曼妙的身影。

安乐公主，大唐第一美女，也是大唐最有权势的女郎之一。

与袁昇躲闪的目光不同，安乐公主的美眸一直在追逐着他。她是大唐最美艳的女郎，也是最大胆的豪放公主。终于，两个人的目光撞上了。在安乐公主火辣辣的热艳注视下，袁昇迅速垂下了头。

他的道袍生出一串波动，心内更颤起痛楚的涟漪。他多么希望，这张绝美无俦的娇靥不要跟那些可怕的阴谋联系在一起。

这几日他的心绪一直不佳，一闭上眼，就会做各种怪梦，梦里面他经常挥剑杀人。他知道，魇咒的力量还没有完全消退，乃至可能随时发作。

好在这时激越的法鼓声响起，道士们开始步罡踏斗，操演起了祈福法阵。这是开光大典的大醮仪式，一是给玄元皇帝老子道君的神像开光，二是给皇帝祈福延寿，仪式繁复之极。

袁昇身为观主，自然要亲领群道祈福。

整座祈福法阵在他的带领下有条不紊地转动起来，配合繁复的法器和灯具，生出一种清净而雅致的美感。从皇帝到随行的官员，都看得目眩神驰。

但不知怎的，袁昇的心思却紊乱起来，四周的景物渐渐模糊，那股可怕的白雾竟又隐隐弥漫起来。

白雾对于他，就是梦境与现实的一个界限。

他知道，自己即将进入梦境，梦境中的自己有可能会被魇咒操控。

果然，一双锐利的眸子从白雾中闪现，那是檀丰的眸子。他本来隐藏在黛绮的心门深处，直到自己推开她一扇一扇的心门，释放了他，同时也被他侵蚀。

他紧紧攥住那把桃木法剑，表面上是照旧作法祈福，实则是暗中追逐那眸子，或者说抵挡那锐利的眸子。

那一定是自己的心魔，必要灭除自己心中的恶鬼！

西云寺这时候冷清得要命。

经过两次恐怖的鬼怪事件，连最虔诚的胡商都不敢轻易来这里了。

阎罗殿内，那幅恐怖的壁画《地狱变》前竟腾起一抹淡淡的雾气。雾气中一道瘦削的身影正在凝神默坐。这人脸孔惨白如纸，双眸却灼灼如电，此人正是越狱后一直不见踪迹的胡僧檀丰。

他很得意，那件惊天大事若能做成，自己就是首功者之一。此刻那件大事正在发生，该对袁昇做的，其实都已做好。但檀丰还希望再次施法，这可以让那件大事的进程再快些，再稳妥些。那种大事，自然越稳妥越好。

便在这时，一道凛冽的气息迅疾逼近。那是剑的气息，带着惊人的杀气。

檀丰的眸光也陡地变得犀利起来，犹如两道鬼火，望向刚刚踏进殿门的那道挺拔的身影。与此同时，包裹在他周身的那抹雾气也瞬间浓厚。

“滚出来吧，老子不会欣赏什么名画，也就不会中你的魇咒！”

陆冲漫不经心地瞟了眼壁画，便将目光盯在那团黏稠的白雾上：“袁昇冒险一试，果然看破了你的踪迹。说吧，黛绮被你藏在何处？”

那团雾气慢慢消散，檀丰那张消瘦的脸孔清晰起来。略一沉吟，檀丰才冷笑道：“看来袁昇倒也有些道行，不但逃出了我的元神追杀，更从黛绮的心神中看出了我。”

“你不是狗屁檀丰，更不是狗屁莫迪罗，”陆冲横掌当胸，掌心的巨剑慢慢成形，“若非宗相府夜宴上，宣机被太平公主的话噎住，不得不施展绳技幻术，我们打破了头也想不到，你会是风行子，大唐国师宣机真人的关门弟子。”

他又呸了一声：“那晚在西云寺，你竟如此大胆，就那样被我擒住。”

檀丰听得“风行子”三字，微觉诧异，随即傲然一笑：“只因那时候，我还不能露出行迹。再说，便被你们擒住又如何，金吾卫还能困住我？我还不是来去自由，更让袁昇坠入魇咒内。”

“是啊，那两次魇咒！”陆冲一叹，“你扮的那个莫迪罗曾经两次施展绳技越狱，到底哪一次是真实的，哪一次是在袁昇的梦中发生的？老子也曾为这件事想破了头，最后还是我老婆点破了玄机——你第一次越狱太过诡异，袁昇的老爹袁怀玉是个‘子不语怪力乱神’的老儒生，为免惊动众人，曾严命此事不得外传，所以一直也只有狱卒吴春等几个当事之人知晓。”

檀丰的目光有些得意，也有些好奇，沉声道：“说下去。”

“你真的是越狱了两次！”陆冲一字字道。

“只不过在第二次被抓后，你巧妙地换了牢房，从看守严密的重犯天字号内又蹿回了首次被看押的人字号牢房。随后，你故技重施，仍旧用绳技幻术逃脱，只是在这期间，你用更高明的迷魂术把当值的吴春、许四和同牢的囚犯六赖子等人尽数迷了魂，你洗去了他们的一部分记忆。至于袁昇的老爷子袁怀玉，在他第二次提审你的时候，你就乘机洗去了他的记忆。老子的推断有错吗？”

“只有一丝小差错——第二次被抓，本就是我自愿的，”檀丰志得意满地笑起来，“为的就是被提审。实则在大堂上，我不仅仅是迷魂了袁怀玉，而是迷魂了堂上的所有人。对我来说，那也不算什么难事。”

“集体迷魂，果然与宣机国师一脉相承。”陆冲叹道，“而负责给袁昇迷魂的人则是黛绮，她故意给袁昇讲了那个波斯‘梦妖’的传说。那一道迷魂的‘药引’，在适当的时候一定会发作。没错，就是在金吾卫大牢内，当所有人都言之凿凿地告诉袁昇，以前从来没有幻术越狱的时候，迷魂药引发作了。所有人的记忆都能吻合，唯有袁昇除外，于是袁昇开始疑神疑鬼，怀疑自己活在梦中。”

陆冲说着摇了摇头：“谁能想到，堂堂宣机国师的关门弟子竟是个波斯人！你易容成波斯戏子，搅乱安乐公主府，又在西云寺内连造恶鬼杀人案，就是要嫁祸给太平公主吗？”

檀丰冷笑道：“你不过是宗相府内一只没人要的野狗，既知我师尊大名，怎的还要来管这闲事？”

陆冲又叹了口气：“是这样的，我这人啊，有个毛病……”

话未说完，他目光骤冷，陡地振腕出剑。他陆大剑客自称从来不守规矩，此刻面对宣机国师的关门弟子，自然为了争胜会更加不择手段。

他右掌中的那把阔剑并未出手，左手凌空一抖，袍袖内陡地探出一把造型奇特的吴钩剑。这是陆冲的又一绝技，江湖上极罕见的术法——玄兵术，其袖里乾坤，可生出源源不绝的兵刃，千变万化，随心所欲。

信手挥洒间，那把吴钩剑的尖端生出数根怪异弯钩，寒芒闪烁，凌空射出。

白光闪处，吴钩剑竟从檀丰胸口直直穿入。

陆冲笑了：“呃，对不起，我这人的毛病就是从来不讲规矩，也不顾忌自己的名声。”此时陆大剑客颇为得意。对手是宣机国师的关门弟子，道术武功自然不凡，他本想用玄兵术来扰敌，再以出神入化的御剑术出奇制胜，哪料到随手而出的吴钩剑竟给对手来个开膛破腹。

看来袁昇还是多虑了，有我陆大剑客出马，即刻马到功成。但陆冲的笑容很快就凝固了，因为对面的檀丰并没有倒下。他整个人都纹丝不动，脸上竟还泛出笑意：“陆冲，你这玄兵术和御剑术，其实都只是小孩子玩物。”

檀丰的胸口已经被飞剑破出巨大的血洞，甚至可以看到那把在他身后呼啸绕回的吴钩剑，但他居然谈笑自若，这情形无比诡异。

“不死之身？”

陆冲心头大凛，蓦地一声大喝，剑气纵横，十余道剑芒闪过，檀丰的肩背胸胯都被飞剑斩断。

转眼间，胡僧的整个身子已被切割成了十七八块，但却没流下多少鲜血，最奇的是，那些早已筋骨断裂的血肉偏偏还堆砌在一起，稳稳地维持着一个人形。

而檀丰的脸上依旧满是讥笑：“雕虫小技。”

陆冲愕然住手，仿佛坠入了一个奇诡阴森的梦境。

“让你见识下真正的宣门道术！”那个残碎而又齐整的人形陡然出拳，直取陆冲的眉心。

陆冲急忙挥斧劈出，一斧头便削断了檀丰的腕子。但檀丰的拳头依旧飞出，狠狠切中了陆冲的肩头，痛得他肩骨欲碎。檀丰则笑吟吟地做了个收拳的动作，空中的拳头又稳稳收回，落在光秃秃的手腕上。

接下来的激战变得万分艰难而诡异，陆冲妙绝天下的御剑术和玄兵术根本无法施展。对方的手脚几乎都已被他砍断劈碎，但那些残缺的手掌、碎裂的脚趾照样击中陆冲，然后又飞回檀丰的身上。数招之下，陆冲便已狼狈不堪，只是仗着独门身法，左右腾挪，勉力支撑。

“该收你进地狱了。”

随着这声冷笑，檀丰的眸子陡然变得闪亮异常。

异变陡生，忽然间无数的长绳从空中垂下，悠悠荡荡，仿佛巨蟒般向陆冲撞来。跟着，只闻怪啸连连，一只又一只的厉鬼妖魔嘶号着攀着长绳跃下，疾向陆冲扑来。

玄元观内，大师兄凌髯子已看出袁昇手中的木剑招式有些散乱，不由心下焦急：“也许十七弟太年轻了。”但法阵操行中，须得阵形统一，凌髯子站在袁昇身后，却不敢绕到前面去提醒。

此时，在袁昇的精神世界中，那双眸子终于定住了，熠熠闪着狡黠、狠毒、阴森的光芒。

他的木剑也稳稳擎住，对准了那双眸子。

法阵的鼓声愈发激越起来。站在袁昇身后的众道士还不怎样，法阵对面的君臣等道众却齐齐吃了一惊。这位年轻的观主，居然将木剑遥遥地对准了当今圣上。

众人心下均想，莫非这是祈福法阵的仪轨之一？不然的话，虽是一把木剑，这般遥遥比画，也是大逆不道。

万岁也不由得微微蹙眉。只有韦皇后双眸闪亮，脸上竟耀出一片兴奋的红色。

在袁昇的精神世界中，他却陡然发觉，眼前黑影闪烁，似有一只又一只的恶鬼正从那双诡异的眸子中蹿出，向自己扑来。

他知道自己必须出手了，只有飞剑砍掉那双眸子，才能灭除自己心中的恶鬼！

袁昇陡然振腕，长剑脱手而出。

鸿门第一人的飞剑，虽是一把木剑，却剑气凌人，直向皇帝飞去。

鼓声忽然停止，玄元观众道士惊得连呼吸都忘了。

玄元观的道士很多，除了布法阵者和击鼓者，还有两排资历不够的小道士在旁列队肃立。易容成小道士的青瑛便被袁昇安排在这列人中。

见到如此奇景，青瑛骇得险些惊叫出声。她的手猛然攥住了袖内的银针。

直到此时，她才知道袁昇话中的真意——我的命在你手中，若是万不得已时，便杀了我。

原来，袁昇早已预感到了这一幕将要发生。他恳请自己在万不得已时，用附有其命咒的神针杀死他，因为他宁肯自己死了，也不想去刺杀大唐皇帝。

但这一刻，袁昇的剑竟已飞向了皇帝。

万岁身边原有多名高手随行，最著名的便是宣机国师。但这次所来的玄元观，却是宣机国师的老对头鸿罡国师辛苦筹建的道观，所以宣机国师并未随行。

皇帝身边自然还有几位神通惊人的高手。但不知怎的，那几人只是注视着电般飞来的木剑，竟都没有出手。

天地间一片寂静。

青瑛双眸圆睁。袁昇此时已无法控制自己了。那是株连九族的重罪，甚至，连整个灵虚门都要遭受灭顶之灾。她想起了昨日袁昇将那银针交到自己手中的情形，那时他的眼睛浓黑得如同最黑的夜色。

再也不能犹豫了，女郎弹指射出了银针。这根银针已被袁昇附上了自己的命咒，此针一出，袁昇如果无法同时默念命咒，便会被银针射杀。而以此时袁昇那迷糊的心神，几乎防不胜防，逃无可逃。

针出，人亡，这将是袁昇的宿命。

女郎只盼着袁昇死后，那把被他运使的飞剑也能坠下。

银针划出一道零星的微光，旋即消逝，犹如冬日黄昏中飘过的一丝冰屑，全然没有引起人的注意。甚至连青瑛都有些吃惊，那银针竟一闪而逝，它飞去了哪里？

同一刻，西云寺内，陆冲同样已是山穷水尽，他已被从天而降的厉鬼们包围。

他叫苦不迭，这时候便想逃都无路可退。好在他随即发现，厉鬼虽多，但其形象差别不大，似乎只有两种，很眼熟的两种。

是了，就是那幅《地狱变》中曾经消失的那两只厉鬼的样子。

世传这两只厉鬼从壁画中走出，每走出一只，长安城便有一个百姓被杀，而且死状与《地狱变》中描绘的一样。

后来袁昇在西云寺内作法断案，擒住了元凶檀丰。这件恶鬼杀人案显然就是胡僧檀丰所为。但檀丰为何要失心疯一样地去做这种丧心病狂之事？事后这胡僧被关进了金吾卫的大狱内，还来不及审问，他已再次用幻术脱困而逃。

直到这一刻，看到满空飞扑而至的那两种厉鬼形象，陆冲才隐约明白了，檀丰这厮，莫不是通过一种邪法，依着壁画上的厉鬼形象炼出了自己元神世界中的杀人傀儡？

也亏得仅仅是两只，如果满壁的鬼王、厉鬼都被他炼化出来，那将是何等可怖的场面?

但此时他已无暇细想，这两种厉鬼便有百十只之多，正从四面八方扑来。危急之际，陆冲将玄兵术运到了十成，左袖中不断飞出八卦开天钺、凤头金攥斧等奇门兵刃，眼花缭乱的奇兵迅疾无比地在他身前布成了一道“兵刃围栏”，暂时将那些狂叫的厉鬼阻在了身前三尺开外。

可惜身形庞大的厉鬼虽被阻住，但那些从空坠落的巨绳却防不胜防，如怪蟒般不住地飞蹿进来，缠向陆冲的头脸四肢。片刻间，陆冲肩头、后臀、脊背接连中招。后臀那一下尤其恼人，那巨绳竟抽得他臀上裤子裂出好大的口子，冷风飕飕，狼狈不堪。

即便如此，陆冲的飞剑还是没有出手。因为他根本看不出檀丰的真身，先前那个已被他胸前破洞的家伙肯定不是檀丰本人，这个胡僧定是隐藏在附近，甚至是隐藏在这些满空乱窜的厉鬼中。

但哪一个才是真正的檀丰?

陆冲握剑的右手已满是冷汗。

偏在这时，他左袖内不住飞吐出的奇门兵刃已堪堪用尽了。任何一种道术都有穷尽的时候，他袖内的玄兵也不可能源源不绝。

陆冲猛一咬牙，从袖内抖出最后一件奇兵。那竟是一面精致的金鼓。

鸣天鼓！这是临出师门时，师尊所赠的三件法宝之一。陆冲还从未轻用，此刻被那些刺耳的凄厉鬼啸搅得心烦意乱，想也不想地便奋力拍出。

轰然一声巨响，仿佛平地惊雷，登时掩住了满空啸叫不休的厉鬼嘶号。鼓声一响，陆冲的心神反而一清。他继续奋袂击鼓，鼓声连绵不绝，犹似钱塘怒潮，滚滚而至。

噗的一声，在丛丛鬼影尖啸中响起了一道闷哼。

连陆冲都想不到，他病急乱投医的这通捣鼓，竟然蒙出了奇效。眼耳鼻舌身意，这六根原本就是相通的，檀丰的幻术以眼根为主施展，但鸣天鼓所属的耳根功能可兼顾八方、昼夜不休，从某些方面来说又胜过了眼根。陆冲的这一番势道威猛的鸣天鼓，纯是以耳根术破了眼根幻术，生生扳回了些局面。

但也只是扳回了些局面而已，因为陆冲依旧被那些厉鬼和巨绳围困在核心，他依旧难以勘破檀丰的真身在何处。仅仅是获得了一刻喘息之机。

便在这时，异变再生，幽暗的阎罗殿内，忽然生出了一道亮光。

“七宝日月灯！”

檀丰忽地惊呼出声，双眼直勾勾地盯向那团灯芒。

灯芒其实是来自殿外，就在阎罗殿那半启的窗棂处，不知何时竟挂起了一盏小巧精致的明灯。灯上镶嵌七宝，流光溢彩，此时灯内明烛闪耀，更散出一股耀目的美感。

陆冲乘机大喝：“大胆贼子檀丰，你果然盗走了安乐公主的七宝日月灯！连大唐第一公主的神灯你也敢盗，无论如何，你都难逃死罪！”

“不！”檀丰在陆冲的鼓声震荡下，全力维系自己的厉鬼幻术，本已有些吃力，此时竟看到了那盏莫名其妙现身的神灯，更觉心神震荡，忍不住叫道，“这……这怎么可能？”

陆冲哈哈大笑：“你偷了公主神灯，本已难逃死罪，老子便毁了此灯，再让你罪加一等！朝廷知道，定要将你千刀万剐，挫骨扬灰。”长笑声中，大袖一振，那把气吞山河的铁剑终于脱手而出。

铁剑耀出沉郁的黑芒，直向那宝灯飞去。

那盏灯如此精巧、如此别致，灯上的七彩异宝被烛光映照着，散出迷离醉人的光影，犹如绝丽佳人望向情人时那凄艳的眸光。

相形之下，那把铁剑却显得如此壮硕和粗鄙，剑上的黑芒更耀出吞噬一切的死亡之光。下一刻，这盏美如豆蔻佳人的宝灯就要被这把吞噬一切的死亡之剑毁去。

“不！”

随着这沉闷的怒喝声，一道残影如电般射向神灯。

檀丰的身影不可谓不快，但他身子才动，便觉眼前一黑，那抹美女目光般迷人的灯芒忽然熄灭了。

难道还是慢了一刻？檀丰的心底甚至觉出了痛楚。但他随即觉出了真切的痛，他的肩头处多了一把剑，漆黑的剑。

陆冲的飞剑竟不知何时转了个弯，势若白虹贯日，凌空切入了檀丰的肩胛。这次与前几回不同，血水立时四溅开来。

檀丰厉声惨号，身形扭曲，拼力左右闪躪。但飞剑依旧切割着他的血肉，斜肩铲背地向前推进，势若切纸割草。

血水四溅开来，檀丰的身子被飞剑砍成了十七八片。只不过这一回，那些血肉再也不能维成一个人形，残肢碎肉终于跌落在了满地尘埃上。

“灯，神灯，这怎么可能？”

檀丰连在肩头上的头颅终于垂了下来，口唇间无力地滑出了几个字，便变得沉寂无声。

袁昇的飞剑却还在空中。他的飞剑不似陆冲的御剑术那般迅疾如电，却依旧笔直精准地撞向大唐的万乘至尊。

五尺，四尺，三尺……

众人目光所集的那把剑，已飞到了皇帝面前两尺左右。

忽然间，那把剑却在半空中向上挑起，跟着又再落下，接着又挑起、落下，仿佛在向皇帝三叩九拜。

袁昇脚下一个禹步飞踏而出，扬手接住了长剑。

观中才响起了一阵惊呼和掌声。这一手飞剑术惊世骇俗，众人都是又惊又赞。

刹那间，袁昇的眸子恢复清亮，气度也变为平和从容。

皇帝李显不晓道术，只觉这年轻观主手法新奇炫目，竟用飞剑对自己在空中叩拜，只道这是鱼龙百戏一样的新奇戏法，不由大是欣喜，竟拍手微笑。

皇帝叫好，旁人自然不能落后，喝彩鼓掌之声经久不息。连韦皇后都玉掌轻拍，只是一双凤眼中微露失落之色。相形之下，倒是安乐公主跳了起来，娇笑着拍掌叫好。

旁观的青瑛这时又惊又喜，后背更被冷汗浸透，这时才突然想到，自己射出的那根银针呢?

那银针原本是冲着袁昇飞去的，但转眼间就如夏日冰屑般消失得无影无踪。好在青瑛发射神针时全神贯注，还是看到了那一抹银光消逝的方向。

那银针，竟如有灵性般蹿向了那群前来观礼的权贵名士人流中，随即一闪即逝。

几乎在银针消失的刹那，青瑛的心底倏地闪现出一道猩红锐利的可怕眸光，如恶魔的独眼。只是那恶魔的独眼正流淌着黏稠的血汁，仿佛刚被什么锐物刺中一般。

这怪象也是一闪而逝。青瑛心神巨震的当口，就见对面观礼的名士人流中起了一阵小小的骚动，却也是转眼间就平复了。似乎是某位观礼的名流有些不适，但也没有什么大碍。

青瑛有些疑惑，双眉紧蹙，却再也看不出什么端倪。

她再望向袁昇，见他白皙的脸上虽然淌满了汗水，但脸庞上好歹也有了些血色，不似先前那样苍白。

“献瑞瓶！”

掌管道教的官吏宗正寺卿也长出了一口气，按约好的仪轨，长声吆喝着。

袁昇手捧着纯金瑞瓶，躬身走到了皇帝驾前。瑞瓶内装的是道家灵签，所谓“献瑞瓶”，就是请皇帝为天下为自己抽个灵签。

瑞瓶内的签早早都被换成了“上上大吉”，最次的也是“大吉”，所以皇帝怎么抽，都会得到个皆大欢喜的吉利话。

皇帝李显还是毕恭毕敬地向玄元老君像拱手祷告，然后才从瑞瓶内抽了一枚灵签。

灵签翻转，万岁的脸色却立刻变得阴沉如水。他抬头望了一眼袁昇，神情满是错愕。

袁昇也是一愣。但李显的神色却在转眼间恢复如常，将灵签插入瓶内，他微笑道：“大吉！”

宗正寺卿忙高声喝道：“玄元神帝太上老君赐大吉灵签！”

霎时满场欢呼，“万岁”、“万岁”之声响如雷震。

一滴汗水滑落唇边，咸的感觉。

袁昇知道，这不是梦境。

适才在长剑出手的刹那，心内的那双眸子陡然明亮起来，变得明艳清澈，那不是恶鬼的眼睛，而是黛绮的美眸。

一弹指为六十刹那，一刹那间，袁昇的心猛然惊觉。

“咳咳咳！”伴着几声痛楚的呻吟，一道窈窕的身影从壁画后的残墙内滚落在地，正是黛绮。此时她花容委顿，雪白的胸襟上满是血水。

陆冲斜睨着波斯女郎，又惊又喜，笑道：“咦，这不是‘姑奶奶’吗？”

黛绮无暇理会死对头的唇枪舌剑，擦了下唇边的血水，指着大殿角落里一个古怪的神像，道：“大胡子，快，打碎那神像！小心些，姑奶奶的老爹被檀丰那狗贼囚禁在里面。”

那是一座袄教的神像，腹部粗壮，造型怪异。陆冲一凛，还是依言挥剑。剑仙门奇才的剑气拿捏得妙至毫颠，飞剑迅疾地破开了泥塑神像的大肚。

泥屑迸飞间，跌出一个人来，满头金发，脸上皱纹堆累，竟是个波斯老人。

“你是？”陆冲盯着那人的脸，忽然大叫道，“莫迪罗！”

这人的脸孔无比熟悉，正是先前被檀丰腰斩后丢在西云寺外的波斯艺人。那日西云寺内陆冲抓捕檀丰时，那胡僧便曾易容成这张脸孔。

照理说，这个波斯艺人早已死了，但偏偏此时，他又诡异地现身。

“奶奶的，难道老子也在做梦？”陆冲登时呆住了。

章节十三

谜后谜

两日后的清晨，袁昇悠然来到了西云寺。他是应胡僧慧范之请而来的。

大玄元观庆典虽然小有波澜，但最终龙颜大悦，也算功德圆满。同时，陆冲斩杀了元凶胡僧檀丰，不但救下了波斯女郎黛绮，更寻到了安乐公主丢失的宝灯。这下连袁昇的老爹袁怀玉都可以顺利交差。

各方皆大欢喜，只有西云寺遇到了一些小麻烦，那个作恶多端的胡僧檀丰到底出于西云寺。好在这时节就显出了方丈慧范的厉害，这位老胡僧长袖善舞，除了鼓动老靠山太平公主出面，甚至七拐八绕地搬出了韦皇后替他说了些话。有了大唐权势最盛之人发了话，再加上那个檀丰本就是远地来投的外来和尚，西云寺也确实没有多大干系，朝廷有司只草草审了三四日，慧范和西云寺便轻轻巧巧地渡过了难关。

西云寺主持胡僧慧范老早就率着一众胡僧在寺门外迎候。

今日的袁昇已不仅仅是当年那个喜好画道的修道天才了，而是主持大唐玄元神帝开光祈福大典的玄元观新任观主，地位尊崇。他这个老胡僧虽然在太平公主身前很红，但也不得不对袁观主表现出有别于往日的敬意。

好在袁昇却没什么变化，依他今日在道门中的地位，本可前呼后拥而来，但他依旧是一个人洒然而行，一身道袍素白如雪，清俊的脸上还挂着那略带忧郁的淡淡笑容。

“袁观主近日操劳过度，老衲今番特意摆下好茶，给观主祛祛烦躁。”慧范笑吟吟地将袁昇请入寺内，更屏退了闲人，只和袁昇边行边聊。

“大郎这回立下奇功，也给本寺除去了一个祸害，老衲感激不尽。”几句话后，慧范便又巧妙地称呼起“大郎”这个显得很近乎的称呼，“只是……我瞧大郎眉宇间似乎还有些忧色，不知还在为何事忧心？”

袁昇才沉沉叹了口气：“还有件大事未了，我师尊的大仇未报！”

“令师鸿罡真人？”慧范脸色一变，“我记得令师是突患暴疾而亡呀……难道还另有隐情？”

“自然有，只是不知何日才能大白于天下。”袁昇目光悠远地望向前方，却道，“你老急匆匆地请我过来，想来必有些大事要商量吧。”

“什么都瞒不住大郎。”慧范引着他来到了阎罗殿前，低叹道，“就是那幅《地狱变》，许多邪事都是因其而生，老衲想将之毁去了。想到大郎雅好画道，对此画素多痴迷，所以特请大郎再来看看这幅名画。”

“绝世名画的最后一面。”袁昇的脸上现出意味深长的笑容。

幽静的阎罗殿内，这时早已收拾一新，连妖僧檀丰的血迹都打扫得丝毫不见。那幅巨大的壁画前燃满了明烛，幽幽闪烁的烛火下，那些鬼神也仿佛在幽幽地飘荡着。

袁昇慢慢坐在一张胡椅上，默然望着那幅宏大的画卷。每次凝望这幅名画，他都有一种恍惚感，仿佛自己置身于群鬼之间。

慧范则在袁昇的对面正襟陪坐。条案上的纯银镏金茶具内，摆着几块蒙顶名茶制成的茶饼，茶鼎上水声初沸。色如青玉的茶盏内，热腾腾的茶汤闪着淡绿光影。

“这么说，莫迪罗竟是黛绮姑娘的老父？”听罢了袁昇转述这一件奇事的结局，慧范也不由得来了兴致，再将那越瓷盏中倒满了茶。

“可以说是，也可以说不是。”

袁昇恭敬地捧起茶：“真正的莫迪罗其实是两个人，一对孪生兄弟。哥哥大莫迪罗是波斯‘黑骆驼’幻戏社的班首，也就是黛绮的父亲。弟弟小莫迪罗则游手好闲，多年前就与哥哥闹翻，干脆从‘黑骆驼’幻戏班子出走，在西市的诸个幻戏班子内混吃混喝。这个弟弟，为人胆小懒惰，却最喜欢赌博，终于被妖僧檀丰盯上，用重金诱他上钩，杀死之后，又用他的形貌做下了多重恶事。而哥哥也在一月前被檀丰擒住，用以要挟黛绮，让她对我施行迷魂术的邪法……”

“原来如此！”慧范仰头望天，微微沉吟，才道，“老衲来自西域，对西域幻术和京师道家各派也略通一二，且让贫僧推断一番袁公子近日的遭遇吧。”

“首恶便是檀丰，他是宣机国师最神秘的关门弟子，道号风行子。没有人知道，宣机国师居然还有个波斯弟子。檀丰早就诱惑控制了小莫迪罗，随后杀死了他，易容成小莫迪罗的样子，参加安乐公主的芳辰寿宴盛会，盗走了公主的宝贝神灯。

“他这么做，就是为了嫁祸给太平公主。盗走神灯，只是第一步。随后，他故意被金吾卫抓住，又惊世骇俗地以幻术逃走，引得你来出马。第二步，便是在老衲的小庙中上演《地狱变》恶鬼杀人，不但让老衲的柜坊生意大打折扣，更让西云寺成了京师瞩目之地。是啊，老衲这里的本钱，大多是太平公主的。这样一来，公主自是万分狼狈了。”

他顿了顿，又道：“你说得是，你与黛绮的相遇，都是他们安排好的。想想追斗陆冲的青阳子，背后是宗相府。而宗相爷，与宣机国师一样，都是韦皇后的亲信。由此可知，檀丰不过是个牵线傀儡，真正的牵线人，只怕是韦皇后。”

袁昇深深叹了口气。檀丰是宣机国师的幺徒，宣机国师不仅是师尊鸿罡真人的死对头，更是深得韦皇后的青睐。而这位韦皇后，有个路人皆知的野心，那就是做成“武则天第二”。

慧范又叹道：“檀丰最重要的一步，其实是对你下手。他控制了黛绮的老爹大莫迪罗，逼迫精通魇咒的黛绮对你下手。你身中迷魂术之后，慢慢地真幻颠倒，不识梦境与真实。”

“你第一次去金吾卫大牢，破解‘绳技’越狱，那应是真实的。此后，你去黛绮那儿追问莫迪罗的下落，已开始被她做了手脚。好在你入魔不深，其后你来到敝寺，先后见到被杀的韩跛子和被腰斩的小莫迪罗，施展妙手奇计，擒住了檀丰。

“你以为大功告成，却不知小莫迪罗被杀，其实是檀丰发给黛绮的一个严令。那个与她父亲一模一样的叔父被杀了，预示着她父亲也岌岌可危。她必须按檀丰的安排对你下手了。于是，她不得不趁着和你聊天的时候对你痛下狠手——就是那一次，你忽然觉得她的双眸很迷人的时候。自此你便入了魔，时昏时醒，常如梦中……

“最终，你错上加错，在昏沉间误杀了师尊。其后之事，波澜起伏，黛绮和檀丰的阴谋也愈演愈烈，他们竟希望以魇咒，控制你去扰乱玄元盛典！”

袁昇的身子一颤。玄元观内自己面对皇帝飞剑出手的一幕如在眼前，这时想起来仍不寒而栗。

“好在你用师门梦典中的秘法反制了黛绮。不过，”慧范睁大了疑惑的老眼，“最终的开光盛典中，你到底是怎样克制了心魔，只是用御剑术给万岁行了三叩九拜之礼呢？”

袁昇哼了一声，缓缓道：“正所谓人心叵测！我幡然猛醒，不是在最终的开光大典中，而是在闯入黛绮的心门时。”

他紧盯着慧范的老眼：“她的老父被檀丰抓住，不得不遵照檀丰的安排行事。好在如她所说，她向我全部敞开了心门，我知道了许多。剩下的事，便只有我们彼此心中相知了。”

“她居然对你敞开了心门？”慧范巧妙地避开了袁昇灼灼的目光，温颜一笑，“她和你不过相识数日，居然能如此对你；而檀丰与你素不相识，居然妄想控制你的心神……人心，真是世间最奇之事啊。”

慧范遥遥一指对面那幅壁画：“便如这气势恢宏的壁画，极少有人知道，当年一代画痴孙罗汉呕心沥血画成此画时，曾有一段惨烈的往事，由之可见人心之叵测难料。想听听吗？”

袁昇目光一闪，道：“愿闻其详。”

“当年孙罗汉名为‘画痴’，但在贞观年间，他还仅仅是大唐画坛上的后起之秀。在他之上，还有曾被宰相房玄龄亲口推为‘大唐画绝’的展道玄。展道玄与孙罗汉一般，同样专于佛道神像，当时却已是大唐画坛宗主，极受太宗皇帝青睐，常出入皇宫画院。

“但不知为何，两人先后接下了两件壁画重任。孙罗汉答允了西云寺，要为其阎罗殿内画一幅《地狱变》壁画；而与西云寺只有一街之隔的道家紫云观，则请展道玄来为观内画一面壁画《地府幽冥司》。这两幅壁画几乎在同时动笔开工，题材又颇多渊源，内容相近。如此一来，便成了画痴孙罗汉与画绝展道玄要在长安画坛公然打擂台了。

“那孙罗汉人如其名，是个真正的画痴，对人情世故全然不入脑。他接下这活比展道玄晚了几日，动笔却比画绝要早，而且一画起来便通宵达旦，废寝忘食，故而进度极快。某日晚间，画绝展道玄受西云寺方丈之邀，进西云寺来看了孙罗汉的画作。当时展道玄对孙罗汉的画作未置一词，却秉烛观画，流连许久。回到紫云观后，展道玄便弃笔停工了。”

袁昇虽知此时形势非常，但因素好画道，仍是听得微微入神，这时忍不住叹道：“他是害怕那个晚辈画痴的壁画会超过他！”

“或许是吧，”慧范的目光也难得地悠远起来，“展道玄这次停笔，居然足足停了五日。直到五日后，他听到了一个消息，孙罗汉失踪了。失踪的缘由不明，很多人风传是孙罗汉作画太过入神，得了失心疯，就此走失了。但不管怎样，展道玄似已恢复了精神，开始继续紫云观的壁画。”

“这么说，难道是画绝展道玄派人杀了孙罗汉？”袁昇说着，心为之一沉。他也见过展道玄的遗作，对这位贞观年间的画绝颇为欣赏，但想不到此人竟是如此人品。

慧范不置可否地笑笑：“那时还没有定论。因为此后的怪事越来越多。七日之后，被传失踪的孙罗汉竟回到了西云寺，继续他的画道。只不过他的打扮有些怪异，用一顶很大的斗笠遮住了大半张脸，全身裹着黑袍。他几乎不与寺内的任何人说话，而且只能晚间作画，一画便是一整夜，在天明鸡鸣前离开。”

听慧范幽幽的语调，袁昇却生出一阵寒意，仿佛看到一个漆黑的身影，用一张硕大的斗笠遮住了大半张脸，只露出两道深邃的眸光，在幽幽的烛火下疯狂地涂抹、点染。

数十年前，那道孤独而神秘的身影就在这间有些阴森的殿宇内疯狂地作画，殿内有烛火，殿外是月光。在月光消逝的时候，他也同时消逝。

慧范的笑容也有些神秘：“西云寺的僧侣们都觉得奇怪，却不敢相问，又足足画了一个月，这幅恢宏巨制终于大功告成。因为这幅著名的壁画，来西云寺朝拜的善男信女络绎不绝。甚至有一段时间，许多屠夫鱼贩因为看了壁画竟也不敢再做杀生恶行，乃至长安城内的鱼肉之价暴涨。”

孙罗汉的这幅名画绘成后曾轰动长安城，这个典故袁昇是熟悉的，但他更关心的是那位画痴，忍不住问："那么，孙罗汉竟然没有死？"

"不！《地狱变》震动京师画坛后，本该随之名震天下的画痴孙罗汉就彻底消失了，再也没有出现过。于是有人传言，在他上次失踪后，深夜赶回西云寺作画的，就是孙罗汉的鬼魂而已！只因他的心神执念太强，人虽身死，心神仍要顽强地赶回完成自己的画作，所以便有了鬼魂作画之事。"

"鬼魂作画？"袁昇却蹙紧了双眉，"这不可能吧！人死之后，幽冥两隔，他生前的执念再强，只怕也无法赶回来作画的。如果不借助肉身，那个鬼魂甚至无法拿起一只画笔！"

"说得不错！"慧范目露赞赏之色，"更离奇的事还在后面。孙罗汉画作大成，人们才想起画绝展道玄，便又发现了接连的怪事。先是孙罗汉失踪后不久，刚刚恢复了紫云观作画的展道玄就大病了一场，病好之后，虽然仍能提笔作画，但进度却又缓慢了许多，每天都无精打采。就在孙罗汉画作大成的日子，展道玄则完全弃笔了，对紫云观承认自己病体难支，再也无法画下去了。

"又过了几日，展道玄再次发病，不停地哭号疯语，仿佛身边有鬼神环绕。最奇的是，他大喊大叫，说是西云寺的《地狱变》，其实是他冒充孙罗汉完成的。转过天来，展道玄便一命呜呼了。据说他临终前的最后遗言，居然是说出了一个神秘地点，那是一间比较荒僻的龙神庙，就在神像下，掩埋着孙罗汉的尸身。"

听到熟悉的"龙神庙"三字，袁昇眸中精芒熠然一闪，却没有言语。

"这消息转天就泄露了出去，就有好事者前去那间庙宇内，果然挖出了孙罗汉尚未完全腐烂的尸身。此事报知官府，由仵作前来验尸，却发现孙罗汉早已死去了两个多月。"

袁昇沉吟道："孙罗汉两个月前便已死去？这么说，《地狱变》确实不是他完成的了。难道……真的是展道玄，他为何要这样做？"

"佛道修法中都有'夺舍法'一说，一道元神进入另外的躯体，犹如夺舍而居般控制了这个躯体。展道玄面临的，与此相近。那孙罗汉被展道玄枉杀，其元神因具有强大执念，竟而寄居在了展道玄体内，然后驱使着仇人，与他一起完成了这幅气势恢宏的《地狱变》。"

"与他一起完成？"袁昇愈发震惊。

“老衲猜想，展道玄本身的元神在被挤压后，曾去了一次地狱。也正因其曾神游地狱，所以才能绘就如此惟妙惟肖、入骨三分的神奇之作。是的，这幅宏大的壁画，实则是画绝与画痴的两个元神合二为一完成的。这两个元神，一个壮志未酬，沉冤难申，另一个身犯重罪，亲历地狱。他们都无比痛苦，虽在人间，却承受着地狱般的苦痛磨炼。”

袁昇的心底腾起一股难以形容的寒意。再将目光凝在那壁画上时，便觉得一阵恍惚，仿佛那再不是一面壁画，而是一道真实的窗口，窗口那边就是地狱，那里饱含各种痛苦，那里也制造各种痛苦……

一闪念间，那面巨大壁画上的鬼神仿佛都在悄然浮动起来，整座阎罗殿都有一种飘忽迷离之感。袁昇悚然一惊，似远似近，模糊迷离，这种感觉太熟悉了，那是道家法阵。

他再凝目对面的慧范。这老胡僧的形象倒是清晰的，他的笑容还是那样圆滑和蔼，他倒茶的姿势还是那样谦恭轻柔。

只是他已经倒茶很久了吧，那茶盏竟似深不可测，茶水永远没有倒满的一刻。这老家伙的手还是这么稳，丝毫不抖，而那壶中的茶水也似永无穷尽，还是那样汩汩地从壶中稳稳地注入盏中。

“原来这面巨大的壁画，乃至这座阎罗殿，都被你布置了道家法阵。”袁昇轻叹一声，“而你这个凄恻诡异的故事，则是一道迷魂种子，潜入我的心底，随时可能发动。”

“迷魂种子？”慧范终于停止了倒茶，双目眯成一线。

“是啊，回顾这些日子的梦幻颠倒，根源不是我遇见黛绮，而是从这幅《地狱变》开始的。”袁昇的目光愈发锐利，“其实最早对我施行迷魂术的人，就是你老人家，不是吗？”

“大郎说笑了，老衲哪里有那个本事。”

“寻常的胡僧自然没有，可你老人家不同啊，”袁昇尽力放缓语调，“还记得方才我说的我要给师尊报仇之语吗？我师尊暴毙的缘由，我已找到了，都是因为你！”

“这愈发让人糊涂了。老衲只会算些歪账、赚些闲钱，难道是老衲杀了神通广大的令师尊？”

袁昇一字字道："只因你就是我的师尊鸿罡真人，但你改换了曾经的容貌和身份，今后将只以这个老胡僧的面目出现。也可以这么说，是你杀死了我的师尊！"

慧范脸上那招牌式的微笑慢慢干涸，目光颇为复杂。阎罗殿内变得寂静无声。

沉了沉，慧范才点点头："老夫果然没有看错你。"他慢慢挺直了佝偻的腰身，"还想看看老道原来的形貌吗？"

最后这句话的声音，已恢复成鸿罡国师的从容大气。在这短短一句话的工夫，他那张苍老的脸孔竟也在一直变化，褶皱变得平复光滑起来，苍白的脸色也闪过一丝健康的血色，但那张脸却仍在变化，忽而细微，忽而急速，一眼望去竟有千变万化之感。

"不必了，"袁昇不由黯然闭上了双眼，"连声音也不必变回来。那些音容笑貌，还请留在弟子心底。"他的声音满是酸楚。在这之前，他一直希望，是自己错了。

慧范微笑道："你到底是从何处看出了破绽？"

"师尊您仙逝得太过突然了。"

袁昇沉沉一叹："您老功深造化，本不该被我打伤，被刺伤后，又重伤而亡，则愈发不该。更让我觉得奇怪的，还是您的遗命，我的资历本不该成为玄元观主，何况那时我还有心魔未除。而我荣登观主之位后便要举办开光大典，这遗命实在是匪夷所思，或者说，大有玄机。弟子已动了疑心，对许多习以为常的事都觉得古怪起来。但真正窥破端倪，则因我和五师兄夜探大玄元观内的禁地锁魔苑。相传那镇元井内镇压着您耗尽心血擒来的九首天魔……实则，那井内被你设置了一个极强大的法阵，只要穿过去，就会发现那其实是一条密道，另一端竟是距离西市不远的一家书肆。书肆的后门，居然正对着西云寺的一个角门。是啊，师尊近年来总是闭关，其实您每次闭关，都是去了西云寺。"

"原来你果然和老五去了镇元井！"慧范的眸中射出些棱光。

"这也早在您的意料之中，不是吗？您早就想杀死五师兄了。"袁昇黯然道，"只因他生性耿介，曾因皇太女之论与您争执。那晚在出发之前，五师兄的神志已有些癫狂。是的，他也曾中了一道迷魂种子，对他出手的人，应该也是师尊吧。"

慧范脸上浮出一抹神秘的笑容："老五忤逆师尊，其心可诛。我没有毁去那镇元井，原本只是想困死他的，连我那遗蜕上的天魔之箓都是为他留的。没想到，却累得你也跟着去凑热闹，阴差阳错，竟又让你看破了端倪……”

袁昇冷哼一声：“西云寺内一个唯利是图的老胡僧慧范，居然是大唐三大国师之一的鸿罡真人。这是谁也不会相信，甚至连想都不会去想的事，但弟子一经生疑，便看出了很多破绽。比如，您的坐姿！”

慧范一愣，微微低头。那时候，胡椅还不很流行，大部分唐人都习惯跪坐于地，所谓“正襟危坐”，其实也是跪坐。而身为胡人的慧范，此时却是极标准的唐人坐姿。

袁昇苦笑道：“按理您是个老胡僧，即便能学得我们唐人的坐姿，但也不该这样随时坐得有模有样。这绝非入乡随俗，而是您早已自幼这般坐熟了，您，根本就不是个胡人。”

“除了您的坐姿，还有许多不同寻常之处，比如，和您这胡僧在一起时，我总觉得有一股很熟悉很醇和的气息；比如您那安卧在棺椁中的遗蜕，虽然弟子功力浅薄，但总觉得有些障眼法的嫌疑；再比如您在宗相府上演示的‘天花乱坠’，虽然您老故意拉低了手法，但弟子一听旁人的叙述，便知那是源于灵虚门正宗的梦修功法……对老胡僧慧范生疑后，弟子最大的疑惑便是，您老为何要这么做呢？”

袁昇无奈地叹了口气：“还是那日五哥死前的一番话提醒了我。他说曾与您大吵一架，只因您曾向万岁进言，以天象为说辞，当立安乐为皇太女。经他这一点，我才想起此事，那段时日，弟子常见您为此唉声叹气。师尊显是深深忧虑过、犹豫过，本不愿蹚此浑水。宗相府寿宴，我的两位朋友曾赶去大闹一番，回来后曾跟我细说了当时情形。您扮的这个胡僧慧范，似乎在面对老对头宣机国师时隐现出一种不甘……弟子一听之下，便已明了。原来这才是您最终铤而走险的缘由——只因您虽为太平公主打理钱财，实则早就投靠了韦皇后。”

慧范的脸色僵了僵，终于怅然一笑：“是啊，不甘心！看到宣机那家伙就不甘心。你以为凭着陆冲那蹩脚的隐身术，真能逃脱宣机的追击吗？嘿，早知今日，为师就不出手了，放跑了陆冲，反给自己增加了麻烦。”

“弟子知道，当年您身为三大国师之首，本是大周朝则天皇帝驾前的第一红人。其后神龙政变，今上登基，虽然万岁依旧很看重您，但皇帝却更听皇后的话，您给太平公主理财只是狡兔三窟之举，实则更希望也能被韦皇后宠信。可惜，两年前，您与韦皇后的红人宣机国师争宠斗法，求雨失败，不但伤了元气，名气身份更退了一等。您必然不甘心，您一定要反转，甚至不惜抛却毕生清誉，冒险为安乐公主鼓与呼。可惜此言一出，朝野震动，却没有任何回音，而师尊在道门中的威望却急剧下降。但韦皇后给您下达的第二个命令，您老却实在无法完成了，那便是……刺杀万岁！”

刺杀万岁。

极缓慢的四个字，终于让慧范那张始终波澜不惊的脸孔生出了一丝颤动，他冷冷道：“继续说。”

“脱身之策，您老早就想好了，在当年与宣机斗法失利后，长安城内便多了一个神秘莫测的胡僧慧范大师。在外人眼中，只知道这位胡僧长袖善舞，善能理财，甚至还精通房中术。没人知道，那个人就是师尊您，曾经的三大国师之首的鸿罡真人。您常常在白日里闭关，实则是去西云寺经营田产罢了。

“在韦皇后下达这第二个命令后，您觉得必须要完全脱身了。是的，师尊才是韦皇后此次大逆行动的真正军师，您全盘筹划了此次行动。宣机国师碍着韦皇后的面子，也只得来相助一臂之力，他推出了自己最不为人知的波斯弟子檀丰。但檀丰只是您的一个棋子，也是您的马前卒。就如现在这样，恶鬼杀人案真相大白了，作案者只是来历不明的胡僧檀丰，而且已伏法被斩。您，甚至宣机国师，都不会有丝毫暴露和损失。

“正如师尊所说，魇咒邪法，定要先种下一个种子。师尊对我的喜好和修为进境了如指掌，轻易便种下了几次迷魂之种。第一次迷魂种子，是您传授了我画龙术，让我修习画龙梦功。虽然这种梦修功法练成后有壮大元神的奇效，却也极易出现偏差。此后，您又命我去西云寺观摩《地狱变》，再去城外龙神荒庙临摹展道玄的神龙遗迹。想我去龙神庙的行踪，这长安城没几人知道，可师尊却是最早的知情者。是了，方才听您讲了那光陆离奇的鬼魂作画故事，那孙罗汉的埋尸之所，莫不就是那座龙神庙？”

“正是，”慧范在闪耀的烛光中幽幽地笑着，“连那幅龙神壁画都是展道玄年少时所作。画绝不通道术，却认为自己的笔意会将孙罗汉的冤魂镇住，所以才选择将他埋在那里。所以西云寺和龙神庙的画道本是一体的，你的资质太高，所以师尊选择这道迷魂种子时，当真是费尽心思啊！”

“怪不得我在龙神庙临摹时常常心神恍惚，甚至看到过一具扭曲的白骨。原来那里是画痴的埋骨之地，怨念郁结，用以布阵迷魂，实在是最适宜不过。师尊真是煞费苦心呀！”

袁昇终于苦涩地一笑：“第二次迷魂种子，便是师尊亲自出手替我疗伤了。那是最重要的一次。您先是施展迷魂法，借我之手刺杀了您。鸿罡真人功德圆满，完美脱身了。而我，则魔种深种，有了闻鼓杀人的冲动，我还会于‘无意中’发现，是自己杀了师父，不可救药，心神濒于崩溃。”

慧范摇头叹息：“是啊，这计策原本天衣无缝，有檀丰做挡箭牌，有黛绮做护身符，但没想到，最终你在祈福法阵上，居然能临事猛醒，挺了过来。这叫为师颇为奇怪。”

“不错，您还安排了可怜的黛绮姑娘做护身符。她父亲被檀丰劫做人质，只能听凭你们的摆布，用她的西域幻术跟我周旋。”

袁昇沉沉叹道：“我最初怀疑的人也正是她。当我认为自己误杀了师尊时，冒险以梦典的功夫一试，原是想跟她决一死战，但没想到，她真的对我敞开了心门，替我注入了一抹光。”

“而且黛绮自身天赋出众，元神灵力惊人，最后关头，她更是自伤吐血，破去了檀丰在她心内注入的邪法。我不但逃了出来，还得她之助，一举突破了梦功的心魔。”

慧范眯起双眼，叹道：“原来如此。这丫头法术平平，但资质惊人，天生灵力过人。这最后关头，她宁愿自伤，也要帮你，看来对你是有情有义了。本门源出天师道，不禁婚娶，你年岁也不小了，对她可还有情？”

此时慧范还是胡僧容貌，但言语间似又变回往日那个温和慈祥的鸿罡真人。

袁昇脸色微红，心中却有些悲凉，随即苦笑道：“这等闲事，就不劳师尊费心了。师尊操心的，都是国家大事。半年前太子殿下因谋反大逆而被诛，此后韦皇后、安乐公主与太平公主这些权贵间纷争渐烈，万岁的龙体又一日不似一日。师尊自然要及早安排，在韦皇后那里站稳脚跟，重新压下宣机国师一头。

“但刺杀皇帝这样的重罪，师尊是绝不能担的，最好由我这个中了心魔的弟子去完成，而在这之前，师尊也早已心力交瘁，驾鹤西归了。将来官府若是深挖缘由，也会有来历不明的檀丰和波斯妖女黛绮替你们担当。自然了，这两人无论如何，都会被杀了灭口的。”

袁昇一口气说出前因后果，阎罗殿内再次寂静下来。

沉了沉，慧范忽地哈哈大笑起来：“痛快，痛快，为师果然没有看错你。你不但破解了此事的前因后果，而且还敢下血本，用自己命咒炼制的命针对我舍命一搏。当日玄元神帝开光祈福盛典上，我也奉命去了，原想顺势推波助澜，毕其功于一役的。没想到，你竟用命针对我偷袭，以命咒炼制的命针，那就是你全部功力之所系，我那时隐身在贵客丛中，却无法展现本身功力，也只得最终眼睁睁地看着你扭转乾坤，眼睁睁地看着自己功亏一篑！

“虽然灵虚门内修道资质最佳者，是我的关门弟子小十九，但你袁十七才是真正的天才，为师很是欣慰。只是为师这么做，也是迫不得已。”

他的笑容陡然一敛，叹道：“世上有神仙吗？在长安百姓的眼中，师尊就是活神仙之一。可惜，神仙们的争斗更惨烈，更可怕，一步出错，万劫不复。当今三大国师、四大道门，可谓各有玄机各有靠山。那次祈雨斗法，耗去了师尊许多功力，此后灵虚门也岌岌可危。这时候，师尊还能违逆韦后的旨意吗？”

慧范苦笑了两声：“你难道不觉得奇怪吗，檀丰身为宣机老道的亲信弟子，为何要去安乐公主府上行窃，又为何要来西云寺造下连番的凶案？”

袁昇沉吟道：“我也一直疑惑，安乐公主被窃，偷盗者是与太平公主干系紧密的西云寺胡僧……答案只有一个，这应该是檀丰受其师尊宣机国师的指示行事。宣机很可能已经注意到了这座与太平公主关系密切的西云寺。”

“其实都是妒忌的种子！这就是我要说的人心，明白吗，是妒忌的种子！”

慧范幽幽地叹息起来：“宣机平生最妒忌两个人，现在他妒忌慧范，他未必会识破贫僧的身份，但却一直妒忌西云寺生财有道。更早，他妒忌为师，那时我是压在他上面的鸿罡真人，是武周朝独一无二的国师。便如画绝展道玄妒忌画痴孙罗汉一般，只不过前辈与后进易地而处罢了。所以，宣机才指示檀丰出手行窃再躲入西云寺，想以此栽赃本寺。”

袁昇奇道：“那檀丰不是宣机派了过来，奉韦皇后之命来助您干大事的吗？为何又要对您连番掣肘？”

“韦皇后原是知道我在经营这家胡寺的，还授意我用寺院柜坊生意来拉拢太平公主，想用老衲监视太平。”慧范说着摇头长叹，“但那檀丰，说是来相助，实则却是监视。韦皇后故意命他造出恶鬼杀人的奇案，将杀机引向西云寺，那便是在向我示威——若我再拖延而不出手，他们定要置我于万劫不复之地了。”

他说着遥指着前方那面森罗万象的壁画，叹道：“人心啊，万物唯心所现，真正的地狱就在人心内。就如这天下仅此一幅的名画，画绝与画痴联手绘成的痛苦人心……你看那皮肤骨骼都被冻裂的八寒地狱，永远有烈焰焚烧的八热地狱，最奇的是那个铜柱地狱，抱住火柱的罪人居然脸上还残留着笑容，绝望的笑。也只有展道玄那曾经亲自游历了地狱的神魂，才能绘出如此深入骨髓的绝望和百态纷呈的人心。可惜这纤毫毕现的绝世名画，在今日之后，将不存于世……”

随着他沉沉的语声，那面巨大壁画上的鬼神仿佛都在悄然浮动起来，狰狞的鬼王和阴森的鬼卒似在厉声嘶号。袁昇只觉一阵恍惚，朦朦胧胧间，似乎身周的殿宇都不见了，自己已然置身于恐怖的地府鬼域。

“这才是你请我来此的真意吧，”袁昇浑身一个激灵，迅疾提起护体罡气，沉声道，“师尊不惜动用道家法阵，是要斩草除根，以绝后患？”

慧范很认真地看着他，叹道：“本不想如此的，但你太聪明啊。不过，你现在是堂堂大玄元观主了，自然也不能公然杀你。何况你我还有师徒之情，所以为师只会让你疯掉。嗯，你近日为了开光盛典之事操劳过度，甚至有常在梦中之感，那么突然疯掉，也就说得通了。”

在这轻柔的叹息间，袁昇却觉得有一道道雾气从那幅古奥的壁画间腾起来，身周的空旷感越来越强。跟着便看见画面角落里那只神气灵动的小鬼正慢慢拔脚，要从壁画中跳出来，那情形万分诡异，又万分真实，就如同他每次做梦时那种难以分辨的真实感。

嗖的一声，那小鬼终于跳了出来，随即龇着牙，向袁昇露出一抹得意的笑，便跳跃着向他冲来。

袁昇神色不变，只自袖中缓缓抽出春秋笔来。

春秋笔轻轻画出，阎罗殿的青砖上便现出一个符箓。

转眼间袁昇笔走龙蛇，一个个符箓如雪片般铺出，在自己身前围成一道伏魔圈。

这片刻间，那壁画上光影闪烁，一只又一只的厉鬼妖魔嘶号着跃下，从四面八方向袁昇扑来。

那只龇牙的小鬼最先撞上那道符箓铺就的伏魔圈，便发出凄厉的鬼啸，仓皇后退。但说来也怪，那道伏魔圈发出金灿灿的光华，看似坚不可摧，但被那小鬼一撞之后，圈体竟生出剧烈的震荡，激得当中的袁昇也是浑身巨震。

“缚鬼诀！”慧范微笑着，“本门普传的这道术法，以你的修炼最为精纯。可惜，缚鬼诀能缚住世间之鬼，却缚不住你的心中之鬼啊。你自己深知，你心中有安乐公主那个死结，那可是大不敬的僭越之罪。似乎她也对你有意，但万岁若是知道，你可定是要被腰斩的。”

此时叙旧已尽，这对师徒之间终于撕破了最后一重面纱，开始最终的搏杀。慧范的声音依旧温和从容，但说的话却如巨斧般犀利，直劈袁昇心中最无法防护的地方。

袁昇只觉心底一痛，仿佛被一把有形的利剑刺中，转瞬间那些恐怖的地狱，凄恻的游魂，惨号的罪人，变得越来越清晰，越来越庞大。

“这些厉鬼是与你的内心相应的，他们将永远缠绕着你，撕咬着你，直到你彻底地疯掉。是的，你就是画上那个抱住烈火铜柱的罪人。相传身犯邪淫的罪人下了地狱后，看到烈火焚烧的灼热铜柱，都会误认为是绝色美女。他们会疯狂地扑上去拥抱，前一刻他们露出满足的微笑，后一刻就要承受痛楚的烈焰焚烧……”

慧范的身影却在慢慢模糊起来，只有他的声音不紧不慢地传入，一句句话语都锐利如剑，搅得袁昇的心支离破碎。

更可怕的是，撞击伏魔圈的厉鬼已有数十只，每一次撞击，袁昇全身的经脉便会剧震一番，而伏魔圈的光芒越来越暗，看上去已是危如累卵，似乎转眼间便要告破。

袁昇揉着有些眩晕的头，忽地大喝一声：“韦皇后对您下的旨意，难道仅仅是刺杀万岁吗？”

“怎么……”慧范眸中精芒一闪，已经模糊的身形瞬间清晰起来。

“那次与宣机斗法失手，对师尊的伤害确是深入骨髓。失败之后，您开始厌倦灵虚门，乃至厌恶整个道门。如您所说，由妒忌、愤恨和贪婪合成的种子早已种下，您一直在做这个恐怖的梦，最终您成功变成了另外一个人，胡僧慧范！”

不知为何，袁昇的声音头一次变得冰冷起来："道门之祖太上老君被大唐皇族奉为李家的始祖，唐高宗更亲封老君为'太上玄元皇帝'，各地均建玄元观祭祀。所以武则天当年在武周登基之前，一定要先灭除道家的超绝地位，不但下令削去了太上老君'玄元皇帝'的尊号，还将佛教排位在道门之前。直到三年前的神龙政变，天下又归于李唐，老君才又回复尊号。可是，如果道门仍做国教，那韦皇后如何能效法武则天再次称帝，安乐公主又怎样能成为皇太女？"

他蓦地仰头大吼起来："是的，覆灭整个道门，这才是韦皇后对您下的密令！这密令，只怕连宣机国师都不知晓。在京师最大的玄元道观祈福开光盛典上，新任观主刺杀了皇帝，灵虚门乃至整个道教都会遭受灭顶之灾。这也是您为什么早早要化身为胡僧慧范的缘由，也是您报复宣机国师的终极手段。"

阎罗殿内竟静了一静，仿佛那些厉鬼们都停止了呼啸嘶号。

慧范长长叹了口气："我灵虚门内弟子千百，传我衣钵者有十九人。若论功力，你不及老大；论坚忍，你不及老二；便是论资质，你也不及小十九。但若论头脑智慧，你实为本门第一！"

他的声音变得阴森起来："可惜，你太聪明，实非有福之相。"

随着他最后这句话，数十只厉鬼齐声尖啸，疯了般撞向伏魔圈。那些符箓迅速模糊，变白，那道圈子已变得淡如蛛丝，伏魔圈转眼便会告破。

殿外忽地传来一声大吼："袁昇，你在里面吗？"

伴着陆冲这道如雷般的吼声，一道冲霄般的浓厚剑意同时逼近。

袁昇却已无暇回答，他只是机械地挥出春秋笔，祭出一道道的符箓，想将那道残破的伏魔圈补全。

陆冲已到了殿外，却发现自己无法进去。阎罗殿便在眼前丈余，但他每次疾冲后，都发现殿门仍距离自己丈余远近。透过那半启的窗棂，却见殿内也是朦胧一片，依稀瞧见袁昇神情呆滞地端坐在那里，那老胡僧慧范则笑吟吟地望着他，一脸幸灾乐祸之状。

陆冲狂吼了数声，却听不到袁昇的回音，甚至也听不到殿内的任何声音，几次猛冲也都没有进得殿门，才知这座阎罗殿定是被高人设置了自己完全无法突破的厉害禁制。

看情形，殿内的袁昇已经形势颇为危急了，陆冲决定不能再等。他缓缓横剑当胸，剑尖对准慧范的眉心。

自他在剑仙门艺成之后，凭借百发百中的御剑奇技，纵横江湖，几乎从无失手，哪怕是面对青阳子那样的宗相府顶尖高手，也是叱咤发剑，挥斥自如。但不知怎的，当他面对那个老胡僧时，却觉出巨大的威胁感。

虽然从窗棂中只能看到那老胡僧的侧影，却带给他极大的压迫感，这种压迫感只有在面对宣机国师那样的半仙级人物时才会有。但陆冲是个愈挫愈强的性子，明知敌手的功力深不可测，却仍是凝神蓄力。

那把铁剑凝聚了陆冲的十足罡气，宽阔的剑身射出黝黑的乌芒，那是死亡的气息。

便在此时，窗帘内的那个老胡僧如有感应般地扭过头，竟向陆冲笑了一笑。这笑容意味深长，没有挑衅和蔑视，只有些漠然，似乎那把横扫一切的飞剑根本不值一哂。

“咄！”陆冲凝目大喝，御剑术全力施出，漆黑的铁剑竟耀出了夺人的黯红光芒，直向慧范扑去。

飞剑终于撞破殿门前的禁制，闪着幽冷的红黑光影，射入了殿内。穿窗而入的一瞬，陆冲耳边陡然响起了无数道凄厉的惨号，仿佛那把剑穿过的不是空荡荡的窗棂，而是某种神魂的实质之体。

剑入殿窗的一瞬，那道神秘的笑容陡然消逝。一股不祥的预感随之而来，陆冲大叫一声，急忙运功收剑。以他御剑术的修为，历来运剑如运指，随心所欲，但此时意念施出，那把剑却毫无回应。

前方只有那黑洞洞的窗口、雾蒙蒙的殿门，似乎那是个活的神秘生灵，那把百发百中的神剑已被它吞噬。

与此同时，殿内的袁昇发出一声痛哼，肩头多出了一截剑尖。那把本应直射慧范的飞剑却从他的后背肩胛骨下射入，又在肩头钻出。袁昇全身经脉剧震，一口鲜血便喷了出来。

“后辈小子，当真不知天高地厚！”慧范幽幽地叹息了一声，不知是说袁昇，还是在讥笑陆冲。

飞剑入体的一瞬，身前的伏魔圈终于随之破碎。千钧一发之际，袁昇的心神却骤然一清，他大喝道："是天魔，原来这些才是天魔！壁画再如何逼真，也不会化成厉鬼的，你竟然在这里布置了天魔！慧范，你早已走上了邪路！"

慧范的笑容一僵，木然道："不错，老衲早已踏上了这条不归路。勾招天魔，确是凶险之极，稍有不慎，元神就会被这些天魔同化。比如你这新任大玄元观主，你的元神会被这些天魔吸纳进去，变成一位画中人，你的肉身则随之变成浑浑噩噩的一具行尸走肉。这也算求仁得仁吧，你如此痴迷这幅画，最终你会融入其中，变成画里面最痛苦的那张脸孔。"

袁昇面容一阵抽搐，只觉慧范的话如皮鞭般狠狠地抽中了自己的心，并抽得千疮百孔。一转念间，他便看到那些厉鬼都不见了，那百十只厉鬼全变成了安乐公主。

百余个安乐公主环绕着他，有的在巧笑嫣然，有的在含情凝睇，有的在温婉地饮茶，有的在娇俏地饮酒，有的在翩跹起舞，还有的在慵懒地更衣，更有几个则在辗转地痛苦呻吟，似乎正在遭受什么酷刑……种种形象，当真是活色生香、妖娆万状。

袁昇完全呆住了，忽然想，如果这就是天魔幻化的世界，那么就这样永远地沉浸其中，永远与她为伴，那也很不错。

这念头才一闪，一道亮光忽自心底升起。那是一道清澈的目光，孤寂、哀怨，却又深情楚楚，似在一刹那间照亮了他的内心。

他长吸了一口气，缓缓道："若无心魔，如何能勾招天魔！你的心底同样有痛苦，甚至更大的痛苦，不是吗？"

慧范的脸孔一黯，没有言语。

"你曾是则天女皇时期的道门第一红人，天下第一国师。现在呢，虽然凭着精修的秘术，可改换容貌，化身无痕，但你的心呢，真的会完全变成一个圆滑市侩的老胡僧吗？"

慧范木然道："道生一，一生二二生三三生万物，老子凭一气可化身万千，这也是一种修炼之术，化身万千，体会万千之心，也是修炼体悟大道的一种妙法。"

"您还敢谈一个'道'字？"袁昇放声大笑了起来，"我险些忘了，师尊当年可是统领天下道教，呼风唤雨，无所不能，可您以鸿罡国师的名义所做的最后一件事，却是要毁灭整个道教！欺师灭祖，莫此为甚！"

慧范死死地盯着他，那张脸孔已开始微微抽搐。

“更可笑的是这最后的结局，您则要变成一个奸狡滑稽的老胡僧，只知道打理钱财，甚至还要给那些权贵们精研一些壮阳药物。哦，为了掩盖您的身份，那些壮阳药中定要多加些波斯和西域特产药材。师尊啊，弟子都替你不甘！”

噗的一声，慧范再也忍耐不住，口角竟溢出一片血水，却强挣着怒喝道：“住口，只要扳倒宣机，我又如何不能重登国师之位？”

“您知道，您不能的！永远不能！”

袁昇这有些虚软的话音一落，慧范的脸色忽地苍白一片。他的身周也骤然出现了数道人影，那是宣机国师、皇帝李显、韦皇后、安乐公主、太平公主、凌尘子等人。他们分别揪住了他的四肢，甚至还有人疯狂地撕咬着他脸上的肌肉。

同样是心魔感召，慧范招来的天魔更多，而且更加疯狂。转眼间，慧范那张白皙光滑的老脸，便被那些幻化成宣机、韦皇后等形象的天魔啃噬得血肉模糊。

袁昇不由轻叹道：“想不到啊师尊，我的心魔只有安乐公主一人，而您的心底，居然有这么多人……”

他这边也不轻松，看上去倚红偎翠，但那些安乐公主有的撕扯着他的衣襟，有的抓挠着他的脖颈和手臂，也有几个干脆张开樱桃小口，竟也在温文尔雅地轻咬着他脸上的肌肉。

这些安乐公主的动作虽然优雅温柔，但红唇玉齿开合之际，照样将他脸颈上的肌肉一条条地撕扯下来。

袁昇本已身受重伤，疲惫难耐，但钻心的剧痛传来，仍想提起残余功力奋力一搏。只是他忽然发现，对面的慧范始终正襟危坐，任由那些天魔肆无忌惮地啃噬着他、撕扯着他，却不为所动。

袁昇心中骤然一动，忙运劲护住心脉，对扑面而来的几个天魔视若不见，任由他们疯狂地折磨自己，却绝不运功反击。

说来也怪，他放下一切，如此听之任之，虽觉皮肉剧痛，但心神却并不散乱，甚至渐渐平复。眼前的安乐公主或妖媚百出，或残酷阴毒，但袁昇心神淡漠，全将之视如幻影，反而安之若素。

“你的悟性果然不俗！”慧范虽被两个宣机国师分别咬住了耳朵，咽喉更被一个皇帝李显形象的天魔死死叼住，声音却始终平缓如一。

袁昇冷哼道："这种天魔虽然癫狂阴毒，但若运功反击，反而会被他们吸纳融合，成为真正的画中人。唯有泰然处之，反能如风过竹林，了不留痕。"

说着，袁昇提起残余的罡气，吃力地将钉在自己肩头的那把漆黑铁剑拔出，轻叹道："师尊，我们都有不堪回首的过去。如果重新回到过去，您还会选择这条路吗？"

"回到过去，回到什么时候的过去？则天女皇的退位，我能阻挡吗？天下去周归唐，今上登基，我能阻挡吗？今上既能登基，那么韦皇后专权，便是大势所趋，剩下的许多事便都是大势所趋。明白吗，除了这条路，为师根本无路可选。"

"人生真如一场大梦，却少有几场美梦，多是一场梦魇，便如那个魇咒一般，亦梦亦醒，恐惧难言。"慧范的老眼内生出一阵波动，苦笑道，"人世间的许多事都如一场难以醒来的梦魇，在梦魇中我们只能拼命前行，根本没有回头顾盼的机会！便如你，袁昇，你能回头吗？"

袁昇慢慢抬起头来，跟他深深对视。虽然在他们身边都是无数的安乐公主、韦皇后等各色形象在群魔乱舞，虽然两人身上血迹斑斑，甚至脸颊都露出了累累白骨，但二人的眼神依然坚毅。

说来也怪，两人这般对天魔视若不见，身上虽然遭受巨大的痛苦，但心神反而凝定了下来。

终于，袁昇沉沉叹道："我的这条路几乎都是师尊设计好的，自然也无法回头。好在，"他的眼神倏地明亮起来，"我始终不相信我的人生是一场梦魇。最终，我做回了我自己。"

"明白了吧，"袁昇忽地大喝一声："不管世事如何变化，我永远不会违背己心，只会做我自己！"

蓦地一道乌光自袁昇手中飞出。

那是适才陆冲施法射入的铁剑。

陆冲曾御剑纵横江湖多年而罕逢对手，除了他出类拔萃的天资，便因这把看似平平无奇的铁剑实是一把颇为出众的法器——紫火烈剑。此剑极难驾驭，在被陆冲炼成法器之前，已近五十年无人能够驭使，可自被陆冲修炼成功，却耀发出了极大威力，有神挡杀神、魔挡杀魔之效。

本来这把剑极难运使，但因剑上淌满了袁昇的血水，无意间却正与一门"血祭”的炼剑之道暗合，饶是如此，袁昇暗自凝神许久，才将它运劲挥出。

这也是袁昇的全身罡气之所聚，纯是他的最后一搏。

紫火烈剑并没有射向慧范，而是气势凛冽地冲向那面壁画。

剑气到处，大殿内三面巨墙的壁画发出连绵不绝的呻吟，跟着纷纷绽开裂纹。

“不！”慧范发出沉闷的嘶吼。

他适才全心凝神应对天魔，没料到袁昇竟会如此破釜沉舟地全力一击。

吼声未绝，那幅惊世名画《地狱变》已发出一声巨大的闷响，化作了无数的碎屑、尘埃。若不是大殿内有八根明柱支撑，整个殿顶只怕也会轰然倒塌。

满空乱飞的齑粉烟尘中传来数道尖锐而惊惶的尖啸。那些脸色晦暗的皇帝李显、神色倨傲的韦皇后、灿若春花的安乐公主、冷漠如石的宣机国师等各色形象前一刻还在疯狂地撕扯啃咬二人，下一刻便齐声嘶号，迅疾无比地变得黯淡稀薄，跟着化作流星状的白光，在殿内飞旋一圈，随即穿窗而出，射向浩渺的天际。

一道、两道……共有九道白光先后射出。

与此同时，袁昇与慧范身上光影闪烁，血肉模糊的身体迅速复原，仿佛从未有过丝毫破损。

“九道……一共有九位天魔，原来这就是师尊所谓的‘九首天魔’！”袁昇轻叹一声，“天魔已逝，法阵已破，师尊还要杀人灭口吗？”

“其实，真正的九首天魔，其复杂凶险要远超你的想象，”慧范缓缓摇头，眸间泛出诡异的幽光，“这才是一个天大的秘密！只不过，为师这时候还不能告诉你。”

九首天魔，居然仍是一个天大的秘密？袁昇的心便是一沉，却没有应声。

慧范的脸色变化极快，转眼间目光重又变得混沌而温和，呵呵笑道：“你能克除心魔，足见道境大进。师尊早已奈何不得你了。嗯，贫僧倒忘了，令尊还是金吾卫首领，你要将我这妖僧捆了去见官吗？”

“师尊早知道，我也奈何您不得的。”

袁昇神色一黯，叹道：“我是灵虚门最得意的弟子，又怎能捆绑自己的师尊。我被您指定为玄元观主，自然要全力维护灵虚门。我能做的，也只是对您视若不见。”

慧范笑得真似一个狡猾的老波斯商："是啊，现在的答案不是很好吗？玄元观弑君案根本没有发生，除了你我，别人谁也不知。官员百姓们只会津津乐道于你的神通和胆魄。至于那惊世骇俗的壁画恶鬼杀人案，也早已被你破去了，波斯妖人檀丰被斩，妖孽已除，天下皆大欢喜。"

是啊，这是一个双方皆大欢喜的结局，袁昇在心底无奈地叹息。甚至连自己的老爹都会很欢喜。奇案破了，妖人伏法，两大公主他都没有得罪。

甚至连那盏万众瞩目的七宝日月灯都神奇地重现于世。只怕这一切都在慧范这位师尊的算计之中。

慧范，自己从前的师尊，鸿罡真人，他策划了一切，操作了一切。但偏偏，他又算计好了一切后果，哪怕自己现在洞悉了他的一切奸谋，却对他无能为力。

"那我最后送你两个字吧——放下！"

袁昇的目光有些疲倦："这本是师尊当年教导我的话。对世间的一切，尽都视为如梦如幻，才是真正地放下。钱财、权势、声望乃至情欲，过分执着于任何一种，都会带来巨大的痛楚。执着越深，痛苦越大。这时候我才悟出来——过分执着的本身，才是真正的梦魇。那么，放下吧，师尊！这是我最后一次叫您师尊了！"

慧范默然无语，但微微抽搐的脸肌，显示出他内心剧烈的起伏。

"袁昇！哈哈，祸害活千年，袁昇你果然还没死！"大呼小叫声中，陆冲如飞掠至。

适才那面《地狱变》壁画被毁，寄居其上的天魔飞散，阎罗殿外的法阵不攻自破。陆冲才得以冲入殿内，招手之间，刚刚毁去壁画的那把紫火烈剑便乖乖飞入他手中。

眼见袁昇虽然受伤，却还能支撑，陆冲放下心来，大喝道："这老胡僧如何处置？我瞧他处处古怪，非奸即盗！"

袁昇摇了摇头，凝视着慧范，沉沉道："刚刚说了放下，既然那些痛苦无法忘记，那就干脆放下，视若不见吧。"

他这话一语双关，俨然是给慧范一个答案，既是说对两人心中的苦痛要视若不见，也是说对慧范的神秘身份视若不见。

慧范也露出心照不宣的淡笑："视若不见，那就对了。无论是朝廷，还是修行，都应如此。”

听得他二人的话，陆冲如坠云里雾中，但瞥见二人别有深意的目光，便很知趣地没有追问。眼前这个有些油滑的老胡僧，总能带给人一股莫名的威胁感，没想到，袁昇竟似与他达成了某种神秘的约定。

“大郎临行前，老衲还有一件礼物请君过目。”慧范说着从怀中取出了件物事，打开来，却是一卷不大的书轴。

隋唐时代的书，多为卷轴书，纸张沉厚，所谓“揽之则舒，舍之则卷”。此时慧范取出的，就是一卷精心装潢后的书卷，看那轴材竟是最珍贵的红琉璃轴。

袁昇嗜书如命，又见慧范抬手间那书卷内竟露出一幅画卷，不由停下脚步，问道：“这是何书？”

“天书！”

慧范幽幽地笑着，展开了书卷，却见书卷首页绘着一件奇异物件。好在袁昇道士出身，对此物倒不陌生，认出那是一座炼丹炉，不由心中一动：“难道这卷书当真是一本修炼秘籍？”

“这座丹炉是一切的缘起，只不过时候未到，你是看不出的。”慧范继续展开书卷，“后面这幅画，你应该明白吧？”

第二页展开，又一幅画映入眼内，袁昇的脸色瞬间僵住。

那竟是《地狱变》。只不过在《地狱变》的整幅画卷上方现出一条狰狞的神龙，龙身盘旋而下，融入阴郁的地狱。

此时此刻，这神秘莫测的老胡僧展开这幅奇异的《地狱变》书页，到底有何深意？

袁昇和陆冲对望一眼，均是心下戒备。

“老衲需要个见证之人，袁昇，你正是不二之选。”慧范又吐出一句奇怪的话，随即从书卷中扯下了那《地狱变》的书页，凑到了蜡烛前。

烛火很快舔燃了那页画，火焰蹿起老高。

“这到底是……何意？”袁昇蹙眉低喝。

“你这时候还不必知道。”慧范的老眼灼灼闪动着，“但你是这整卷天书的见证之人，终有一日，你会明白。”

袁昇冷哼一声，但目光扫过，看到画在火光中化为灰烬，心中便腾起一种不祥之感。他不愿在这老狐狸面前再停留片刻，向陆冲无力地摆了摆手，便在他的搀扶下大步行去。

走到殿门，他忽又回头，道："对了，玄元观内似乎还有个内奸吧，今后要给我老实些。最后关头，万岁所抽的签匣，被人偷换了许多下签进去。这定是你妙手安排的杰作吧？"

当时在抽出灵签的一瞬，袁昇清楚地看见，皇帝的脸孔僵硬了，沉了沉，万岁才勉强大笑说是"大吉"，跟着便将签子抛入了灵壶。为此袁昇早早留意了那支灵签，事后忙找出来看，竟是下下签，签文险恶。

"不得不说，万岁也很会演戏，不过，"慧范将那书卷慢慢卷起，直到最后页首那幅炼丹炉终于卷好，才晃了晃那书卷，"如同迷魂术一样，种子已经种在了天书中，万岁的大势已定了。"

"天书，难道那书卷……"袁昇的心突地一颤，仿佛心底已被一股莫名的阴云笼罩，忍不住提气冷喝道，"我说对你视若不见，只是眼下，而且只是看在我师尊鸿罡真人的面上。对你胡僧慧范，还请自重，若你今后再行不轨之事，我一定要将你绳之以法。"

"绳之以法？"慧范奇道，"你是个道士，又不是捕快，更不是金吾卫啊！"

"是的，我要出山了，大唐辟邪司！还请自求多福！"

"出山，大唐辟邪司？"慧范不由得愣住。

袁昇却没再言语，只深深一躬，在慧范疑惑的目光中，和陆冲并肩出了殿门。

尾声

还是那套清静的隐修精舍内，案头上放着的是一坛“梨花烧”。那是近年才由西域传入长安的烧酒，力道之大，远胜于时人喝惯了的粮食原汁酿酒。

饶是袁昇和陆冲都是玄功过人，但痛饮这种入口后就化为热浪的烧酒，也不由得醉意渐起。

“看来那个波斯美女真的喜欢上你了，需要本剑仙牵线搭桥的话就说一声！”

陆冲说着便大笑起来，“说起女人，那个让你念念不忘的安乐公主，你到底是怎样勾搭上手的？”

“从来没有勾搭上手。我只是给她看看病而已……”袁昇笑了笑，将二人的故事简略说了。这些话他一直深埋心底，从没对什么人如此详细地说过，即便是他的师尊鸿罡真人，也只是隐约说过些烦恼而已。此刻对陆冲这个出生入死的朋友一番诉说，也算是一种深刻的倾诉吧。

他忽然想起那日自己去拜访安乐公主时，她那种媚意流转的目光，不由得幽幽一叹：“是的，她很美，但我并不喜欢她自以为是地向我展示她的美。只可惜她不懂，她常常喜欢向我展示自己媚态外露的美！”

陆冲大头连摇：“你最后这句话说得太过高深，我实在不明白。”

“嗯，我只喜欢她的本原之美，不喜欢她故作姿态的美！”

陆冲再也忍耐不住，恨铁不成钢般地咬牙道：“恕我直言，那位安乐公主其实就是在耍你，拿你当个傻子般地在耍弄！”

“我知道……不过，无所谓！”袁昇还是淡淡微笑。

“知道，你还无所谓？”陆冲几乎是出离愤怒了。

“我自喜欢她，她不必喜欢我。我甚至知道她在利用我，不过那又如何？我还是要全力护着她，将她拉回来，不让她坠入深渊。”

“可你在她眼里，也许只是匍匐在她石榴裙下的一只小狗。到了危急时刻，若有必要，她甚至会毫不在意地杀了你！怎么样，伤心吗？”陆冲笑得有些欠抽。

“自然伤心，不过，无所谓吧。”袁昇继续淡淡微笑，“我只是想，尽力对别人好一些，至于旁人对我如何，全无所谓。”

陆冲彻底愣住，呆了片刻才由衷叹道：“服了！老兄绝世情圣，陆某佩服得五体投地，无话可说。”

袁昇又只笑了笑，心神却倏地念及了半年前，自己被请去给她疗疾时的情形。

那时自己初次踏入那满是馥郁幽香的闺阁，见到了艳绝天下的公主。

当优雅的袁昇走到安乐公主面前时，斜卧软榻的美艳公主不觉双眸亮了亮。在他细致地问诊，舒缓地下针和施展布气催眠之法后，公主竟不自觉地握住了他的手，幽幽地道：“你很好，看到你，就能让我觉得安心……你不许走，我要你在这里，一步不离地陪着我……我才睡得安心……”

她那身粉色纱衣上绣着百花争妍图，包裹着她起伏婀娜的玲珑体态，横卧榻上，便如一朵盛放的绝艳牡丹。

他被她握着手，觉得那柔荑很软，却有些冷。那时候，他的心怦怦地要跳出胸膛。

直到那双明艳绝伦的美眸终于闭上了，长长的睫毛不再颤动，他才抬起头，便看到了那盏熠熠生辉的宝灯，精致，奢华，散发着迷人的光晕。

“那盏灯！”

袁昇忽然从沉思中惊醒，喃喃出声。

陆冲斜睨着他，笑道：“什么灯？”

“这场大案已经了断，但偷盗七宝日月灯的人，却还没有抓到。”

陆冲呵呵笑道：“你莫不是喝多了，偷灯的檀丰，早被老子砍得七零八落了。”

“不是他！”袁昇收敛了笑容，“偷灯之人，应该是你！”

“我？”

“其实，当初你之所以被青阳子等人追杀，只是因为你的身份，”袁昇一字字地道，“你，是一个潜入宗楚客相府内的卧底细作！你早就在暗中刺探韦皇后一系，所以你才在荒庙脱险后，又会潜入西云寺继续卧底，因为你也一直在追查檀丰的底细。所以，你才能顺利助我破案，当场擒住了檀丰。若我猜测不错，安乐公主丢失的那琉璃宝灯，也必是你做的手脚！”

“你是在诈我吗？”陆冲轻摇酒盏，依旧在笑，只是笑容有些古怪。

“容我慢慢道来。其一，如你所说，你对战檀丰捉襟见肘之际，那盏金吾卫遍寻不见的宝灯，忽然在阎罗殿的屋檐下现身，并让檀丰大惊失色。实际上，那盏灯是你悬挂的，只因那灯本就在你手上。你自身苦修的罡气南明离火，要想点燃那盏灯也是易如反掌。果然此灯一亮，再加上你的一番恐吓，立时让檀丰心神大乱，就此落败。若非你早就事先算计好如此奇计，那盏灯又怎会如此凑巧地出现在那里？

“其二，那晚你自龙神荒庙脱险，本该逃离京师，远遁江湖，但你竟然没有离开长安，而是留在了西云寺。更奇怪的是，你这种闲云野鹤，偏要主动帮我破案。那失而复得的宝灯，让我对你生了疑心，进而想到你的细作身份。

“其三，由此再回想你的可疑之处，便很容易了。七宝日月灯首次亮相，自然是在万岁的夺灯宴上。那时候，由七种名贵宝石雕琢而成的宝灯流光溢彩，壮观华丽，让人叹为观止。但极少有人知道，此灯既名‘日月’，实则却是两盏，在外面气势恢宏的日灯内，还藏着一盏造型奇巧的月灯。万岁在夺灯宴上并未对此明示，事后安乐公主的芳辰寿宴上，也未做展示，故而天下人都会想当然地以为这宝灯很大。只有极少的人才知道，日灯内还藏有月灯……”

说到这里，袁昇在心底幽幽地叹了口气，是啊，自己进过她的寝室，看到过那盏华丽的宝灯，更曾在灯下观美人。

他强力凝定心神，继续道：“那日灯巨大华美，高悬堂内，众人注目，自然极难偷盗得手，而那月灯只悬于公主寝宫，被盗的，也只是那盏月灯。公主府内宝灯被盗后，因事关重大，很多细节都未公之于众。可我和你那次闲谈起那盏灯时，你口中说从未听说过此灯，但无意中比画了一下，居然恰是那月灯的大小。你怎会知道公主府内丢失的是月灯？”

陆冲愣了下，随即扬眉大笑：“看来跟你在一处，今后须处处小心，只怕你能从我撒尿的姿势，看出老子有过几个女人。”

“不错，老子深入宗楚客那家伙的府内，本就是卧底去也。”他说着挺直腰板，“也正是有着宗相府贵客高人的身份，所以老子才又轻松混进了安乐公主的芳辰寿宴。老子本是想去混个热闹，不想却看到了一个波斯艺人鬼头鬼脑的。那时候我自然不知这家伙就是易容成莫迪罗来献艺的檀丰，只是觉得此人可疑，便跟在他后面看看热闹。”

“我亲眼看到这家伙盗走了一套贡品茶具，老子是唯恐天下不乱的性子，自是觉得大不过瘾，便火上浇油，干脆潜入公主寝阁，一眼便看出那宝灯价值连城，便顺手盗走。直到那日跟你闲谈，才知老子顺手牵羊的，竟是大名鼎鼎的七宝日月灯。一时欣喜，得意忘形，便比画了一下，没想到被你……”

袁昇一字字道：“那么，陆兄是哪一方的人马，莫非是……太平公主？”

“太平那泼妇，岂值得我去效命？”陆冲收起了脸上的嬉笑，傲然拱手道，“本就不想瞒你，我主公的名讳……临淄王，李隆基。”

袁昇也不由得神色一肃。

李隆基的父亲是当今皇帝的亲弟弟相王李旦，在武则天时期也曾当过几年傀儡皇帝，当今皇帝登基时甚至想册封其为皇太弟，被其固辞作罢。李隆基便是相王的三儿子，虽然才二十多岁，却相传才干过人，气概超凡，最喜结交长安的任侠少年，身边聚集了一批禁军的青年军官。

这位果决刚毅的临淄王李隆基也极擅纵横捭阖，借力打力，此时已俨然成为太平公主与韦皇后、安乐公主之外的第三方势力。

“原来是他！”

袁昇笑起来，反觉一阵如释重负。与许多长安的有志青年一样，他也对纯正李唐血统的李隆基颇多好感。

“就知道你也会服气临淄王！”陆冲又端起了酒杯，忽又放下，压低了声音，“袁兄，你我出生入死，我对你也不想相瞒，当日我奉临淄王之命潜入宗相府，实是要刺探一件名为‘天邪策’的天大机密。”

“天邪策……那是什么？”

“没有打听出来！”陆冲的目光一片肃杀，“只知那是宗楚客和韦皇后等人策划的一场天大阴谋。最初的消息，天邪策是一份名录，上面写满了要被韦后清除的李唐忠良。后来又有密讯传出，天邪策实为一套韦后篡位夺权的详细秘要……可惜我陆大剑客卧底宗相府，终究还是毫无所得。唉，总之，都是妖孽呀！”

他端起酒一饮而尽，道：“我听临淄王说，正因近日京师妖孽频出，朝廷要设一个辟邪司，却苦于找不到人带领此衙司呢。你是玄元观主，正是不二人选。对了，昨日你可是对那老胡僧亲口说过的，你要出山担此重任，可不能食言呀！”

袁昇却闭上了眼，心内闪过那晚安乐公主横卧锦榻时，对自己幽幽的梦呓：“我总是梦见一条玉石铺就的路，我坐在一辆七宝镶嵌的马车上，踏着玉石路飞奔，可是啊，那条路是向下倾斜的，前面是深渊，而马车，根本停不下……”

他忽然生出一念：“其实师尊说得没错，世间人，又有几个不是活在梦中呢？安乐公主，大唐最美丽最有权势的女郎，也依旧是个一直活在梦中的可怜人。或许，只有我能灭除她心中的恶鬼，让那辆马车停下来！”

“大唐辟邪司……好，出山！”

袁昇慨然而起，举杯一饮而尽，随即掷杯于地，酒杯碎成齑粉。

下卷

傀儡戏

章节一

碧云楼奇案

绵密的琴声从帘内传出，袅袅清音悠悠荡荡，似怨似叹，仿佛初春的细雨徐徐而来。

珠帘外对坐的两个男人却神情肃然，全然无心听琴。

良久，袁昇才将手从李隆基的脉门移开，叹了口气："三郎，你应该没有中毒，但你的五脏之气颇不均衡，而且三焦不聚，这形势有些古怪，是一阵的四时颠倒、血衰气逆，还是真有邪气侵入，我还拿不定主意。"

"这就是我来找你的缘由！近日，我总有一种惶惶之感，或是心神恍惚，或是焦躁难安……"

李隆基睁大双眼，眸中隐隐有血丝跃动："而且有时候，我很想杀人！这些古怪的念头忽隐忽现，细思又找不到源头。我甚至觉得，自己已经陷入了一个局中。"

"陷入局中……三郎是说，有人要害你？"袁昇却一笑，"我这辟邪司已经开衙一个月了，还没有接过案子，不妨从三郎这里开始。"

"不，"李隆基缓缓摇头，"眼下的情形，你的辟邪司还无法插手。"

琴声终于从紧凑细密变得舒缓下来，帘栊内抚琴的少女堪称绝色，不时从稀疏的帘间望向李隆基，眸中秋波脉脉。

大唐景龙年间，临淄郡王李隆基绝对是个风云人物。这位相王李旦的三儿子，自幼头角峥嵘，气概过人，被称为李唐皇室年轻一代中最出色的才俊翘楚。他刚毅果决，更颇喜结交禁军青年中的锐气侠性之人，身边笼络了一批禁军精英。

而袁昇与李隆基相交，还有一层重要原因——他的好友陆冲正是李隆基身边的死士。在陆冲的引荐下，袁昇曾与李隆基见过数面，相谈甚欢。李隆基便向父王李旦大力举荐袁昇，再由李旦暗中运作推举，让其担任了金吾卫辟邪司的首脑。

李隆基平日与其大哥寿春郡王李成器等兄弟住在五王子府内，这里则是他密会心腹、交结豪杰所用的一处私宅。

辟邪司开衙后，李隆基还是头一次如此郑重其事地将袁昇请入其私宅来密议。

袁昇也料不到，一见面李隆基便请自己给他诊脉，随后便抛出了如此意外的说法。

“并非仅仅是要害我，”李隆基摇了摇头，“他们要害的是整个朝局。我们已得了消息，那些人布置了一个奇局——天邪策！”

“天邪策？”袁昇心中一悚。这已是第二次听到这个诡异之词了，第一次是从陆冲的口中得知。

“一道倾天之局。”李隆基瞟了眼远处帘栊内专心调琴的女郎，压低声音，“天邪策的真正心局，是对万岁下手。听说，最初那道局设置得与大玄元观祈福盛典颇有关联，却被你无意间破去了。但天邪大局已经启动，这次是要对万岁、亲王和李唐宗室三管齐下了。他们自称，奇局一发，环环相扣，无往不克，所谓‘天已邪，当易天’！”

“天已邪，当易天！”袁昇喃喃着，仿佛一股冷彻肌骨的寒风突袭，让他的心底打了一番战栗，“当日他们设置了魇咒，大玄元观那一局就已是险之又险了。可知道这‘天邪’，到底要怎样下手？”

“我们的密探已经死了。”李隆基黯然吁了口长气，“这个密探被他们拔去，再安插一个，就要耗费很大的功夫。可怕的是，据我们所知，他们在我们身边也安插了很多密探。”

阁内静了下来，只有清而密的琴音如秋雨般冷冷地攒射过来。

大唐景龙年间是个多事之秋。皇帝李显软弱，朝廷分裂成了多个派系，纷争不断。最大的两派则是韦后党和李家党。韦后党是以韦皇后为首，韦皇后时刻梦想着自己能成为婆婆武则天那样的伟人，而且她在皇帝李显面前说一不二，现在的朝廷已将她和皇帝并称为“二圣”。韦皇后的身边，除了最受帝后宠爱的安乐公主，还聚拢了以中书令宗楚客为首的大批权臣。

李家党则是李唐皇族的固有势力，以在神龙政变中同样居功至伟的太平公主、相王李旦为首，这些人的权势不及韦后和宗相，但到底为李唐正统，而且首脑骨干均为睿智干练之人，李隆基便是其中的青年翘楚。

这两派还只是明争暗斗，但前一阵袁昇遭遇的魇咒奇案，让他初次看到了派系纷争的可怕。而此时李隆基口中的“天邪策”，则将这种纷争推向了极限。

也正因当日袁昇在魇咒案中惊险无比地挫败了韦后精心筹划的一场天大阴谋，让他无可避免地进入了李家党的阵营之中，更因李隆基的豪爽知人，这才对其知无不言。

“那个暗探最后传过来的消息是，他们要先对父王下手，出手布局的人，是老宗！”

老宗，就是宗楚客，曾三度出任大唐宰相的奇才，还做过兵部尚书，现今官拜中书令，可谓知兵善谋，极受皇帝李显与韦皇后器重，是韦后党中的核心智囊。

袁昇心便一沉：“还有什么消息吗？”

李隆基默然摇头：“姑母太平公主正在加紧打探。”

没有消息，其实是最坏的消息。

袁昇垂下头来，心内寻思的除了这个足以惊破天的“天邪策”，便是李隆基的奇特脉象。略一沉吟，他终于从怀中抽出一只玉笛，又自案头取了纸笔，唰唰地写下了一段谱录。

“三郎精通音律，这段《清心曲》的笛谱，你自然一看便知。这只玉笛质地非凡，原是我灵虚门内的一件修心法器，吹之可清净调心。”

李隆基目露疑惑之色：“袁兄，你是说……”

“三郎目下这三焦失调之症，或许是简单的心病，或许是极麻烦的那种……可惜我还没有揣摩透彻。但不管怎样，闲时以此玉笛吹奏《清心曲》，都可大大裨益身心。”

李隆基点点头，接过那只玉质莹润的短笛，略一摩挲，不由赞道："好玉，好笛！"又略略扫了几眼那曲谱，顺口轻吟，便已大致通晓。

这时，帘内那一段琴曲将尽，音声已是清微淡然，幽幽袅袅，缭绕而去。

李隆基不由向那女郎颔首而笑："鬟儿，好曲。"

那女郎也嫣然一笑示意。

袁昇不由笑道："三郎好艳福，出入必有美女呀！"

李隆基低声道："我的锋芒太盛，颇遭人忌，便曾有高人言道，让我韬光养晦。天邪当前，我更成了李唐宗室中首当其冲之人，这样似乎也算是明哲保身吧。"

他笑了笑，白皙的脸上罕见地泛出一抹红："她叫玉鬟儿，是平康坊醉花楼的头牌美女，我发现……居然有些喜欢上她了。"

他招了招手，帘内的美女翩然起身，款款而来。这确实是个绝美的女郎，较之安乐公主的明艳绝伦、黛绮的娇艳似火，这女子身上则带着一种极罕见的柔媚。

听得袁昇的大名，玉鬟儿又惊又喜，嫣然轻笑道："原来是声威远震的袁将军呀，求将军传我个道术，好让三郎只喜欢我一个人。"这女子有一种骨子里透出来的媚艳，没有任何矫揉造作，而是举手投足间自然流露，仿佛清泉出山般天然而成。

李隆基笑道："鬟儿，胡说什么呢，三郎我本就只喜欢你一个呀。"

"假的，"玉鬟儿似嗔似怨地瞪他一眼，"但我有一天定让这变成真的，只准你喜欢我一个！"

袁昇知道李隆基交友延请时，为了掩盖行迹，不得不故作疏狂放荡，身边常有绝色名姝相伴，这次请自己过来密议，仍是照常命玉鬟儿抚琴相伴。想到此，他心内忽然一动，李三郎如此谨慎，莫非是因为身边也被韦后宗相安插了密探？

李隆基见他沉思，只当他修道出身，面对美姬未免不自在，便笑道："袁兄，你传的这《清心曲》甚妙，我回去后自会多加修习。哦，稍后我还要去平康坊的碧云楼赴个小小宴会。袁兄若无要事，不妨一同前去？"

平康坊是长安城内有名的风流之地，青楼辐辏，名妓如云，袁昇一听便头大如斗，忙拱手告辞。

时令已跨入七月，距中元节不过十多天了。

自古以来，百姓都视七月为“鬼月”，相传此月地府鬼门洞开，万鬼都会从冥界返回人间，或找寻供奉，或探视子孙。而“七月半”则被道教称为“中元节”，又与佛教的“盂兰盆节”和民间祭祖之俗相杂糅，便成了一个极著名的节日——鬼节。

进入“鬼月”的京师长安，似乎都笼罩在一片阴郁的氛围中。袁昇穿梭在有些阴郁的长安街头，心内竟隐隐生出些不祥之感。

——有时候，我很想杀人！

他眼前闪现最多的，就是李隆基那双泛着血丝的忧郁眸子，那绝对不应该是一双正常人的眼睛。

果然，第二日便传来了李隆基出事的消息。

午后，袁昇被老爷子袁怀玉急匆匆地召进了金吾卫衙门大堂。

“出了大事，”袁怀玉的脸比这天色还要阴沉，他颓然地叹了口气，无奈地瘫坐在了案头，“平康坊的碧云楼出了一件‘阎罗王挑判官’的妖案，最麻烦的是，临淄郡王李隆基竟被卷了进去，唉，怪力乱神，莫此为甚！”

听罢了老爹所述的案情，袁昇的心登时一寒。原来李隆基被卷入这件妖案的时间，正是自己离开李隆基的私宅后，他带着玉鬟儿所赴的那场平康坊小宴。

平康坊东邻东市，内有十五个进奏院，名士聚集，青楼交织，昼夜繁华，冠绝京师，人称此坊为“风流薮泽”。袁老爷子口中的“妖案”就发生在平康坊内最著名的三大酒家之一的碧云楼内。

袁昇带着青瑛和袁老爷子急急赶赴到碧云楼，经过一番彻查后，大致弄明白了这件妖案的来龙去脉。

碧云楼高有三层，最常见的营业地点是底层和二层，至于高高在上的第三层楼，则纯是为了凑出压人一头的高度而建造的一层精巧的小阁楼。这座小阁楼可容十人以下的小聚，阁楼四面临窗，可居高远眺，风景绝佳，反倒成了极受欢迎的“高级雅间”。

出事那天，李隆基早早地就派人包下了这座四面有窗无门、只有一套楼梯可供上下走动的三层小阁楼。

除了他和玉鬟儿，客人只有两位俊朗的青年诗人邓子云和关临海。这两人是近年来大唐诗坛上的新秀，邓子云作的《出塞曲九首》传颂京师，关临海则以一首《长安怀古》一鸣惊人，因二人交好，便被合称为“登云观海”。

据酒家伙计昨晚在金吾卫的供认，那四人推杯换盏，开始时喝得极为畅快，那娇美丽人弹着琵琶唱曲助兴，两位俊美公子不时地吟诗唱和。

四人饮酒的时候不短，期间二楼楼梯外两个伙计专门伺候着。伙计曾进去过两次添酒，也没觉出什么异常。第三次伙计甲被唤进去添酒，许久也不见出来，伙计乙怕他慢待了贵客，便进去帮忙，一看之下，险些没被吓死。

但见轩敞的阁楼内，那叫邓子云的诗人已经死了。死状恐怖至极，只见他端坐案前，七窍流丝而亡。

是的，不是七窍流血，而是七窍中都流出诡异的肉色蛛丝来。

名姝玉鬟儿也已昏厥。昏厥的姿势也万分诡异，她双臂反剪，被倒吊在阁楼的梁上。吊起她的仍旧是那些丝，诡异的肉色蛛丝。

另一位诗人关临海下落不明，更让人震惊的是，临淄郡王李隆基竟也踪迹皆无。而那个最先上楼添酒的伙计甲则赤身裸体，仅着小衣，瘫倒在地，痴呆般地喃喃不休。

可以想象得出，那伙计乙看了这等诡谲惨状，岂不得险些被吓死。

仵作验尸后确认，邓子云应该是中了一种很怪的奇毒。至于到底是什么毒，还有那诡异的怪丝又是何物，那有着三十年验尸经验的老仵作也辨别不出来，便干脆承认自己完全不知道。

而昏厥的玉鬟儿据说昨晚已被救醒。这位绝色佳人年方十八，早被吓得神志不清，也只能大致说了些当时的情形。

据玉鬟儿的供词指认，当时饮酒正酣，邓子云和关临海突然起了争执。争执似乎因诗文而起，男人在美女面前争执都很容易激动，这关临海不善言辞，恼怒之下，忽然挥手狠狠拍了邓子云一巴掌。这一巴掌拍下后，异变陡生，邓子云竟慢慢坐下，浑身抽搐起来，跟着七窍中便都钻出那些古怪的丝来。

玉鬟儿大惊失色，几乎要给吓昏过去了，但接下来，更恐怖的事情发生了。

关临海竟也从口中不住地吐出蛛丝来，然后便如僵尸般地向玉鬟儿走去，并像拎小鸡一样地将她拎了起来。玉鬟儿觉得自己的身子仿佛被古怪的蛛丝吊起来了，而且越吊越高。接着她就彻底昏了过去。

至于那位早些被唤入阁内的伙计甲，也几乎被骇得疯掉了。他的叙述更加语无伦次，他说他只记得他进去上菜时，便看到了邓子云僵坐而死，七窍出丝。还没待细看，就见关临海已经僵硬地向他行来，嘴里还喃喃道：“别怕，阎罗王那里缺几个判官，邓子云先去了，我也要去……”

然后他便看见丝，无穷无尽的丝从关临海的口中吐出，恍惚间，他觉得一双冰冷的手解开了他的外衣。想到关临海刚说的阎罗王，伙计甲立即想到自己要被开膛破腹了，马上便昏了过去。后来被众人救醒后，他翻来覆去念叨最多的一句话就是：“阎罗王挑判官……邓子云做判官……”

鬼月里，阎罗王挑判官，一个诗人诡异而死，果然应了景。更可怕的是，李隆基牵扯其中，而且在案发后下落不明。

袁昇等人详查了一番后发现，这间三层阁楼四面皆窗，而以那窗子的高度，若非剑侠般的高手，绝不敢越窗跳楼而遁。更因为免夏日蚊虫的滋扰，四面窗牖都封好了纱窗，而那些纱窗也均是完好无损，所以失踪的两人应该没有可能从楼内翻窗跃出。

阁楼内的楼梯是离开第三层阁楼的唯一通道。在这样一个封闭空间内一死一昏，余下两人不翼而飞，确实诡异非凡。看来除非是陆冲这样的剑客仙侠来此作案，一般的剑客断不会做得如此高明。怪不得老爹请自己出山了。

更让袁昇觉得奇怪的，是阁楼内环绕一周的十六根巨大明烛。在隋唐时期，蜡烛其实还算个奢侈品，寻常的人家和店家都用油灯。似这般十六根明烛高烧，夜宴之际光影璀璨，那必是一番极其奢华的景象。

金吾卫早将当事的伙计甲和伙计乙都找了来，这两人原本都有嫌疑，一直收押在金吾卫牢狱，这时给提过来请袁昇又细细审问，与老爷子袁怀玉所说相差无几。

袁昇脸色愈发阴郁，又道：“父亲大人，关临海那边，眼下是何情形？”

袁怀玉也是一脸沉黯，道：“关临海嫌疑最大，早将他画影图形，全城搜捕，却仍没有音讯。他本是江南人士，算是客居京华，原本一直在崇化坊的一家客栈中栖身，但那客栈的伙计说，这几天一直没有见到过他。你也觉得他的嫌疑最大？”

“不，此人的处境极其危险。”袁昇摇了摇头，“如果我所料不差，他已经死了！”

“死了？”袁怀玉以为自己听错了。

袁昇在阁楼内转悠起来，忽对一同来的青瑛说：“你进来后，觉出有什么古怪了吗？这里似乎有一股味道？”

青瑛缓缓点头：“是一种古怪的香气，这气息绝不是饭菜香，更不是死尸味道，它缥缥缈缈，却又十分清新，似乎是花香？”

饶是她见多识广，说的话也有些犹豫。

袁昇蹲了下来。这座阁楼在碧云楼之顶，自然布置得十分奢华，客人们用餐的大案，是一张雕饰繁复的檀木壶门案。这种壶门案一般分为空心的和实心的两类。碧云楼因要照顾客人配菜用餐方便，做成了实心的。

袁昇扳住了壶门案的一端，猛然用力一掀，将大案掀起，露出了案底下那实心内部。只见那四面雕花精美的木板墩子正中，赫然躺着一个人。

阁内的人齐声惊呼。

那个人应该已经死了，而且死状十分诡异。他大张着双眼，七窍中都钻出细密的蛛丝来。肉色的丝，细长而绵密。那张脸仿佛是敷了一层丝状的膜。

“是他，就是那个诗人！”伙计乙忽然哆哆嗦嗦地叫起来，“这人太阳穴上好大一块痣，一眼就能认出来的。”

死尸的脸上虽然盘踞着许多怪丝，但眼眉额头处倒还干净，能清楚地看到那颗大痣，那痣上还生着几根细毛，定然有让人一见难忘之感。

“不错，那应该是关临海！”袁怀玉也俯下了身子，“相传此人面貌英俊，唯额角有痣，颇以为憾。”

阁内的人都安静了下来，每个人都觉出脊背间生出一股寒意，一直陪侍在侧的碧云楼掌柜更将脸挤成了苦瓜模样。

“你们都出去！”袁怀玉焦躁起来，挥挥手，命人将那掌柜和伙计等不相关的人都带了下去，这才盯住儿子道，“这到底是怎么回事，你都看出些了什么？”

“这是一种蛊术。从进屋的那一刻起，我就闻出了一抹怪异的气息。若非精通草药学的修道者，寻常人极难察觉出这种气息，而这气息正是从壶门案头正中传出来的。”

“那你怎的断定，关临海已死？”

“第一个死者邓子云肯定是中了蛊，我原以为施术者应该是关临海，但听到当事者所说的那些异状，便肯定关临海也中了蛊。”

“蛊术！”

袁怀玉沉沉地叹了口气。即便他是儒生，对蛊术也不陌生，史书就载有汉武帝的太子所犯的巫蛊大案，（甚至唐太宗李世民的太子李承乾也是因巫蛊罪而被人告发。）更不用说，民间传得神乎其神的各类蛊术害人传说。

“那……这到底是什么蛊术，查得出来有谁擅长此术吗？”

袁昇摇了摇头，只低下头，从关临海的脸上拈起了一抹蛛丝。

“小心有毒！”青瑛低声提醒。

“无妨，这等小小蛊术，还害不了我。”袁昇轻轻一捻，那些蛛丝便发出淡淡的诡异幽香，“青瑛，你知道这是什么蛊吗？”

“如此诡异的丝状异蛊，据我所知只有三种，但辰州的垂丝蛊，湘西的千尸蛊应该都没有这种怪相。我在蜀中青城山的道苑中曾看过一本《邪异备览》，那里面提到过一种极少现世的古怪蛊术，或许与此有关。那名字叫……傀儡蛊！”

“傀儡蛊！”

袁昇眯起了双眼，低叹道：“当年混元宗的宗主浅月真人跟我谈及天下邪术，曾说过此术之名，据说中术者身如牵丝傀儡，会不由自主地被人控制，而且最多活不过七日。相传此术出自蜀中雪山派，几十年来极少现于世间……”

“看看，这里还有字！”青瑛忽将头转到被掀开的壶门案头的底端。

众人忙都凑过去看。那块大案板适才被袁昇掀开后，便放在一边。这时听得青瑛提醒，众人才瞧见那底端，端端正正地写着三个字：

李隆基

字似是用鲜血写成，已干涸成了绛红色，偏是用方正的端楷写成，只是笔画有些急促，便更显得触目惊心。

众人尽皆无语。谁都明白，如果关临海临死前被人塞入了这张壶门案，那么在断气前，他挣扎着写下的这最后三个字，到底意味着什么。

袁怀玉的脸色更为灰暗，沉声对手下吩咐，道：“去查抄关临海住处，取其诗书信笺，对验笔迹。”

两个手下应命而去。阁内悄寂下来，袁怀玉又将青瑛等人尽数遣走，才对儿子低声道：“昇儿，李隆基待你不薄，如果这次案件真与他有牵连，你会怎样？”

袁昇的目光一阵波荡，却没有直接回答，沉了沉，却问：“‘登云观海’这两大诗坛新秀，与临淄王李隆基到底有何干系呢？”

袁怀玉不由得暗自叹了口气，知道儿子是个重情好义之人，指望他如自己这正经儒生一样凡事定要秉公执法，那是不可能的。

“李隆基多才多艺，除了结交意气相投的军官武人，便是与各路才俊名士交往，结纳邓子云和关临海，倒也在情理之中。不过，昨晚他宴请这两人，还有一重缘由，这两大名士刚刚被相王府的‘俊逸林’辞退！”

相王府俊逸林！袁昇微一凝眉。他熟悉这个组织。

李隆基的父亲相王李旦，也是当今万岁李显的亲弟弟，在武则天当权时也曾短暂地做过几天傀儡皇帝，过了一段提心吊胆的日子。神龙政变，李显成功夺权上位，武则天退位归唐后，李旦的地位就变得更加尴尬起来。一方面，他也曾鼎力相助李显夺权，甚至皇帝李显要封他为皇太弟。另一方面，他到底也是做过皇帝的人，所谓天无二日，难免为各路势力妒忌。

作为李家党的一位领袖，李旦与争强好胜、积极笼络各方势力的胞妹太平公主不同，他近年来全力韬光养晦，逍遥于朝局之外。王爷们若要展现无欲无求的逍遥相，最好的办法便是编书，特别是编辑道书。

于是相王李旦便成立了一家“俊逸林”，笼络了不少好道崇文的名士，编纂了《玉堂谈玄》《悟真仙话》等多套修真谈玄的道书。

“登云观海”这两大才子除了诗文，对于玄学亦颇多涉猎，于是被人举荐入了相王府俊逸林编纂道书。但不知为何，数日前这两人忽被相王府恭恭敬敬地辞退了，辞退的理由也很平常，同时被辞退的还有三四人，只不过这两大才子的名气更大而已。

袁怀玉叹道：“看来为了维护相王招贤爱才的名声，再者与这两人都是旧交，李隆基还是亲自出面，宴请了二人，却没想到遇到了这等事！”

无欲无求的相王千岁，多才多艺的临淄郡王，声名鹊起的两大诗人！袁昇在心底默默地叹息了一声。

“李隆基之后，还有个可疑之人，”袁怀玉继续分析案情，“便是那位名姝玉鬟儿了。她是醉花楼的新晋头牌，年方十八，容貌绝艳，更通音律，诸般琵琶笙箫的乐器，更是无所不精。但不知为何，这女子始终不肯吐露临淄王李隆基的去向，她似乎在极力为李隆基遮掩着什么。”

“玉鬟儿……”袁昇眼前闪过那张娇媚而率真的脸孔，随即便想到李隆基那双惶惶的眸子和那句惶惶的话语，“有时候，我很想杀人！”

“哦，我倒忘了，我们将玉鬟儿搜了身。她除了随身所带的乐器，便只有一个普通香囊，我们在香囊内发现了这个纸笺。”

袁怀玉说着从怀中摸出一张不大的纸笺递了过来。

那似乎是从什么书册或是画卷上剪下的一方笺，上面只有两行字：

唤出眼，何用苦深藏

缩却鼻，何畏不闻香

似诗非诗，言辞虽然随意，但字迹却极其沉稳认真。

袁昇只瞄了一眼，便沉吟道：“这词句，似应是在画上的题字，且笔法沉浑峭拔，威严内敛，绝非女子所书。有没有问过她，这是何物？”

“问过，她只说是邓子云送她的调笑词。她顺手放入香囊，早忘了是哪日的事了。”

“邓子云所书，她为何要放入香囊？”袁昇略一思忖，还是将那幅小笺收入怀中。

袁怀玉又将声音压到极低：“这件事最麻烦的还在于临淄郡王，让你手下的陆冲去打探打探吧。”

“陆冲这小子……”袁昇又暗叹了一口气。这是自己衙门三人中的第二人，偏偏自己这个做上司的，还不知道他这两天的去向。

看来辟邪司开衙的第一件要务，就是建立完善的告假制度，今后凡不告而别者定要严罚薪俸。

“不过，昇儿，你们辟邪司开衙已有个把月了吧，至今还没有办过一件案子？”袁怀玉无奈地瞟了一眼儿子。

其实朝廷早就风传要开一个辟邪司的衙门，专门应对各种超乎寻常的妖魔案件。袁怀玉原是对此嗤之以鼻的，本就都是怪力乱神，怎的还正经八百地开了个衙司应对？

但没料到，一番波折之后，辟邪司不但开了，而且落在了金吾卫。吏部那边还引用条例，说辟邪为灵兽，有镇宅驱鬼避邪等特性，而金吾卫全面负责抓捕处决罪犯、巡视京城街道、监察百官及京师百姓等要务，正为大唐辟邪之司。听说朝廷接下来要制定诸卫大将军、中军郎将的袍纹，甚至要将金吾卫确定为辟邪纹呢。

更让袁怀玉尴尬的是，最终荷担辟邪司衙司之人竟是自己的宝贝儿子袁昇。父子同在金吾卫任职，我大唐的任官回避条例怎么办？

吏部则振振有词，按大唐官制，虽有亲属回避之条，但若在同一衙司而无统属关系的，即便是父子兄弟也无须回避。辟邪司只是短期衙门，况且只是挂入金吾卫，实则有独立办案大权，无须受你一个金吾卫右金吾翊府中郎将的节制。

果不其然，没几天，袁昇的官职下来了，正四品下的中郎将，几乎与他老爷子袁怀玉平起平坐。

据说举荐袁昇的人身份惊人，竟是相王府最先提名，随后安乐公主也抢着举荐，接着是太平公主也不甘人后地附和举荐。由安乐公主和太平公主这两大对头联袂举荐，这自神龙元年以后，还是极罕见的情形。而金吾卫中郎将，那就是将军衔了，虽然是正四品下，那也是实打实的朝廷武将。

袁怀玉既替儿子欢喜，更替儿子担忧，木秀于林风必摧之，于是总叮嘱他，做官的要诀就是不能太过冒尖，凡事总要小心为妙。

“你给我记住，这件碧云楼大案虽然算得上一件妖案，但你们辟邪司万不可卷入其中。”

袁怀玉迅速展现出了一个老官吏的素质：“咱们金吾卫最多只是负责街衢诸案，此案发生于酒楼之内，金吾卫只是闻得闹声后及时赶到而已。正经办案的，还是交给御史台吧。”

“父亲，只怕那样不好，”袁昇却摇了摇头，“临淄王深陷其中，儿子不能见死不救！”

袁怀玉盯着儿子那双清澈而坚定的眸子，心中有些发沉，只得叹口气道："那也要听朝廷的分派。嗯，奇怪，若在往常，御史台的莫神捕早该闻着味赶来了，怎的这回一直没有露面？"

章节二

诡异刺杀

袁昇回到辟邪司，就见到了让他望眼欲穿的陆冲。

“出大事了！”陆冲一脸焦色，劈面便道，“相王遇刺！”

袁昇的心怦然一震，瞬间便想到了李隆基所说的那三管齐下的“天邪”奇局，没想到这么快就下手了，忙道：“到底怎样，相王无恙吗，什么时候的事？”

“昨日午后！”陆冲的脸孔愈发紧了起来，“这事惊动了御史台，连神捕莫神机都出马了。”

原来相王李旦已过了知天命之年，近年来摆出了一副安养天年的架势，除了编纂道书，琴棋书画，就是玩赏名花，特别喜欢目下最流行的牡丹。

陆冲虽然性子粗豪，但当年刚上山学艺时，曾奉师命耕耘苗圃，亲手侍奉过师尊后园的几株牡丹，也正因为精通此道，便被相王爷引为“花友”，不时被召到府上交流花道。

听说不知为何，近些日子相王爷的身体一直不大好，常犯头晕恶疾，请京师各路神医和宫廷太医赶来调治，却无甚疗效。

就在昨天，相王爷好歹有了些精神，便拉上了陆冲，要去西明寺看看刚引进的异种牡丹。相王李旦性子随和，不在意什么尊卑之序，便拉着陆冲坐入车内，一路上好多聊聊牡丹花经。

可精致华美的双辕厢车刚刚驰出府门，忽听轰隆一声，车厢的车辕便骤然折断。端坐车上的李旦一个震荡，险些跌倒。好在陆冲坐在身边，及时伸手扶住了他。

几乎在同一时刻，陆冲便觉出了一股可怕的剑气凌空射来。陆冲的右掌骤然握紧了神剑，左袖中的玄兵术也提到了十成。

“有刺客，保护王爷！”陆冲大声怒喝的同时，便听啪的一声劲响，窗边的车壁就破了一处小洞。

因为车辕骤然扯断，王爷端坐的车厢倾斜，车窗外的王府仆役们早已忙作一团。陆冲探头望去，却见车前竟再无别的异状，原以为的刀光剑影、刺客连绵的场面完全没有。

“在那里！追上那个人！”

陆冲剑意外放，仍是准确地锁住了街角处一个踉跄的人影。

几个王府护卫急忙提气追去，那人影已在拐角处一闪而逝。

片刻后，护卫们提着一个人赶了过来。陆冲看那被抓之人的衣饰，认得正是被自己的剑意锁住的那人。

“居然是老鳏张！”已有府内仆役看到了那人的形貌，不由惊呼出声。

老鳏张是王府内的几个马夫之一，是个性子古怪的老鳏夫，但干活还算勤勉，伺候马尤其是把好手。

“正是老鳏张，可这老东西不知怎的，适才疯了一般地跑！”那两个护卫将软绵绵的老鳏张扔到了地上，“这会儿被我们揪住后，竟似死了一般。”

陆冲忙赶过去探验鼻息，不由惊道：“让你们的乌鸦嘴说中了，这家伙果然死了。”

立时便有人七嘴八舌地议论起来：“老鳏张一辈子老实巴交，怎的会是刺客啊？”“胡说，这老东西若非心里面有鬼，又怎会疯了一般地跑？”

陆冲则将手扯开了老鳏张的前胸衣襟，瞥了两眼，不由心内一寒。老鳏张只在胸前有一处极不显眼的暗痕，甚至他的胸骨处都没什么伤势。但陆冲仍能从那道暗痕处感受到一抹若有若无的剑意。老鳏张应该是刚刚被人杀死的。

经这一闹，李旦又犯了头疼恶疾，被众侍卫急急送回了府内。

这些日子朝局极不太平。相王虽不似权相宗楚客那般广揽仙道异士，但也暗地里搜罗了不少高手。王府内护卫森严，李旦一入王府，便是宗师级的大高手，也难以进府行刺。

“那么，射中车壁的东西是什么？”静静听罢陆冲的详述，袁昇才缓缓发问。

“一截桃木枝！”陆冲一字字道。

“相王爷乘坐的马车虽然貌不惊人，却是当年由陆地神仙袁天罡亲自设置的，四面车壁都设置了强大的符阵，几乎可以抵御世间所有的飞剑、暗器等兵刃和道术袭击，但却险些被一根桃木枝射穿。”

袁昇立时想到了李隆基所说的“天邪策”，也不由一凛：“看来那些人当真对相王动手了！”

“相王府对此极为重视，立即报知了御史台。御史台中号称‘京师第一名捕’的莫神机不敢怠慢，亲自赶了过去探查。”

“莫神机！”听到这里，袁昇终于苦笑一声，“怪不得碧云楼闹出这么大的动静也没见他露面，原来他一直被拴在相王府。”

莫神机，年方四旬，在长安名气极大，任御史台巡街使多年，被尊为京师第一名捕，号称“人鬼皆愁，莫测神机”。此人不但精于探案，更师从宣机国师修习过道术，自身修为惊人，擅长追踪神行术和一手捆仙索的擒扑奇术。

袁昇注意到此人，还是因他历来有“鸿门第一人”之称，而莫神机则被称为“宣门方外第一人”。虽然挂上了“方外”二字以标明俗家身份，但到底也是宣机门内的俗家第一弟子，所以袁昇也不由得对这位宣机的得意门徒颇为在意。

更因在当时的唐中宗年代，京兆尹、金吾卫和御史台尚未形成三权分立的治安定式，只有金吾卫完全负责街道间的各类治安，这便不可避免地与同样负责坊间巡查的御史台巡使接触。而同金吾卫事无巨细的治安一把抓相比，御史台作为最高监察机构，更偏重于针对官吏犯罪的治理。

如此，宣机国师的俗家第一弟子是御史台头牌名捕，而他袁昇，先鸿罡国师座下第一名徒再入主金吾卫新开的辟邪司，两大国师之间的争斗显然已经转到了下一代身上。

哪怕他袁昇和莫神机不在意，但京师里千千万万双好事者的眼睛可都看着呢。

提起莫神机，陆冲的脸色明显阴沉了许多，呸了一声："这贼厮，着实可恶，这一日工夫，装模作样的一番探查之后，居然宣布，这不是刺杀，只是那老鳏张失心疯了般地偶然为之！真他娘的卑鄙无耻下三烂！"

"那就有趣了！"袁昇随口"噢"了一声，"莫神机若这样说，只能是别有用心。这件事若真是刺杀，那么，最奇妙之处，还在于其精密的算计，比如那辆造价不菲的厢车忽然折断了车辕……"

"果然让你说中了！"陆冲重重一顿足，"这辆车上有陆地神仙袁天罡亲自布置的符阵，便是天下第一刺客纪空空来此，只怕也不易得手。但那车辕一断，马车剧烈震荡之下，符阵也会暂时效力大减……那正是刺杀的大好时机。事后我细细查过了，那车辕果然被人做过手脚，断口处有细密的切痕。"

"你认为，谁最有可能做此手脚？"

陆冲叹了口气："目下看来，还是老鳏张嫌疑最大。这老头子伺候马是一把好手，故而有这样的机会。可偏偏这家伙死了，而且仵作验了尸，确是刚死不久。莫神机那厮也正因如此，才宣布那不是刺杀，而只是偶然！他娘的偶然！难道我的剑心锁定，居然出了差错？"

"不，你没有出错。这就是个百戏戏法而已，如果是黛绮，就能轻易地办到。其实应该有两个老鳏张！"提起了那波斯美女，袁昇忽然有些惆怅。

"两个？"陆冲眸中闪出一抹异色，"你是说，刺客易容成了其中一个老鳏张？"

"不错，你剑心锁定之人就是刺客易容的老鳏张。他先扮作老鳏张的模样，在车轴断裂时行刺，随即飘然退走。你们看到了老鳏张的背影自然去追。但他拐入了街角后，早已由他的同伴将真正的老鳏张放在了那里。刺客老鳏张冲入街角后用一道难以察觉的暗劲杀死了真正的老鳏张。王府侍卫赶来后，不过是揪住了即将气绝的真正老鳏张而已。而那个刺客，很可能在其同伴的掩护下，早已套了新衣衫，藏身于人流中巧妙脱身了……"

"原来如此！"陆冲恍然，随即又道，"你这推断还有个漏洞。我们事后仔细审查过车边的侍从仆役，有两个侍从说，事发前他们注意到了老鳏张。他就在队伍中，甚至还和他们笑言了几句。据他们回忆，那老鳏张一切正常啊。"

“跟他们笑言的，应该就是刺客老鳏张！”袁昇的脸色也紧张起来，“此人不但有以假乱真的易容，甚至还能模仿原主的简单言笑。如果真是如此，那么相王爷就应是遇到了一个百年难遇的大杀手——天下第三杀！”

“天下第三杀……看来传言是真的。”陆冲的双眼立时黯淡下来，“想不到对手为了发动天邪策，真的请出了天下第三杀！”

相传当今天下有三大刺客，按排名分别是纪空空、妙真儿和天下第三杀。

这三人都是神龙见首不见尾，极少露面。其中纪空空是公认的天下第一刺客，据说此人也出身剑仙门，算是陆冲的师叔，剑法犀利奇绝，常自称为天下第一剑客，最恼旁人将自己视为第一刺客。

妙真儿似乎是个女子，有人说是个绝色美女，也有人说是个奇丑悍妇，更有人说，妙真儿其实是个神秘组织，实为刺客榜中最神秘之人。

刺客榜中最麻烦的人，其实是这天下第三杀。

没有人知道此人长得什么模样，只知道是个中年男子。相传此人每次刺杀都要经过精密筹算计划，更因其易容术天下无双，他除了可以假乱真的面孔易容，甚至还会模仿当事人的音容笑貌。

相传天下第三杀曾经有过四十八次著名的刺杀事件，从无一次失手，甚至连昆仑门宗主包无极都丧命在了他那无孔不入的刺杀下。

所以有人说，如果你不幸成了天下第三杀的暗杀对象，那么你身边的每一个人都可能会是刺客。换句话说，这时候，天下都是你的敌人。

如果真的一切如袁昇推断的那样，那么这个最不幸的人就是相王李旦了。

“我想，莫神机还不至于如此不济，”袁昇蹙眉沉吟，“他故意对外宣布这次事件只是意外，或许是一个缓兵之计，暂时让天下第三杀掉以轻心。嗯，相王千岁怎样了？”

“相王千岁倒还沉着，这老爷子自言，什么大风大浪都见过了，这等小事也不必放在心上。其实老爷子觉得最麻烦的，还是他近来的头疼恶疾。好在这两日新请的岳针王颇有些本事，几次行针，让他的头疼减轻了不少。”

袁昇点点头，才道：“你最后一次见到临淄王是什么时候？”

“前几日了吧。他还吩咐我要多去相王府陪陪他老爷子。嗯，算来有三四日没见了。”

临淄王李隆基是相王李旦的第三子，但相王的儿子却不住在相王府。相王五子，以长子李成器为首，带着李隆基等四个弟弟住在隆庆池边上的五王子府。所以，那日相王出行赏花时只是叫上了刚来府上的陆冲，五个身为郡王的儿子因都在五王子府，并未随行。

“这就是了！”袁昇沉沉地叹息一声，“真是凑巧啊，看来是同一天，这边相王遇刺，那边临淄王则牵连了天大的麻烦！”

待听得袁昇将碧云楼的诡异案件简述一遍后，陆冲不由身子发冷：“如此说来，那登云观海两个狗屁诗人被杀，临淄王反成了最大的嫌疑人？不可能，这……这定是栽赃陷害！”

“无论是临淄王，还是相王，在朝中都有不少政敌，特别是韦后党一方，视之如眼中钉。相王遇刺，只被莫神捕认定为偶然事件，而碧云楼一案，临淄王却成了最大的嫌疑人。这件事，只怕我金吾卫也捂不了多久，韦后党很快就会对此大做文章。”

“我现在就去五王子府，寻临淄王！”陆冲也知形势紧急，大步走出屋。

“午后未时三刻，咱们在相王府门前见面。”袁昇在他身后叮嘱了一句。

陆冲遥遥地应了一声，早已不见了踪影。

袁昇沉默下来，望着窗沿上那盆诡异的花卉发呆。

那其实不是花，而是一团蛛丝样的怪物，这正是袁昇从碧云楼中采集回来的傀儡蛊。这东西也当真古怪，被采集入花盆后，便疯长不休，很快形成了一盆造型夸张的蛛丝盆景。

袁昇又轻轻地捻了一小撮，在指尖搓弄着，只觉得那种黏腻感终于减轻了些。这种蛛丝虽然很细，却非常坚韧，怪不得能将身材丰满的玉鬟儿吊在半空。

“他来了，你怎的不见他？”袁昇似乎在对那盆蛛丝说话。

“这两日心情不好，懒得见他，不成吗？”青瑛的声音开始是从后院传出，说完这句话便走到了厅中。

“呃，这个……随你们吧，不过你们可是同僚。”袁昇笑了笑，颇觉无奈，急忙转移了话题，“我忽然想到，临淄王李隆基在酒楼上凭空失踪，会不会是用了你们那种隐身符？”

“应该不会。”青瑛莞尔一笑。说到了术法分析的话题上，女郎立时回复了往日的明媚爽朗，“你知道吗，天下隐身道术只有三家，其中两家失传已久，只有蜀中罗真人一脉尚且存些皮毛，就是我去盗来法诀的那家。但要炼制罗门隐身符需要的法宝极为烦琐，最紧要的是一种天罗珠，蜀中罗门祖庭的飞仙观才存有五颗，都被我偷来炼化了。”

“看来蜀中罗门是要恨死你了。”袁昇也不由笑道，“这么说，你手头的那几枚隐身符是天下独此一家，别无分号？”

“即便旁人有了分号也不成，关键是这种术法必须是施术者以元气运转，自身修为必得有元婴境界才成。李隆基是个养尊处优的王子，又怎能施展隐身符？”

“那就是了。这么说，李隆基被人挟持的可能性倒是不大……”

他的话没有说下去。既然李隆基不会被人挟持，那么，他的嫌疑就更大了。

“稍后，我要去拜访相王千岁！”袁昇眉头蹙得更紧，“还有件要事须得你去办理，调动一切暗探力量，给我查一查这几个人在长安各大柜坊中有多少存项……”

袁昇曾在李隆基的引荐下，见过相王李旦一面。凭着这一面之缘，金吾卫辟邪司首脑袁昇来拜会李旦，倒也没费多少周折。

在王府大门外，陆冲匆匆赶来，与他汇合。

“果然麻烦许多！”陆冲劈面便道，“去了五王府，府内总管说，这两日间都没见到临淄郡王。算了算时日，正是临淄王赴那碧云楼晚宴之后。只是临淄王性子豪爽，喜结交豪侠，也常常夜不归宿，更兼临淄王赶赴碧云楼又是极隐秘的私家宴饮，五王府虽然很着急，却也拿不定主意，不知临淄王到底如何了。”

袁昇抬头看看日色，沉吟道：“好吧，事不宜迟，我们依旧兵分两路，我这里拜访相王爷，你去寻青瑛，定要将那几个人的财项来源搞清楚来龙去脉。”

陆冲两眼一亮：“多谢袁大将军，这些日子青瑛不知犯了啥病，总是给我白眼。有你这道令，我便可摆出同僚的身份堂堂正正地奉命幽会……啊不，奉命查案去也！”

陆大剑客急匆匆地寻他的欢喜冤家去了。袁昇的眉头却越皱越紧。难道临淄郡王李隆基真的失踪了？他是被人挟持，还是见出了人命，索性远走去避避风头？

正犹豫间，王府大门内走出一人，竟是相王府世子、寿春郡王李成器亲自出来相请。这位李隆基的大哥为人颇为洒脱，当日也曾与袁昇见过面。二人都是爽朗之人，加之非常时期，就没有太多的客套话，一边穿堂过院，一边细述近日的诸般异事。

“父王受了些惊吓，但还安好，只是近日头疾最麻烦。有一个多月了吧，请遍了御医和京师名医，都全无效验。也只有数日前，经人引荐，请来了有‘针王’之称的岳鹤年，才稍见好转。但也仅是稍稍好转而已……”

袁昇觑见身旁无人，才低声道：“那次刺杀，决计不是偶然！”

世子李成器面孔一肃，竟也低声道：“我们知道！我们甚至知道，那杀手应该会是……天下第三杀！关于此人，我们早已听到些传闻了。没想到这人当真沉得住气，竟耗了这么久才动手！”

袁昇一震，相王府的消息居然也如此灵通，忍不住问道：“知道是谁请来的杀手吗？”

李成器的眸间掠过一抹阴云。沉了沉，他才道：“我们也在彻查此事，但这时候还不方便明言。家父之安危牵动天下，非其一人之事，我们不得不全力应对，瞿昙大师已经答允出马相助。”

“天竺世家……瞿昙大师！”袁昇也不由得双眸一亮。

瞿昙氏是来自天竺的奇僧，专修天竺的天文、历法、祈禳、星相等秘术，入唐后变成了世俗化的家族传承，其世家中代有名家担任太史令、司天监，主持皇家天文机构太史阁。

本朝最著名的瞿昙大师就是与大算家李淳风齐名的瞿昙达，其家族秘传的星宿祈禳和阵法奇学，连李淳风都颇为佩服。

没想到，相王府竟请动了此人。袁昇长出了一口气：“有此人出手，相王爷应当无恙了吧。”

“情形并不乐观，因为天下第三杀几乎无孔不入。”李成器却摇了摇头，叹道，“不过父王说了，这次刺杀也未必全是坏事。至少让我们知道，天下第三杀真的是无孔不入的存在。可我们相王府，也绝不会坐以待毙！”

说话间已转到了后园，袁昇的心神霎时一空，跟着才见眼前池塘轻轻浅浅，长廊曲曲折折，竹林朦朦胧胧，草木郁郁葱葱，又觉一抹清凉怡然。

“法阵！”

他顿时明白，先前那心神一空则极为要紧。那是因为这处怡人的花园已被高人设置了法阵，能让任何一个进入此地的高手心神恍惚。看来若非李成器亲自引得自己来此，法阵继续发动，一定还会有更加厉害的杀招。

“这是由瞿昙大师亲自布置的法阵，”李成器点点头，淡然道，“我们都等着那刺客呢，相王府的一草一木都在等着他！”

袁昇暗自放下心来，才道：“袁昇此来，其实很想知道隆基兄的下落！”

“是碧云楼的事情吧？”李成器的脸色灰暗起来，“这是让我们更加忧心的事，我们当真不知道老三在哪里！”

说话间已到了王府后园的花圃。

前方有一座精致的八角沉香凉亭，相王李旦俯卧在凉亭当中的一张檀木胡床上，一个黑髯如墨的老者正躬身给他行针。

李旦的脊背上已插满了银针，脑心更插着几根，他在锦衾间抬起了白发萧然的脑袋，向袁昇笑着。

听得袁昇说明了来意，老爷子劈面便道：“如果我家老三真的杀了人，袁昇，老夫希望你亲手将他捆起来，绳之以法！”

接下来，老爷子开始滔滔不绝：“朝廷自有法度！我们这些做王爷的，更要维护这种法度！王法面前，公卿平等嘛，公卿王侯还要带头维护法度、遵循法度、执行法度！这样我大唐才能欣欣向荣，才能迎来新的贞观之治……”

袁昇的头有些大，这才想起来这位相王千岁曾做过一段时日的傀儡皇帝，在母后武则天空前的紧张威压之下，讲套话说假话已经习惯了，在武则天被逼退位后虽然朝局氛围轻松了，奈何老爷子说套话已经说上了瘾。不管是朝堂之上，还是家宴之际，老爷子兴致一起，就会滔滔不绝地给众人进行一番忠君爱唐的慷慨陈词。

他硬着头皮又听了一大通热血教育，好不容易寻得老爷子一个讲话空隙，正待插言，那边岳针王已经行完了针，二十多根银针，已将最后一根针收了起来。

“舒服一些了！”李旦拍了下脑袋，又打断了袁昇的话，“不过岳针王，本王跟你说实话，你的银针嘛，最见效的是前两天。这两日，你行针虽然越来越卖力气，却已不那么见效了。嗯，老夫这可是实话实说啊。人生在世，讲真话讲实话不容易，不过老夫最不怕的就是讲真话，希望你再接再厉，记住，人生难免曲折，遇挫不可退缩！”

岳针王只得诺诺连声。

袁昇才来得及插嘴道：“相王千岁，小侄也略通医道，想斗胆一试如何？”

李旦又狠狠一拍脑袋，笑道：“我倒忘了，贤侄可是有名的仙家圣手，快请快请。你这可不叫斗胆，嗯，年轻人嘛，就要有这样的劲头，这叫艺高胆大，迎难而上……”

老爷子唠唠叨叨间，袁昇已给他把了脉，又肃然看了看他的面色，不由蹙眉沉思。过了良久，袁昇才微微摇头：“千岁这头疾，果然古怪。你体内似有一股邪异之气，这种气息很怪，似乎会自己生长变化……”

“邪异之气，生长变化？”李旦脸上首现凝重之色，“贤侄你说得有些玄虚啊，这到底是怎么回事？”

“适才岳针王行针，这路针法精奇果决，我也是首次得见，实在叹为观止。但以岳针王的神奇医术，如果也无法完全见效，看来这应该不是简单的医案……”

所谓“同行是冤家”，岳针王一见袁昇给相王李旦诊病，原本颇为紧张，但听了他这番话，反而暗自松了口气。既然不是简单的医案，那么就无碍自己针王的美誉。

袁昇跟李成器低语了几句，才又道：“世子既然说王府已彻查了王爷的饮食，确保没有差错。那么，小侄现在也推断不出。”

他说着，从怀中取出一枚桃木符牌：“这是小侄炼制的正气符，请千岁随身携带。”

“正气符？”李旦接了木牌，疑惑道，“难道你是说，本王招了鬼怪等不干净之物？”

“那倒未必。但既然有邪异之气，我们不妨扶正祛邪，这与医家的道理相近，在无法辨别病源时，也只能固本培元，以正气驱邪气。”

“明白了，放在身上，终归有益无害。”相王李旦将那道符贴身收好，那张脸上便又见了些笑容，他从下人手中接过花铲，大步向花圃走去，“袁昇啊，陆冲跟你提过我的名花吗，来来来，看看老夫这绝品牡丹。”

沉香亭后，就是好大一片花圃。迎面一棵深黄色的牡丹极为醒目。目下已是七月中旬，应该早过了牡丹的花期，但这一大株仍然盛放着两朵深黄色的美艳牡丹。

只粗粗扫了一眼，袁昇便有惊艳之感。牡丹花瓣常见的有深红、浅红、紫、白等几种颜色，这两朵却色如黄金，怒放的花瓣在微黯的暮色中犹如涂了一层盈盈水光，便似美女粲然绽开的娇靥，泛着潋滟异彩。

“被震住了吧？”老爷子大是得意，拈髯笑道，“这是老夫一月前刚刚网罗来的异种牡丹，不但花期极长，更妙的是每天有四种颜色，正如老夫新得的那本《牡丹花王经》中所说，朝则深红，午则深碧，暮则深黄，夜则粉白。少闻这香气啊，闻多了你会上瘾的。”

（注：每日四色的牡丹，见于五代王仁裕《开元天宝遗事》卷，记开元年间“初有木芍药植于沉香亭前，其花一日忽开一枝两头，朝则深红，午则深碧，暮则深黄，夜则粉白，昼夜之内，香艳各异”。）

“确是美艳无双！”袁昇也由衷地深深一叹，“花期如此之长，已是闻所未闻，而每日四色，只怕要冠绝天下了。”这时才觉出了那抹花香，缥缥缈缈的一股冷香，初时似不为人察觉，但转眼间便直冲肺腑，让人心旷神怡。

这花已是绝艳了，但这抹香气，简直就是妖艳。只是袁昇却隐隐觉得这花颇有些古怪。

目光一闪，又见沉香亭中案头上一幅刚写完的字轴，墨意纵横，笔力沉浑，袁昇忍不住将最后那句吟了出来：“世人重华不重实，君心独喜何人知！王爷千岁，好诗好字！嗯，《牡丹芳》，王爷果然深好牡丹。这豹尾一句尤佳。”

“这首《牡丹芳》是忆一位故人的。”相王凝望着那幅字轴，却悠悠叹了口气，“她叫惠儿。当年我在宫里做傀儡时，只有惠儿是最体己的。可母后却说她诱我赏玩牡丹是玩物丧志，抽了她一顿板子。那顿板子险些将惠妃打死，着实将她的身子打虚了。后来我出了宫，回到相王府，惠儿怀胎十月，终因身子虚弱，只产下一个血团。她伤心不已，不久便黯然而去。”

他缓慢地摇着头：“老夫这辈子只对两个女子动过真心，偏她们都是喜欢牡丹的，而这两人中最让我内疚的，便是惠儿。多少年了，每次看到牡丹时，总会想起惠儿……”

袁昇发现了相王微湿的眼角，不由得心中一热。

老爷子很年轻的时候就做了傀儡，被母亲牵在手中的傀儡。随后，很可怜地，他也习惯了做傀儡。只有在这时候，如血的暮色铺在他的身上，刚刚行针后头疾小愈的一时轻松下，他忽然说了一次真话。

这一刻，他终于不再是傀儡了，而是恢复成一个很真实的老爷子。

“所以，我的‘君心’便是，活下来！”这个身上铺着残霞的老爷子缓缓举起了手，“我有五个孩子，哪怕去了一个，还有四个呢。天下第三杀又算得了什么，跟随时可取我性命的母后相比，他连母后靴子下的一抔土都比不上。”

不知为何，这位微驼着背、有些懒散的老爷子前一刻还在咧嘴冷笑，下一刻便涌出一抹睥睨天下的豪气。

袁昇答不出话来。他很想提醒相王爷，这本异种牡丹太过妖异，还是将之移除为妙。但看到李旦望向牡丹的痴迷目光，他终于将涌到口边的话改了一下：“王爷请回忆一下，您这头疼恶疾与移来这本牡丹的时间，有无关联？”

李旦立即品出了他话中的深意，洒脱地一摆手：“看上去时日差不多，不过，肯定是头疾在前，两三日后，我们才移来了这本牡丹。”

袁昇暗自松了口气，拱手一礼：“还是小心为妙，请王爷安心将养吧。”

临行前，他的目光再次望向了那幅字，尤其是最后那句“世人重华不重实，君心独喜何人知”。

那字迹浑厚老辣，将所有的疏狂豪放都收敛起来，化作一种沉寂萧然，如同这位书家王爷一样的沉寂。

李成器仍是亲自将袁昇送出。

转出了花圃，袁昇终于站定，低声道：“王爷的头疾，瞿昙大师怎么说？”

李成器一震，沉声道：“瞿昙大师也与老弟一样，有些怀疑，却也揣摩不透，便只得将王府法阵层层坚固。”

他说着望向后园西角的一处小楼。那楼下有清泉，后有假山，前有花木环绕，侧有高树掩映，可说独占地利。楼上有个赤髯老僧正倚窗而坐，似在埋首苦思什么。

“瞿昙大师！”

袁昇双眸一亮，凝神看了看那些草木泉石，默算方位，忽地身形一晃，便向小楼奔去。李成器想叫住他，却欲言又止，惊讶地看着他飞奔。袁昇奔得很快，左右穿插，或进或退，却没有片晌停留迟疑。

他最后斜斜掠上了那座假山的石径，几个起落，已踏上了山顶，立足处正和那二楼的老僧等高，便向着窗前的老僧恭敬躬身施礼。

“没一步错乱，穿云破雾，直趋中军，灵虚奇才，名不虚传！”红髯老僧点头而笑。他虽是和袁昇谈笑，但目光仍紧盯着案头的一些奇异算筹。

“惭愧，晚辈终究不能直趋阁楼，只能借着这假山的地势讨巧了。”

“这假山确是个破绽，难得你这么快就看破了此点！不过，”老僧终于抬起那张皱纹堆累的微黑脸孔，目光在袁昇的面上微微一凝，点头道，“后生，老衲正算到紧要处，请不要打扰。”

袁昇忽道：“瞿昙大师以为……是巫阵？”

瞿昙那双深邃如海的眸子骤然一亮，却叹道：“难断方位！”

“时日？”

“七七！”

袁昇深深一揖：“愿大师早日推算出其方位。”

李成器这时才气喘吁吁地赶来，听得这两人犹似天书般的对话，瞠目无语，见袁昇退出来，才低声道：“何谓巫阵？”

“王爷的头疾，应是中了一种巫蛊。但若是寻常巫蛊，有瞿昙大师所布的法阵护身，早该将其巫力反震，甚至会反噬其主！所以，瞿昙大师和我都推断，这是最可怕的那种巫蛊——巫阵，以法阵行巫，效如山海，极难防范！”

李成器双瞳一寒，压低声音：“原以为最要紧的，只是那天下第三杀，想不到竟还有这夺命巫阵！天邪奇局，果然邪之极矣！”

袁昇叹了口气：“巫阵效力，会一日强似一日，甚至比天下第三杀还要紧迫。”

说到这里，他心内忽然闪过一念：“这巫阵……与碧云楼的傀儡蛊，又有没有关联呢？”

章节三

傀儡魔

夜色如水，偶有淡风吹云，窗外修竹的丛丛黑影在纱窗上起伏不定。

在斗室内徘徊的袁昇蓦觉一阵心绪不宁。窗台上那盆蛊花愈发繁茂了，形状甚至有些狰狞。更奇特的是，袁昇给它浇了一点水后，那盆蛊花居然也渗出了丝丝清香。

袁昇再次捻了一段蛊丝在手，略一搓弄，竟觉那香气更浓了。他转身走到烛台前，就着烛光细瞧，发现那些丝已黏稠得如同一小片的薄膜。

哔啵一响，却是蜡烛跳出一个灯花。烛中的烟气渗入那抹香气中，香气变得愈发浓郁甜腻。这香气带给他旧梦般的迷幻感和熟悉感。

袁昇双眸一亮，急提一口罡气，迅疾从恍惚中惊醒，才觉手指微麻，凝神看时，却见指尖的蛊丝已生出了诡异的变化。

那些丝已变得黏稠而坚韧，更有几根竟如钢针般顽强地向他的指尖内钻入，看情形已经钻入了一些，但指尖麻木感依旧，却没什么痛楚。

袁昇心中一沉，知道这必是中毒的感觉，在自己功成九转之后，绝对不怕世间的寻常蛊毒。但不知为何，这原本看似平常的蛊丝，竟隐隐让自己中了毒。

“是蜡烛！”

这念头倏地闪过，袁昇立刻想明白了一件事。这种傀儡蛊果然古怪异常，其特性就是遇到蜡烛的烟气熏扰时便会疯长。因为自己还是首次在夜里研究这蛊丝，更凑近了蜡烛，登时触发了它的这种特性。

他疑惑地拿起了蜡烛，左右端详，又疑惑地放下。

在指尖的蛊丝会猛往里钻，但若这蛊是种入中术者腹内呢？

如此推断，邓子云突然行为癫狂也就很容易解释了。因为他们当时是夜宴，三层阁楼那个不算轩敞的空间内居然点了十六根明烛，煌煌巨烛，烟气缭绕，“傀儡蛊”终于让“登云观海”变成了“云海傀儡”。

指尖的麻木还在继续，袁昇急忙剔毒、清洗、抹药，然后将那盆怪异的蛊花毁去扔掉，再静坐运功祛毒。

这般凝神入定，不知过了多久，忽听得砰砰的叩门声响起。

袁昇张开双眸，才发觉早已日上三竿，原来这一坐间，金丹九转，不知不觉地竟已过了大半晚。他先看自己的手指，霎时神色一紧，指头的麻木虽然稍减，但指尖却隐隐现出一抹青气。

以罡气祛毒近乎六个时辰，居然毫无效验。这傀儡蛊的奇蛊，竟然恐怖如斯。

“大郎！”

还未等他传唤，吴六郎已带着一个沙弥打扮的人急匆匆进了屋，开口便道：“啊，大事……大事不好了！不，小袁将军！”

袁昇是朝廷四品中郎将的将军之职，众属下便将他与其父分别称为“老袁将军”和“小袁将军”。但因袁昇性子随和，吴六郎等亲近属下又喊惯了口，常常喊他“大郎”。

“不要急，慢些说！”

“跑了……那东西跑了！啊，不是东西，是邓子云和关临海的尸身！照着老袁将军的吩咐，这两人的尸身虽然古怪，但请仵作验看之后，已让其亲友领走了。这二人在本地并无亲人，却有几个阔绰诗友，将其尸身入殓后暂停柩在了新昌坊内的定慧寺。哪知道，就在昨晚子夜时分……”

吴六郎越说越急，不由冲身边那人叫道：“这是定慧寺的沙弥，你过来，跟袁将军细细说！”

“小僧了尘，见过将军！”

那沙弥二十多岁年纪，虽有些战战兢兢，但气度还算文雅，恭敬合掌道：“敝寺在新昌坊的边上，算是一处小庙，因地近城墙，后院一片地颇为偏僻，便被做了停灵之所。因那地方阴气太重，平常便只小僧一人看管。便在昨晚，小僧亲眼看见，一个鬼物将那两个停柩的诗人尸身，给咒了起来。那两个死鬼诗人竟活了，甚至还吟诗走动，最后跟着那鬼物扬长而去……”

他的话虽语无伦次，所叙之事却着实骇人，袁昇忙温言道：“到底怎么回事？细细讲来，不可慌张，不可遗漏。”

了尘跟他清澈醇和的目光一对，顿觉心神一阵凝定，又缓了口气，才道：“昨晚小僧起来方便，那时候已是中夜了吧，绕过停柩的后院时，便听得一阵奇怪响声。小僧就着月光看时，吓得一佛升天二佛出世，只见明晃晃的月光下，立着个鬼物。”

“没错，小僧只能以鬼物来形容！因为那东西朦朦胧胧，身周笼罩着一片雾气，看不清形貌，甚至分不清男女。似乎是觉察到了小僧，那鬼物转头望了我一眼，那目光简直比冰还冷。更可怕的是，小僧给它一眼望见，便再难迈动一步，口不能言，手不能抬，成了个木桩。

“那鬼物将我定在那里，便再不理我，举手遥遥一挥，便听砰砰怪响，那……那两个棺椁竟被掀开了盖子，两具尸体慢悠悠地钻了出来。这两具尸体在月光里站定了，四下里张望。他们的脸上都是些古怪的蛛丝，小僧吓得险些尿了裤子……”

这了尘口齿不错，虽然说到惊恐之处，仍是叙述精细。

“这时那鬼物忽地一声轻斥，挥出两团白茫茫的雾气射向那两具尸体。尸体张口将雾气尽数吞下，随后竟开口说起话来。一具说，‘如此好花，怎能无诗？’另一具便吟开了诗。小僧虽读过些书，但实在吓得要死了，只记得两句‘一丛赤云霞灿灿，半轮孤月灯煌煌’，这等冷僻诗句配着两具摇头晃脑的尸体，简直让小僧毛骨悚然，如坠地狱。

“再后来，那两具尸体竟又起了争执，相互指摘对方的诗句文采不佳。那鬼物却呵的一声低喝。那声音短促尖锐，也辨不出男女，随后它招了招手，转身走了。那两具尸体亦步亦趋，跟着便行。”

袁昇再问："他们走路的姿势如何，是僵尸般地腿不得屈，还是常人般地行走？"

"全如常人般行走，只不过开始时走得慢，片刻后就走得快了。小僧吓得只剩下满口子念观音菩萨保佑。好在那鬼物离我一远，那定身法也就解了。小僧妈呀一声大叫，随即便拼命地呼喊。

"几个护院的僧人当先赶来，也遥遥看见了那三个怪物，便大呼小叫地追了过去。哪知那鬼物回过身，再轻轻挥出两团雾气，追得靠前的几人都觉奇香扑鼻，随即眩晕倒地。它再遥遥挥掌，那门闩便被一股怪力折成两段，三人……啊不，三个鬼就这么轻飘飘地出去了。我等众僧不敢出寺穷追，只得赶回来，挑灯看那棺椁。果然，里面已全空了。想到这两人还有许多出手阔绰的诗友，只怕他们知晓后定会来寺院追究，便急急赶来金吾卫报案。"

他拉拉杂杂地说完，吴六郎才道："了尘一大早便赶来了，小人等听了他的话，尽都不信。我等觉得太过蹊跷，便赶过去瞧了，果然棺内空空。我又细问了那七八个护院僧人，果然都是如此说。还有那门闩，碗口粗的树木如被一把利剑劈开，切口整齐利落。寻常寺僧，即便手持刀斧，也无法砍成这般。我等大觉蹊跷，特来报知将军。"

袁昇沉吟不语，仰头望向窗外。已快近中元节了，大唐百姓为了祭祀祖先，多燃香烛，长安城仿佛都笼罩在一片烟气中。他转头问了尘僧道："佛教称中元节为盂兰盆节，贵寺后院中想必也燃有香烛吧？"

"正是，这两大诗人的那些诗友们说了，须得多用香烛祭祀，几日间都是烛火不绝，烟云缭绕！"

"咱们同去定慧寺看看！"袁昇对吴六郎道，"速去将陆冲喊来，青瑛姑娘若在，也叫过来。"

定慧寺果然荒僻，尤其是后院，蒿草丛生的好大一片地，即使在大白天都给人一种萧冷阴森的感觉。

袁昇等人在院内探查许久，问了几个护寺和尚，都与那了尘所言大致相似。青瑛循迹追踪，片刻后回报，那脚印穿过寺前那片竹林后，便再难找到什么踪迹了。

邓子云的棺椁前，那烛火终于熄了。残烛空棺，野草冷寺，一切都显得那么萧瑟。

“果然是傀儡蛊！”袁昇用一张帕子在棺内抹了一下，帕子上竟粘着一道细丝。那正是在碧云楼诡杀案中常见的诡异蛛丝。

自发现自己中了微毒后，袁昇对这东西还是颇为忌惮，略一展示，便将那帕子迅疾抛掉，只是眉间忧色更浓：“它似乎变异了，变得愈发黏稠，犹如带着一股魔性。”

青瑛叹了口气：“了尘所说，如果是真实的，看来是有人要炼制傀儡奴！”

陆冲奇道：“傀儡奴？”

“在蜀中一家极罕见的道门中有载，‘傀儡蛊’有两种用法，上法称为‘傀儡仙’，早已失传；下法称为傀儡奴——中了傀儡蛊而死之人，尸身不腐，犹如一具可动可言的傀儡，受蛊主操控。最简单的傀儡奴被称作牵丝傀儡奴，经过多日操演炼制，可以进化成傀儡魔！”

“傀儡魔……那又是什么东西？”

“因为那些蛊丝是肉色的，利用那些连绵的细丝，便可以改换人的面貌，假以时日，便可百变易容，被蛊主随心所欲地操控。”

陆冲牛眼圆睁，恨道：“这简直是丧心病狂，真乃卑鄙无耻下三烂……哎哟，百变易容？”

院内骤然一静。

袁昇等人都想到了天下第三杀！

大唐刺杀史上从未失手的天下第三杀，没有人知道他什么模样，甚至没有人知道他是男是女，据说他可以易容成你身边的任何一个人……

可是，如果傀儡魔真的是天下第三杀炼制的，那么，那白雾环绕的鬼物难道就是第三杀的真身？再想下去，便愈发恐怖起来，为何李隆基会成为碧云楼诡杀案的最大嫌疑者，为何李隆基又会突然失踪……

陆冲当先摇头：“不可能呀，那关临海为何会在壶门案里面写下李隆基的名字？”

如此推测下来，更是波诡云奇，让人难以揣度。

袁昇却仰起头，沉沉道：“回去，即刻再审玉鬟儿！”

玉鬟儿是碧云楼诡杀案的第一证人，同时，也有多种洗不脱的嫌疑，事发后便一直被软禁在金吾卫。袁怀玉曾提审过两次，奈何这位小美人受的惊吓也不轻，几乎问不出什么来。

当袁昇将外围的各般线索汇聚之后，当然要再次提审这位花海名姝。

一行人黯然回到金吾卫，刚行走到衙门后院角门口，便见袁怀玉正笑吟吟地送一人出门。金吾卫的衙门是前衙后厅的格局，除了前面的衙门，后院则是会客的厅堂，寻常贵客进出也由后院行走。

被袁怀玉恭送的那人却是一脸气哼哼的神色，边行边道："老袁将军，总而言之，这位玉鬟儿，我御史台必得带走，你们金吾卫是拖延不了几日的。"

这人声音低沉，却中气十足。

袁怀玉仍是一如既往地打着哈哈："咱们早说过了。案子是我金吾卫最先发现的，人是我金吾卫最先带来的。此案未有定论，重大嫌犯怎能给你莫神捕带走？"

莫神捕，那话声低沉之人竟是京师大名鼎鼎的神捕莫神机？袁昇、陆冲三人不由对视一眼，心头均是一紧。凝神看时，却见莫神机四十余岁年纪，方脸剑眉，双肩极阔，略显三角形的眸间含着一抹冷幽幽的光华。身材虽不高，束着革带的腰板却挺得笔直，一身军人装束的短胯袍极是鲜亮。

只听莫神机又冷笑道："案在街衢，归你金吾卫，案在坊间，归我御史台巡街使。只不过莫某被另一件大案延误了时日，被你金吾卫抢了先而已。"

"对不住，玉鬟儿绝不能交给你御史台，我辟邪司已经决定接手此案。"袁昇说着，大步迎上。

"辟邪司？看来这位便是辟邪司的小袁将军了！"莫神机冷笑起来，"恕某家学浅，辟邪，邪在何处，何处须辟？金吾卫装模作样地办起了一家辟邪司，实是天底下最大的笑话！"

听他称呼自己"小袁将军"时，袁昇礼貌地拱手作礼，但听完他最后一句话，袁昇也温和一笑："辟邪司开衙，是相王爷、太平公主和安乐公主联手倡议举荐，又由圣上钦下的御旨。你这天下最大的笑话，不知是说谁呢？是说相王爷、太平公主，还是安乐公主？又或是，锋芒直指万岁？"

莫神机一凛。他精于办案缉凶，但总吃亏在言辞过直，每每逞了口舌之快，却得罪了权贵上司。这时一句话间便被袁昇揪住了话头，知道自己才是无意间“闹了天大的笑话”，忙道：“住口，胡说，你……你这简直是断章取义。”

“还是兄台胸中无学，见识浅显吧。”袁昇慢悠悠地截断他的话，“听说过‘扶正祛邪’这词吗，所谓扶正即是辟邪，辟邪亦即扶正，这天下朗朗乾坤，正靠我辈全力维系，才使得正气浩然。你却偏要琢磨什么妖异，是你莫神捕想多了吧？”

原来大唐金吾卫新建辟邪司，也早想到会有酸腐儒生胡乱议论，所以仍将其职能定位于街衢治安、平乱，作为首脑的袁昇也早就想好了一套说辞。只是他到底生性平和，话虽针锋相对，说起来却依旧四平八稳。

莫神机神色一僵，一时哪想得出什么辩驳之词。这时忽闻马蹄銮铃疾响，一辆厢车急速驰来。

章节四

面圣

大唐时节还没有乘轿习俗，贵人出行多以牛拉的厢车为主，似这种四马并驾的华贵厢车实在罕见。不说那装饰奢靡的厢壁，只看那四匹马全是颈长额宽、腿劲臀圆的神骏名驹，便已显得惊世骇俗了。

转眼间马车便在后院角门前停住，四匹马原本奔行急速，这般说停就停，显见那驭手驭术不凡。

众人正被那马车之豪奢震惊的当口，车帘一掀，一个白胖中年慢条斯理地钻了出来，甩着字正腔圆的长安官话道："老莫呀，大热的天，老远就听到你嚷嚷，这又是跟谁在斗气呀？"

莫神机一看那人形貌，登时一惊，急忙施礼："原来是华总管，您老竟来了。"他知道这位满脸温和笑容的白胖子正是太平公主府内的第一总管华仙客，此人包揽公主府内诸般紧要事宜，实为太平公主的第一亲信。

听得"华总管"三字，袁昇等人也是一凛，心下均想，怪不得这马车如此豪奢，只是这位太平公主的亲信来此作甚？

华总管却再不搭理莫神机，只向袁怀玉微微点头，唤了声"老袁将军"，便向袁昇上下打量几眼，微笑拱手道："这位莫不是袁昇袁将军？"

太平公主府的第一红人，面对京师神捕和金吾卫四品大员都懒得搭理，却向袁昇一个后生恭敬问候，实在出人意料。袁怀玉这官场老混子倒不觉怎样，毕竟袁昇还是他的儿子，那边莫神机的脸色已微微僵硬。

“正是在下。”袁昇也正色还礼。

“那我老华倒真是赶巧了，敝上太平公主有请。车已备好。是圣上召见金吾卫辟邪司，公主殿下要带着袁将军一同觐见。”

众人都是一愣。辟邪司开衙数日，不声不响，想不到今日太平公主居然遣亲信总管来相请袁昇，更要带着袁昇一起面圣。这实在是万分罕见的举动。

想到太平公主在朝局中的超级影响力，莫神机心中不由得腾起一阵妒火。

华总管这时才瞟了神捕一眼，微笑道：“老莫，你也别愣着，圣上这会子紧急召见金吾卫、刑部和御史台。估计御史台张大人马上就要派人来寻你了。预备好了，赶紧进宫吧。”

莫神机神色略缓，但想到同在京师治安机构，自己这名声远震的京师第一神捕在太平公主眼中，似乎远不及后生小子袁昇，不由得颇为郁闷。

“老袁将军，你也请一同登车吧。”华总管很客气地向袁怀玉点着头，但神色明显不如面对袁昇时那般恭谨。

“多谢，多谢。”袁怀玉不敢怠慢，又客气地还礼。

父子二人正要登车，忽闻蹄声响亮，一辆豪奢厢车迎面奔来。看那车厢竟比太平公主府的厢车还大，驾辕的四匹马不仅毛发飘逸、神骏异常，更难得的是四匹白龙马，通体雪白，一丝杂毛也没有。

“袁将军且慢登车。”白马厢车还没停稳，车上已飘来一道清脆的声音。

四匹白马泼剌剌地停住，一个绿衣女郎手拽长裙匆匆而下。这女郎容颜俏丽，二十岁上下，虽然年岁不大，脸上却挂着一股高傲冷峻的贵气，对眼前的四品大员、京师名捕，瞧也不瞧一眼。

袁昇倒认得这女子，知道是安乐公主身前的亲信侍女雪雁。他出入安乐公主府时常见她随侍在安乐左右，实为公主的第一亲信。

“雪雁姑娘，不知有何事来得这般急？”袁昇与她极熟，便不再客套。

“不急成吗？慢了半步就要耽搁了公主殿下的大事。”雪雁笑吟吟瞟他一眼，才朗声道，“敝上安乐公主请袁将军登车，一同面圣。”

莫神机不由得瞪大了双眼，心底已经脱离了妒忌和羡慕，只剩下愤怒，还有好奇。这小子到底是什么来头，竟得两大公主相请？

华总管忙踏上一步，道："不可，雪雁姑娘，凡事要有个先来后到吧，明明是我的车先到的，人也是我先约好的。"

这时最急的人正是袁怀玉，暗叫不知自己祖坟上哪里冒了青烟，居然有两位重权在握的公主都要请袁昇一起进宫。这两辆马车，显然是两条路。但两辆马车背后的人，谁也得罪不起呀。

袁老将军的额头已满是冷汗，甚至寄希望于精通道术的儿子来个身外化身，再变出来个袁昇来分别登车，谁也不得罪。

女郎雪雁冷笑起来："华胖子，你跟我说先来后到可以，跟车上的公主殿下呢？"

华总管大吃一惊，颤声道："安乐……公主殿下亲自来了？"

这时，那道安吉丝织就的精致纱帘唰地被人拉开，一张明艳绝伦的娇靥探了出来，只向袁昇笑道："袁昇将军，我恰好也路过此地，咱们便一同去吧。"

那张脸花媚雨柔，嫣然一笑间便耀出颠倒众生的魅惑感，莫神机、华总管竟觉心神一阵摇曳，忙低下头去。

见了公主真身驾到，华总管也只得上前行礼。袁怀玉也赶着行礼，醒过神来的莫神机等人都尽数施礼。

"免了免了，我这里可没姑母那么多规矩。"安乐却根本不看他们，只向袁昇嗔道，"喂，你上不上车呀？"

这句玩笑话说得似嗔似怨，声音娇媚，宛若天籁，莫神机听到耳内，只觉心神一荡，甚至想："这样一位绝色公主，只要对我这般笑上一笑，老子便立刻死了，也是心甘情愿。"

袁昇只得拱手："如此，打扰公主了。"躬身上了白马厢车。

白马轻声嘶鸣，厢车急速驰起，只余车内荡出的华贵龙涎香熏香气息在众人鼻端萦绕。

莫神机无奈地望着那辆厢车绝尘而去，怔怔出神。好在这时一人骑着快马飞驰而来，马上的人正是一位御史台差役，他高声叫道："莫神捕你果然在此，快走吧，御史台张大人正急着呢，说是万岁有召，这便要进宫呢。"

莫神机不敢怠慢，抢了那差役的马，便挥鞭而去。

袁怀玉这时是又惊又羡又怕，忙不迭地向华总管作揖："华总管，您瞧这事巧的，要不，老朽跟您同去？"

华总管也很无奈，只得道："那……请吧。"

厢车远去，金吾卫后院角门处终于清静下来。陆冲脸上有些疑惑，有些震惊，更多的则是羡慕，油然叹道："大丈夫固当如是乎！"

"嗯，被两大公主驱车召请，羡慕死你了吧？"青瑛冷笑起来。

"那是那是，美中不足的是太平公主年岁太大了，如果也是芳华绝色，双艳相争，那就完美了！"

青瑛狠狠地踩在了他的脚上。

陆冲痛哼："其实我是疑惑，万岁爷不知什么事，这般急匆匆的？"

"有趣吗？"

香车内，安乐公主向袁昇巧笑嫣然。

袁昇蹙了蹙眉。他熟悉安乐的性格，外向张扬，热情似火，今天的事完全符合她一贯的性情。

只不过他不喜欢。

大唐最美艳最受皇帝宠爱的公主，亲自纡尊降贵地驱车来请自己，而且是在太平公主府、金吾卫、御史台三方人马众目睽睽之下，将自己硬请上她的香车。这种行径太过招摇，与他的性子完全不符。只是他知道看似豪爽的安乐有时却又有些脆弱，所以便只笑了笑，没有说什么。

"问你话呢，生气了吗？"安乐忽地揪住了他的手，轻轻摇着。

厢车内极为宽敞，可面对面地坐足六个人而不觉拥挤，所以袁昇和安乐是并肩坐着的。但他完全没想到她会这样大胆地抓住自己的手。对面伺候着的雪雁已乖巧地偎在车壁上，很凑巧地打起了瞌睡。

她的手很软，又很热。她的指甲尖尖的，就在他的手背上轻划着。他的心不由咚咚地急跳起来。

她似乎很喜欢捉弄他，也很享受捉弄他的过程。

"你知道，我不想这样。"他终于熬不过，只得笑笑，心里却忽然想起那日陆冲跟自己说的话，“恕我直言，那位安乐公主其实就是在耍你，拿你当个傻子般地在耍弄！”

那时候他说自己知道，但在他的心灵深处，始终觉得，安乐并没有耍自己。

“我偏要这样，我要让满朝文武都明白，你是我的人。”安乐执拗地望着他，目光依旧热辣。

袁昇不由在心底幽幽一叹，只凭这句话，他就更加断定，安乐公主真的只是一个热衷政治而本身又缺乏政治斗争经验的人。

“可我这样就得罪了太平公主，也太过直接了吧？你们是亲姑侄，怎样都无所谓，我这袁将军，却只是个小道士而已。”

安乐哧地一笑：“怕什么，有母后呢，这也是母后的意思。”

她笑起来很明媚，眸中波光潋滟生辉，秀发也一甩一甩的，让袁昇觉得眼前似有一团一团的光在闪。他尽力不去看她，但她的光辉却总在眼前照耀着自己，她身上的高雅幽香也在他的鼻端招摇着，似一只无形的手在轻柔地抚摸着他的心灵最深处。

香车上的亲切交谈，更让袁昇确认，安乐公主属于那种好高骛远而又少有城府心机的人，也正因为如此，她只是韦皇后的一个幌子。

他随即想到，在真正政治家的眼中，亲生儿女莫不是随时可以抛弃的砝码。武则天便曾亲手掐死了自己的女儿，赐死了自己的儿子。以婆婆武则天为目标的韦皇后怎能不懂此中之道。所以，韦皇后的许多阴谋也就绕过了这个头脑简单的女儿。而韦皇后之所以指使人上书要立安乐公主为皇太女，不过是以女儿这个幌子做一次试探，如果人们认可了皇太女，那么以后她以女皇之位登基便会顺畅许多。

于是，袁昇暗自松了一口气。果然如自己推断的那样，裹儿只是个心思单纯的女孩家。只是她被自己的母后蛊惑了，便如自己当初被人下了魇咒，只是自己已及时醒来，而她，不知何时才能醒过来。

“知道这次面圣，父皇会问什么吧？”安乐凑得更近了些，“没错，就是我那堂弟李三郎，听说他失踪了……朝野风传，李隆基常和‘登云观海’那两个青年诗人诗酒唱和，后来，消息便传得越来越不堪。先是说争夺个花海名姝玉鬟儿，再后来又有传说，这两个诗人都是美男子，那玉鬟儿不过是个幌子，实则李隆基是对那两个美男子诗人由爱生恨，恨其不得，因而杀之。”

“这……这怎么可能？”袁昇对大唐长安臣民百姓们的造谣能力生出了一种膜拜之情。

“我是熟悉我这个三弟的，照理说不应该如此。”安乐也哧哧地笑起来，说到这种事，她笑得更像个孩子，“不过也难说啊，我三弟倜傥风流也是很有名的。反正这两天，朝臣们已开始抨击有断袖之癖的李隆基，但矛头却直指我的王叔相王李旦。”

袁昇在心底深深一叹。相王李旦虽然近年来韬光养晦，但他终究是朝臣中李家党的核心，韦皇后始终想要扳倒相王，看来她终于要动手了。

“那么，万岁紧急召见金吾卫、刑部和御史台，一定不仅仅是为了要破解碧云楼奇案吧？”

“算你聪明，”安乐轻轻一拍他的手掌，“想那碧云楼的案子传得神乎其神，但死两个诗人，在父皇眼中又算得了什么！父皇在意的，还是我那王叔相王，自然也就在意李三郎的安危和下落。”

听她将两个诗人之死说得轻描淡写，袁昇的心不由一沉，也许在皇室贵胄眼中，哪怕是名动京师的诗坛新秀，也不过是蝼蚁一般罢了。

“这对于你是个机会，袁昇，你一定要抢先找到李三郎！”安乐向他深深凝望，“这是大唐辟邪司的头一战，定要旗开得胜。我相信你，一定能成！”

望着那双灼灼的美目，袁昇的双眸也不由一亮。不管怎样，看到她这样热忱期盼的眼神，他还是觉得心中荡起一股暖流。

“哎哟，快到了，”安乐公主透过窗帷已看到了不远处连绵的宫墙，却惊呼了一声，“险些忘了件大事。”

袁昇也一惊，想不出这一路上说的难道都不是大事，还有什么更大的大事值得她如此大惊小怪。

“这个给你！”安乐从袖内摸出一件物事，塞到袁昇手中。

那东西初看乌沉沉的，却带着一股馨香，细看才见是一件木雕，雕的是一个造型夸张的书生，负手望天，似笑非笑。

“这就是你说的大事？”袁昇轻轻转动着那巴掌大的木雕，有些疑惑。

“自然是大事了，朝廷里的那些事天天遇得见，可你，却总不来见我。”

她的明眸又像个孩子般地闪起来，“这是南海进贡的极品沉香，最紧要的是这雕工，是个西域奇匠，却雕的是我大唐书生，瞧这傻傻乐起来的样子，像不像你？”

沉香散出优雅而醇厚的幽香，木雕书生摸在手中，又极是温润的感觉。

袁昇不由又有些感动，喃喃道：“这雕工大巧若拙，西域的风格果然与中原迥异，却又别有气韵……”

“别啰唆了，你唠唠叨叨地念叨什么，我问你，像不像你？”她孩子气地掐了他一把。

他其实觉得那木雕书生不怎么像自己，这家伙笑起来的样子太自得其乐，也许陆冲说得对，自己应该快乐一些，如果自己快乐起来，就是这个样子吧。

忽然间他心中一动，也许在她心中，自己是很快乐的，自己就应该是这么一副快乐的样子。他点点头：“很像，比我还要呆傻几分。”

“原来你自己也知道自己呆傻呀！可我就喜欢你呆傻的样子！”她笑得花枝乱颤，身子几乎要偎在他怀中。

袁昇不由攥紧了手中的木雕书生。嗯，原来这才是她心中的大事。

厢车直驰到皇城太极宫北侧的宫门，安乐公主的车夫亮明了腰牌，马车竟辘辘地驰入了气势巍峨的玄武门。

当时的大唐京师有太极宫和大明宫两大内，分别号称西内、东内。高祖李渊、太宗李世民和高宗李治就习惯于在西内太极宫居住听政，今上李显也是如此。

十来年前的武则天大周时期，权力集中于神都洛阳，至今大唐重兴，长安又成为世界上最重要的城市。

而这里，长安西内太极宫则是世界上集中了最大权力的建筑群。

袁昇还是头一次进得这座闻名天下的西内禁宫。从面积上看，太极宫几乎相当于后世北京明清故宫的三倍，委实恢宏浩大。

从玄武门入皇宫就不必经过太极殿、两仪殿等朝会听政大殿，而是直接进入了内苑后廷，迎面便可见号称“四大海池”的浩渺湖波。过了相思殿，安乐公主在凝阴阁前下了车，带着袁昇一直到了凝阴阁前。

长安的夏天酷热难耐，天子闲时便会来被海池环绕的凝阴阁避暑。

虽然安乐是最受皇帝和韦后宠爱的小女儿，但到底皇家的规矩大，更因这次是万岁齐召刑部、金吾卫等三路破案的能臣干将，所以她还是不能直接将袁昇带入殿内。

于是安乐公主只得留给袁昇一道依依不舍的眼神，自己先进了殿内。

袁昇则留在外面的廊间侯旨听宣。凝阴阁的位置得天独厚，从廊间可以望见北海、西海、南海三池的湖光山色。袁昇站在廊内，顿觉凉风习习。廊间已有人在那儿等候听宣了，正是金吾卫大将军韦昀和刑部侍郎周方行等人。过不多时，掌管御史台的左御史大夫张烈带着神捕莫神机也急匆匆赶来。

依大唐当时的官制，御史台设巡街使，负责坊内治安，更设有台狱，可直接拘捕大夫以下官员入狱，并有审讯、判决等权。这御史台也分为左右，其中左御使台专门监察在京百司和军旅之官，所以这次是左御史大夫张烈亲自带着得力干将莫神机赶来。

那边刑部方面，则只召见了专司纠察案件的刑部侍郎周方行。因为这次是天子在内苑便殿私下的问询，所以各官员都带了亲信干将，周方行所带的人足有六位。据说这六人虽无莫神机那样的神通，但探案各有所长，合称“刑部六卫”。

三方人马中，最轻松的就是金吾卫大将军韦昀了。此人乃是韦皇后的远亲，本就没什么大本事，只靠着投胎的运气好，做了这份高位。韦后将其安插在此，只是希望他能如一只看门狗般地把持住金吾卫的这份重要力量，本就不指望他来破解什么重任难事。重任难事自是交给下面的人来办，比如袁怀玉，还有他的儿子袁昇。

所以韦昀看到下属袁家父子赶来行礼，便很随和地打了招呼，更拍了拍袁昇的肩头，说了几句慰勉之言，然后就一身轻松地跟张烈聊天去了。

上司张烈被韦大将军拉走，神捕莫神机也得了闲，一眼便瞭见袁昇，顿觉气不打一处来，哧哧冷笑道：“哎哟，这不是袁将军吗？袁将军年少英俊，得公主垂青，前途无量啊，怎的没有跟公主殿下一起觐见？”

袁昇听他将“年少英俊”这四字咬得极响，不由得微微蹙眉，却实在懒得搭理这家伙。

那边刑部侍郎周方行和他手下的刑部六卫则是亲眼看见袁昇是被当朝最受宠

的美艳公主带来的，均是又羡又妒。

听了莫神机的话，刑部六卫为首的“听风卫”苏木也拱手笑道：“莫神捕若是不说，我等还真不知道，这位便是近日来名动京师的袁昇将军。久闻大名，果然一表人才，丰神如玉。”

老大既然开口，六卫中人便纷纷出言。这些人都是京师断案缉凶的能臣，彼此间本就相互较劲得厉害，忽然间看到袁昇这样一个一日千里升迁的另类，自然由妒生恨，捉到这机会便群起攻之，拼力冷嘲热讽。

但他们随即很沮丧地发现，对面的袁昇居然毫不着恼，不但不着恼，甚至也不羞愧、不沮丧。这位丰神俊朗的小袁将军始终是那么一副很淡然很随意的样子，像是进了幻戏社，在听高手讲故事。

老二“辨机卫”离明潇暗自恼恨，此时故作不解，道：“这辟邪司可是一个万分奇怪的衙司，小弟对此一无所知。大哥，你知道这衙司是管什么的吗？”

老大“听风卫”苏木茫然摇头：“听这名字，应该是捉鬼的吧！”

众人齐齐大笑，连站在远处的张烈和周方行都忍不住笑出声来。

纷乱的笑声中，忽听一道冰冷的声音传来：“谁说辟邪司是捉鬼的了？”

是个女子的声音，却非常中性，带着几分阴沉，随随便便的几个字，便带着极大的威慑力。莫神机和刑部六卫等人先前专心讥讽袁昇，没有留神身后，扭身看时，见这贵妇满头珠翠，气态雍容，凤目含威，正是太平公主到了。

莫神机等一凛，急忙过来施礼。

太平公主冷冷道：“辟邪司辟的是奸邪，捉的也是奸邪！小袁将军年纪虽轻，但在破解恶鬼破壁案和神灯案中明察秋毫，足见智勇干练。辟邪司的存在，只会让奸邪胆寒，各位如此冷嘲热讽，莫非也是心存奸邪？”

这是大唐最有权势的公主。虽然她未必如安乐公主那样在皇帝面前一言九鼎，但运筹岁久，笼络了大批能臣，其力量更为可怕。所以太平公主一开口，廊间群臣立刻噤声。

莫神机等人更是除了诺诺称是的点头施礼，再不敢说别的。而在莫神机等人的心中，都大感惊奇。这真是极其罕见的情况，一个被安乐公主青睐的家伙，居然还能得到太平公主的力挺。

这时候最得意的人就是一直缩在太平公主身后的袁怀玉了，暗想，这个儿子真是光宗耀祖了，不但能跟安乐公主同车来面圣，更能让太平公主出面来打嘴仗。

只有袁昇在向太平恭敬施礼之余，心中有些震惊，这个太平公主果然如传闻一般，老辣睿智，城府深广。这淡淡的几句话间，甚至没有向自己看上一眼，却已极巧妙地将自己笼络了过来。

士为知己者死，听了太平公主简练而到位的几句赞语，袁昇的心中也险些生出这样的热忱来。如果不是安乐公主在他心中无可替代的地位，他很可能就此投入太平门下。

一抬眼间，袁昇无意中看到了刑部侍郎周方行的脸孔。那张圆滑的瘦脸上此时的表情很古怪，不是惊讶，不是羡慕，不是憋闷，而是——疑惑，深深的疑惑。

这个官场老滑头为何会生出这样怪异的表情？袁昇一凛之际，又见周方行脸上的疑惑已变成了恍然和钦佩。

一个奇怪的念头霎时钻入了他心底：周方行本就是太平一脉的死党，今日廊间这一幕，很可能是太平早就安排好的。她事先已示意了周方行，于是才有周方行手下的刑部六卫对自己群起而攻。但接下来太平公主的出言呵斥，显然完全出乎周方行等人的意料，所以才让刑部侍郎一脸错愕。

太平公主的真意，其实是想给自己这个官场新人一个狠厉的下马威，再亲自出马笼络自己。

官场之道，果然渊深似海呀，而太平公主的御下之道，更是高人一等。

这时内侍赶来宣召，众人都随着太平公主一起绕廊而过，入凝阴阁觐见。

一进凝阴阁，袁昇更觉遍体凉爽，只见大殿四角竟垂下了数道水帘，水光涟涟，飞珠溅玉，送来阵阵清寒。

原来这凝阴阁不仅依水而建，而且还是当时世界上唯一配有天然循环制冷装置的殿宇，殿中装有巨大轮扇机械，将北海引来的湖水送至屋顶，再沿檐直落，形成降温水幕。

这算是一个比较轻松的觐见场合，但当朝天子李显却一点也不轻松。他背着手，有些焦躁地在殿内踱着步，干瘦的脸上爬满了愁容。才数月不见，袁昇发现，天子距离上次大玄元观祈福盛会的时候，又苍老了些。

袁昇没有看到韦皇后。这次皇帝私下召见几位臣子，不知为何有意无意地避开了韦皇后。安乐公主倒是陪在父皇身边，正向他若有深意地眨着眼睛。

殿内还有个熟悉的高瘦身影，正是韦后死党宗楚客。这位大唐宰相的脸色却有些阴沉，也许是因为皇帝的脸色也不好看吧。作为首辅大臣，宗楚客非常注重在各方面都与天子保持一致。

“说简单些吧，到底什么时候能破案？”

耐着性子听罢周方行和袁怀玉分别详述了碧云楼的古怪案情，皇帝李显终于烦躁地挥了挥手，冷冷道：“或者说，什么时候能找到失踪的李隆基？”

殿内一下子悄静下来，谁也料不到天子竟这样直接。连太平公主都蹙起了蛾眉。安乐公主望向袁昇的双眸也闪出了忧色。

众破案能臣都噤若寒蝉，听天子的口吻，似乎很看重他这位亲侄子的安危，但谁知道李隆基到底在这场诡杀中扮演了什么角色？

莫神机等人都向自己的上司偷偷地使着眼色，示意最好不要贸然卷入这场激流。

见众人不语，天子显然更不高兴了，阴沉的目光直射站在近前的刑部侍郎，沉沉道了声：“刑部？”

“圣人明鉴，”（注：唐时的习惯，呼天子为“圣人”）周方行只得挤出满脸的郑重和肃穆，蹙眉道，“碧云楼之案，蹊跷过甚，臣以为，万不可等闲视之，必得周密策划，多方布局……”

“朕问你要多久？”

周方行的额头上立时见了汗，暗恨自己为何站得这么靠前，犹豫了下，只得道：“快则三四月，迟则半年……臣等无能，啊，实非臣等无能，实在是这案情太过古怪……”

天子第二次打断了他：“御史台？”

张烈踏上一步，躬身道：“圣人明鉴，臣以为周大人所言在理，此案颇为古怪，不过若是我御史台来办，应该不会拖上半年，但也应该在五个月左右吧。”他的话极为滑头，看似将期限提前了一个月，实则较之刑部最快期限又错后了一个月。

“金吾卫？”天子的声音更高了。

韦昀很自然地甩脸看向袁怀玉。那边的袁怀玉也是个老滑头，也是依样画葫芦，皱眉咧嘴地说道：“臣与周大人等所见略同，此案蹊跷异常，至少要有数月筹措！”

皇帝李显不由愤愤地一顿足，霎时间殿内阴云密布，眼见万乘之尊便要雷霆大作，众人都垂下了头，不敢出声。

“启禀陛下，臣冒昧，此案该当在七日内了断！”

就在这一片悄寂的当口，有人徐徐发了声。

“袁昇，”天子的眼睛陡然亮了起来，“朕认得你，刚刚上任辟邪司的玄元观主，你说可以在七日内破案？”

众人的目光全聚在袁昇身上，有人妒忌，有人鄙夷，有人不以为然，更有人幸灾乐祸，只有安乐公主美眸溢彩，目光中满是激赞，而他老爹袁怀玉则吓得浑身打战。

“陛下，”袁昇缓步上前，“臣以为正因此案离奇古怪，其中又蕴含诸多变故和凶险之处，所以才应全力以赴，及早破案。”

“好！”皇帝李显的脸色首次缓和了下来，点头道，“这等话，才是公忠体国、为君分忧之言。你当真要七日，少不少？朕可以给你宽限到半月。”

“臣叩谢圣人宽仁之心，但臣仍以为，正因此案颇多凶险后患，拖延越久，越是不利，所以最好在七日之内破案！”

皇帝李显不由得向他深深注视，终于连连点头：“好，念你如此忠心，朕命你全权督察此案，可调动金吾卫所有人马，七日内务必勘破此案。”

“臣遵旨！”袁昇正色领旨，却没看到身侧老爹的脸色已经苍白如纸。

安乐公主忙道：“父皇，袁昇如此忠心耿耿，若真能破了此案，圣人该当有封赏的呀！”

“这倒忘了，”李显拍拍额头，笑道，“只凭他这份忠心，便该厚赏，只是朕念他年轻，不愿养其骄奢之心。这样吧，此事若成，他的四品下的那个‘下’字就去了吧。”

莫神机等人听得此语，心中的幸灾乐祸之念迅即烟消云散，化为无尽的懊悔，均想，袁昇这小子年轻莽撞，误打误撞，倒引得圣人青睐，早知如此，我也该冒一冒险的。

这时候一直阴着脸不语的宗楚客忽地咳嗽一声，沉声道："圣人明鉴，袁昇敢作敢当，为主分忧，确是该赏。但凡事须加节制，否则便会有冒进邀功之辈效尤呀。臣以为，若袁昇七日内如期断案，便该大加封赏；如若不能，则有大言欺君之嫌，当定其过。"

他的话小心翼翼，八面玲珑，却不知不觉地给袁昇画了一个圈。

安乐公主很不高兴地瞪了宗楚客一眼。但从派系上来说，这个高瘦而文雅的老男人和她同属韦后一党，她不便明着辩驳，心里却想，若是万一难以断案，袁昇也不过要被"定过"，很轻飘的两个字而已，到时候跟父皇求恳就是了。

她显然没有细想，宗楚客前面"大言欺君"这四字则很阴险，往重里说，袁昇很可能会被定为欺君之罪。

偏偏李显是耳根子最软的皇帝，闻言后若有所思地点了点头："宗卿所言在理。袁昇若能七日断案，自有封赏；如果不然，也应有所惩戒。"

掌控天下的万乘之尊时刻都在找寻着平衡，他的话也是在金吾卫辟邪司和御史台、刑部之间找了个平衡。莫神机等人果然一阵轻松，先前的懊悔尽数消散，幸灾乐祸之心又再泛起。

群臣中只有袁怀玉险些心碎八瓣，对儿子的草率冒进，又是恼恨又是担忧，强撑着才没有当场倒地不起。

直到出了内苑，满腹幽怨的袁怀玉才有机会跟儿子滔滔不绝地发起了牢骚。

袁昇却始终微笑不语，直到老爹说够了，才慢条斯理地道："是时候了，咱们要提审玉鬟儿！"

袁怀玉拿这个儿子毫无办法，只得低声道："那你告诉我，为何一定要定在七日，而不是十日、十五日？"

一抹阴云倏地自袁昇的脸上腾起，他的脸色也是首次凝重起来，却缓缓摇了摇头，沉声道："现在，我还不能说。"

"好吧！"袁怀玉欲哭无泪，只得低声道，"那此案要从何处查起，你心中可有了可疑的嫌犯？"

"已有了一个嫌犯，但还不能莽撞行事。"

袁怀玉的眉头不由得又皱紧了几分："那么，七日内断案，你到底有几分把握？”

“把握不足三成，但终究是要试一试的！”

袁怀玉又险些没有昏倒。

袁昇却蹙紧双眉，陷入了沉思。李隆基那双满是血丝的眸子在心底再次闪现。

天已邪，当易天！号称倾天之局的“天邪策”奇局一发，当真环环相扣、无往不克？或者说，这道奇局已经开始对他这位宗室俊彦生效了？

章节五

欲擒故纵

内苑奏对，当着天子之面，许下了七日之约，虽然在袁怀玉看来是“作死”之举，但到底让辟邪司获得了侦缉此案的大权，袁昇终于可以全力以赴了。

转过天来的第一件事，就是再审玉饕儿。

让袁昇意想不到的是，神捕莫神机竟赶来听审了，而且是代表御史台一方前来的。他郑重其事地带着御史台张烈大人的帖子，自称御史台职责所在，不敢轻忽，必得亲临听审。

“在下追凶断案多年，于此道略有心得，或许能助一臂之力。”莫神机淡淡地笑着。他知道自己“神捕”两字名头的力量。他甚至想到，袁昇这后辈小子一定会改容相敬，躬身延请自己入堂。

但袁昇只是回敬了他一个更加淡然的微笑：“实在想听就来听吧。可只许听，不许说话。”

莫神机的脸瞬间涨得通红，但袁昇却再不搭理他，转身便开始布置问案的事宜。

玉饕儿是醉花楼的当红头牌，所以在她被羁押的这段日子里，醉花楼的掌柜没少花钱打点。能在平康坊经营极品歌楼的人，自然交游广阔，于是便常有权贵替玉鬟儿说话。故而玉鬟儿被羁押期间，也只是遭了软禁，从未受什么委屈。

也就这两天的工夫，替玉鬟儿说情权贵的来头越来越大，这也让金吾卫承受了极大压力。

今日玉鬟儿再次上堂，也不知从哪里得到的讯息，金吾卫的衙门外竟聚集了大批闲人。不少闲汉显是被人买通了，一直在外叫嚣着“弱女何罪”“佳人无辜”等口号。这些口号喊得整齐划一，颇具煽动力，于是更多的闲人被感染了，也跟着一起叫喊。

听得这些乱哄哄的叫喊声，莫神机又来了精神，先前几乎要气炸肚皮的怒火登时消减了许多，冷笑着跟在袁昇身后上了堂。

在堂上再次见到玉鬟儿，袁昇也有些感慨。这女子显然极聪明，看到自己这旧识后并没有像见到救星似的哭叫求恳，而是依旧装作互不相识。

那双美丽眸子中透出的目光，仿佛冬日温泉里那抹静谧的幽蓝，始终清清柔柔。

清是一种清冷，有些高傲甚至置身事外的清冷。柔则是一种深切的忧郁，这便更让她生出一种仿佛不似凡间人的朦胧之美。

“先前袁老将军已经审过民女了。这一切都跟民女无关。他们喝酒时出了变故，变成了那样子，死得离奇骇人，我就险些没被吓死。民女甚至认为，他们喝的酒或许有毒。”说这话时，她的眸中终于闪现出一丝女孩子该有的惊惧神色。

袁昇盯着那双颠倒众生的美眸，缓缓道：“金吾卫早已将他们喝剩下的残酒拿去验看了多次，应该没有什么问题。你的证词我也看过，但许多地方语焉不详。比如，跟你在一起饮酒的人中，那位临淄郡王李隆基，他都做了什么，你极少提到！”

玉鬟儿的脸色瞬间苍白如纸，喃喃道：“当时事发仓促，太惊人，太混乱，民女记不真切了。”

袁昇微微蹙眉。这样一个千娇百媚的女子很柔弱地说，自己被吓到了，实在记不起来了，立时让他这个彬彬君子生出一种很无奈的感觉。

莫神机这时再也按捺不住，冷哼道：“大胆刁民，如此人命关天的大事，又怎能事后相忘，分明是信口狡辩。袁将军，本官建议你对此狡诈女子，须得严厉些，最好大刑伺候！”

他做神捕多年，威震京师，一出口，便带着说不出的威严冷厉，霎时惊得满堂衙役都变了颜色。玉鬟儿的脸色更见苍白。

袁昇转过了头来，向着莫神机很温和地一笑，慢悠悠道：“莫神捕，这里是金吾卫辟邪司，不是你御史台，你若再无故咆哮，我会遣人将你轰将出去。”

莫神机给这句话噎得要吐血了，几乎便想拍案而起，拂袖而去。但他这人性子着实坚忍，虽然气得脸色殷红如血，却强撑着没有言语。

袁昇不再看他，依旧徐徐问玉鬟儿，道：“那么，那晚的酒宴，到底是谁做东，到底因何而起？”

“是三郎的主意吧。”玉鬟儿雪一般的脸上凝满了娇弱无辜之感，“他这人性子最是豪爽，因为相王府‘俊逸林’辞退了‘登云观海’，而三郎与这两人熟络，便特意约他们出来饮酒聊天，也顺致歉意。”

“那为何要请姑娘你作陪？”袁昇的问话慢条斯理，却带着一股说不出的犀利。

她愣了愣，终于凄然一笑：“你们不会不知道吧，登云观海，这两人对我都极为迷恋。他们常来醉花楼听我的琴，也总给我写诗。听我弹琴需要很多的缠头，我曾委婉地劝过他们，可他们不听，甚至这两人间还常常相互较劲……”

袁昇不由得微微蹙眉。没想到，玉鬟儿居然很爽朗，对这些事竟是直言不讳。

“那么，临淄郡王，知道这些吗？”

“知道的。”玉鬟儿那张绝艳的脸上浮现出一片痛楚之色，“但是，他居然不在意。我很痛苦他的不在意。他不在意，说明我在他心里其实没什么位置。如果失去三郎，我真的很想去死。”

她的声音很细，仿佛从唇间滑落的丝，更增一种人见人怜的哀艳。袁昇的心也不由得微微一痛，甚至想到了那日初见时，女郎玩笑般的话“求将军传我个道术，好让三郎只喜欢我一个人”。

他叹了口气：“既然如此，你更应该多回忆回忆当时的情形，我们会帮你找到三郎！”

莫神机忽然发现，袁昇的问话看似温和平常，但不经意间却总能将对面的女郎诱入他的套路中。

果然，玉鬟儿幽幽叹了口气：“那只是很正常的酒宴……先前袁老爷子早细细问过了。但在席间登云观海两个起了争执，似乎邓子云认为关临海只一首成名之作《长安怀古》未免太过寒酸，关临海则反唇相讥，嗤笑邓子云的九首《出塞曲》大有滥竽充数之嫌，其中拿得出手的，不过半曲罢了。

“他们两个在我身前经常这样吵架的！”女郎的嘴角弯出一段好看的弧度，“我原也没有在意，但没想到，关临海忽然站起身，狠狠拍了邓子云一巴掌……”

接下来的话，都如袁怀玉所叙述的那样，挨了一掌的邓子云开始疯狂地变异，于是惨剧接踵而至。

“看到邓子云的样子，我就快吓背过气去了。然后，关临海居然向我冲来，还口中吐丝，我整个人都被那些密密麻麻的丝缠住了，叫喊不得，恶心死人了，再然后，我被吊了起来。对不住，这已经是后来你们告诉我的。因为我在慢慢腾空时，就彻底昏了过去，剩下的怪事，很多我都不知道了。”

“那么，当时李隆基在哪里？”

“三郎，我清楚地记得，邓子云大闹的时候，他还去劝阻。可是后来，我刚被吊起来时，他还在怒斥，甚至要拔剑，但只喊得一声，许多丝就向他缠了过去，他的嘴也被堵住了。这一点我记得清清楚楚。我对他非常在意的，这一点绝对不会记错。”

“这么说，李隆基也是被那些怪丝控制，甚至被人劫走了？”

“当然了，只是……他会被劫去哪里呢？”女郎愈发惶急起来，“求求你们，赶紧救救他。”

袁昇只点了点头，没有答话。

“大人，”玉鬟儿轻声道，“民女什么时候……能回醉花楼？”

袁昇依旧没有说话。旁边的莫神机几乎要跳起来怒喝了，这等刁蛮女子，不大刑伺候已是万幸了，还敢奢望回她的醉花楼？没想到，后生小子袁昇又说出了让莫神机震惊得要吐血的话：“现在，你现在就能回醉花楼。”

“大人，真的吗？”玉鬟儿幽幽地抬起了眼。

袁昇忽然发现，这女郎的眸中也没有什么喜色，那种忧郁依旧深切入骨，她是在为李隆基忧心吗?

“不错，”袁昇这时才拿眼角瞭了眼莫神机，温煦笑道，“万岁有旨，命我金吾卫总揽碧云楼之案，所以我说的话，其他衙门都无权干涉，除非我金吾卫再发现其他疑点。从今日起，你就是自由之身。而且，你的所有物品也会物归原主，金吾卫这里甚至不会扣留你的片纸只笺。”

听到他慢条斯理地说到“片纸只笺”，玉鬟儿眸光微闪，忙道：“民女叩谢大人！”

袁昇的这番审问很轻松，气氛很平和，没什么成果，结局却很惊人。他将玉鬟儿当堂释放，不但是玉鬟儿如此，碧云楼涉案的两个伙计也都被他当堂释放。

而且，似乎他早想到了莫神机可能会找玉鬟儿的麻烦，甚至在堂上开宗明义地说明白了，金吾卫才是碧云楼奇案的最终执法者，其余的衙门无权追责，所以玉鬟儿自由得很彻底。

莫神机这时却根本不着恼，只是在牙根间发出一串冷笑。他反而有一种幸灾乐祸的快感。后生小子果然是后生小子，为了跟自己怄气，居然将如此重要人物当庭释放，那也很好，接下来老子倒要瞧瞧你怎样七日断案。

七日，嘿嘿，今天的天已经快黑了吧?

莫神机走出金吾卫的衙门，仰头看着西斜的落日，嘴角咧出一丝笑意。

为了给玉鬟儿造势，醉花楼那边没少下功夫，最显眼的便是一辆精致华丽的牛车始终停在金吾卫衙门外，做好了迎接本楼名姝回归的架势。头戴帷帽的玉鬟儿款款走出衙门口，便默然钻进了厢车。

围观的闲汉们则齐声大叫：“小袁将军英明！”“小袁将军为民做主！”也有人大声喊着玉鬟儿的名号“玉色冠京华，鬟胜月中花”，盼她钻出车来，让大伙一睹芳容。

可那车夫的鞭子却抽得响亮，没片刻停留的意思，牛车四平八稳地赶起来，片刻间便消失在渐浓的暮色中。

陆冲这时就混在闲汉们当中，头上仍戴着那顶硕大的斗笠，遮住了半张脸。在那辆华美厢车转入街角的一瞬，陆冲也拉低了斗笠，悄然跟了过去。

在堂上义释玉鬟儿，本就是袁昇的一个安排。在他眼中，这个少女身上的谜点太多，只不过他不愿用强，这不是他的风格，而且这女郎背后的利益方错综复杂，只怕牵一发而动全身。

所以他故技重施，在玉鬟儿身上悄悄下了神鸦咒。

陆冲一路顺顺当当地跟踪过去。玉鬟儿似乎身心俱疲，进了醉花楼后院的那幢阁楼后，便只有醉花楼的老板带着老鸨赶过去闻言抚慰了片刻，随即匆匆退出，更将一众要来探问的姐妹尽数挡驾了。

醉花楼头牌玉姑娘凤还巢了，一众歌楼浪子们便趋之若鹜。碧云楼奇案已被坊间添油加醋地四下传播，玉鬟儿已成为大唐京师瞩目的焦点。所以，醉花楼内立时拥来了大批风流客。但毫无意外，这些人同样被挡驾了。

夜色沉浓，各路看客浪子们早已怏怏地散去，醉花楼后园一处极隐秘的角门打开了，两个黑衣人拥着一名头戴帷帽的女子匆匆走出，钻入门外停候的一辆双马驾辕厢车。

“果然啊，这丫头有鬼，她要去哪里？看来袁昇这招欲擒故纵，要生奇效。”早已易容成了乡间财绅模样的陆冲从假山后探出头来，低声嘀咕着。

“上车前的一瞬，玉鬟儿似乎挣扎了一下，那两个黑衣人拥着她出来的，情形似乎有些古怪。”青瑛眸光闪闪，紧盯着那辆缓缓驰动的厢车。她先前易容成了歌楼侍女，却一直只在玉鬟儿的阁楼外窥伺。

这时，两人都展开神行术跟了上去。

沉沉的夜色中，那辆车看上去似乎不大起眼，但两匹马着实神骏，竟跑得飞快。可厢车虽快，终究不及两个身负神行术的道术奇人，只是陆冲二人怕露了行迹，不敢逼得太近。

眼见那车竟直愣愣地飞奔坊门而去，青瑛更觉古怪，忍不住冷笑道：“深更半夜，上车便走，不知道我们大唐京师有宵禁之令吗？”

说话间厢车早逼近了坊门前，遥遥地只听坊门兵卒已在高声喝问。也不知那车夫给兵卒看了什么，坊门竟然大开，厢车疾驰出坊。

“哎哟，他娘的，”陆冲这时才看出了些什么，“原来那是相王府的马车！”

“怪不得能在宵禁后依旧驰骋街衢，出入坊门！难道……是相王府的人要劫走玉鬟儿？”青瑛非常震惊。

“老天！居然是……”愈发逼近了些，陆冲终于看得真切了，“居然是老爷子的座驾！”

他太熟悉那辆车了，近日他刚刚荣幸地与相王同坐此车，然后又很荣幸地亲睹了那场“似有似无”的刺杀。

“难道是别人擅自借出了这辆车？”青瑛也不由得声音发颤。

“不可能！”陆冲斩钉截铁地道，“此车由一位叫老郭的总管专门维护，除了相王千岁，任何人不得轻用。”

形势愈发古怪，两人忙飞奔而去，他们身上都有金吾卫辟邪司的腰牌，门卒不敢拦阻，也放他们出去了。

但可能是在灯笼高挑的坊门前稍有逗留和言语，前方的马车中人似有发觉，车速陡然加快。两人不敢怠慢，忙也加速追出。

“救命，救……救救我！”车上这时竟又传来哭叫声。

那是玉鬟儿的声音，只不过那声音随即顿住，似乎玉鬟儿被人掩住了口鼻。

“出手吧！”陆冲再不犹豫，一扬手间，素不轻出的飞剑已划空飞出。

紫火烈剑射出的方位不是车厢。毕竟车厢被遮得严严实实，只怕会误伤车内的玉鬟儿。紫火剑是直飞上天，再凌空下击，斩的是那两匹快马。

铁剑裂空而落，耀出凄厉的白芒。驾辕的双马都是神骏异常，立时警觉到了这无法避免的强大威压，不由得齐声悲鸣。

就在那气势凛冽的铁剑劈到马颈前半尺之时，忽然一只拂尘探出车厢，轻轻巧巧地一拂。这一拂不紧不慢，甚至还带着几分闲适和慵懒，却稳稳地将陆冲那几乎百发百中的飞剑挡住。

不但挡住，拂尘上甚至生出一股奇异的回收之力。

远处的陆冲立时感受到了那股古怪的吸力，紫火烈剑几乎就要脱离控制了。骇得他急忙全力运功收剑，紫火烈剑发出一道尖利的锐鸣，仰天射出，终于倒飞而回。

那两匹马仍在狂奔。

车上居然有如此高手。陆冲暴怒了，他身旁的青瑛更是与他心意相通，此时也不必遮掩行迹，青瑛索性运足了神行术，指间一道法诀施出，身子便如一道电光般向前冲去。

身怀神行术的高手追击一辆拖着车厢的马车，终究不是什么难事，转眼间青瑛已逼近了厢车。

但不知怎的，身子在接近厢车丈余远近时，陡觉一股暗流般的劲力向自己涌来，青瑛觉得自己似是撞在了一面无形的巨墙上，险些飞跌而出。

马车近在咫尺，但任凭她如何施力，却再难逼近一尺。

猛听得一声娇呼，厢车的后门暴启，一团黑影从车内飞出。

青瑛眼尖，看出那黑影正是玉鬟儿。这一抛显是灌注了道术罡气，便在玉鬟儿尖利的娇呼声中，她的身子越升越高，直往道旁的杂木林子中飞去。

"我救人，你追击！"青瑛当机立断，做了最快的分派，脚下神行术运到十成，如一道银光般向玉鬟儿飞坠处掠去。

偏在这时，马车拐了个弯，向一处岔路冲了下去。陆冲忙应了一声，凌空飞跃，再向厢车追去。

那边，眼见玉鬟儿要重重地跌在地上，一道银色彩带忽自青瑛手中飞出，准确地套中她的纤腰，将她稳稳扯了过来。

玉鬟儿娇呼声中，身子软绵绵地向青瑛偎来。

"等等，你是谁？"青瑛忽然大喝起来。她已发现对面的玉鬟儿脸色僵硬，而且那张脸竟隐隐地生出细微的变化。

一股不祥之感陡地腾起，青瑛双眸一寒，彩带倒拽，对面女子便如粽子般栽倒在地。

"你们背后都受何人指示，为何要绑架玉鬟儿？"

那女子不答。月光下，她仍是直挺挺地栽在地上，只是脸上却淌下些事物来。

那都是丝，诡异的蛛丝从她脸上"流淌"下来。那张原本还有些像玉鬟儿的脸，迅速分崩离析，竟淌下一张脸皮来，露出里面干瘪瘦削的另一张脸孔。

一个陌生男人的脸孔。

只是那人的目光已经僵直，随即，他整个人一动不动。

"又是丝，"青瑛又惊又怒，"傀儡蛊的蛊丝？"

对手竟都是这样的狠角色，也让她愈发为陆冲担心。

她扬起头，望向浓浓夜色的最深处，那正是厢车远去的地方。那里，陆冲还在那里！

扔下了“玉鬟儿”，那辆马车立时提速了，快得不似是牲口在驱驰，简直是如有神力推送。

陆冲骂了两声，索性将神行术提到了极致。前几日闲来无事，他曾和袁昇、青瑛比试过一次神行术法，结果出人意料。神行术法最快的人居然是青瑛，而袁昇则惨居末席。身居榜眼的陆冲沾沾自喜，比自己夺了头名还要欢喜，自称是不忍超越红颜。

晋葛洪所著的《神仙传》中曾说：“费长房有神术，能缩地脉，千里存在，目前宛然，放之复舒如旧也。”青瑛所修的神行术就是传自费长房一脉，但这种能缩千里的神通实为是神行术的极致，除了道法口诀，还需要极高的天赋相应。以青瑛之能，完全无法望费长房之项背，却已能远胜袁昇之流。

陆冲的神行术原本平平，之所以也能超越灵虚门翘楚的袁昇，也是因为从青瑛那里得了费长房一脉的秘传口诀。所以，陆冲此时干脆将“费门”术法提到十成，立时快若风雷，瞬间再次逼近了车后。

那股无形怪墙再次展现威力。但陆冲这次早有准备，更因他认为玉鬟儿已不在车内，没了顾忌，左袖疾振，一阵玄兵如暴雨般发出，数道链子枪和流星锤，都是软硬兼备的利器，迅疾破开了无形气墙，重重撞在了厢车后门上。

厚实的榆木门板瞬间破碎，车厢现出一道黑漆漆的豁口。

陆冲一挺腰，便待钻入那道黝黑的豁口。忽觉幽暗的车内有一双古怪的眸子正盯着他。那双眼睛就如这车厢给他的感觉一般，空旷，沉寂，甚至还带着几丝怜悯。

陆冲纵横江湖，对阵无数，也曾和多名实力远胜自己的高手过招，却从来没有面对过这样的对手。那人的眼神，似乎根本就没有将自己视为对手。

一股怒火陡地蹿出，陆冲双掌齐发，左袖玄兵术幻出数道长短不同的兵刃，白刃如雪，如同一面飞旋的兵盾，撞向那道黑影。

黑影兀自不动如山，显露出绝世高手的气魄。

飞旋的兵盾骤然不见，陆冲右掌的紫火烈剑倏地钻出，横架在那黑影的脖颈。突如其来的得手，陆冲微感诧异，随即哈哈大笑："你他娘的，唬得老子够呛，咦，你是……"

"你输了！"

车厢内忽然响起一道柔媚的笑声。

笑声不是先前那道黑影发出的，而是一直在前面驾车的车夫。遭受陆冲的玄兵术奇袭后，这座厢车的后门和前壁尽数洞开。先前陆冲也早看到了那车夫的背影，但却全未留意。他的心神全被那绝世高手风范的黑影吸引过去了。

直到此时，那车夫发出一声轻笑，陆冲才知道自己上当了。

这毫不起眼的车夫，才是真正的宗师级高手。

几乎在听到轻笑的同时，陆冲便看到了一团雾气，那是无数道细丝凌空飞舞。那些丝似飞雪，似白雾，直到最后一刻陆冲才看清，那竟是发笑女子的满头银发，如怒雪飞雾般的长发。

跟着他陡觉双腕一紧，已被如雪的发丝缠住。那发丝上似是蕴有奇异劲道，一经沾身，便让他双臂再也提不起丝毫气力。

只凭这牛刀小试的身手，便知此人的修为远在自己之上。修为深湛，却又如此心思诡诈，陆冲知道自己败得不冤枉。

陆冲的双眼却还落在那道僵直的黑影上，颤声道："玉鬟儿？"

玉鬟儿依旧有些怜悯地望着他，却说不出话，也丝毫动弹不得，也不知被人做了什么手脚。

陆冲有种欲哭无泪之感，怪不得啊，姑奶奶你先前那样看着我……但为何你不冲我眨眨眼，哪怕是掉几滴泪？你这绝世高手的风范装得真他娘的像啊！

"阁下是谁？"

陆冲很爽快地向白发女子一笑："你瞧，刚才我将玉鬟儿当作你的手下，却只是将长剑横颈，没下杀手，看在这个分上，咱们有话好好商量行不行？"

"不行！"白发女子冷冷一笑，声音虽冷，却带着一股天然的妩媚韵味，"奇怪，袁昇就只派了你这冒失鬼过来吗？"

袁昇连夜接到了青瑛的密报后，生出的第一个念头便是，果然是老郭总管！

密报却非青瑛本人传送，而是由坊门守候的金吾卫暗探送来，只是一个密封的竹管。竹管是金吾卫暗探内部传递消息所用，封口处有特异处置，只能打开一次。

那里面是仓促间扯下的一角帕子，上面只潦草的一行字：玉鬟儿被劫，贼人乘相王府车马，老郭总管。

据送信的金吾卫暗探禀报，青瑛当时很急，急匆匆扯下衣袖，写了这幅字，便又急匆匆前行追赶马车去了。

“哦，她还说，她与陆冲要去追查此事，最快也要明日赶回。”那暗探又叮了一句。

这实在是个惊人的消息。来自相王府的马车居然劫走了玉鬟儿，车上的贼人到底是哪一派人马？

遣走了那暗探，袁昇的目光再次落在那幅字上的最后四字，老郭总管。

老郭总管，并非是青瑛情急生智才想到的一个关键处，而是袁昇在相王遇刺案后的分析所得。就在那次相王爷马车遇险之后，袁昇便对掌管相王爷车马的王府仆役产生了疑虑。跟熟悉相王府的陆冲一番深谈后，他将目光最终锁定在了老郭总管身上。

老郭总管掌管着相王府的车马，那辆秘符厢车更应是他重点照料的车辆，却在相王被刺之前莫名地断了车辕。断辕的时机太巧，巧得有些诡异，几乎可以说是和刺杀形成了完美配合。

虽然车夫老鳏张也能接触到这辆秘符厢车，但考虑到相王府对此控制严格，一些车夫甚至都是要轮换的，那么真正应对此负责的人，就该是那位掌管车马控制大权的老郭总管了。

只不过，针对相王的一起未定缘由的谋刺案和与相王之子有关的碧云楼奇案，二者之间到底有什么玄机？

袁昇甚至对陆冲和青瑛都没有明言。

更因为相王遇刺一案落在了御史台神捕莫神机的肩上，金吾卫职责所在，无法明着追查，袁昇便只是跟陆冲和青瑛做了一次深谈，随后命青瑛暗中探查老郭家中钱款的底细。

但也正因那次深谈，青瑛才能在仓促之间，再次想到了老郭。

此刻看着那帕子上字迹潦草的四个字，袁昇知道，那个人要冒头了。

漆黑，光亮。

幽暗与光明无尽地转换。

最后，终于有一束清冷的月辉透入了这片黑暗，陆冲慢慢睁开了眼睛。

他立时大吃一惊，自己居然被埋了起来，全身只有脑袋还留在地面上。他急忙四下张望，才见身周幽清冷寂，草木葱茏，亭阁精致，想必是先前那个白发女子将自己打晕后，迅疾运到了此处。

看这里的情形，似是一处荒僻的园子。最让他惊奇的，是他头顶上方有一株巨大的花树，木气芬芳，枝叶繁茂，更有一朵巨大的花朵垂下，在夜风中摇曳着，散发出沁人的幽香。陆冲很想看个仔细，只可惜陆大剑客没有练过柔术，整个人被埋住后，脖颈扭转的幅度有限，难以看清那奇葩巨花的全貌。

忽然间头顶一阵潮湿，却是有人将一片冷水当头浇下，跟着便听得一道柔冷的笑声："那是天下罕见的异种牡丹花，号称'花妖'，此刻你真正是'牡丹花下死，做鬼也风流'了！"

笑声有些熟悉，兼具妩媚和冷酷，正是那白发女子的笑声。这女子便站在他身后，所选方位颇为巧妙，陆冲拼力回头，也只能看到她随风飘摇的白色裙角。

"这牡丹花嘛，果然不错，"陆冲兀自没心没肺地笑着，"能告诉我这里是什么地方吗，让我做个明白鬼！"

"不能。"一只手，冰冷而柔软，轻轻抚摸着陆冲线条分明的方脸，那声音轻叹道，"你的身子真好，很精壮！"

"嗯，前辈要采阳补阴吗？"陆冲几乎有些惊喜了，"我记得那法门应该在闺房里，一张香软的床上啊！在下七世童贞之体，绝对精壮精纯。"

"不用痴心妄想了，"冷而软的手狠狠拍了下他的脸，"我说阁下精壮，是觉得你很适合做花妖的'人蛊'，也就是一种新奇的花肥。"

"花肥？前辈也喜欢养花啊，同道中人啊，本人对花道亦略有心得，须知最好的花肥，莫如人的五谷轮回之物——简称大便。前辈只要给我好吃好喝，我保证每天按时定量地提供优质花肥。"

“你这一脸大胡子的家伙，还很喜欢说笑话。可惜你伺候的都是寻常花木，我这可是异种花妖。花妖最喜欢的便是‘人蛊’，而炼制人蛊的法子却十分繁复。

“相传此法传自西域，挑选的人蛊必须强壮，一定要活着埋下土，异种花妖会在第一时刻辨析人蛊的精纯度，觉得欢喜了，会开得愈发绚丽芳香。嗯，现在花妖便对你很满意。然后，每天要喂你活鱼生虾，那些西域人很有意思，活鱼生虾上都有特制调料，你饿极了时绝对会吃得津津有味。”

陆冲再也忍耐不住：“为什么一定要吃生的活的？”

“妖都是要吃生鲜之物了，这本异种牡丹名为花妖，自然还不是妖，所以只能由你这个人蛊替它吃了。这般喂养你一个月后，你就会变得肥白无比。你埋在土下的身子便会成为花妖最为喜欢的肥料，它的根系会从你的背部钻入，插入你的五脏六腑，疯狂吮吸你的身体精华……”

“那时候，老子还活着吗？”陆冲几乎要吐了。他不得不承认，这女子不但术法高强，手段高明，而且心思更是阴沉诡诈，几句话间便让自己生起生不如死、如坠地狱般的恐惧感。

“应该还活着吧，这便是人蛊必须精壮的原因。你要活得越久越好！”

陆冲险些要破口大骂了，他暗中强运罡气，但也不知那女子给他施展了什么手脚，体内罡气竟难以导引出气海，四肢也就没有丝毫气力。

“可是你体内集聚的毒菌，终要爆发的，月余之后，你还是会毒发而死。那时你埋在土下的身子可能就只剩下一堆骨头了，而你的脸却如剥壳鸡蛋般白净肥圆，五官中还会渗出些菌丝来。嗯，你五官中生出的这些菌丝，则会是另一种奇妙蛊术的药引。”

陆冲强抑着呕吐出来的恶心感，沉声道：“那一定是傀儡蛊了！原来你就是傀儡蛊的主人！”

“知道得太多对你不好，有时候做个糊涂鬼，有利于你及早投胎转世。”女子哧哧地笑着，果然没有直接回答。

陆冲心下愈发寒冷。从白发女子故作笑谑的口吻看，此人似乎便是傀儡蛊的正主！他甚至生出一个大胆的念头，这个神秘女子或许便是江湖中人闻风丧胆的

"天下第三杀"！

他已暗中运功数次，却仍是毫无效验，一颗心也渐渐沉了下去。他现在唯一残存的希望就是，追踪术出类拔萃的青瑛千万不要在这时候追来。

偏在此刻，淡淡的月辉下，一抹阴云般的窈窕倩影正在飞速逼近。

陆冲的双眼几乎要睁破了。青瑛这死丫头怎的这么快就跟来了！

"那小妞是你的什么人，你竟这样紧张？"白发女子一眼便看出了异常，轻声发问，"是你老婆，还是你的小情人？"

陆冲只得摇头，哼道："狗屁，狗屁都不是！"

"这么关切的眼神，你赖不掉的！"白发女子轻笑着，将身子向花丛深处隐了隐，"嗯，她的身手很好呀，想必气脉筋骨都很不错，用来做人蛊，也必是妙品。"

一股若有若无的威压当头罩来，显是那女子怕他出声示警，已将罡气笼住了他的头脸。

看来无能为力了，望着青瑛越来越近的惶急身影，陆冲忽然生出一种深切的无奈和痛楚。原来青瑛那么好，一直对老子那么好，可陆冲你这没良心的，为什么平时没有觉出她的好?

这么想着，忽然间两行热泪夺眶涌出。

那女子一直留意陆冲的神情，这时忍不住惊道："陆大剑客，居然为了个女人流泪？那不妨告诉你个好消息吧，这种人蛊，女人做更好，只因女人与花木同属阴性，五行完全相符，做出的菌丝，效验也更佳。所以你万万不可出声，她马上就要到了，只要我顺顺当当地捉住她，一欢喜，或许就会放了你。"

说话间，寒意凛凛，一根细长的剑，已抵在了陆冲的咽喉上。

青瑛已到了十数丈开外，并且机敏地察觉到了他们的藏身之处，几乎没有任何犹豫，便如风般冲来。

这一路上她寻踪觅迹，耗费了很大的真元，但这时却提起全部罡气，猛冲过来。她冲得很急，月辉下满头长发迎风飞舞，那是陆冲这辈子看到过的最美的画面。

"死婆娘，别过来，快跑！"

陆冲忽然提起大吼。吼声凄厉，这也是陆冲这辈子喊出的最大的声音。

身后响起女子一声幽幽的叹息："你倒是个痴情种！"

随即陆冲便觉后脑剧痛，眼前霎时一片漆黑。

在昏过去之前，他看到的最后一个画面，仍是青瑛在月辉中迎风飘飞的长发。

章节六 慕仙斋

天色大亮后，袁昇并没有见到青瑛和陆冲赶来回报。

他倒并不是很担心。这两人攻守兼备，在长安城内，若非遇到慧范那样的宗师级高手，便应无可虑。再说，这两个家伙的神行术都比他强，关键时刻，总可以逃之夭夭吧。想到那天比试神行术惨败，袁昇不禁郁闷苦笑。

他现在要去探查那位可以调动相王车驾的老郭总管。

可更大的麻烦在于，老郭总管虽然只是相王府内的一个小总管，却也是大唐独一无二的相王府内人物，而他偏偏还没有关于老郭的任何罪证。

略一思索，袁昇便喊来了吴六郎。

听罢了袁昇的吩咐，本就满脸忧色的吴六郎愈发忧心忡忡，忙问道："小袁将军，都这节骨眼了，您还有心思请客吃饭？"

"你是说七天之约？至少现在还有六天。"袁昇仍是慢条斯理。

"好吧，"吴六郎发现自己对于这位小爷的境界完全无法理解，"上次照您的吩咐，青瑛姑娘已带着我们查了相王府老郭总管的行踪和田产，这个老郭近日似乎很忙。约他出来喝酒，看来要使些小手段了。"

吴六郎唠唠叨叨地出门而去，没多久便又兴冲冲地跑了回来，涎着脸道：

“小袁将军，大好消息，您前几日不是约黛绮姑娘未果吗，刚刚她遣人传讯过来，答允来见您了。”

听得“黛绮”两字，袁昇不由站起了身，随即又再坐下，似叹似笑地道：“好啊，她终于肯见我了。那么，一起约在慕仙斋吧！”

“也在慕仙斋？”吴六郎用一种很奇怪的眼光看着他，随即点点头，“好吧，遵命！”

慕仙斋，是西市很有名的一家酒肆。若论规模，慕仙斋远远比不得碧云楼那样的大酒楼，但慕仙斋的出名就在于它的独特性，比如，在这七月流火的时节，慕仙斋能供应好多种风味独特的冰酪。

这种冰酪，是一种掺了冰的甜奶制品，可说是当代冰激凌的前身。可以想见，在当时的大唐，这是何等前卫而独特的小吃了。

“这是你们大唐人折腾出来的新玩意吧，冰酪？”黛绮很激动地摆弄着碗内的小吃，“奶酪是纯正的西域口味，这么热的天，怎么弄得这么冰凉？”

袁昇给她的碗内添着果脯佐料，解释道：“这是冬天便做好的冰，是早就在地窖收藏好的食用冰。这种冰的制造程序颇为严格，否则稍不留意，再食用时便会闹肚子。”

“原来如此，怪不得京师这么多家酒肆，能做出这种可口冰酪的没几家。跟你们大唐道术什么的一样，都有秘方的。”

“你们黑骆驼社的各种幻术，也都有秘方吗？”

“那是当然了，而且都掌握在本姑娘和我老爹手中，那可是我们黑骆驼的命根子。所以，你就不要挖空心思地想请本姑娘出山，去你那什么皮鞋司……”

“是辟邪司。”袁昇很认真地纠正她。

“反正都一样，这次你请本姑娘过来，也是老调重弹吗？”

袁昇摇了摇头：“我哪会如此强人所难。我礼贤下士，延请了你多次，可你是黑骆驼社的头牌呀，怎么能抛下众多兄弟姐妹身入公门呢？你的话，我已是倒背如流。”

“你知道就好！”黛绮满意地啜吸着冰酪。

“不过机会当真难得呀，辟邪司可能是唯一一家可以不拘一格收拢人才的衙门了，大唐只此一家。”

“你又在老调重弹了——不分男女，不问出身，不拣中外，这也是你力争的结果。”黛绮翘起了饱满的双唇，哼道，“你瞧，你自吹自擂这些词，我也能倒背如流。”

“恭喜，你跟我在一起，至少成语用得非常准确。”

“为了不在你面前露怯，这俩月我特意请了老师的……”说到这里，她忽然桃腮晕红，忙道，“呃，不，我经常听说话人讲故事的。大唐的故事真好听，什么捉鬼呀，什么求仙呀，听了故事，顺带便将成语学了。”

大唐时期，百姓都很爱听些传奇故事，坊间便有讲故事人应运而生，这些讲故事人被称为“说话人”，当时称那些传奇故事为“说话”。只不过那时候的传奇故事类型都很单一，坊间“说话人”所说的都是些鬼神故事。

“那你一定听说过蛊术吧？”

袁昇慢慢伸出了左手，轻叹道：“我中了毒，便是一种蛊毒，而且这种蛊似乎无药可解。我现在能做的，只是最大限度地延缓毒性发作……”

黛绮不由得啊了一声，脸上的轻松惬意尽数消散，惊道：“那怎么办，你怎么中的毒，请郎中大夫看过没有？”

袁昇摇了摇头：“我自己就是最好的大夫，却也束手无策。更可怕的是，这种蛊毒会侵蚀大脑，好在直到目前，我还能控制大局。”

“竟有这么严重，那怎么办？”女郎满脸关切。

“你来辟邪司吧……”

黛绮啊了一声：“想起来了，你这叫苦肉计……”她随即看到了他那双清澈而忧郁的双眸，不由又叹道：“好吧，看在你这毒当真这般严重的分上，若对你真有好处，那我就来辟邪司。”

“你若来了，虽对我解毒没什么好处，但你的元神过人，可以帮我注入强大的元神灵力，就如当日帮我对抗魇咒一般，助我对抗傀儡蛊对大脑的侵蚀。蛊术不同于用毒，到底进展缓慢，只要能克制它的进展，就能想法子战胜它。”

“好吧，我想想，啊不，我回去安排一下，就回来找你。”

“想听听我们辟邪司近日刚接的神鬼奇案吗？这可是我们买卖开张的第一个案子。”

“就当是听说话人讲故事吧，”黛绮警惕地睁大美眸，“可不是下属听袁将军安排案情呀。你若说得有趣，我便多听听……”

于是，袁昇开始给黛绮“讲故事”。他讲得绘声绘色，她听得津津有味。

过了多时，一位店伙计敲门而入，向袁昇恭敬躬身：“爷，乙字二号客人到了。”

袁昇点点头，挥手拍出十文钱，将那伙计遣走，对黛绮道：“故事听够了吧，你也不必多想了，今天就算你已入了辟邪司。”

“啊，今天？”

“眼下便有一桩要紧事，来人是相王府的一位总管，我若一个人去，他必然紧张。你随我同去，问话时他或可放松一些。”

“啊，现在？”

黛绮开始用一种很奇怪的眼光盯着袁昇。

袁昇觉得那目光有些熟悉，想了想，似乎吴六郎刚刚也曾用这样的目光盯着自己。但他没有觉出来自己错在哪里。

“现在吧，”他低下头，看了看自己的左掌，叹道，“不知为何，我觉得，你在我身边，我会安稳许多。”

“哦！”黛绮的脸色犹似干涸的花朵沾染了雨滴，瞬间便缓和下来，不再说什么，乖乖地跟在了袁昇的身后。

老郭今年才四十五岁，但从十年前就被人称作“老郭”了。他的头脑也和他的面容一样，过分地成熟和圆滑。

老郭最近一直在干私活。跟所有自以为是的聪明人一样，他认为自己很有头脑，在相王府内当值的收入实在配不上自己的头脑。自从干了私活后，自己在胡寺柜房里的存项越来越多，在这方面，新主子出手一直很大方。

只不过昨晚出了件大事。

其实起因是那辆车的车轴一直有点问题，修这种宝车的车轴，需要很多大家伙，也只有东市孙老车的车匠铺子里面才有。

最近发了财后，老郭在平康坊偷偷置了一处私宅，一口气养了一对姐妹，才只十七八岁，姐姐擅歌，妹妹擅舞。平康坊那对姐妹花的私宅距离东市只有一街之隔。昨天老郭早早地便亲自驱车到了那间私宅外。

但没想到，出了大事了。今日上午，悠然起床的老郭正待亲自驾车去修，才发现那辆宝贝车虽然还停在院内，却箱壁破碎，车轮满是泥痕，两匹马更是疲倦不堪。

难道这辆车半夜里被人偷走了，满京城跑了一遭？然后又神不知鬼不觉地送了回来，谁他娘的会干这等无聊事？

老郭要疯掉了，他当然不敢报官，只得急匆匆驾车赶到孙老车匠那儿。废了好多口舌，孙老车才答允把这辆宝贝车复原，然后又对着那车龇牙咧嘴地抱怨，这车也不知去了哪里，用得太苦了，那个轴铁定是要废了。

惊喜交集的老郭忙说："老孙任你怎么修都成，价钱你随便出，反正相王府有的是钱。"

就在这时候，老郭遇见了吴六郎。

一听得金吾卫辟邪司的名头，老郭就唬得一惊。他这时最怕的就是公门中人，更别提神通广大的金吾卫了，所以第一个念头就是拒绝。

吴六郎只笑吟吟地说了一句话："我是从平康坊你那私宅赶过来的，那对姐妹说，你在这里。"

老郭的脸色登时变了，知道这位小袁将军是不得不见了。只是这金吾卫专司缉拿盗贼，名声在外，让他还是放心不下。

老郭甚至隐隐有一种不祥的预感，别是金吾卫对自己要来个先礼后兵吧？心惊肉跳之下，老郭唤来了一个心腹，将自己午间要去的地方慕仙斋跟自己的上线汇报了过去。

他干的私活，发的大财，都是这上线给自己的买卖。他不知道上线背后的人是谁，只知道这人肯定神通广大，能量之大，甚至要胜过只知道韬光养晦的相王爷。

以防万一吧，毕竟自己面对的是金吾卫，而且还是什么……辟邪司！

午时，老郭故意晚来了一小会儿。

踱入那间幽静的乙字二号小间，他很满意，这里的光线比较暗。

偏在这时，店伙计举着根蜡烛走了进来，竖在了案头。老郭不由皱皱眉："大中午的，点什么灯烛？"

"这是本店的规矩，贵客前来，都要燃上这种特制蜡烛，烛烟有香气，可提神醒脑，还能驱蚊除虫。”店伙计客气地躬身赔笑，又将本店特色的冰酪盛了上来。

那蜡烛果然幽香袅袅，老郭提鼻子嗅了嗅，顿觉遍体爽泰，似乎全身的毛孔都舒张开了。他满意地点点头，仰靠在了身后的胡椅上。

“尊驾便是老郭总管吧？”

便在此时，袁昇带着黛绮缓步而入，悠然坐在了老郭的对面，“在下袁昇。”

老郭一个激灵，才从那种舒爽感中惊醒，警惕地盯着袁昇，勉力笑了笑：“不错，正是区区。记得小袁将军前两日还曾去过王府的，那时在下遥遥见过将军一面。”

袁昇也笑了笑，招呼黛绮落座，给老郭的杯中满了酒，才微笑道：“郭总管可是相王府的老人了，从大周朝起，你已在王府效力了吧？”

两人到底是初见，开始说的都是客套话。老郭的心神终于放松下来，笑道：“可不是，我服侍相王爷时，还是在神都洛阳，那时候还是大周天下呢。”

袁昇笑吟吟道：“相王府的总管，大小总有六七人吧。郭总管服侍相王爷日久，但职位次序所限，赏赐也不算丰厚吧。”

老郭的脸色尴尬起来，相王府的总管，除了为首的大总管李世华，其余的都算不得什么肥差，自己这车马总管，更是排名最末。不知这小子问这个做什么，当真是无礼。

哪想到袁昇开门见山了：“听说老郭总管最近在相看田庄，又要买新宅子了吗？”

“这跟阁下没什么相干吧？”老郭顿时板起脸来。

“近日你买了两个美姬，又偷置了一处私宅。那对姐妹是从平康坊买来的，费用可不小，靠你的王府薪俸，根本不够你的花销。”

老郭瞪起了牛眼，愤然道：“你懂什么，相王爷可是有赏赐的。”

“赏赐也不会这么集中突然！据我们的探查，你在两处柜坊中都有不菲的存项，而且都是这几月的进项。给你钱的金主手笔很大，所以你很大度地将相王爷的宝车也借给了他们？”

“相王爷的宝车？”

老郭长吸了一口气，几乎要脱口而出地问“你怎么知道”，话到口边，急忙咽下，改成："你……你胡说什么？"

这一番话，让老郭很激动。他大口呼吸着，忽觉那蜡烛的气味香得古怪，让他的浑身都很痒，似乎有什么东西要从毛孔里钻出来的样子，七窍更是痒得难受。

他猛地张开嘴，口中竟渗出一些奇怪的丝来。

袁昇立时觉出了异常，左手出指如风，截住了他颈下的两处经脉，右手便待去怀中掏取符咒。

但一切都晚了。老郭的嘴骤然长大，口中的丝汹涌喷出，跟着他的耳朵、眼睛、鼻孔中都喷出了丝来。

"这是怎么回事？"黛绮头次见到这种怪相，吓得花容失色。

"千万不要碰他，那些丝可能有毒！"袁昇急忙扯住她的手，踉跄后退，一转眼间，才看到了老郭身后窗檐下的蜡烛，惊呼道，"蜡烛，是谁放的蜡烛？"

一个店伙计正好要赶来上菜，进门后见到七窍喷丝的老郭，吓得妈呀一声掉头就跑，大叫道："出妖怪了，活人变成了僵尸妖怪啦！"

老郭摇晃着，终于仰天栽倒在地，那些古怪的蛛丝还在不停地喷涌着。

门外已是嘈杂四起，吵闹嘶号声、纷杂脚步声、案椅杯盘摔砸声混成一团。跟着便听有人大喊："莫要乱，御史台巡街使在此，是莫神捕！"

"莫神捕到啦！快来，这里出了妖怪，有人使妖术杀人了！"

跟着果然便听莫神机粗沉的喝声响起："休得聒噪，出了什么事，当真有了命案？"

真的是莫神机来了！

袁昇霎时一凛，第一个念头便是：难道这是一个局，为何莫神机会来得这么巧？

"你快走！"黛绮也知道莫神机的名头和手段，颤声道，"不管如何，你约见了这姓郭的，他莫名其妙地死在这里，如果被莫神机和御史台的人看到，你怎么说也解释不清的！"

门外，莫神机的喝声再起："出事之地在哪里？头前带路！"

饶是袁昇素有机智，也从未想过会有这样的情形出现。

虽然只与莫神机匆匆数面，但他已清楚了这位神捕的为人，如果看到眼前的情形，莫神机一定会不分青红皂白地将自己扣留。他当然不会依照当前的情况给自己定罪，他只需要将自己定为嫌犯，然后将自己扣留，再拖延几天。是的，只需要几天，哪怕是两三天，也是致命的。内苑奏对时，自己说出了七天之约后，莫神机的眼神几乎就像要喷火一样。

“快走，从窗户走！”黛绮兀自心惊肉跳，“老娘给他来个装聋作哑，谅他也奈何不得姑奶奶！”

袁昇不由望了眼半敞的窗户，脑中也有一万个声音在喊：快走！快走！快走！

忽然间一个念头闪过，袁昇如被人施了定身法，全身僵住了。

“喂，你怎的了？”

黛绮急得要哭出声了。

轰然一声，薄薄的小间房门已被莫神捕一脚踹开。

阁内果然凌乱一片，莫神机一眼便看到了那具恐怖的死尸。这就是相王府的那位老郭总管吗，居然成了这副鬼模样！

莫神机第二眼便看到了袁昇。他略有些遗憾，这小子怎的没有穿窗逃走，随即便有些惊奇，此时此刻，袁昇的神色完全没有他预料的那种慌张惊恐。

这位小袁将军居然背着手，一副若有所思的神色，仿佛他和自己一样，刚刚被人请到案发当场。倒是他身边的那位美艳胡姬，一脸的惊慌，好像是她刚刚杀了人。

故作镇定，外强中干！莫神机暗自鄙夷了一句，冷着脸喝道：“袁昇，你做的好事！不管你怎么说，这场命案，你都是第一嫌犯！”

袁昇才静静地看了他一眼，只微微点了点头，但眉眼间仍是一副若有所思之状。

“这时候还在装作无事吗！”莫神机狞笑着逼近，“老实说说吧，这到底是怎么回事？”

黛绮大怒，闪身挡在袁昇身前，叉腰喝道：“凭什么他是第一嫌犯，凭什么是他脱不得干系？你来得这么巧，为什么不是你早就给老郭下了毒，为什么不是你早就跟踪袁昇，乘机设局陷害？瞪什么眼，瞧你这副德行，十足的贼心泄露、气急败坏、狗急跳墙的混账模样！”

这位波斯女郎可不是袁昇那样的彬彬君子，她是不说则已，一开口便是一通滔滔不绝的怒骂。

“大胆妖女！”莫神机气得七窍生烟，怒喝声中，左手一抖，一串铁链脱手腾起，便向黛绮戟指而骂的手腕缠来。这一手抖链子锁人乃是公门中人的必修之术，而莫神机号为神捕，铁链锁人更在苦修多年的童子功中加入了道家秘术，端的百发百中。

黛绮还在不依不饶地大骂，只是那紧盯莫神机的美艳凤眸倏地耀出了一蓬异彩。

哗啦啦一阵响亮，莫神机铁链回收，才发现链子缠中的不是美女的手腕，而是她身旁的一张胡椅。

“哈，久闻神捕出手，神鬼难逃，今日一见，果不其然呀！”大笑声中，几道身影在门口闪现，这几人或胖或瘦，形容古怪，却都穿着公门衣衫，正是刑部六卫。

发笑的正是六卫中的老四“锁风卫”刘正一，此人极擅一手飞锁拿人的本事，此时眼见神捕失手丢丑，忍不住出言讥笑。

莫神机又惊又恼，暗骂，这六个搅屎棍怎的这时候到了。他已知黛绮的眼睛有些古怪，但此时同行冷眼旁观，万难收手，铁链不住轻抖，便待蓄势出手。

老大“听风卫”苏木则叹道：“莫兄，有话好商量，对面这可是大名鼎鼎的袁将军呀，你御史台虽然有权将大夫以下官员直接拘捕入狱，但袁将军好歹也是个四品大员呀。”

这几人一唱一和，激得莫神机的脸红一阵白一阵。这时候纯是骑虎难下了，他索性冷笑道：“袁昇，你是四品将军，本捕也无权拿你，但必得请你去御史台一趟，将此事说清楚。至于这位胡姬，也是当事嫌犯，必得跟我走一遭。”

袁昇静静地盯着他，终于摇了摇头：“不成！此案还是由我金吾卫来接，这姑娘也不会跟你走。”

莫神机目光一寒，怒道：“那可由不得你。”铁链疾飞，猛向女郎飞去。

这一出手罡风隐隐，竟是用上了捆仙索的道门奇技。哗啦一声，铁链已套上黛绮脖颈，将她狠狠扯了过来。

美女一下子撞入怀中，莫神机才觉眼前一花，登时浑身打了个激灵。铁链锁住的哪里是什么美艳胡姬，这竟是地上那具七窍涌丝的僵尸。

他拽的力量太狠，那尸体上满脸的蛛丝都粘腻腻地向他缠来。

“障眼法！”莫神机几乎要吐了，奋力甩开那具尸身，抬眼看时，才见袁昇已拉着黛绮，跃窗而逃。

“辨机卫”离明潇在六卫中心计最多，此时提气大喝：“袁将军，你这是要畏罪潜逃吗？我刑部和御史台人马尽数在此，你若是众目睽睽之下逃了，可就坐实了做贼心虚、畏罪潜逃之实！”

这一句话中气十足，喊得字字清楚，倒似是当堂断案一般，先将袁昇判成了“畏罪潜逃”的心虚罪人。

袁昇已展开了神行术，拉着黛绮飘身远去。他和黛绮的身形钻入了街上的人流中，声音才遥遥传来：“袁某有没有罪责，不劳各位费心。此案我金吾卫自会给个了断。”

老大“听风卫”苏木怒道：“当着我刑部六卫的面，你还想说走就走吗？”身形一晃，穿窗而出。

刚刚跃出窗子，猛觉眼前黑影一闪，一条狰狞的巨蛇竟从窗檐垂下，血盆大口迎面射来，苏木惊呼一声，斜身闪避。但那巨蛇足有水桶粗细，身子又极灵活，凌空翻转，如影随形地缠了过来。

苏木不愿当着众同行的面与一只畜生过招，只得身形倒翻，又跃回了屋内。

天气闷热，又是刚过晌午的时分，街上的人虽不少，却还不算拥挤。

黛绮被袁昇紧紧拉着手，在人流中急速穿梭着。她觉得手心处不住传来一阵热流，也不知是他的道术，还是他的手真的这么热。她的心也不禁热起来。他曾经抱过她，甚至曾经吻过她。

那种感觉热烈，甜蜜，美好得让人眩晕。现在，她隐隐地又感受到了那份甜蜜和美好。

“我们……要去哪里？”她喘息着问，“去你的金吾卫皮鞋司吗？”

“不能去辟邪司！莫神机他们若是追去那里，便是纯粹的官对官，一切按照官府的程序来，我就会被他们缠住，只要拖上几日，我无暇分身断案，便会有欺君之嫌。”

黛绮哦了一声，心想，随他去哪里吧，就这么跑下去，跑到天荒地老也好。

但身边的袁昇忽地急急咳嗽了几下。黛绮忙问："你怎么了？"

"没什么，你不会神行术，我带着你跑得太急，中了毒后，我的罡气一直不能全力施展。"

"我瞧你不必跑这么快呀？"黛绮回头张望着，"先前你变出的那条大蛇，将他们都困住了。这会儿一个人也没有追过来。"

"那条大蛇也不过是精致些的障眼法，怎能瞒得过那些老手。"袁昇反而加快了步子，"他们都是在演戏，实是故意拖延。如果很快追上我们，依御史台和刑部的权限，本就无权将我当场缉拿。这般拖延的时间越久，招来的各路衙门就越多，那样就更坐实了我这畏罪潜逃的罪名。"

"大唐的人真狡诈！"黛绮觉得自己完全无法理解这些大唐官府的老爷们。

"莫神机的神行术在京师数一数二，刑部六卫中的追风、锁风二人也精于追踪术！"他仰头看了看阴郁的天空，"若不能见个真章，终究是麻烦！"

袁昇拉着她拐入一个偏僻的小巷。这里面没一个人影，袁昇不怕泄露行迹，索性将神行术提到了十成。没多久，二人便穿过常乐坊，再折而向南，过了宣平坊后仍旧一路南下，只往僻静处行走。

进了青龙坊，再奔行不久，已能遥遥看见曲江，前面官道之南现出一片稀疏的杂木林子。

袁昇喘息着在林子前寻了块大青石，坐了下来。黛绮很紧张，喃喃道："要打一场吗？"

他笑着点点头："你不会道术和武功，到时最好躲起来。"他说着抽出春秋笔，蹲在石前，作起画来。他是虚画，长笔凌空比画，但石上自然生出了笔道。

一条龙慢慢浮现，鳞角渐全，四爪错落，已有阵阵云气似要从石上透出。

黛绮看他凝神作画，脸色却愈发苍白，显是耗费了极大的元神，不由叹了口气，将双手轻按在他的额头，一股精纯的元神灵力渡了过去。

袁昇的双眼登时亮了起来，不由抬头望她。她腰身颀长，在他的仰视中显得更为高挑，浓云中射出些微黯的天光来，映在女郎雪润如玉的脸颊上，愈衬得圣洁高雅。

他心中忽地热了热，轻声道："黛绮，谢谢你。"

不知怎的，女郎看着他这么一本正经地道谢，竟有些忸怩，索性咬着牙道：

"少废话行不行，只管画你的画。"

便在这片美好的宁谧中，一声冷笑突兀地传来："一对狗男女，还要逃到何时？"

随着冷喝声，莫神机沉稳的身形骤然在数丈外出现。袁昇瞟了他一眼，没有答话，继续作画。

略缓一缓，追风卫、锁风卫等六卫才陆续赶来。其中"辨机卫"离明潇等并非专修神行术，这时不禁气喘吁吁。

老大"听风卫"苏木喘息着做起了老好人："袁将军，你这一路逃之夭夭，可说极为不智，普天之下莫非王土，你还能逃到哪里去？啊，你们在干什么？"

他终于留意到了前面那对青年男女的奇异姿势。

袁昇蹲在石前，只是埋头作画，根本不抬头看他们。波斯女郎则站在他的身后，修长的双手轻按在袁昇的额头处。两人一动一静，暮风中衣袂飘飘，透着一种珠联璧合的美感。

石上，竟画着一条苍龙，气势凛凛，呼之欲出。

追风卫不由讥讽道："袁将军这时候还有心思作画，这是要给我大唐留下一幅伟大的遗作？左右不过这点障眼法的玩意，就不要丢人现眼了！"

还是辨机卫离明潇看出了其中凶险，喝道："这不是障眼法，不要轻敌！"

莫神机双瞳陡缩，喝道："拦住他！"大喝声中，已飞身跃去。

神捕一动起来便势如山飞，气势威猛，人在半空中，捆仙索的咒诀已然发动，双手飞扬间，六道细线疾向袁昇缠去。

"捆仙索！居然炼出了六道？"锁风卫看那细线若有若无，便如六道云气，但舞动间劲风嘶啸，登时认出是道门奇术捆仙索。

其实这门捆仙索神技流传甚广，入门并不艰难，但寻常资质者只能炼出一两道飞索，再向上修炼，便难如登天。据说这门奇术修到极限，可炼出九道飞索，那时便是上锁天，下锁地，擒妖除魔无所不能。但锁风卫自负奇才，却也只炼出了四道，原以为这世间不会有人能炼出五道飞索来，没想到神捕一出手，便是六道。

看来莫神机适才在酒肆中只是牛刀小试，直到此刻，神捕才全力施为。

这时袁昇已将最后一笔稳稳落下，随后才抬起了头，目光凝定如水。

跟他目光一对，不知怎的莫神机竟觉心底一空。但他随即狞笑一声，六道飞索凌空变幻，两道索瞬息变得粗如巨蟒，分从左右砸向袁昇。另四道索却变得淡细如烟，悄然绕向黛绮。

粗索声势夺人，却不过是扰敌。攻向黛绮的四道淡索才是真正的捆仙锁敌。

忽然间莫神机眼前生出激变，那是石上的墨色变化了，仿佛有一滴水滴在了纸上，整幅画随即风生水起，那波动了，浪涌了，云翻了，一只龙爪骤然探出，跟着庞大的龙尾摇曳而出。

这些变化极为绚烂，极为丰富，却又极其迅疾，无数繁复的激变实则只在一瞬间完成。而原本站在莫神机身前的袁昇和黛绮则奇迹般地消失了。

莫神机等人已无暇去理会袁昇，因为他们看到了——真龙出世！

那是一条真正的气势磅礴的黑色真龙，只那若隐若现的龙尾便有老树粗细，展开的龙躯几乎覆盖了半个天空。

同一刻，浓云中忽然射出了雨点，跟着，风雨大作。

“这是幻术！”莫神机无奈地发觉自己虚实变幻的捆仙索在这条巨龙面前是如此渺小，如此可笑。他战栗着，不得不狂叫着为自己鼓劲。

如山般的龙躯还在舒展着，看似缓慢，实则奇快，瞬间便将莫神机和略微靠前的追风卫包裹在内，那如厢车般大小的恐怖利爪，已向莫神机当头压下。

暴雨如注，强大的威压先让神捕透不过气来。一切人间的力量，在神龙的面前都微不足道。

“幻术，这是障眼法！”莫神机疯了般地狂叫着，凌空冲上，六道捆仙索齐齐施出，勉强捆住了那只龙爪。他还来不及欣喜，便觉胸口剧痛，已被一股狂猛的劲道拍中。

那是若隐若现的龙尾，此时被击中，才悠然收回云中。

“幻中真！”袁昇其实一直就站在原地，只是身形被硕大如山的龙躯挡住，此时才轻轻一叹。

明机卫赵擎也精研这种元神修法，蓦地狂叫道：“莫兄，小心，这神龙并非纯粹幻术，而是亦幻亦真，幻中存真，借幻修真！”

“并肩齐上吧！”老二离明潇看出凶险，腾身跃上，左手冰魄凝雪枪，右手霸王七杀枪，双枪齐出。锁风卫同时挥出了四道烈焰索，追风卫则将十二把阴阳飞刀一口气挥出。

巨大的龙躯仍在舒展中，很慵懒地舒展，却极巧妙地探出两只巨爪，将诸般法宝暗器尽数荡开。龙尾扫处，行动稍慢的锁风卫左肩立折，惨呼倒地。

追风卫的小腹则被倒飞而回的飞刀插中。他这飞刀专破阴阳二气，虽是自己炼制的法宝，中招之后也是一阵手忙脚乱，几乎再无一战之力。

离明潇的双枪最后时刻被龙爪劈开。他却双眸一亮，喝道："武功，它在用武功对敌……"

这一分神，被浓云中探出的龙尾拦腰抽中，身子便如稻草般远远飞起，斜刺里撞折了两根小树。离明潇在空中便鲜血狂喷，立时昏了过去，那后半句"这条龙还是袁昇的元神催动"便硬生生地吞入腹中。

烟霾般的密雨中，袁昇仍旧站在那块巨石前，勉力挺直了身子。

正如离明潇所料，眼前形势看似巨龙横扫诸人，但实际却是袁昇在以精气神力操控这条亦真亦幻的神龙。若非有黛绮注入的超强元神灵力为后援，这般以一敌七，袁昇只怕早就支撑不住了。

老大听风卫苏木没有出手，他最擅长的"轻雷"秘术本可借助雷电之力袭人，但此刻暴雨如注，难辨敌踪，甚至他的"听风"秘法也探不出神龙的真假。

转眼之间，大名鼎鼎的神捕狼狈受伤，三个兄弟更是连遭重创，眼见那条怒龙喷云吐雾，挟着滚滚的雷电再次冲来，苏木肝胆俱裂，暗想，我等这次奉命而来，不过要让姓袁的狼狈一些，眼下此人畏罪而逃，已是闹得满城风雨，我等已可交差，再打下去没什么便宜可占了，却又何必留下拼命？

于是六卫中的老大当机立断地大喝一声："退！"

知机卫和明机卫急忙冲上，架起受伤的离明潇等人，转身飞逃。百忙之中，苏木才想起向莫神机的方向看去，却见漫天大雨中，早已不见了神捕的身影。

真他娘的老狐狸！苏木在心底大骂着，带着五兄弟狼狈不堪地远蹿而去。

章节七

天堂幻境

云收，雨住，一轮斜阳终于从消散的浓云中耀出灿烂的霞彩来，西天如同挂了数串如火的红绸。

袁昇疲倦地仰靠在一棵老树上，怔怔地望着天际。如火的彤云间，那黑色巨龙的恐怖身影正在渐渐消逝。

“你为什么不画出一把伞来？”黛绮扯了扯湿漉漉的衣襟，“这会儿咱们都成了落汤鸡！”

“他们一时不会追上来了，”袁昇才纵目远眺莫神机和刑部六卫遁走的方位，“暴雨倾盆之下，满处泥泞，再好的追踪术也会失效。咱们才好逃脱。”

他终于站起身，喘息道：“好了，我们该走了。若我所料不差，他们接下来便会去金吾卫要人，然后，京师的各大衙门甚至那些御史们，都会来找咱们的麻烦！”

“是找你袁大将军的麻烦，不是找我波斯小女子的麻烦，只不过……我这波斯小女子被你袁大将军拉上了贼船！喂，你在做什么……那是谁的头发？”

她看到袁昇自袖中摸出个锦囊，从里面抽出了两根秀发，轻轻捻动。

“这是我暗中命人剪下的玉鬟儿长发！”他说着将秀发放在了那块青石上，

石上还有他凌空虚画出的神龙形象。秀发所放的位置，正是龙嘴处。

头发与青石一触，那石上的龙嘴似乎动了动，竟将头发衔住了。

黛绮恍然有悟："你给玉鬟儿下了神鸦咒？怪不得你这么大方地放了她。"

袁昇点点头："劫走玉鬟儿的高手着实厉害，甚至能将神鸦咒禁制，先前我运使了几次神鸦咒，都毫无所得。不过，灵虚门秘传的神鸦咒最与众不同之处，就是能与画龙术相配运使，以龙力催动，无禁不破。只是画龙梦功所耗元神过剧，好在这时我得你相助，龙图已成，正好施展。"

他催动法诀，石上那条龙竟隐隐地动了起来。黛绮觉得自己眼睛花了，这龙动得太奇特，仿佛龙身四周不是坚硬的石质，而是深邃的水潭。她凝神再看，才发觉动的只是龙首，是那个衔着发丝的龙头在微微旋转摇摆。

片刻后，龙头定在了一个奇异的位置上。

"居然是那里！"袁昇长眉深蹙，

"我们走吧！"随即伸手一抹，青石上的龙迹全部消失，又恢复成一块毫无异状的光滑大石。

再次展开神行术，这次时间很短，两人便拐进了青龙坊内的一条偏僻小巷。袁昇又带着黛绮到了一家小宅院门前，轻车熟路地开了锁，进得院内。

院子里没有人，但屋内陈设却很整洁，躺柜中更是存放了各色男女衣衫和几串铜钱。这里是金吾卫的一处秘密暗探巢穴，只有最高级别的暗探才能使用，专为追击、逃匿时的歇脚停留所用，而且还可以在院中的特定地点用暗语留下秘密信息。

换好了洁净衣衫，两人喝上了祛寒的红枣姜汤。

黛绮想起适才一连串惊心动魄的遭遇仍觉心有余悸："太可怕了，那老郭到底是怎么回事？那时候我真是吓傻了。"

"老郭显然事先也遭了傀儡蛊的暗算，而慕仙斋内又被人预先放了可诱发奇蛊的蜡烛，于是适才蛊发暴亡！"袁昇的眸光一闪，"不过经历了慕仙斋之厄，让我想明白了一件事。李隆基当日在碧云楼必然和我一样，忽见有人七窍喷丝而死，他也会震惊慌乱，第一个念头，也定然是逃，远离这恐怖而诡异的现场。"

黛绮在慕仙斋内刚听得袁昇说过案情，忍不住问："你是说李隆基当日极有可能是从碧云楼逃走了，不是被人绑架？可他是怎么下的楼呢？下面的伙计们，都说没有看到他呀？”

“这其实并不难，难的是他下楼之后去了哪里？”袁昇若有所思。

黛绮撇撇嘴，很想说“别卖关子，他到底是怎样下的楼”，但她又想起个极紧要的事，眉间忧色又起，“喂，我最大惑不解的是，到底是什么，让你觉得生无可恋，一心寻死的？”

“我哪里要一心寻死了？”

“要不是寻死，为什么要在皇帝面前给自己限定七天？”黛绮气鼓鼓道，“你哪来的这么大把握，难道你还有什么绝招？”

袁昇笑了：“这是波斯的幽默法吗？好吧，现在就说说我的把握！碧云楼奇案，你认为最大的嫌疑人是谁？”

“自然是……李隆基了！”女郎说着又摇摇头，“不对，我瞧他们所有人都疑点重重，连那两个死鬼也算上！啊，想起来了，你最怀疑的是玉鬟儿，要不然你干吗放了人家，还给人家下神鸦咒！”

“我还放了那两个伙计。那两个伙计同样在金吾卫暗探的严密监视下，却毫无异状。而玉鬟儿，则被人劫走了。而劫走玉鬟儿的厢车，再次引出了第二件蛊丝杀人案。碧云楼和慕仙斋，都是奇异的蛊丝，与此两案相关的，只有一个玉鬟儿。这正与我的推断相符。”

“你在内苑奏对的时候，便已怀疑玉鬟儿了？”

“也许还要早些，应该是给相王诊病头疾的时候。”袁昇探手入怀，摸出了一方纸笺，“那时我和瞿昙大师所见略同，相王的头疾，应是一门奇异巫阵所致。只是这巫阵到底在何处，又由何人所布，我和瞿昙大师都推算不出。但事后，我忽然想起，相王在沉香亭内亲笔所书的《牡丹芳》，其字迹与玉鬟儿香囊残笺上的字迹全然相同。”

那纸笺便是玉鬟儿香囊内的残片，上面是那似诗非诗的句子：

唤出眼，何用苦深藏；缩却鼻，何畏不闻香

“你是说，这张残笺其实相王亲笔所书，却被玉鬟儿珍藏于身？”黛绮更有些糊涂，“她为何要这么做？”

“答案只能是一个，她与相王所中的巫阵有重大干系。”袁昇的眸子灼灼闪动，“我们甚至已查清，这幅残卷应该是相王在某幅画卷上的戏题残句，却被邓子云盗去，这也是登云观海被俊逸林辞退的真正缘由之一。”

“巫阵施法，最好有被咒人的生辰八字和毛发衣物，而有的门派则需被咒人的亲笔书信！所谓先贤造字而鬼神惊，字中深含六合妙意。而这片残笺更与众不同之处，是其中竟含有‘眼’、‘鼻’等五官要害之字，实为巫蛊施法的绝好利器。也亏得这片残笺还没有送入巫阵，不然相王只怕会目不视物，神智昏乱。”

黛绮忽然想起了什么：“我记得你适才说，你曾在堂上宣布，要将所有的东西都还给玉鬟儿，连一页纸都不会留下？”

“我确是还给她了，只不过给她的那幅残笺是我临摹的。”袁昇的笑容难得地有些狡诈，“精研画道多年，这点小伎俩还是手到擒来的。”

黛绮长吁了口气：“难得你的头脑灵光，竟将碧云楼奇案与相王头疾这两件八竿子打不着的事想到了一处。”

袁昇在心底深深一叹：“这两件事确是互不相干，但若是从天邪大局着眼，便一目了然了。布局者显是对相王父子同时下手了。”

他没有跟波斯女郎细说“天邪”奇局，只是轻弹了下中毒的手指：“这也是我为何要限定七日破案的缘由，碧云楼奇案后，我便隐隐推断出李隆基极可能也被傀儡蛊操控了。依我对这毒蛊的了解，若是寻常人中了此蛊，应该只能撑上六七日时间。”

“而巫阵咒人，也是四十九日其效立显，这就是瞿昙大师所说的‘七七’。自相王头疾发作之日算起，也已早过了一个多月，算来也只剩下不足七日的工夫了，所以瞿昙达才那样焦急不已。”

“这样看来，要救相王和临淄郡王，都只看这几日了。”黛绮说着又恼恨起来，“那你也不必将自己搭进去呀，在皇帝跟前逞强，还不是一心求死！”

“不是逞强，而是内疚，李三郎原本是找过我求救的，可恨我却没有在意，以致陷友于死敌。”袁昇沉默了下来，顿了顿，才忽地扬起头，“好在眼前的情形，除了累得咱们浇了场大雨的莫神机算是节外生枝，其余的一切，都还在意料掌控之中。”

黛绮盯着眼前这个温煦如玉的男人，他面色苍白，而且身染毒蛊，甚至马上就要成为整个京师通缉追索的人物，但他的双眸依旧很明亮，即便面对如此波诡云谲的奇局，他整个人的气度还是那样沉稳。

一切都在意料掌控之中！

望着那双熠熠如星的眼睛，她的心也安稳下来，点点头：“还是从追查玉鬟儿的下落开始？我记得你说过，已命陆冲去追踪玉鬟儿了？”

“陆冲他们不过是虚晃一枪，从青瑛的传讯来看，劫走玉鬟儿的人来头不小，用了很高明的禁制。我虽以画龙术辅佐，也仅仅得到一个模糊的位置密语——崇化东南，天幻秘境！这到底是什么地方，崇化坊之东南方，怎么会有什么天幻秘境？”

“天幻秘境？或许……我知道那地方！”黛绮双眸一亮，“天啊，从日子算，今天正好是天堂幻境的大赛宝日。”

大唐长安有东西两市，但东市因左近多是权贵所居，故而以卖奢侈品为主，真正的繁华百货都集中在西市。盘踞长安的各路胡商，也主要在西市经营，从隋代起，就形成了以西市为中心的街西胡人聚居区。西市南接的怀远坊、与怀远坊隔街相望的崇化坊都是著名的胡商簇集之地。

日色西斜，在催更鼓敲响之前，袁昇和黛绮便来到了崇化坊。

黛绮身为灵慧旅人，得自波斯的易容术可与青瑛媲美。那秘宅内更有各色衣衫和易容之物，她出手一番捣鼓，将自己扮成了个肤色微红的波斯肥胖商贾，唇上翘着两撇挺拔的小胡子，而袁昇则化身为一个帅气的青年胡商。

黛绮曾率班子来此表演，对这一带很熟悉，带着他七拐八绕地转向崇化坊的东南方，果见胡人越来越多。

稍时催更鼓响罢，坊门关闭，眼前的街衢则点燃了各色灯笼，映得四下里亮堂堂的。这条街衢颇为与众不同，两旁都是异域风情的建筑，大道尽头则是一座毫不起眼的祆寺。

隋唐时很多胡商信仰祆教，此教认为火是光明之象征，也被称为火祆教。大唐百姓习惯性地称祆教寺院为胡寺。长安著名的胡寺，包括宗师手眼的假胡僧慧范主持的西云寺，都是祆教寺院。

袁昇看见街上多有衣裳华贵的胡商三五成群，或是昂首阔步，或是骑着神骏宝马，更有人被壮硕如山的昆仑奴扛在肩头，齐向那祆寺踱去，忍不住问：“怎的这么多人，他们要去哪里？”

“今天是祆教的大赛宝日。他们要去的地方就唤作‘天堂幻境’。我想，只有这个地方的名字能对应得上你那龙图显示的‘天幻秘境’。”

黛绮扯住他的手，向前面的那群胡商挤了过去。一众装扮奇特的胡商正自滔滔不绝地议论着什么，神情颇为激动。

袁昇自幼聪慧过人，略通波斯语，竟从他们的对话中听得了一些奇特的消息。最惊人的便是，太平公主居然要在转天驾临大赛宝会。

黛绮低声叮嘱袁昇：“大赛宝日会有两晚大的热闹，头晚初会是决出万国花魁，二晚盛会是花魁助兴下的万国赛宝。而据说第二晚太平公主竟会亲自光临，这可是从来没有过的事呀。”

前方是一座酷似祆寺的奇怪建筑，却根本没有门。到得近前，只见一片幽深的暗黑，朦朦胧胧间只见那些异服胡商走入那片幽暗，便不见踪影。

“这里竟有法阵布置？”

袁昇正疑惑间，黛绮已走上前去，低念了一声波斯咒语，又低念道：“光明玛兹达，普照世间物。”

轰然一声响，又似乎没有响，那平凡狭窄的巷子忽然打开了，朦胧的幽暗被一片光明取代。

眼前的景物霍然变得开朗明亮了，这里有广阔的街衢，有高挺的奇异建筑，所有的建筑和街衢都笼在五光十色的灯芒下。那些灯异彩纷呈，各色光焰映得这片奇异的空间光怪陆离。

忽然间，袁昇不可置信地瞪大了双眼，他看到街面上蹿来一头张牙舞爪的雄狮。一个胡人骑在狮身上，半裸的上身斜披着在中原难得一见的铠甲，神色倨傲，在街上耀武扬威地走过去。

跟着，又有一个肤色白里透红的高瘦怪人竟骑着“龙”从空中飞过。

高瘦怪人所骑的龙，绝非他自小见惯了的中华神龙形象，而是一种西方带翼的龙。这种龙的形象，他只在慧范那老胡僧手中那些稀奇古怪的西方雕饰上见过。这是西方的龙，是一种传说中的凶毒神兽，但此刻却在他眼前飘摇而过。再凝神细眺，才发现那高瘦怪人甚至不是波斯人，应该是大秦国（唐代对东罗马帝国的古称）的人士，这才会有那样迥异于大唐人士的白润泛红的脸孔。

他以为自己进入了梦境，因为街衢上那些穿梭来往的胡商，很多都骑着各种奇怪的珍奇异兽，有着六条腿的马，水桶般粗细的巨蟒，甚至还有人骑着猛虎和巨象。

袁昇急忙定了定神，才发觉这些人所骑的异兽有真有假，狮虎和巨象等都是真的，飞翔的毒龙则完全是幻术，六腿怪马和巨蟒则是有真有假。

“这里就是天堂幻境！”

黛绮的声音在他耳边响起：“这里是真实的，又是虚幻的。每年一次，长安乃至整个大唐的著名胡商和各路西域幻术师都会在这里集结，展开为期两日的赛宝盛会。他们称之为大赛宝日。是的，那些人骑着的毒龙和怪马等物，大多是一种幻术。稍时，他们就要在盛会上进行幻术和宝物比拼。”

说话间，又一个巨大的黑影从头顶飘过，那是一只硕大无朋的孔雀，却驮着一个矮小的侏儒。这只巨大孔雀显然形象太过出众，那羽毛艳丽的长尾被街灯映得七彩缤纷，飘摇飞动间，引起了街上胡人们此起彼伏的口哨声和喝彩声。

那矮小侏儒颇为得意，特意驱使孔雀在街头飞旋了两圈。

“想不到还有一场热闹可瞧，”袁昇仰望着那洋洋自得的侏儒胡人，“这里为什么叫天堂幻境？似乎这里是个奇异的法阵，其空间大小甚至有其独特的规则。”

“是的，传说在三年前，由长安最著名的十位幻术师集结了他们的元神灵力，在一位神秘祆教大祭祀的带领下，共同布置了这里。这里确实如你所料，是一处法阵，我不知道它的规则是什么，只是觉得在这里施展起幻术来会非常方便。”

“不管如何，那位神秘的祆教大祭祀得偿所愿了，这里果然汇集了大唐所有胡人幻术师的精英！”袁昇游目四顾，只见除了波斯和粟特胡商，更有天竺、南海诸国的商人，甚至还有高大的大秦国人和矮小的东瀛倭人，不由叹道，“崇化东南，天幻秘境……果然是此处！这里俨然便是一个奇异的幻术师天堂。”

“可你要找的玉鬟儿在哪里？”

“既来之则安之，先看看他们的大赛宝盛会再说，”袁昇说着，忽然瞪大双眼，前方大道前的一处高大院门前，挑着一面宝蓝色酒旗。他虽不认得上面绣着的波斯文字，却看清了其中几个斗大汉字——长安万国珍宝花魁盛会。

黛绮恍然道：“大唐京师的花魁盛会很多，但最近两年，以大赛宝日头晚初会的万国珍宝花魁盛会为尊，因为这里的西域大贾们出手大方，千金一掷，而且这里每年只决出一名花魁，胜者便是冠绝万国的第一名姝。”

“玉鬟儿是被人劫走的，但她本就是醉花楼的艳姬，”袁昇眼芒一闪，“也许，她会在花魁盛会中出现！”

此刻，除了十多个表演小幻术伎俩求赏钱的穷艺人，街上大多数胡商和奇人都慢慢聚向那大院门前。

门前立着两个挺胸叠肚的高大昆仑奴。每个进门的胡商都向昆仑奴手中塞了些事物，或是明珠，或是金银。昆仑奴满意之后，才会放行。

黛绮大摇大摆地走过去，很大方地丢出两枚小金锭，便拉着袁昇堂而皇之地进了大院。

袁昇苦笑道：“这里聚集了长安乃至大唐的各国幻术名家，你还敢用幻术行诈，小心被他们揪出来。”

黛绮哧地一笑：“这里的规矩很好！正因幻术师云集，所以大家都讲究当面识破，如果错过了当下这一刻，也就闷头认输，再不追究。”

过了一面异域风格的拱形石门，眼前豁然开朗，前方是一处西式祭祀高台，极为轩敞。高台四周都是璀璨的各色名花争奇斗妍，众胡商贵客都在台下席地而坐，仰首翘望高台。

台中央站着个高瘦怪人，正自口沫横飞着：“现在要出场的，是来自遥远的大秦国美女，哦，我们那里国家的正式名称应该是伟大的罗马帝国，就如大唐帝国一样伟大。这位美女叫丽莎，她来自罗马的以弗所，看她的臀、她的胸多么丰满，她的腰多么灵活勾魂。她的舞蹈是你们从未见过的以弗所舞，小心被她勾走你们的魂！”

场间一片沸腾，四下里呼啸起伏的口哨和掌声中，一个高鼻深目的西方美女翩然登台。这女子细腰丰臀，肌肤白如凝脂，所跳的正是以弗所地区流行的以腰腹扭动为主的舞蹈，俯仰生姿，妖艳万状。

那高瘦怪人正是个幻术师，忽然长吟挥手。伴奏的鼓声骤然提高，空中随之幻化出一个高有数丈的女子影像，正是那跳舞女子的幻影，却十分清晰，肌肤晶莹如雪，双眸勾人心魄，更兼纤腰丰胸翘臀不住弹动，让场间更趋疯狂。

大秦国美女丽莎之后，各路中西美女轮番登台献艺。在美女身后，均是有一位幻术师卖弄口舌，同时以层出不绝的奇异幻术推波助澜。

有的是将美女的身形幻化得高如楼宇；有的将美女幻成四五位幻身，满场游走；有的将美女变成天女形状，在空中翩跹飞动……每名美女下台前，看客们都会将手中的金花抛上台去，以资鼓励。

黛绮给袁昇低声讲解："这是万国花魁的第一步，先斗美女，以美女离场时台上的金花多少，决出今年的花魁！然后是斗宝，看谁赏给花魁的宝物最为名贵，最名贵的宝物会归属花魁，而花魁也会陪伴赏出宝物的富商三日。"

袁昇点点头，眼见有两位大唐美女摇曳出场，都引来了更加汹涌的掌声和金花，不由问道："这里的看客虽以胡人为多，却更为推崇大唐美女？"

"是呀，可能因为大唐风物文化冠绝天下，在胡商的心底早生出'大唐出产都是天下第一'的念头，只要有中原美女出场，总能博得更多的掌声。"黛绮的语声有些幽怨。

果然众美女和幻术师轮番登场，异彩纷呈，而大唐美女更能吹箫抚筝，曼歌吟赋，甚至跳起西域的胡旋舞来也不逊西域美女，引得看客们飞花无数。

在高台左首，有一面巨大金牌，上面随时更新标出当前的三甲，芳名之前分别冠以状元花魁、榜眼和探花之号。那妖艳的罗马美女丽莎表演后原本高居第一，此刻已被一名平康坊著名歌楼的名妓压下风头，退居第二。

每当高大的昆仑奴登着高梯去更改三甲名次，都会引起场间看客们起伏不绝的惊呼口哨声。

又一轮名花更迭后，第三名探花位置也被一名大唐美女占据。看客们四下里呼哨声中，台上忽然传来一道清冽细密的琴声，犹如清泉出山，让人心神一旷，场间立时静了下来。

一个美女怀抱素琴，款款而出。

"玉饕儿！"袁昇一声惊呼。

果然，是玉饕儿登场了。此时夜色已深，高台四周的灯芒更加异彩纷呈。璀璨的灯光映得玉饕儿那张皎洁的玉面愈发流光溢彩，美得仿佛不似凡间女子。

"原来她就是你要找的玉饕儿，果然好美呀！"黛绮也不由得一声轻叹。

袁昇也发觉，夜色里的玉饕儿确实太美了，虽然素面朝天，但美眸转盼生辉，娇媚天然，便似天女临凡。但不知为何，他却从那明丽照人的笑容中读出一丝难以掩藏的凄楚来，就如在金吾卫衙司中提审时见到的那样，她眸间隐着一抹秋雨般的忧虑。也许正是这种凄艳，让她更增了一种迥异凡尘的美丽。

她双手轻抚瑶琴，绕台翩跹游走，而那把素琴不知被施了什么幻术，始终在她胸前凭空凝住。琴声如梦如幻，她的步法也轻灵奇幻，又与琴声起承转合丝丝入扣，当真顾盼生妍，妙态百出。

与别的美女出场时总有幻术师在旁喋喋不休迥异，玉鬟儿抚琴游走间，场间再无异声，甚至连欢呼声口哨声都少了。众胡商只是全神盯着高台，似乎觉得哪怕呼哨一声，也是玷污了这人间绝色。

琴声袅袅渐息，玉鬟儿以一个绝美的姿势顿住。

看客们正待喝彩，忽然间，她的身侧又生出四只藕臂来，她肩上竟也多出了两个头。

这是三头六臂的观音之相，只不过每个头都是凄艳的玉鬟儿。

更奇的是，高台上飘下一股浓郁的幽香，让众人心神生出阵阵恍惚。

众胡商震惊之际，玉鬟儿身上的手臂越变来越多，她整个人也愈发明亮起来，仿佛自体内生出了一种圣洁之光。

本已停息的琴声暴然紧密起来，那些手臂上方均多出了一把素琴。许多只素手在抚琴，许多面素琴在欢鸣，许多道奇香迸射而出。

玉鬟儿的三面头像却似嗔似怨，愈显凄艳摄魂。美人仙姿、缥缈天香与灯芒光焰交映生辉，鬟影衣香，一切都美得似梦似幻。

直到玉鬟儿翩然退下，场间才爆起如雷的喝彩声。

“傀儡蛊！”袁昇忽地揉了揉鼻子。

黛绮惊道：“你说什么？”

“这香气让人闻了后便心神摇曳，这味道……正和傀儡蛊的香气一样，只不过又浓郁了百倍！”袁昇曾冒险培植过一段那些蛊丝，对此深有体会，“傀儡蛊除了致人死命的蛊丝，还有这能蛊惑人心的香气！”

毫无意外，玉鬟儿艳压群芳，夺得了真正的状元花魁。

花魁已定，但真正热闹的斗宝才开始。稍时，玉鬟儿被装扮一新，头戴镶金嵌玉八宝凤冠，披着虹裳霞帔翩翩出场，浑身珠光宝气，光彩耀目。众胡商都是行家，一眼便看出她这身衣冠裳裙价值不菲，不由齐声惊呼喝彩。

“在下愿出夜明珠一颗，产自罗马的夜明珠，可能在整个大唐也不会找到十颗这样的珠子！”

抢先站起来的正是那位半裸上身的罗马幻术师，手举一颗明珠。瞧那珠子滢澈明亮，光华缭绕，一望便知绝非凡品。

众胡商一阵骚动，高台上早有珠宝行家走过去，恭敬取过明珠认真鉴定，然后高声唱道：“极为罕见的夜明珠，值钱三百贯！”

台下掌声四起，玉鬟儿也向那胡商施礼致谢。

袁昇则不禁瞠目结舌。要知大唐当时的物价，买一匹好马只需二三十贯钱，在寻常州郡买一座二十多间屋舍的大宅子，也不过二百来贯，而这颗夜明珠至少要三百贯，足见珍贵。而出价的胡人不过是为了得到花魁玉鬟儿的三日相伴。

胡商们天生喜爱宝物，每每看到真正的宝物，都会兴奋无比。而那位罗马商人开了个高价的头，登时便有好斗的胡商不甘人后，先后献出宝物叫价。

黛绮低声解释着：“胡商们的斗宝，以新奇为先，并非以量取胜，不是你出十万贯，我出百万贯，那就毫无意思了。但他们今晚如此疯狂，委实罕见，我瞧这里面有几个胡商是这盛会主人请来抬价的。”

“还有那些香药，里面早已掺入了傀儡蛊！”袁昇游目四顾，此时高台四周都是各色铜铸香炉，炉内不知燃了什么香，袅袅浓香，无疑让客商们更加兴奋。

“西域紫琉璃精雕玄武形香炉，造型奇绝，值钱三百五十贯……”

“赤玉玛瑙九凤朝阳玉佩一对，玉质罕见，值钱四百贯……”

在鉴宝师高声唱和声中，诸般宝物层出不穷，一轮又一轮的惊呼声此起彼伏。

依着赛宝盛会的规矩，遇到价值高的献宝出现，前面价低的宝物便会物归原主。取回宝物的胡商却都觉得大丢面子，个个一脸沮丧。

但随着宝物价值的越来越高，胡商们也不大敢再行出手。眼见热闹渐消，一位矮小胡商起身高唱道：“玉鬟儿小姐漂亮得顶呱呱，自然也要顶呱呱的宝物才能配得上，某家愿出于阗玉精雕六女仙酒盏一套！”

说着将手一挥，那只硕大孔雀翩然飞来，长尾下方的彩条上拖着一方锦匣，稳稳放在台间那西域造型的高案上。锦匣落案的刹那，孔雀忽然炸开，碎成万千耀目光点。

众看客齐声喝彩呼哨，一半是因为这手惊人的幻术，更多的是震惊于锦匣内的宝贝。孔雀光点消散后，高台上方出现了锦匣宝物那巨大而清晰的幻影。

那是一套形制别致的玉盏，盏上配以浮雕天女形象，六大女仙或歌或舞，冉冉欲飞，当真妙至毫颠。

鉴宝师大步上前，又惊又喜，叫道："果然是极品于阗玉，玉质绝美，雕工独到，值钱……一千贯！"

惊呼喝彩声山呼般响起。对宝物的热爱早已融入胡商的血脉中，每当看到这种极品宝物，他们在羡慕惊叹之余都会由衷地钦佩，钦佩对方拥有宝物的财力、眼力和魄力。

玉鬟儿却在台上呆愣住了，她没想到最后这位金主竟是位侏儒。望着那侏儒胡商恶心的笑容，这位新晋大唐京师花魁不知是该笑还是该哭。

台下忽然响起一声长笑："于阗玉吗，这可算不得极品！"

笑声竟是字正腔圆的长安官话："来吧，老夫来给各位看看，什么是真正的极品于阗玉。玉鬟儿姑娘国色天香，便敬献一套于阗美玉妆台！"

听得这道笑声，袁昇的全身骤然绷紧。这声音太熟悉了，慧范，竟是慧范那个老狐狸！

长笑声中，一条神龙悠然从空垂落。这神龙太过巨大了，简直是垂天之云，与它相比，先前那侏儒胡商所幻的孔雀就是个小孩子玩具。

众胡商惊叹声中，神龙将口中所衔的一方玉石妆台恭敬地放于高台。随后，龙目射出两道精芒，妆台的幻影骤然在空中显现。

场中行家不少，一眼便看出，这方妆台果然是以极罕见的于阗美玉雕成，有的地方更是大块整玉。于阗玉便是后世所称的和田美玉，在唐时更因开采、运输力度有限，举世难觅。先前那侏儒胡商的天女玉盏不过是玉质通透，但和眼前这方多数以大块整玉雕刻的妆台相比，简直便如那孔雀与神龙的差距。

更奇特的是，用于案头的那块巨大于阗玉竟现出天然的凤凰之形，栩栩如生，呼之欲出。只凭这块天生凤凰的于阗玉石，便是价值连城之宝。

神龙眸中的光明越来越盛，照得玉石妆台纤毫毕现，与此同时，那状如山岳的神龙身躯却在慢慢缩小，直到最后，神龙消失不见，玉石妆台幻影却变得如小山相仿。只这手大小随心的幻术，便较之先前献宝孔雀强上百倍。

场间忽然一片寂静，众胡商忘了喝彩，忘了呼哨，连先前那得意扬扬的侏儒胡商都被震慑住了。

过了片刻，才响起鉴宝师颤巍巍的声音："这……这套于阗美玉妆台简直是倾城之宝，我、我们已无法估价，玉鬟儿小姐，真心地祝福您！"

场间众人又愣了愣，才响起山呼海啸般的汹涌掌声。

慧范缓步登台。袁昇吃惊地发现，这老东西竟没做什么易容化装，显然是不顾行迹。看到正主登场，场间的掌声更加热烈，在商人们的眼中，拥有如此财力的人就是应该被顶礼膜拜的神。

慧范笑吟吟地四下颔首微笑，当真如同登基的新皇接受群臣顶礼一样。更让袁昇吃惊的是，看到这个胡僧打扮的老头子缓步登台，玉鬟儿居然没有半分嫌弃，明艳的脸上甚至现出淡淡的笑意。

斗宝盛会至此结束，慧范如同王侯般揽着玉鬟儿的手，缓步下台。台下早停了一辆奇异厢车，驾辕的竟然是一对麒麟。

"他就是这个法阵的主人，那个神秘祭祀，就是他！"袁昇恍然大悟，除了慧范这老家伙，还有谁会有这样超凡的头脑和手笔?

搂着玉鬟儿正要登上香车的一瞬，慧范忽然回头，如电的目光准确无比地锁在了人丛中呆愣的袁昇脸上，跟着竟向他神秘地一笑。

万人如海，一眼锁定。

袁昇觉得自己已被慧范的眼神定住了。这老家伙为何会向自己露出那意味深长的笑容，难道他早就知道自己要来?

他极力让自己镇定下来，毕竟这里人头攒动，自己还是易容的胡商装扮，慧范未必会真的看透自己。

"那个人就是你说的那个很厉害的老胡僧？"听得袁昇的话，黛绮心底一阵慌乱，"难道一切竟是他在背后捣鬼？"

"我说了，一切皆在意料掌控之中。"袁昇凝定心神，长吸了一口气，"我们不但在这里找到了玉鬟儿，而且发现慧范在这里露面，很可能，那座巫阵已经离此不远了。"

这时慧范已彬彬有礼地请玉鬟儿上了厢车，自己却在马车前站定了，向一个大竺装扮的幻术师和一个土里土气的倭人武师叮嘱着什么。

那两人很快便将目光向袁昇这里扫来。天竺幻术师的眸子瞬间闪出了诡异的绿芒，倭人武师的目光更加森冷，腰间长刀竟自动跳出半尺，精芒如电，杀气凛凛。

遥遥地只对了一眼，袁昇就知道那天竺幻术师和东瀛武师绝对不好对付。

灯影闪烁间，那倭人剑客已冲入纷乱的人群，疾向他这边冲来。那天竺幻术师的绿眸愈发闪亮，忽然之间，整个人飞快地投入人流，随即便如没入大江中的一滴水般消失不见。慧范满意地笑了笑，才钻入车内。

袁昇却觉得头皮发麻，东瀛剑客的杀气甚至还在陆冲之上，而那天竺幻术师忽隐忽现的身法更是超凡脱俗，自己毒伤未愈，如果给这两人缠上，只怕便要大事不妙。

好在这时盛会散场，各路看客和幻术师人影杂沓，院内纷乱之极。袁昇急忙扯了下黛绮，向着人多的地方挤了过去。

人多处有许多名姝美姬正和金主大贾们谈着价钱，越是排名靠前的美姬身边聚集的胡商越多，许多胡商还喝了酒，眼中冒着兴奋的贼光。黛绮施展浑水摸鱼的本事，很快两个争抢美姬的醉酒胡商便各自莫名其妙地挨了一拳，随即相互大打出手。跟着便有更多的人吵嚷挥拳，也就有了更多的混乱和热闹。

袁昇和黛绮巧妙地穿梭其间，迅速推开一道小门，闪了出去。这里是胡商聚集之地，路旁是两座祆教寺庙，两人便在两庙所夹的一条小巷中奔行。

他还记得那辆华贵香车的退走方位，一路默算方向，打算绕过几道小巷，再行跟踪玉鬟儿。哪知刚穿过小巷，袁昇陡觉一道彻骨的寒意袭来，前方拐角处竟现出那天竺幻术师的奇异衣饰，那双幽绿的眸子在夜色里如鬼火般闪烁着，已迅疾地向他们这里扫来。

这家伙的追踪术果然惊人！袁昇心底一寒，眼见左首一道角门半开半掩，忙推开门快步钻入。刚拐入祆庙，天竺幻术师的呼哨声便响了起来，跟着东瀛剑客的粗豪啸声便回应过来。

祆庙内没有悬着那种五颜六色的灯，便暗了许多。袁昇两人却顿住了步子，眼前有许多条路，又似乎没有路，所有的路都蜿蜒曲折，看久了那些曲折似乎又是直的，笔直地无限伸展下去。

黛绮只看得两眼，便觉天旋地转，惊呼一声，险些栽倒在地。

袁昇急忙扶住了她，双眸却是一亮，是阵法！

天下道术，神气阵符，阵法本是变化最多的一门学问，但眼前这路阵法，却是让袁昇似曾相识的道家法阵。

忽然间他心头一亮，忍不住颤声道："玉鬟儿……慧范……这胡人聚居之地竟然有中原的道家阵法，很可能，慧范就是布阵人！甚至，咱们苦寻的那座巫阵也在附近！"

"里面有声响！"东瀛剑客的喝声在门外响起来。

看来这两个家伙阴魂不散，很快就会追来了。袁昇陡地灵机一动，既然自己识得此处阵法，利用这地利倒可以斗一斗这两大高手。他一把扯紧黛绮，迈步向前冲去。

身后，天竺幻术师呼哨连连，带着东瀛剑客已经跟了过来。

黛绮给袁昇扶着飞步急冲，只觉每迈出一步，眼前的道路都会飞速地四下延展、八面通达。

每一步都在错乱，每一步都在旋转。就在黛绮觉得自己快要昏过去的时候，前面忽然现出一座高大深邃的殿宇。殿宇有窗，窗牖却黑漆漆的，殿门半掩，隐隐有光亮透出，似乎这座殿是通透的，其后还有后门可出。

一道凄厉的啸声响起，东瀛剑客竟鬼魅般地逼近到了身后数丈，刀光如电，遥遥向袁昇背后劈来。袁昇看也不看，只顾迈步冲向殿宇。

啸声倏忽掠过，犹如交错而过的马车瞬间远去的感觉。东瀛人的影子和刀光陡然遥远了许多，同一刻，凌空飞掠下击的天竺人也扑向了空处。这里的道路乱阵果然似近实远，这两大高手也难窥其妙。

"别慌，前方那大殿就是巫阵，"袁昇的声音极沉稳地响起，"也是这里的阵眼，占据阵眼，我们就能立于不败之地。"

最后一个字说完，黛绮发觉自己已站在了殿内。

四周一下子安静了下来，混乱的道路不见了，错乱感不见了，天竺人消失了，只有幽静、深邃，还有一股若有若无的古怪气息。

那是一种很奇怪的阴郁之感，仿佛在幽暗处，有一只幽怨的独眼，正在怨毒地盯着他们。

“不好！”袁昇的双瞳骤然睁大，“快离开！”

他的声音传入耳中却空洞洞的，仿佛在密闭山谷间的嘶喊声。几乎在同一瞬，大殿的所有门窗尽数关闭。

章节八

怨阵

“这大殿巫阵果然古怪。”虽然袁昇心底的惊悸难以形容，却尽量让自己的声音沉稳下来，他不愿将这种恐惧感染给黛绮。

“这就是你要找的巫阵吗，哪里凶险了？”黛绮才慢悠悠地问。她也觉出了异常，在瞬间锁闭了所有门窗之后，这个空旷的殿宇便生出了变化。

变化无法用肉眼分辨，但那种变化的气息却很容易地被灵力超强的黛绮感知，一股无法形容的恐怖气息正汹涌而来。

那是一种怨毒的情愫，仿佛有一千个一万个怨妇在耳边齐声号哭——我好惨，我好惨，我要报仇！我要报仇！

接着，黛绮就觉得脚下生出了变化，地面变得柔软了，仿佛踩在了浓密的软草上的感觉。她随即发现脚下所踩的竟是茂密厚实的浓发，那是人的头发。

只不过这长发太厚太浓太广，因为长发所遮掩的头颅太过庞大。

一个硕大无朋的头颅正从她脚下的地面升起，带得黛绮的身子不住地摇晃。她终于一个趔趄，从巨头上跌落，这下才看清那头颅的面目。

只看得一眼，黛绮便惨呼出声。那是一张清秀而苍白的年轻脸孔，只是出奇地巨大，几乎有丈余高，而且随着它的耸起，还在继续变大。巨头的七窍都在流血，尤其是双眸，眼角都挂着粗大的血线，触目惊心。

“袁昇！”黛绮惨呼出声。没有声音回答她，甚至身边没有一个人，袁昇居然不见踪迹了。

只有那双滴血的巨眼在俯视着她，眸中满是哀怨、失落、愤恨，那种怨毒的目光便如无数道利剑，直刺黛绮的心底。

我要报仇！我要报仇！

忽然间，无数道嘶吼正从巨头那滴血的唇间爆出，声音闷闷的，仿佛磨牙吮血时发出的声音。

我要杀！杀尽这个扭曲的世界！

忽然间又一道嘶吼从身后传出。黛绮仓皇转头，才发现又一个巨大的头颅不知何时冒出了地面。只不过这个头颅更加恐怖，脸上已残缺了不少肌肉，但仍可看得出是一张年轻的脸，凄厉的双眼仍存，正居高临下地怒视着她。

很快，伴着凄厉的嘶号，第三个巨大头颅钻出。

同样是滴血的五官，同样是看似年轻苍白的脸，同样是半露白骨的恐怖双颊，同样是扭曲狰狞怨毒的双眼和无尽的痛苦嘶号。

“凝神，都是幻象！”

一只温暖的手就在这时伸过来，犹如从另一个空间穿透而来，突兀地握住了她的手。

袁昇的声音也微微发颤，却已让她心底生出了些暖意：“不要看他们，不要理他们，定气凝神。”

黛绮急忙依法施为，一颗心兀自怦怦疾跳，似要跳出胸口。好在她的灵力实在惊人，经得袁昇略一指点，终于觉得眼前的幻象变得淡了。

那三个巨头如稀薄的烟，渐渐消散。身周的景象慢慢恢复，四下还是空旷的殿宇，脚下回复平实的青砖，最后则是袁昇苍白的脸孔。

黛绮很想哭，几乎便想扎入他的怀中痛哭。适才的那一情景太突兀太恐怖了。但她即刻凝定了心神，两人仍旧身在险地，万万不能有一丝松懈。特别是那些怨毒的嘶号，还在耳边若有若无地回荡着。

“这里地煞异常，而外面的道家阵法，又将所有的地煞之力都调动起来，汇集到这里。”袁昇仰头望着黑漆漆的窗牖，“甚至，连这整个天堂幻境的法阵之力，最终都会汇到此处。”

她不由打了个冷战：“如果这座巫阵是长安十大幻术师的灵力所构建法阵的核心，那我们两个怎么出去？”

“黛绮，对不住！我一门心思地想找到那巫阵，却没想到将你带入了险地。”

袁昇沉沉叹了口气，“如果我没有猜错，你说的那位领头大祭司，一定就是慧范。这座袄庙的外围阵法是他用灵虚门秘传阵诀布置的，他知道，我逃到这里时若看到熟悉的道家阵法，一定会自以为得计，一定会一路破阵而过，于是……我最终会自己跑进来。”

他的心慢慢沉了下去。如果这里真是毒害相王的那座巫阵，那么这座大阵早已布好，而那天竺术士和东瀛剑客奉命追踪自己时，故意虚张声势，实则是驱兽入网一般，任由自己自作聪明地跳入这早已准备好的巨大陷阱。

殿内还是阴沉沉的。只这么会儿工夫，那种恐惧阴森怨毒的气息又浓厚了起来，这种怨毒之气仿佛一直在积聚，待得怒潮决堤的一刻，必会更加汹涌可怕。

“古怪在那里！”袁昇忽然双眸一亮，牵住了她的手，向前行去。他走得很慢，口中还念念有词，似乎每一步都在计算推敲。

在黛绮的眼中，前方都只是空荡荡的幽暗，但这般跟着袁昇忽前忽后地行得片刻，忽见前面现出一个古怪的供桌。

袁昇点燃了一根万年烛，烛火映亮了供桌上的一件物事，那一块牌位，上写几个大字：大唐隐太子李建成。

“李建成，他是谁？”黛绮大惑不解。

袁昇的脊背上腾起一股寒意。这几乎是已被当代世人遗忘的名字，但数十年前可是赫赫有名。李建成是大唐开国皇帝李渊所立的太子，也是唐太宗李世民的长兄，当年也曾为大唐开国立下许多功绩。但最终，战功更加显赫的秦王李世民发动了玄武门之变，亲手射死了李建成，夺取了皇位。

当时的太子李建成也就被废为了大唐的隐太子。

但李建成死后，其亲属、旧部都被李世民夷灭，为何此处却供奉着他的牌位？

抓起那块牌位的一瞬，无数汹涌狂暴的气息立时袭来。有杀声，有号叫，有怒吼，更有箭鸣刀声起伏不息。

“原来是……怨阵？”袁昇蓦地想到了什么。

他抓紧黛绮的手，继续推算方位，向右方行去。过不多时，便在黑黝黝的殿内发现了另两个供桌。

上面所供的两块牌位上分别写着两个人的名字：李承乾、李重俊。

三个供桌按丁字形摆布，分散于大殿的三个不同的方位，当真是戾气森森，光怪陆离。

袁昇却觉得触目惊心。

这是大唐立国以来最著名的三个太子，他们有个共同点，都主动或被动地参与政变，随后被废或被杀。

李建成是高祖李渊所立的太子，玄武门之变，被其二弟李世民所杀。

李承乾是太宗李世民的太子，曾勾结汉王李元昌、大将侯君集等人谋反逼宫，事败后被废为庶人，流放黔州，于英年郁郁而终。

李重俊则是当今圣上李显的太子，为韦皇后和安乐公主欺凌，便发动了景龙政变，失败后被部下所杀。

三道牌位，展示了大唐朝光鲜背后血淋淋的一面，而又以最近身亡的李重俊牌位最大，下面有烟云缭绕，显是一直受人祭祀。

“你刚才说什么……怨阵？”

“这里果然就是我们要找的巫阵，可惜，这却是一座怨阵！”袁昇的声音透着说不出的低沉无奈。

“怨阵是巫阵中最毒辣的一种，利用秘传法诀，勾集怨毒戾气，炼成的法阵怨毒无双。殿中这三位，都是被废或被杀的大唐太子。他们本应是真命天子，号令天下，但事败之后，不但无缘皇位，还惨遭囚禁杀戮。所以，这三人可说是大唐天下怨气最重的三个人。这座怨阵，很可能有进无出。”

“有进无出，我们真的无法出去吗？”黛绮惊呼起来，“那咱们将这三个破牌位毁了，不就成了？”

“千万不要动！”

袁昇的声音才落，这座古怪的怨阵已有了感应。立时，一股山岳般的强大威压袭来，两人都生出心如刀割般的痛楚感觉。

“我们无法参透此阵，就不要妄动阵内之物，不然会遭受法阵的强大反噬……”

袁昇挣扎着刚将这句话说完，便觉整个人都被一股难以言喻的戾气困扰，肩头更是重如泰山。他甚至生出一个念头，这时候只想跪下，磕头，求饶。

黛绮更觉眼前的供桌似乎正变得高大起来，在供桌上方的无尽虚空中，那颗硕大苍白的年轻头颅又突兀地出现，正冷冷俯视着自己。那张脸似怒似笑，滴血的五官隐隐抽动着，似在诅咒整个世间。

她浑身绵软，便要跪倒。袁昇一把揪住了她，喘息道："不能跪，若是屈服了，你就会变成这座大阵的附庸。"

"什么是大阵的附庸？"

"行尸走肉，你会成为供桌前真正的祭品。"

话音一落，袁昇陡觉左臂一阵酸麻，不由喘息道："真不是时候，我的毒，要抑制不住了。"

他拉着黛绮退后两步，缓缓坐倒在地，呵呵苦笑："还是慧范算得准。他知道，我只熟悉殿外道路的错乱法阵，这座怨阵我破不了。他算出了我会自投罗网，还算出了，我破不了这座阵。"

可能是法阵的威压太大，让他再难控制自己体内的毒素，那些蛊毒正从左手间慢慢膨胀起来，拱着、钻着、燃烧着，向着他的整个左臂和左边半身子蔓延。

"黛绮，我们……会死在这里吗？"他真的感觉自己要死了。

"不许胡说！"黛绮抽泣道，"你不能死的，你若死了，我也要死的，所以你不能死。你不能连累我是不是？"

"是啊，我不能连累你。奇怪，为何你的眼睛还这么清亮？"

"不知道，经你适才一指点，我没有跪下去，便觉得心里面清醒了许多。还有，有你在我身边，拉着你的手，我就没那么多畏惧了。"

"看来，慧范这老家伙算天算地，却终究漏算了你！"袁昇的眸子也不禁亮了起来，"这座大阵主要攻击的是人之心神，而偏偏你的元神灵力强大。"

他猛地攥紧了她的手："或许借助这一点，我们能破阵了！"

"你想让我再给你注入灵力？"黛绮美眸闪亮。

袁昇的脸微微发红，摇头道："用大青石前那种寻常的注法只怕不行了，我们用当日在我精舍内的那种……"

当日在袁昇静修的精舍内，黛绮奉命对他施展波斯一派的迷魂术，但在后来却敞开心扉，注入了一道灵力，最终帮助袁昇破解了檀丰和慧范的邪法。

只不过，那一次的敞开心扉，两人都要进入对方的心神，甚至还要相拥，热吻。

黛绮的脸也红起来："你这家伙，不是故意装病，逼着姑奶奶对你敞开心扉吧？"

袁昇苦笑："我倒希望我是在装病，而且我也不知道，我们这样做了，能不能……"

他的话忽然顿住，黛绮已经搂住了他，火热的樱唇吻了过来。

甜蜜的感觉汹涌而来，跟着便是一道光，圣洁而明亮的光，瞬间照亮了他的全部心神。

那是一道含情脉脉的目光。

只不过青瑛含情脉脉的眼波所及，却是陆冲那怒火冲天的眼神。

两个人现在的样子很狼狈，两人都被埋在那株硕大的妖花之下，只有脑袋露在土外。

"臭婆娘，你聋了吗，为什么老子大喊着不让你过来，你还偏要过来？"陆冲兀自愤愤，"那把剑就抵在老子颈后，你有没有想想，我为什么要拼了老命喊你不让你过来？喂，你疯了没有，这时候还在冲着老子媚笑，犯了花痴吗？"

不出陆冲所料，青瑛虽然道法不俗，为人机警，但终究人在明处，而那白发女子功力太深，更兼出手偷袭，数招间便制住了她。这下子，一对苦命鸳鸯都被埋在了牡丹花下。

青瑛左右张望了一下，见那神秘白发女已然不知去了何处，才叹了口气："那个那白发魔女适才临走前说了一句话，'恭喜你选了个好男人，宁肯自己丧命，也要救你'，嗯，这句话让我很是欢喜。"

陆冲哭笑不得："我陆大剑客对你情真意切，难道你一直不知道，还要那白发魔女点破？"

"你不懂女孩家心思，许多事，都要别人说出来才有分量。"

"哦，这么说，老子倒要谢谢那个白发妖娘了。"

"少说废话了，你想想看，她临走前说的最后一句话——本来要你们成魔的，但看在你们情投意合的分上，给你们一次成仙的机会。这到底是什么意思？”

“哪有什么意思，成魔成仙，其实都是死。现在咱们做了一对牡丹花下的死鬼，你很高兴吗？”

青瑛嗔道：“就知道胡说八道！她说的成仙成魔，倒让我想起傀儡蛊的三种炼蛊境界，傀儡奴、傀儡魔和傀儡仙。传闻这三种境界，傀儡奴最低，须得炼蛊僵尸，傀儡奴修炼到了极致，才能化为傀儡魔。只有那傀儡仙要对活人下蛊，却极难炼制……”

陆冲只觉全身恶寒，喃喃道：“如果当真如此，这白发妖妇定是碧云楼奇蛊案的背后真凶了，这人到底是谁？”无奈之下，只得黯然仰望头顶的星空。

可惜他看不到什么星空，只看到那硕大绮丽的牡丹。一股浓郁的花香正随风飘摇着。

“这朵妖花，怎么这样大！”青瑛沉吟道，“似乎这是相王府内的那一株吧？”

“不对，他娘的，比相王府的那株花还要大！”

此时夜静月明，牡丹妖娆，清风徐来，花香醉人，本是一派花好月圆的美妙风光，可惜这一对情侣却埋身土下，没有半点旖旎情愫。

“这花还在变大，怎的会这样大？”青瑛首先发现了古怪。

“不是它在变大！这是花妖，”陆冲极力回想着白发女子的话，忽道，“这东西的香气会让人生出幻觉来，我们现在是这玩意的花肥，小心，那破花正在滴下花液。这玩意必然有毒，可别让它沾染了你的肌肤。”

果然，那朵怒放的美丽花朵，正滚着几滴露珠般的花液，娇艳欲滴。这本是世间最美的花，却又是世间最邪恶的花。

几大滴花液夹着浓香滚落下来，直向陆冲的脑袋滚落，陆冲拼力向旁歪头一让。耳畔只听青瑛一声娇哼：“看着点，你的大胡子扎到我了。”

陆冲不由叹了口气：“眼下再没旁人，说说吧，你为何这几天故意跟我找碴吵架，还疏远我？我知道你有家仇，对头似乎不好找，但为什么你一直不告诉我，那对头到底有何线索？”

青瑛不语，只是执拗地昂头盯着头顶那朵绚烂妖冶的花。

“这些年你混迹于幻戏班子中，就是为了调查此事吧？或者，你是觉得仇家太厉害，不愿我跟你同去冒险？”

“我不肯，就是不肯。那是我自己的事。”青瑛终于说话了。她想起适才黑夜里陆冲那道声嘶力竭的大喊，想起白发女子的幽幽叹息，眼角不由闪过一滴泪。如果真的是势力强横无双的太平公主，她怎能让他跟着自己去送死？

“现在我们都快死了，你可以告诉我了吧，老子做了鬼，也要替你去报仇。”

“谁说我们要死了。这妖花不过是有些古怪罢了，终究没有成妖成怪，你的飞剑术呢，出剑，砍断这花茎就是了。”

“老子没办法施展啊。”陆冲无奈地苦笑着，全力运劲之下，一道光华终于从肩胛处慢慢探出地面，那是玄兵术幻化出的飞爪。

但那爪尖只冒出数寸，便再也无法再多探出分毫。陆冲不由喘息道：“只差一点点，那鬼花一直在迷着我……”

“我来吧！记住，你千万不要出声。”青瑛撮口低叫，一串吱吱吱吱的声音传出。过不多时，两道黑影嗖嗖地闻声而来。

“召兽术！”陆冲又惊又喜，盯着那两只老鼠，大气不敢出。

那两鼠被青瑛的哨声引来，却绕着两人转圈，似乎畏惧那朵妖艳的巨花，始终不敢近前。青瑛不住用口哨声催促，打算用召兽术命令老鼠去咬那花茎。

二鼠被催促不住，悄悄蹿了过来，却仍是不敢逼近花茎。

偏在此时，陆冲只觉鼻孔巨痒，再也忍耐不住，一个惊天动地的巨大喷嚏打了出来。

那两只老鼠受了一惊，转身便逃，却慌不择路地奔向了花茎，无巧不巧，正有一大滴花液垂落，恰粘在一只老鼠身上。

霎时间，花液中渗出无数的细丝，将老鼠缠住了。偏那老鼠却眯起双眼，一副沉醉模样，动也不动。

“傀儡蛊！”陆青两人盯着那团蠕动细丝，齐齐失色。

这诡异的花丝与他们曾见过的傀儡蛊蛊丝太像了，在这个深邃可怕的夜里，许多行迹已隐隐显露出来。

陡然间一只黄鼠狼斜刺里蹿出，一口叼住了缠丝老鼠。那黄鼠狼蹿得太急，竟又一头撞在了花茎上。霎时间巨花摇曳、枝叶剧烈晃荡着。

只这么一瞬，陆冲的玄兵术终于运足，两道飞爪破土飞出，直飞上天，再凌空垂落，扎入土中，拽住了两人的腋下，犹如两只巨手，将两人拽出地面。

待得两人狼狈不堪地爬出好远，才吃惊地发现，那老鼠和黄鼠狼竟都被不断垂落的硕大花液包裹住了，花液中诸多细丝缠绕，那两只小兽都不再挣扎，口中吆吆低吟，反似颇为享受。

花丛间的香气愈发浓郁，似乎那朵妖花也颇为沉醉。

陆冲看得毛骨悚然，怒道："老子这便毁了这妖花。"

说话也怪，他话音才出，便有一股巨大的香气冲来，两人竟都觉得有些眩晕。

青瑛忙道："万万不要造次，这妖花已能感知人心，说不得便和其宿主能交互感应。趁那白发妖妇没来，咱们速速走为上策。"

二人环顾四周，才发现身处一方冷僻的宅子后园内，当下不敢久留，急匆匆掠出了小园。

宅院外的景象更让两人大吃一惊，这里简直就是一个奇幻的世界，四周的街衢都笼着一层若有若无的气光，街上满是装扮奇特的胡人。

众胡商有的骑象，有的骑狮，更有的乘着飞龙、孔雀等异兽，当真是千奇百怪，让人眼花缭乱。

青瑛恍然道："原来是这里，这是长安最奇特的地方，天堂幻境！"

"天堂幻境？"陆冲拍了拍脑袋，"我也有些耳闻，这是京师胡商们最向往的地方，那白发妖妇竟把我们藏到了这里。这些胡商，他们要去干什么？"

眼见身边的胡商越来越多，两人只得混入人流中。好在众胡商和幻术师的打扮均是奇装异服，相形之下，两个人一身灰头土脸的狼狈相倒还不算太过醒目。

青瑛挨近一个戴着金色高帽的胡商，低声道："今天这么热闹呀，大家要去哪里？"她常年混迹于幻戏班子中，与波斯人常打交道，一口波斯话说得极是流畅。

高帽胡商斜睨她一眼："新来的吧，今晚可是赛宝盛会第二晚的万国赛宝日，听说尊贵的太平公主今晚要亲临大光明寺观瞻大赛宝日盛况，她甚至会邀请宰相宗楚客一同前来！哦，还有新决出的万国花魁，也要作为光明圣女来给赛宝大会助兴！"

太平公主要来这里？甚至，还邀来了宗楚客？

青瑛和陆冲均是心下一震：太平公主果然精于心机，只怕这般不动声色地来此转悠一番，便会将口袋多金的胡人聚拢过来。但太平公主为何要邀请当朝宰相宗楚客前来？是要请这位政敌死对头一起发大财吗？

“那昨晚的万国花魁，是谁夺魁？”青瑛又问道。

“这都不知道？是醉花楼的玉鬟儿！她已是眼下大唐，噢，不，是整个世界，最美丽的女人了。”

“太平公主，宗楚客，玉鬟儿！”青瑛不由双眸闪亮，低声对陆冲道，“这场热闹，咱们可不能错过。”

袁昇轻轻吐出了一口气。有了黛绮注入的强大灵力，他的头脑清晰了许多，虽然身处怨阵深殿内，但他却已能敏感地察觉到殿外乃至天地间的变化。

他清楚，这是第二次天亮，那么自己已在阵中至少被困住了接近两晚一日的时光。在这法阵中，时光显然会发生扭曲，自己只觉得过了一个多时辰，但实际上，时间早已飞逝过几十个时辰。

哪怕自己能破阵而出，留给自己的时间也不多了。

他只能拼命寻找。

除了李建成等三大废太子的灵牌，他已推敲出，应该还有一件更紧要的物事。那东西引而不发，才是这座怨阵的核心。

“黛绮，这次出阵之后，你会来我们辟邪司了吧？”他还在脚踏八卦方位，故意说出些轻松的话题。

幽暗中，她似乎笑了笑，却是苦笑，忽道：“我跟在你身边算什么呢，我又看到了她，她在你心中的位置还是那么重要。”

袁昇的身子有些僵硬，却长长吐出一口气：“你知道，她是大唐公主……我对她更多的是担忧，她的处境很凶险。”

“她是大唐公主，天下独一无二的安乐公主，怎的处境还凶险？”她大惑不解。

袁昇没有回答，俯下了身，伸手在地上摸索着，忽然低呼：“在这里了！”

陡听哗啦啦一阵怪异的声响，犹如从深井中拽出锁铐着蛟龙的铁链，他从地面一块青砖下抠出一件物事。

那似乎是更大的一块灵牌，烛火扑簌簌地抖颤了几下，映出了上面的奇怪字符。

“这是什么？”黛绮呆住了，“上面写着的字，哦，想起来了，那似是你们大唐人的什么天干地支？”

“这是一个人的生辰八字！”袁昇呵了口气，“这也是这座怨阵的终极秘密！亏得我们及时将那份残卷题字调包了，不然……”

他慢慢将灵牌翻转过来，牌后果然现出那让他熟悉万分的名字，相王李旦。

几乎在看到那名字的一瞬，整座怨阵都沸腾了起来，无数怨怒的呼号声、惨叫声、箭雨声、刀剑声呼啸而来。

袁昇勉力护住心神，沉声道：“准备好了吗，我们只有一眨眼的工夫！”

黛绮点头，更加紧张地揪住他的手。

袁昇猛然运力，向后揪起那个灵牌，灵牌背后的铁链被骤然拉长。

轰然一声巨响，仿佛是一万道怒雷在他心底齐齐轰鸣，跟着，大殿紧闭的大门骤然打开了。

新鲜的久违的光亮，从那道门射了进来。那是一道淡紫色的生命之光，迅疾冲淡了殿内的怨毒之气。

“走！”

袁昇提起残余的劲气，一把拽起黛绮，疯了般地冲向那道光。身后的铁链子则在迅速回收，拽得那巨大灵牌也在迅速归位。

轰隆怪响，那扇门骤然紧闭。

几乎在同一刻，袁昇和黛绮冲入了那道日光中。

嗅着久违的草木气息，袁昇由衷地觉得世间竟是如此美好。殿外的园子里静谧安宁，只有虫声唧唧，连这虫鸣声都如此美妙。

望着那道微紫的日色，袁昇才一个激灵。原来外面的天色不是要亮了，而是要黑了。是的，那是暮色。这么说，自己和黛绮在怨阵中又多耗了半日时光。

“喂，那两个怪里怪气的家伙不见了，”黛绮环顾四周，“他们莫不是藏在了何处？”

东瀛剑客和天竺术士果然不见踪影了。

袁昇不由苦笑道："不会的，他们的任务只是将我们赶入怨阵。按着慧范的推算，我们两个，主要是我，已经在怨阵内被困成了行尸走肉。"

"哼，这次又是本姑娘拔刀相助，你才破阵而出！"话虽如此，黛绮兀自心有余悸，马上又道，"我们还是走吧，赶紧回你的皮鞋司。这地方太古怪，谁知道那两个家伙会不会忽然杀回来？"

"这时天色尚未全黑，我们贸然出去，反会被胡僧们发觉。倒是这地方，因那怨阵的缘故，祆庙内的胡僧都不敢来这附近走动，反而最为安稳。"

他的眸子在暮色中熠熠闪着光："慧范和他的手下，都以为咱们已经被困死在阵内了，必然不会再防备咱们。这是个难得的机会……玉鬟儿很可能就在左近！"

"你已有了破案的法子？"黛绮也是双眸一亮。

"一切皆在掌控，巫阵不是找到了吗！"袁昇扭头望着那座黑沉沉的殿宇，"而且玉鬟儿也快被我们找到了。"

"可玉鬟儿已被慧范那老妖精带走了呀！"

袁昇微微一笑："许多事需要倒过来想。想想看，此事既有慧范出没其中，那么以他的深沉多智和对我的了解，又怎能不知道我会以独门画龙神鸦术追踪过来？既然他知道我会追寻玉鬟儿至此，那么他的想法应该只有一个——乘机将我困杀于怨阵内。在慧范心底，已将我当作了死人。那么，如果要将来历神秘的玉鬟儿藏起来，慧范会将她藏在何处？"

"一定会藏在一个谁也不敢来的地方，"黛绮双眸一亮，"难道……就是这座怨阵附近？"

袁昇温然一笑："不错！好在我还活着，而且，我们手中还有一个利器，画龙术下的神鸦咒！"

"可你的毒伤怎么样，"她终于问出了自己最关心的问题，"还要再强行施法，可不是要作死吗？"

袁昇的脸色紧了紧。他清楚地察觉到，左臂已经愈发麻木了，看来必须在毒发之前，找到毒蛊的施法者破解。

他不愿让她看出凶险来，便只道："得你灵力相助，已能控制住了！而且，既然慧范仍在左近，我们不得不提前做些防范。"

黛绮没有听懂他所说的防范和画龙术有何关系，却见他已迅速寻到一块青石，凌空挥毫施法。

有了前次的法验，再次催动咒法便顺畅许多，青石上的龙纹在隐去前的一刻，现出一段字句。

“果然，她就在这里！”

袁昇仰头看看渐渐沉黯的暮色，再次微闭双眸，片晌后张开，低喝道：“我们走！”

他仿佛已参透了这座奇异袄庙的路径，拉着黛绮，绕过丛丛古怪的灌木和乱石，顷刻间转到一座偏僻的宅院前。

晚霞已经散尽，乱石丛林的轮廓都在沉沉暮霭中模糊成了一片。

前方那宅子若隐若现，仿佛藏身在暮云深处，显然也被布置了某种禁制的法阵。好在这阵势与袄寺路径同属一脉，袁昇小心翼翼地带着黛绮破阵而前。

仿佛忽然间峰回路转，前一刻还云遮雾绕，下一刻，眼前便是花团锦簇的后花园。这种变化很突然，障眼阵势被破开的一瞬，前方现出了被暗紫色暮光笼罩的小园香径，小径的尽头则是一座精巧的四角飞檐木亭。

亭中两人一坐一立。

望着那两个人，袁昇只觉浑身僵硬，如处梦魇之中。

章节九

如意郎君傀儡仙

亭中坐着的人是李隆基，站着的人则是玉鬟儿。稀薄的暮色中，李隆基稳稳端坐着，玉鬟儿正在很乖巧地给李隆基喂着饭。

玉鬟儿的举止间爱怜无限，目光中深情款款。但李隆基却始终如一口钟般笔直地坐着，甚至极少看上她一眼。只是偶尔低头，看看手上的玉笛。

那是一把白润的玉笛，正是当日袁昇赠给他的修心法器。

“他……他似乎是傻了吧？”听得袁昇说那个男人就是所有人都在寻找的李隆基后，黛绮终于忍不住了。

是的，李隆基的神色很僵硬，那绝不似一个正常人的神情，而更像一个傀儡。

“果然如我所料，没想到，真是这样一个最坏的结果，李隆基被劫持，而且也被傀儡蛊操控了。”袁昇幽幽地吐出了一口气。

“你是说，他也变得跟登云观海那两个僵尸一般？”黛绮的声音也颤了。

“应该不会。那两人是真正死了，李隆基应该还没有死，只是被毒蛊控制。”他揉了揉略僵的左臂，“依我亲身试毒后的体悟，李隆基如果中毒，最多只有七日的时间可供解毒。如果不然，他就会真正地变成一只傀儡。”

“我们怎么办？冲上去，救他？”黛绮虽与李隆基素不相识，却更加焦急。

“我们无法破解这种蛊毒。”袁昇黯然摇头。他甚至连自己身上的微毒都无法破解，这时候救走李隆基，也只是抢走一具行尸走肉，甚至会加速他的毒发。

“这也许就是爱的力量。爱一个人，竟至于此！”他痛楚地一叹。

“你说什么？”

“往昔求之不得，现在，李隆基已永远属于她了。”他看到玉鬟儿的目光中仍含着一抹深深的忧郁。她到底在忧虑什么，是忧虑自己，还是忧虑自己所爱的李三郎？

黛绮一震。这是一种何等深沉而残忍的爱？

“有人来了，咱们务要小心！”袁昇陡然觉出了一种难言的凶险感觉，急忙拉着黛绮缩身在了一丛茂密修竹之后。

一道窈窕的身影披着暮光款款而来。那是个高挑的雍容美妇，五官极美，看不出年岁，最引人注目的是她那一头雪浪般的银白长发，不显半分苍老，却带着一股说不出的媚意。

“师父！”玉鬟儿看了银发女一眼，轻声叹息。

这竟是她的师父？袁昇这才看出来，玉鬟儿身上的那种媚艳竟是与这银发女一脉相承，只不过玉鬟儿更为柔媚，而银发女则更为冷艳。

“这下你满意了吧？乖孩儿，”白发女子轻抚着玉鬟儿的脸，“如意郎君，朝夕相伴！”

此话何解，难道这白发女子才是施术人？袁昇心头疑惑万千，却不敢发出丝毫声响。

“可是，我真的不愿意他变成这个样子！”玉鬟儿的声音深含幽怨。

“不必喂，我自己能吃的。”李隆基忽然说话了。

这句话让藏身竹丛间的袁昇终于松了口气，看来李隆基至少还有思维之力，只是不知被何物禁制住了。

“三郎，你说话了！”玉鬟儿也大为欣喜，揪住了李隆基的手，“师父，果然，他……他在变好。”

银发女阴郁地一笑：“傀儡仙、傀儡奴、傀儡魔，这三种境界，唯有傀儡仙要对活人下蛊，难度也是最大！但是成仙成魔一念间，弄不好，便会成魔！”

李隆基静坐不语，目光只落在手中那只玉笛上。

玉鬟儿垂下泪来："是呀，可为什么要将他变成这样？我不想他这样，我只要和他在一起就好，如果不能，哪怕远远看他几眼，我也……心满意足！"

"住口，没有一点气魄！"银发女沉声怒斥，"你是蜀州一派宗主雪姑的传人，凭什么就配不上他一个李隆基？你这没出息的模样，当真跟你爹一模一样。"

"是，徒儿知错了。"玉鬟儿缓缓低下了头，"我是师尊的徒儿，自然……自然配得上他。"

"不但配得上，而且天生佳侣，珠联璧合！"雪姑盯着她，幽幽地笑了起来。这笑声听在袁昇耳内，只觉分外阴森。

"可……慧范那个老狐狸怎么办，他那天说，李三郎是奇货可居，要将三郎带走呢。前番他让我将相王的那幅题画残笺给他带来，我给他了，不知他要做什么勾当？"

听到此处，袁昇和黛绮不由相望点头，眸中均闪过"果然如此"之色。

雪姑哼道："有为师在，他岂敢造次。而且，我们只是给李隆基下蛊，让他今后只会专心对你一人。你则只需管好你自己，只要主在客安，一切就有调和的余地。"

"主在客安，只是……傀儡仙极难炼制，弄不好就会变成一个真正的白痴……"玉鬟儿轻轻抚摸李隆基光滑的脸，忽然发狠般地道，"师尊，其实用那个法子，就可以让他恢复如初吧？"

"你是说反客为主？你疯了！"雪姑斩钉截铁地道，忽又瞥见了李隆基手中的玉笛，讶然道，"你已经施展了吗，他……他怎的还会吹笛？"

玉鬟儿凄然苦笑："他素来喜欢吹笛的，到这里后，仍时常拿着那笛子……唉，不管怎样，我不希望他这个样子。"

雪姑已不耐烦地道："好了，你已得了这如意郎君的玩偶，又得了大唐万国花魁的殊荣。昨夜是大赛宝日第二晚万国赛宝盛会，你又以花魁身份助兴，出尽了风头。我瞧，宗楚客那老狐狸早被你迷得神魂颠倒了……"

袁昇听得"主在客安""反客为主"等语，迷惑不解，但料想是她们傀儡蛊的巫蛊术语，待听得最后一句，不由又和黛绮对望一眼，心下均想，刚进得怨阵时，还是大赛宝日的头一晚花魁盛会，想不到大赛宝日的二晚赛宝盛会竟已是昨夜的事了，看来我们果然在怨阵那个奇异空间内耽搁了两晚一日的时光。

只听雪姑又道：“现在，就照着为师的话去做吧，稍时就动身去大光明寺，一定要完全迷住那个好色如命的宗楚客！三日后，你就要进入宗相府了。”

“宗楚客，”玉鬟儿的脸色霎时更白了几分，“这……这糟老头子都要六十多了吧，徒儿不去成不成？”

“不成！”雪姑的声音阴冷下来，“为了让你得这万国花魁，知道咱们花费了多少吗？”

袁昇听得心中一动：难道雪姑千辛万苦，竟要将玉鬟儿献给宗楚客，她到底要做什么？

“好鬟儿，为师多年来待你如亲生女儿一般，几曾亏待过你？”雪姑又柔声道，“你身怀异术，这一回不过是让你去宗相府内走一遭罢了，难道还怕这糟老头子吗？”

玉鬟儿的脸色已苍白如雪。她紧紧拉着李隆基的手，却还止不住微微颤抖。李隆基则始终木然地望着那只玉笛，只是头垂得更低。

雪姑又幽幽一叹：“为师此次出山，只是要给那位大贵人办成了此间的大事，再报得大仇，此后为师便和你退隐，全力钻研蛊术，一定会让你的李三郎完好如初！”

“报仇？”玉鬟儿又变得忧心忡忡，“慧范那个老胡僧的话未必可信吧，鸿罡国师当真是那样死的吗？这个仇报起来也……太过凶险。”

“怕什么，自当年黯然离开神都，我就再无可恋可怕之事了。”雪姑仰起头沉沉一笑，笑容颇有些狰狞，“为师不仅要替鸿罡那个死鬼报仇，为师的仇家还有别人，这座京师的许多人！”

忽然间，她似从风中嗅到了猎物的猛犬般警觉起来，冰冷的双眸骤然向袁昇这边射来。

一股凌厉的威压横扫过来。袁昇急忙屏息，拼力将气息隐去，暗自攥紧了春秋笔。

好在此时，一阵嘈杂声响骤然自院外传来。跟着，便响起一道粗沉的吼声：

"此处大有古怪，怎的竟被人布置了法阵？老子怀疑，那两名朝廷嫌犯便潜藏在此！"

袁昇暗自一凛，莫神机这厮竟阴魂不散地查访到了这里！

玉鬟儿也立时听出了他的声音，惊道："是莫神捕！"

"此人是宣机的得意弟子吧？"雪姑驻足冷笑，"我去会会他。你还是待在此处最安稳。"

雪裙摇曳，银发女终于转身而去。

这可能是唯一的机会了。袁昇的双眼亮了起来，低声叮嘱黛绮。

波斯女郎皱皱眉头，还是依言起身。

她依旧是波斯巨富的装扮，此刻闪出花丛，装作一脸痴迷地奔向玉鬟儿，粗着嗓子笑道："花魁玉鬟儿吗？哈哈，老友慧范带我们过来的……刚到门口他又被什么莫神捕叫走了。他让我先在这等着，可一想到大名鼎鼎的花魁就在这里，我哪里忍得住呀。这地方太神奇了，我在这儿迷了路，出不去了……"

她经年在幻戏班子表演，诸般色迷迷的胡人看得多了，此时稍加模仿，倒也惟妙惟肖，加上一口流利的长安官话，不时再蹦出几句波斯话，竟没有半点破绽。

而且她遵照袁昇的编排，连说慧范和莫神捕，又提到了迷路，隐隐然将这祆寺后园的神秘之处都说得八九不离十，玉鬟儿一时竟没起太大的疑心。

"没想到遇到了尊贵美丽的花魁……不过这个小子是谁，咱们离他远些，这边说话来为好！"说到情动之处，黛绮仿佛也被自己感动了，还装模作样地献上了一颗宝珠。

玉鬟儿更加不愿让外人留意到李隆基，虽然厌恶眼前这个微胖的波斯富商，但想到此人是慧范引荐而来，也不愿太过得罪。最麻烦的是，此地是祆寺的隐秘禁地，没有仆役和下人可以召唤。她皱皱眉头，只得先撇下李隆基，陪着黛绮绕过了丛竹。

这才是稍纵即逝的机会，袁昇终于站在了李隆基面前。他早已抹下了脸上的易容，沉声道："三郎，还认得我吗？"

李隆基的目光有些呆滞，随后有些疑惑。这种疑惑反让袁昇有些宽心，这说明他还能思考，而且真的在努力思考。

袁昇想问，能跟我走吗？随即知道这不可能，不说他没本事从银发女监视下带走痴痴呆呆的李隆基，就是带走，也很可能会加重他的病情。

“很遗憾，你现在所中的毒蛊，我全然无法解开，甚至现在也无法带你逃走。”他慢慢蹲下，想到这位大唐皇室最有人望的青年才俊曾找到自己求问，而自己却没有帮助他，心底不由阵阵抽痛。

李隆基居然点了点头，目光中似乎有些东西在闪。

“很好！”袁昇一阵激动，忙摸出了一道符，塞入李隆基的怀中，“这道符不要取出来，它能助你护住心神。难得你还记得吹笛，那么，我便用元神灵力再将这道清心曲注入你的心底吧，时时勤吹奏，或能让你回复心智……”

说话间，他双手轻抚李隆基的额头，缓缓注入一道灵力。

“除了这首曲子，更重要的是这句话——七夕夜，清心塔！记得定要说给玉鬟儿。一切只能看你自己了。”

灵力注入，李隆基的眸子竟亮了数分，喃喃道：“七夕夜，清心塔？”

袁昇大喜，一字字道：“正是，一定要记得这六个字！”

他还待细说，便听竹丛后传来玉鬟儿不耐烦的喝声：“你这人好没教养，现在就请便吧，再要拉扯，小心我唤来金吾卫，将你关上一年半载。”

袁昇哭笑不得，知道玉鬟儿这便要赶回了，急忙将脸上的易容又胡乱涂抹了一下，转身迎上，向玉鬟儿身后不住拉扯的黛绮大笑道：“哈哈，二弟，慧范那老家伙收了我宝贝，却不搭理我，怎的单单将你带进来了？咦，这个小妞是谁，模样当真俊俏！”

玉鬟儿一阵厌恶，看到李隆基还木然地坐在廊下，略微放心，冷哼道：“你们太不晓规矩了，再不快滚，御史台的莫神捕可就在外面！”

便在此时，袁昇听到了雪姑越来越近的笑声：“那个莫神机胆大包天，竟以追查袁昇为借口想来搜查此处！慧范，若不是你回来得正是时候，我只怕就收拾了那小子。”

跟着便听慧范的低笑声传来：“哈哈，也是莫神机这小子运气好，适才太平公主府的华总管亲自过来，要接玉小姐去大光明寺的。我便抢先赶了来。”

“莫神捕来了吗？二弟，咱们……快！”袁昇装出一脸的惊骇，不由分说，扯住黛绮的手，便向外跑。

玉鬟儿暗自松了口气，忽见袁昇居然在这暗含阵法的小径间跑得轻车熟路，顿时疑心大起，喝道："站住，你们到底是谁？"

袁昇哪里敢站住。他甚至不敢回头，猛地抓住黛绮，运足了神行术全力飞奔。

"鬟儿，你在和谁说话……喂，你们站住！"

怒喝声中，雪姑已如一道白光，急速追了过去。

同行的慧范也瞧出了异常。他刚陪罢了太平公主，听得华总管要驾临此地，才急急赶来探看雪姑师徒，此时一见暮色中一闪即逝的身影，立时辨出是袁昇，忙要运功急追。

他身形才动，忽然看到雪姑，才想起自己在此人面前万不可过分显露身手，暗自一叹，只得转身从另一条路斜刺里插了过去。

祆庙后园中悄寂下来，玉鬟儿急忙转身去看李隆基，问道："适才那个人好像对你说了什么？"随即又摇了摇头，"啊，对不起，我忘了，这会儿你还不会说话。"

"没有人。"李隆基低头抚弄着那笛子，仿佛在思索什么。

"你……你真能说话了？"她又惊又喜。

"七夕夜，清心塔！"李隆基还是低着头，却缓缓吐出了六个字来。

玉鬟儿的双眸登时一亮："你说什么？"

袁昇全力疾奔，却仍能感受到身后越来越浓的杀气，银发女的冷笑声也愈发真切。

前方就是那块青石横亘路旁，袁昇凌空一笔挥落。

空中猛然一声雷鸣，一条巨龙诡异地现身在阴暗的苍穹中，势挟风雷，凌空扑下。他适才不惜耗费真元，再次以画龙术催动神鸦咒，便是预先做好伏笔，只为了等这一刻。这一招后手原想是要留给慧范的，没想到这里还有一位道法丝毫不下于慧范的神秘女子。

这条神龙蓄势已久，此刻轰然而落，声势着实惊人。

"孽畜！"银发女暴喝一声，不得不驻足应对。

巨龙当头扑下，龙爪未到，口中已喷出怒潮般的水浪，没头没脸地向雪姑冲下。雪姑是前辈高人身份，自不能被这亦真亦假的神龙喷得满身水污，猛然挥手，拂尘化作万千银丝舞出，银丝骤然放大，仿佛一座银色巨亭罩在当头。

银色巨亭还在向上飞腾，气势汹汹地撞向巨龙的龙爪。这一番毫无讨巧的撞击，仍让龙身剧烈震颤，全然没有对阵莫神机和刑部六卫时横扫千军的气势。

袁昇则全身巨震，脑际一阵轰鸣。神龙幻化最耗费的就是元神，此时他已快灯枯油尽了。

好在他早已算准了这一出，神龙的巨尾已经扫了过来，猛然间将袁昇和黛绮拦腰卷住，远远挥了出去。这一记神龙摆尾才是巨龙的全力出手。

逃，远远地逃，这才是他的真正目的。

袁昇紧搂着黛绮的纤腰，只觉全身腾云驾雾般地向上飞腾，再腾云驾雾般地横空划出。下方，雪姑窈窕的身影变得小了，再小了，最后化为一个暴跳如雷的黑点。

耳畔风声呼呼，袁昇已飞速跌落下来。他疾运罡气，催动神行术，勉力没有跌得七荤八素。

还没有站稳，远处已看到一道模糊的影子。那影子如一道淡烟，瞬间便大了许多。

那竟是慧范。

这个老狐狸因为某种原因，不愿在雪姑身前施展道术，便绕了个弯子，远远赶来截杀。这一兜圈子恰与袁昇凌空飞腾的方位相符，反而占了先机。

眼见慧范的身影正在逼近，那张阴森的老脸在迅疾地变大。袁昇不敢丝毫停留，扯着黛绮，向后飞退。

轰然一声，他撞开一道角门，两个人狠狠跌入了院内。

慧范如被施了定身法一般，远远站住了。

“是谁胆大包天，敢来灵虚门撒野？”院内传来几道低沉吼声。

“咦，是十七弟！”正在院中带领几名弟子操演步罡阵法的凌髯子大惊，忙亲自上前扶起了他，“是什么人，胆敢追你？”

袁昇苦笑了一声，这时候心神略松，几乎连说话的气力都没有了。

凌髯子见他没有大碍，心下略安，一晃身出了角门。角门外远处的街角，遥遥地似有人影一闪而逝。那道影子有些熟悉，凌髯子却想不起那是谁了。

“袁昇，你赌赢了！”

慧范拐过了街角，才向那道角门和角门后碧瓦红墙的高大道观投去不甘的一瞥。他不愿追过去，那里是他辉煌的过去，那里是他不堪回首的过去，那里是他弃之如敝屣的过去。

那里有他忠心耿耿的弟子，也有他永远不想再面对的世界。

幽静的丹房内，袁昇疲倦地坐下。

他直接要了一碗米粥，外加一碗酒。因为他们已经饿了两天，虽然在法阵里面的时光与外面不同，但出阵之后这段时间，体力就迅速地衰落下来。

适才黛绮已经饿得有气无力了，早被小道童搀扶到后面进膳去了。

凌髯子望见袁昇气吞万里地喝着米粥，叹道：“十七弟，何至于此呀？前番，听说你辟邪司接了一桩大案，随后前两日又听闻你惹上了一桩大案，这几日听说刑部和御史台都在寻你，辟邪司门前日日都热闹得紧。”

“都是意料之中，大师兄不必挂怀。”袁昇苦笑一声，忽问，“大师兄，你追随师尊年岁最久，是否记得一个叫雪姑的女子，跟师尊有旧？”

“雪姑？”凌髯子摇了摇头，“师尊持身谨严，我也从来没有听说过这个女子。”

“也许她改了姓名呢？你再想想，大致在二十年前吧，一个女子，头发颜色与众不同，嗯，这女子似乎是蜀中门派的……”

“蜀中？”凌髯子的目光一阵恍惚，随即脸色深沉起来，“十七弟，问这个干什么？”

在灵虚门祖庭痛快地酣睡了一晚，转过天来，袁昇回到辟邪司，才知道大师兄口中的“热闹得紧”是热闹到了何等程度。

才跨进衙司大门，吴六郎便急匆匆地赶来，善意地提醒袁昇，最好立即逃之夭夭。

因为这次朝中有一批人已对袁昇动手参劾了，背后推波助澜的首要者居然是太平公主和宗楚客。

吴六郎愤愤地道："宗楚客接到了莫神机的奏报后，已命御史去参你了。你家老爷子虽然全力维护你，但他人微言轻，弄得焦头烂额，也没多大用处。还好，看在安乐公主的面子上，宗楚客没敢对你明着动手。小袁将军，要不然，你去藏入安乐公主府里吧，没人敢去那里抓你的。"

"堂堂大唐金吾卫辟邪司长官，怎能跑到公主府去屈膝求饶！"一声冷哼，陆冲大咧咧地踱了进来。

"你们两个何时回转来的？"袁昇看到陆冲和青瑛两人无恙，大是欢喜。

"比你早一天。"陆冲虽然故作轻松，但脸上却阴沉一片，"袁大将军，咱们可该仔细商议商议了。"

静室内，辟邪司诸人齐聚，开始推衍近日面临的难题。

首先是朝政上的难题。

不得不说，总管老郭的死，引起了很大的麻烦。随后莫神机便揪住了这一点大做文章。在他的威逼利诱下，那家店的伙计已经供认，曾亲见袁昇偷偷作法，似在咒人性命。还有食客曾在隔壁听到袁昇威胁老郭，让他承认是李隆基杀人，让老郭起而揭发李隆基，随后老郭不从，袁昇就起咒杀人。

更麻烦的是，莫神机和刑部六卫都亲眼瞧见袁昇逃之夭夭，可以说是从现场畏罪而逃，隐匿不出。

有了这许多证人，连太平公主都对他生出了误会。或许，这误会早就有了，从他登上安乐的香车那一刻就有了。

太平手下控制着大批御史，另一拨御史则控制在宗楚客手里面。现在是两拨御史都气势汹汹地向袁昇发难了。

子曰，攻乎异端斯害也已！这个道士袁昇，就是儒家出身的御史们面临的最大异端，攻击他就是捍卫儒家正统，而且会让主子们欣然，关键是没有任何政治风险。御史们都如喝了春药一般兴奋。

朝中力保袁昇的，只剩下了安乐公主一人，但风口浪尖上，安乐的力量也大大萎缩。更麻烦的是，安乐背后最大的靠山韦皇后似乎隐隐站在了宗楚客一边。

最后在安乐公主的力争之下，皇帝才勉强答允，仍旧看最后的破案期限。

"三天，从现在算起，满打满算，你还剩下最后三天！你的老爷子，已经作为人质被押进了刑部。”陆冲早回来一天，已将这些朝局要事打听得颇为清楚。

“将军别担心，”吴六郎看袁昇神色冷肃，忙开导他，“好在老将军的人缘不错，又有安乐暗中维护他，我已找人探问过，确是无事的。嗯，还有这个……一定要亲自交给将军。”

“这是什么？”袁昇接过吴六郎小心翼翼递过来的一面金色小牌。

那是一枚镏金腰牌，打造得极为精致，上面一行端正隶书——安乐公主府行走。

“这是安乐公主遣她的亲信侍女雪雁亲自送来的，公主殿下传讯给你，你若回来时，随时可去她那里避祸。雪雁姑娘还说，公主殿下甚至已给你安排好了退路，实在不成，将军可去终南山隐居清修，暂且避一避风头。”

吴六郎一口气说完，才发现众人的表情都有些奇怪。尤其是黛绮，双眼忽闪忽闪的，欲言又止。

“难得她这么有心。”袁昇在心底长叹了下。

自己第一次出山断案，就遇到了这样的局势。这局势也是当前大唐波诡云谲的朝局所促成的。

他袁昇本来是相王府保举的人，算来也是太平公主一方的李家党。但因为和安乐的关系，自己又被戴上了安乐府的帽子，只不过，原来与安乐一方的宗楚客和韦皇后对自己一直不大放心，甚至必欲除之而后快。

在这时候，自己最终阴差阳错彻底成了安乐的人。

更可笑的是，他袁昇这次出山，本是为了打压挽救狂心不止的安乐，但此刻，反而是安乐在全力救他。他不觉探手入怀，摸到了一件光滑的硬物。

那是她送他的木雕，那个昂头向天傻笑的书生，在她心中是极其重要的事。

他在袖中捏了捏那木人，终于没有拿出来，而是又塞入怀中，扬眉道：“四面楚歌啊，我们也只能绝地反击了。”

一声叹息之后，袁昇又发现了新的难题，这时候甚至仍不能抓捕慧范！

因为李隆基、玉鬟儿肯定早已鸿飞冥冥，早不知被他们转到了何处。在查无实证的情形下，贸然抓捕慧范，只能增加太平公主的敌意。

陆冲怒道：“这也不成，那也不成。我瞧万事都是那个莫神机在搞鬼，不如老子半夜三更前去，一剑宰了他。”

“你还嫌不乱吗？”青瑛嗔道，“其实最紧要处，还是那祆庙大光明寺。”

陆冲冷哼道：“这时候兵发天堂幻境的大光明寺，只怕什么都没有了。”

“不，”久久无语的黛绮忽道，“至少还有那座巫阵，怨阵！”

“是啊，怨阵！”袁昇幽幽地叹了口气，“我们最后启出的牌位，居然是相王李旦。这座怨阵的终极指向，也是针对相王李旦，用其地煞所集的怨气咒杀相王。也亏得相王府内法阵环绕，挡去了怨阵的大部威力，饶是如此，相王仍旧头疾难愈。”

“原来如此！”陆冲咬牙道，“慧范那老家伙胆大包天，咱们速速去踏平那狗地方！”

“不可！我们已经及时毁去了相王的那块牌位，此阵绝不会再危及相王了。不过，那怨阵千万不要动！”袁昇的眸子灼灼闪动着，“那是我们反戈一击的最后武器！”

陆冲黛绮等人齐道：“你有何安排？”

“咱们明日午后发兵，吴六郎，你马上去给我聚点精干人手，一定要点起金吾卫最忠心的暗探，人数贵精不贵多。记住，一定要隐秘，兵贵神速，兵机绝密，万不可事先走漏风声。”

“六郎得令，只是……咱们要兵发何处？”

“天堂幻境！”

吴六郎颇有些疑惑，暗想，既然兵贵神速，为何还要拖延到明日午后？但他素知这位小爷行事往往出人意料，便没有追问，只是躬身领命转身而去。

袁昇才望了望沉沉的夜色，低叹道：“明日，就是七夕了吧？”

陆冲嘟囔道：“七夕？那都是妇人们喜欢的玩意，什么乞巧呀，什么望牛郎织女星呀……你大好男儿一个，整这调调干什么？”

黛绮看着他的目光更加奇怪，终于幽幽怨怨地道：“要不然，你去安乐公主府避避风头吧，顺便跟她一起拜月乞巧？”

青瑛咳嗽一声，忙岔开话题：“其实呢，长安女孩家喜欢过七夕也是这些年的事吧，若是按咱们道家说法，七月七实是鬼节的头一天。”

袁昇却似没有听到两人的话，兀自望着窗外的苍冥，道：“那你们听过长生阁内清心塔的传说吗，一见倾心清心塔，三生常伴长生阁？”

众人面面相觑，陆冲皱眉道："袁公子，袁大将军，你……没事吧？"

青瑛又咳嗽两声："自然听说过，可是……这与咱们辟邪司面临的窘境，与这几桩奇案，有什么关联吗？"

黛绮恍然大悟，紧咬下樱唇，愤愤道："三生常伴？是了，你是想和你的安乐公主去那里发愿，然后此生不成，来生再……三生常伴？"

章节十 七月七日长生阁

翌日午后，吴六郎聚齐了金吾卫的死忠暗探，照着袁昇的吩咐，直奔崇化坊而来。

说来也怪，尽管金吾卫的调动很隐秘，但不到一炷香的工夫，刑部和御史台的人马便也都到了。莫神机和刑部六卫等干将亲自出马，各自带着亲信赶到了崇化坊东南方的天堂幻境。

天堂幻境是崇化坊内调集了各路幻术师精心打造的法阵，但这座法阵并非如怨阵、镇元井那样索人性命，而且只在傍晚时分才显露其不凡之处。

现在才是午后，这里只不过是胡商店铺较多的一处胡人聚居区而已。

御史台、刑部两拨人马有暗探装束也有官府打扮，各自依令散开了。莫神机、刑部六卫等主将则进了一家气势巍峨的酒楼，在临窗的案前坐定了，居高临下地张望着。

“时辰一到，他就完了。”

莫神机慢慢地呷着杯中酒，默默盘算着，今日做完这一票，就能将玉如儿赎身了吧？

想到玉如儿，他便念起了另一个女子。那是十多年前的事了，那个女子叫赵翠薇，神都洛阳如意阁的当红歌姬。他喜欢叫她薇儿。他从来没有像喜欢薇儿一样喜欢过一个女子。可惜那时他初出茅庐，薪俸寥寥，根本不够给她赎身。

让莫神机痛苦蜕变的是一次雨夜，他要公差远行，临行前突然想起去看一看他的薇儿，却在深夜里看到昨晚还跟他海誓山盟的薇儿，正半裸着躺在一位俊俏公子哥的怀中笑闹着，撒娇着要那位薛公子给她赎身。

莫神机在冷雨夜里痴立了许久，最后房内的呻吟声让他最终横下了一条心。他当机立断，杀了薇儿，并精心布置了一个封闭卧房的杀人假象，再将那位薛公子打昏后掀走了。

美艳歌姬全裸被杀，这案子自然轰动了整个洛阳。莫神机“闻讯”后还大哭吵闹，借酒消愁。直到刑部和御史台都束手无策，连遭上峰垂问呵责，最终所有人都求着莫神机出手时，他才又幡然猛醒，全力追查。三日后，他便擒住了奄奄一息的“真凶”薛公子，于是京师初闻莫神机的大名。

从此莫神机学到了一个快速升迁的妙法。他甚至对当时阻碍自己升迁的御史台左御史大夫孙大人也如法炮制过一番。他将孙大人最受宠小妾的老爹宰了，仍旧是密室谋杀，仍旧是死无对证，仍旧是诸多同僚束手无策。偏这时候，往日破案如神的莫神机却病倒了，待在家里闭门不出。那小妾天天痛骂孙大夫，日夜哭哭啼啼，寻死觅活。孙大人急得焦头烂额，只得来求莫神机，并做了许诺。于是莫神机强振精神，带病追凶，又是连续两日两夜的苦干，终于将被害人府内一位失踪多日的总管绳之以法。

不久，莫神机终于如愿以偿地升官了，六品巡街使。

但一晃又是数年过去了，天下已经从武周又变成了大唐。他的上司已从那个圆滑无能的孙大夫换成了另一个圆滑无能的张大夫。可是他莫神机的仕途这些年却始终没有寸进。虽然他拜的名师宣机真人成了国师，声威如日中天，而且宣机对他这名半路投师的弟子也青睐有加，却始终帮不上大忙。

好在他最近又攀上了高枝，一位大权贵将他笼络过来了。

大权贵给钱很多，而且是当今仕途最光明的人，莫神机相信自己是真正地攀龙附凤了。虽然他极少见到正主，只有一位跟他单独联络的上线，见面时只是简单地发给任务，完事后简单地给钱了事。

只是最近他有两件烦心事。一个是玉如儿，他最新喜欢上的绝色美女，醉花楼原来的头牌歌姬，长得很像当年的薇儿，一颦一笑都像。不过蛾眉善妒，玉如儿有个眼中钉，就是玉鬟儿。因为玉鬟儿来到醉花楼后，夺走了她的艳名。莫神机对此颇为理解。他也是对名望看得极重的人。偏偏玉鬟儿犯案时，他被相王府一案完全缠住，正在全力按照大权贵的示意做着善后。等他缓过身来，袁昇审案了，却将玉鬟儿释放了。莫神机几乎要气疯了。

他第二个烦心事，就是这个袁昇。他很懊恼，为何自己唯一的一次面圣，怎么就不敢跟皇帝约定时日破案？当然，那时他还在疑惑，这件大案不知与自己背后的权贵有何干系。

可机会一闪而逝呀。他已经四十岁了，这样的机会再不会有第二次了。

他从心里妒忌袁昇，但也不得不佩服这家伙，现在的年轻后生，真是狠得下心去拼呀。不过你遇上了我老莫，你也就仅止于此了。

过了今晚，袁昇限期就只剩下最后一天了。嗯，今天是七夕，虽然按照道家习俗，七夕其实应算是鬼节的头一天，可长安的那些美女娇娘们不管这些，不知从什么时候起，她们都很喜欢过七夕，还兴起了什么七夕乞巧的习俗。玉如儿也正盼着自己带些七夕礼物过去吧？

莫神机的这一顿闷酒喝了很长时间。楼下，吴六郎亲自率领一众金吾卫暗探在大光明寺外集结，众金吾卫已经将祆庙围得水泄不通，但主将袁昇却迟迟不来。

袁昇升帐点兵时已说了兵贵神速，但见不知怎的这次机密行动仍然早早泄露了风声，他便只得将金吾卫的行动压慢下来。

直到日色西斜，袁昇才姗姗来迟。

两名祆寺胡僧在寺外不住作揖地求恳着，袁昇背着手来回踱着步，似乎也在踌躇不决。但最终，袁昇仍是挥了挥手。一彪如狼似虎的金吾卫立即冲进寺内。

随后便是一场鸡飞狗跳的大搜查。众金吾卫近日来连遭御史台和刑部等同行的鄙视，早憋了一肚子的火，这一番细密的搜查可说是惊天动地。

众胡僧哭闹不休，有几个胡僧刚刚得了御史台密探的吩咐，只管哭闹，待会有人给你们撑腰。特别是金吾卫全力搜捕却毫无所得之后，一众胡僧愈发得了理般地吵嚷哭闹起来。

“天尊在上”“光明之主睁睁眼吧”“伟大的智慧的无所不知的玛兹达快看

看吧……”

使在这哭天抢地的喊闹声中，莫神机和刑部六卫率众赶了过来。

“袁昇，又是你！”莫神机阴沉着脸道，“太平公主殿下都曾亲临这座胡寺，你却无端侵扰胡寺，率众欺凌胡教，亵渎神灵，我这个巡街使可不能坐视旁观，前番慕仙斋的血案还未了，麻烦袁大将军跟我走一趟吧。”

袁昇还未答话，吴六郎、陆冲便齐齐冲了上去，陆冲索性破口大骂，青瑛也率着十几个金吾卫围拢上来，两拨人马立时剑拔弩张。

刑部六卫眼见莫神机这老滑头难得地冲在了前头，便乐得坐山观虎斗，只站在莫神机身后虚张声势地摇旗呐喊。

一阵喧嚣过后，袁昇才拨开人丛，走到莫神机身前，沉声道：“我们两人的事，还是我们两人来商议解决吧，如何？”

莫神机狞笑道：“你要怎样商议？”

“单独商议，你敢不敢？”袁昇故意瞟了一眼神捕的胸口，“莫神捕的伤好了没有，在下这里有跌打损伤的妙药。”

莫神机的脸登时如斗鸡般紧了起来，双眸如欲充血，沉声道：“只怕你又要逃之夭夭。”

“各位在此少安毋躁，我与莫神捕单独去推敲一下案情。”袁昇扫了一眼神色各异的场间众人，转身向袄寺的后院走去。他走得极是悠然，但两三步跨出，身子便是一阵模糊，堪堪要消失在袄庙的角门处。

“还要比神行术吗？班门弄斧！”莫神机的眼瞳一缩，脚下蓄力，飘然掠了过去。

当日他一个失神，竟为袁昇所施的法术所伤，而且与刑部六卫一起，弄了个灰头土脸。这一下宣机国师最著名的弟子被鸿罡国师的得意弟子轻松击败，京师坊间已有人在添油加醋地传扬此事了。

莫神机自是郁愤难言，他年长功深，许多精深道法没有施展出来，只是被袁昇用极讨巧的道术蓄势而击，说起来万分地不服气。他向来以宣门的招牌弟子自居，若不能扳回一局，只怕今后在宣机师尊面前，都抬不起头来了。

当下他立将神行术施展到了极致，电般射出。

几乎在同时，寺外传来了熟悉的鼓声，催更鼓响了。暮色伴着鼓声，沉沉地压了下来。

“莫神捕，可否给在下一晚工夫？”袁昇口中话说，脚下却疾若星飞，丝毫不停，“或许我就能破解了碧云楼奇案，还能就慕仙斋的事，给你一个交代。”

“自然可以！”莫神机狞笑道，“但你得先随我去御史台！”

袁昇再不多言，身形飘忽而动，折向拐出，穿过了一道角门，来到了庙外。

若论神行术，在长安除了青瑛，只怕罕有人会是莫神机的对手，所以袁昇绝不跟他比快。他仗着身法灵动，忽左忽右，在这片胡商聚集的巷子间穿梭着。

此时暮色渐浓，天堂幻境的街衢上渐渐显露出法阵的气势来，那些五色缤纷的彩灯开始亮起来，一盏、两盏……似乎每燃起一盏灯，这片法阵上的地界便多了些神奇和诡异。

袁昇的神行术不及莫神机，却胜在路径熟稔，身法飘忽。他几乎不走大道，只从小巷穿梭。莫神机几次堪堪追到他的近前，连施擒扑秘术，每次都几乎要沾到他衣角，却都被他滑若游鱼般地逃脱。

莫神机的脸色渐渐冰冷，先前他的擒扑秘术只施展了一成劲道。与其毕其功于一役，他更想在这胡商密集的大街上，让更多的人都看到，宣门弟子莫神机正将鸿门高徒袁昇撵得如丧家之犬。

“困！”莫神机怒喝声中，两道捆仙索箭般射出。

袁昇闷哼一声，他的身法再飘忽，也难以躲过夭矫难测的捆仙索，背部被狠狠抽中。一时新伤牵动旧伤，再也忍耐不住，仰头喷出一口热血。

“强弩之末了！”莫神机很享受对手这种垂死的挣扎，臭小子，老子这时候该百倍奉还了。

莫神机一抖手，余下四道捆仙索张牙舞爪地齐齐挥出。

眼见袁昇只有束手就擒，哪知他身形一闪，斜刺里冲入了一扇毫不起眼的小门。捆仙索狠狠抽在门板上，竟溅出了一串火星。

“法阵！”莫神机眼芒一寒，但他已看到袁昇脚步踉跄了许多。

莫神机身形一弹，电射而出。一冲入这座神秘的院内，莫神机便觉眼前道路错综繁复，似乎暗含阵法，但好在前面的袁昇显然也为阵法所困，走得并不快。这小子显然也有些慌乱，而且一边逃，还一边不住地吐血。

虽然袁昇还是四品下的将军官职，远较他莫神机为高，他本来无权擒捕上级官员，应当有所顾忌，但这时候两人之间的较量很有些江湖较技的味道，更因他一门心思地要扳回宣门声誉，便循着袁昇所踏的路径，疾冲而前。

袁昇的前方，是一座毫不起眼的大殿。

从半张的殿门瞧去，可见这是一座前后通透的殿宇，从这里穿过去，他很可能会有多条路径可走。

一定不能让他穿过那座殿宇！莫神捕鼓起余勇，六道飞索疾出，犹如六条飞旋的怒龙扑向袁昇。

眼见捆仙索就要触到袁昇的衣襟时，袁昇蓦地贴地一滚，迅疾地转向那扇半开的殿门。

莫神机嘴角咧开一丝残酷的笑，这完全在他意料之中，仗着身法奇快，已抢先一步跨入了殿门。

老子胜了！莫神机几乎要狂笑出声了。他已稳稳挡在了袁昇身前，而袁昇，这个数日前内苑奏对时，让天子万分欣赏、让两大公主争相拉拢的朝中新秀，却口角渗血，如一条狗般地滚在自己身前。

只是，莫神机忽然觉得奇怪，这小子望过来的眼神怎的如此奇怪，没有失败者的痛苦、惊慌、畏惧，那眼神竟有几分得意，甚至是……怜悯？

莫神机随后就觉出了更大的奇怪，那是一种异常古怪的气息，阴郁、森寒，更带着说不出的怨毒。

忽然间，他耳中传来轰然一响，殿内门窗齐齐闭合，原本通透的殿宇变成了一座漆黑的世界。

下一刻，莫神机便觉出了一种难耐的威压，仿佛万乘之君驾临身前，仿佛三军统帅纵马而到，让他全身僵硬，冰冷。

一见倾心清心塔，三生常伴长生阁——说的是长安城西之丰邑坊内的长生阁。

丰邑坊紧挨着崇化坊，长生阁坐落在其西北边，是一座有些冷僻的道观，却自称佛道合参，而且观内真有一座隋代佛寺遗留下的五层高塔，名曰清心塔。

不知从何时起，有闲人觉得“清心”与“倾心”同音，便杜撰出“一登清心如一见倾心，一拜长生便三生常伴”等口彩。因为这长生阁不是真正的清修道观，这些好口彩很可能是那些假道士们招揽善男信女们所编的鬼故事。但世间事往往是鬼故事才流转得开，一来二去，这些传闻真就在长安青年男女间流传开来。

每到上元节、中秋节乃至七夕时，都会有成双的男女来登清心塔。只不过自两年前的七夕夜，有一对痴男怨女从五层高的清心塔上跳楼殉情，做成了一对鬼鸳鸯之后，长生阁便惹上了官司。再后来，那里便常常闹鬼，此后就冷清了下来，再也无人敢在七夕夜来此登塔祈愿。

只是今日晚间，长生阁却热闹起来。不知从哪里来的豪客将整座偏僻道观包了下来。清心塔上，更是张灯结彩，层层塔檐上缀满彩灯，远远望去，如一尊光彩夺目的琉璃宝塔。

“今年的七夕夜看来要与众不同啦，怪不得今晚的月亮这样美！”长生阁的观主激动得快要热泪盈眶了。这次的贵客实在太有钱了，听说领头的是个胡僧，果然有钱人还得看那些波斯巨贾呀。只看这五层清心塔上悬挂的各色精致宫灯，就让观主目眩神迷，甚至塔内的楼梯上都铺了西域特产的茵毯，每层都燃起了熏炉，沉香、龙涎香、苏合香等名贵香料，熏得整座高塔都幽香四溢。

而这一切布置妥当，只花了短短半日工夫。这才叫真正的豪奢。

清心塔最高的第五层，现在只有四个人。

最耀眼的是俏立楼头的玉鬟儿。她一身浣花流水锦织的高腰百褶裙，裙上绣着数百朵形色各异的奇花，上罩淡粉锦绣半臂彩衫，再配上那张娇艳欲滴的玉靥和轻愁脉脉的明眸，被灯辉映衬着，整个人光彩照人，犹如一朵盛放的牡丹。

她手里拿着九孔针和五色线，时而默默仰望着天心的那轮明月，时而轻贴在身旁的李隆基肩头，低声呢喃着。

“三郎，我要对月乞巧啦，记得你也要许愿呀……许什么愿呢？我们做一对比翼鸟可好，嗯，今晚是牛郎织女相见的日子，他们是天上的神仙，其实还不如一对日夜在一起的鸟儿快乐……”

按照其时的风俗，女子都要在七夕时对着月亮，将五色线穿过九孔针，谓之乞巧。更因相传七夕这一晚，牛郎与织女相会，所以女孩子们乞巧时总要许愿，而这些愿望又多与恋情相关了。

自从昨晚听得李隆基翻来覆去说出“七夕夜，清心塔”这六字之后，玉鬟儿立时就想到了这里，随即激动地想着三郎好转在望，特别是在七夕这个特别的日子里。

雪姑正盼着将她这新任花魁弟子送入宗楚客府内，这两日对她几乎言无不从。而听得玉鬟儿要带着心上人登上一座极偏僻的冷清道观对月乞巧，老胡僧慧范也觉得没什么要紧，随即发动人手，仗着泼天的财力，半日工夫便将一切都布置得妥妥帖帖。

此刻，慧范和雪姑也站在不远处，悄然凝望着一对年轻人。

雪姑幽幽叹了口气："慧范长老，难得你有心，让她圆了这个梦。这一切，又让你破费不少吧……"

"便是倾城重宝，又怎能与玉鬟儿的倾国绝色相比？"慧范目光复杂地瞥了眼雪姑，"素宗主，传说在这里许愿，会非常灵验。今晚是七夕明月夜，不知你的愿望是什么？"

雪姑也盯着他："我的愿望，长老自然知道！除了了却那位贵人的天大人情，我还要为鸿罡那死鬼报仇。可恨他死得不明不白，门下弟子无数，居然无人敢发一言。"

"他弟子无数，成才的却没几个。凌髯子老成木讷，凌智子又胆小畏缩，只有个关门弟子老十九还不错，却一直在闭关。嗯，说来他的弟子中，最有才气的还是袁昇。可惜，据老衲打探的消息，鸿罡极有可能是被袁昇失手刺死。"

雪姑森然道："袁昇和那个宣机国师，我都不会放过。"

"老衲祝愿素宗主成功。"慧范的目光闪了闪，忽地瞟向玉鬟儿的背影，"老衲精通相术，这位美女……应该是你的女儿吧，为何不告诉她真相？"

雪姑冷哼道："你既然相术独到，能看得出她的父亲是谁吗？"

慧范的脸上浮过一丝痛楚，又迅疾掩藏下去，尽量淡然地微笑道："事关国师清誉，老衲不敢多言。"

"真是个老狐精，什么都瞒不过你。"雪姑笑了，却笑得颇为苍凉无奈。

栏干前的李隆基忽然笑了笑，一字字道："你来，我给你吹笛。"

"三郎，你……你真的要好了！"玉鬟儿的眸间闪出泪花来了，"你先跟我说，我们——在天愿作比翼鸟，在地愿为连理枝！"

李隆基很认真地看着她，仿佛在痛苦地思索着什么，终于慢慢道："在天愿作比翼鸟，在地愿为连理枝！"

在天愿作比翼鸟，在地愿为连理枝——这是大唐青年男女们发愿时常说的话，原本极寻常的话，但不知怎的，从李隆基这个俊逸却有些呆滞的男人口中一字字地吐出，便显得难言地沉重与火热。

看着几乎要欢呼雀跃的玉鬟儿，雪姑蓦地淌下了热泪。

当年，也是在长安，也曾有一个男人跟他说过同样的话。

那时候，那个男人也同样挺拔高大，只不过他的身份较之李隆基的临淄郡王更加难以碰触。

人生如长夜，相约如寥星。可惜，谁会记得那些火热的约定呢？她紧咬银牙，心中阵阵抽痛，先让这个丫头了却心愿吧，然后，该是报复这个世界的时候了……

雪姑的明眸不经意地一转，陡地发现慧范那华贵胡袍竟在微微发抖，这个老胡僧显然在极力抑制着什么。

"长老，你怎么了？"

"没什么，看到了少年人，想到些当年事。"慧范淡然一笑，顺水推舟的一句话，便将先前的古怪化于无形。

雪姑却没有这么轻易地消去疑心，冷冷一笑："公主殿下让你照顾我们，却没想到你照料得很好，出乎意料地好。可我一直觉得奇怪，你身上有一股气息，真的让我觉得很奇怪。"

她说着缓步走向慧范，一股强大的气息已向那老胡僧当头压下。

慧范脸含苦笑，静静地望着她，没有说话，也没有躲避。

章节十一 情恸之塔

便在此时，忽听得咯吱咯吱，伴着一道道沉稳的脚步声，一个人缓步走上了塔来。

“袁昇？”雪姑回眸，森然道，“你居然寻到了这里！”

袁昇望着她抓向拂尘的素手，淡淡道：“素宗主要杀人灭口吗？此时清心塔下，乃至长生阁外，都已被我大批金吾卫精干暗探围困。哦，还有一直追寻我的刑部和御史台两拨人马也会转瞬即至。交出临淄郡王吧，一切都可商量。”

“这时将李隆基交给你们又有何用？”雪姑冷笑道，“他身中傀儡蛊，无药可解！”

袁昇目光一黯，望向玉鬟儿：“看得出来，你很爱三郎，而且，你应该有解开毒蛊的办法！”

玉鬟儿玉容惨淡：“我不会解，这毒蛊也……无药可解。”

便在此时，塔下忽然人喊马嘶，灯笼火把映得一片通红，御史台暗探和刑部铁卫两拨人马居然联袂杀到。只不过御史台暗探因少了莫神机坐镇而群龙无首，刑部差役们则因为有大名鼎鼎的六卫带队，显得底气十足。

老大听风卫苏木鼓气大吼：“围住长生阁，定要擒住重要嫌犯袁昇。”

楼下还有吴六郎率领的金吾卫众暗探，闻言都破口大骂，甚至气势汹汹地围拢上去。到底金吾卫负责京城治安，人多势众，很快就将刑部差役们反围住了。

两拨人马互不相让，便要大打出手。

袁昇忽然探身向塔下大喝："袁昇奉圣人之命在此断案。一个时辰之内，大案将破，谁敢莽撞行事，就是欺天大罪！"

这句话喝得义正词严，"欺天大罪"的帽子又太大，蠢蠢欲动的御史台和刑部差役们都被他的威势镇住。刑部六卫不得不相互交换了下眼色，老二辨机卫离明潇低声提醒："莫神机那厮一直没有露面，不知这老狐狸又有什么算计，咱们还是静观其变！"

听风卫苏木仰头大笑："不过就是一个时辰，袁昇，我们等得起！"

塔上的雪姑冷笑道："袁昇，你到底是个天才还是蠢材，一个时辰够做什么？只够你和李隆基一起去死。傀儡蛊根本无药可解！李隆基现在只是玉鬟儿的一个玩偶，好在他的神智在慢慢复苏，但直到他完全复原，也只是鬟儿手中的傀儡仙，一辈子要听鬟儿指派。这是多么美妙的结局！"

玉鬟儿忽地凄然一叹："师父，其实我并不想让他变成我的玩偶傀儡，我宁愿他还是先前八面威风的李三郎、为什么……为什么会是这样的结局？"

"只因令师是二十年前的雪无双！"

袁昇踏上一步，冷冷道："二十年前，蜀中绝色女冠雪无双初至洛阳，便以奇术祈雨，一鸣惊人，但此后很快便杳无音信。后来的事，极少有人知晓，为尊者讳，我也不必细说了。只不过，"他冰冷的目光扫过一旁淡然而立的慧范，"有些事终究是瞒不住的。"

昨晚他曾和大师兄凌髯子长聊半夜，虽然大师兄语焉不详，但他已能隐约感觉到，这个雪无双和师尊曾有一场情缘。但那时候师尊是国师，又怎能沾染俗情。在议论稍起的时候，师尊当机立断，将之介绍给了与道门同样有些渊源的太平公主。雪无双仗着过人的秘术，曾暗中给太平公主办了不少的事。

再后来，太平公主急需一个亲信联络相王李旦，雪无双就以道姑身份进了李旦府内，教授其姬妾修道。据凌髯子回忆，似乎在此期间，她仍与鸿罡国师有所往来。

但不知为何，一年之后，雪无双从神都洛阳消失了，就此一去不回。大师兄凌髯子闪烁的话语甚至透露出一个惊人的信息，雪无双离开师尊鸿罡真人时，甚至有孕在身。

雪姑冷哼一声，没有言语。

袁昇紧盯着她的双眸，忽地用上了道家秘传的传音之术："其后雪无双曾短期身入相王府内。我今晨特意再去寻了相王的大公子李成器打探。世子素来早慧，何况那时候他已经十来岁了……现今看来，应该有一种可能，雪无双貌美多情，对相王暗生情愫……"

"你……"雪姑的脸色忽然变得苍白黯淡，"你胡说！"

"可惜落花有情，流水无意，相王对此全不在意。你恨我师尊，更恨相王，此番前来，不论你要给当年的恩主太平公主干多少事，但主要是……报复相王！"

雪姑皎洁的玉面上终于慢慢咧开一丝残酷的笑纹："是啊，我凭什么不能报复？难道我连报复的权力都没有吗？鸿罡是个老顽冥，李旦则是个伪君子！他对我发了誓言，但事后却说我是朋友之妻，将我生生逼走，他比鸿罡更加可恶百倍。"

她忽地仰头大笑："我就是要报复，报复那些臭男人、伪君子，让他们都痛苦终身！"两人原本是用传音秘术对谈，但雪姑说到最后这句话，已是歇斯底里，竟毫无顾忌地狂笑出声。

慧范若有所思，却始终如木雕般沉默不语。

"师父，为什么……为什么要这样？"玉鬟儿泪流满面，"为何你要报复，却让我悔痛终生！"

"住口！"雪姑喝道，"你这孩子从小便没有魄力。唯有这样，你才能永远和他在一起，平生再无遗憾，又有何可悔痛的？"

袁昇忽道："玉姑娘，既然你不愿抱憾终生，何不跟我们一同走？傀儡蛊讲究主在客安，在下的灵虚门中有一门清心洗魂术，专治附体移魂之症，你我二人合参，未必不能让李三郎恢复如初！"

"当真吗？"玉鬟儿双眸闪亮，"只要能让三郎复原，哪怕让我立时死了，我……我都愿意。"

“住口，”雪姑扬眉道，“你胆敢踏出一步，我先毙了你这玩偶。”

袁昇已倒擎春秋笔，笔尾的掩日神剑骤然弹出，向身后低喝道：“李隆基已在恢复，将他们都救走吧！刑部那边，我来应付。”

青瑛和陆冲自他身后飘然闪出。雪姑冷笑道：“就凭你们两个手下败将，也敢拦我吗？”

陆冲愁眉苦脸地道：“素宗主，咱们不要动刀动枪，还是继续聊聊养花之道如何？”

“还是……我来吧！”

一道冷硬的声音忽然响起，痴痴呆呆的李三郎蓦地挥出一把寒光闪闪的短剑，一剑刺入了玉鬟儿的心口。

这一剑犀利决绝，事先毫无征兆，加之李隆基一直僵立在玉鬟儿身边，甚至在他说出最后一个字的时候，连慧范、雪姑等高手都没有看到他手上的动作。

大家看到那道寒芒的时候，惨厉的剑尖已经穿透了玉鬟儿的胸腔。

塔上的人几乎都僵在了那里。

直到玉鬟儿发出一道凄恻虚弱的惨呼，雪姑才回过魂来，厉声咆哮：“孽障！”她疯了般地冲向李隆基。

“拦住她！”袁昇大喝。

“苦活都归我啊！”陆冲硬着头皮挥剑抵挡住雪姑。没想到往日威风八面的素宗主这时手足俱软，在紫火烈剑的当头轰击下，她的拂尘几乎无力扬起。

往日里神机妙算的慧范更是关心则乱，大张着嘴，双足僵立当场。

“三郎，”玉鬟儿倒在了李隆基的怀中，凄然望着他，“你醒了？”

李隆基却没有言语，在众人的惊呼声中，他再次拔出短剑，又再次坚定地刺入。

玉鬟儿那雪白的胸襟上鲜血迸射，李隆基的目光却清澈了许多，才渗出些痛苦的光，喃喃道：“这就是你说的……反客为主？”

雪姑颓然栽倒在地，嘶号道：“玉鬟儿，你疯了？反客为主，这是唯一可以破解傀儡蛊的办法，难道你竟？”

她觉得这猜想太大胆，也太不可思议，竟不敢说下去。

“反客为主？”慧范惨然道，“不错，李隆基作为最大的客蛊，若反噬其主，就能回神破蛊！”

“是啊，我下决心唤醒你的时候，就已想到了这样的结局……”玉鬟儿的声音已细若游丝，目光仍爱怜无限地缠绕在李隆基的脸上。

李隆基忽然一阵手足无措，只得让那把剑温柔地停在玉鬟儿胸腹间，颤声道：“是啊，是你命令我这么做的……”跟着放声大哭，“是你教给我的，是你的命令！为何，这到底是为何？”

玉鬟儿微笑道：“别怕，三郎，这是唯一的法子，只是我没有想到，你会这样快……但只要你能变好了，我……宁愿死……”

袁昇也是浑身发冷，自己曾趁机将一股精神灵力灌入李隆基脑中，精神灵力中包含了一阕清心曲，那是清心洗魂术的根基术法，还有，便是那六个字——七夕夜，清心塔！

他推测，只要李隆基说出这六个字来，依着玉鬟儿的女孩家心性，一定会在七夕之夜赶来此地。而正因算准此点，他才让金吾卫倾巢而动。

他的算计几乎全部正确。只是他全没料到，唤醒李隆基的事，玉鬟儿居然一直在做，而且，她竟选择了这样一种毅然决然的惨烈方式。

是的，只要你能变好，我宁愿去死。

哪怕我早已知道这个结局……

袁昇的心忽然一阵剧烈的抽搐。他想起花魁盛典时她那明艳绝伦而又有些凄美的笑容，应该从那时候起，她已经下定决心了吧。

下一刻，他便觉出更大的疑惑，虽然有自己的灵力相助，但在这么短的时间内，李隆基仍能被及时唤醒，可见此人果然心智过人。但在短剑挥出的那一刻，他仍是浑浑噩噩地完全遵照宿主玉鬟儿的指令吗？还是已在清心曲的助力下，恢复了心智，却依旧果决地挥剑刺出？

他已不敢再想下去。无论怎样，这个答案都太过残酷。

“你……你果然记住了，”玉鬟儿喘息道，“三郎，你一直都很爱我吗？”

“很爱，”李隆基点点头，“可你知道，我无法娶你。”

塔上的人全呆愣在那里，痴痴地凝望着一对怨侣。无论是老谋深算的慧范，还是骨肉相连的雪姑，以及有妙手之术的袁昇，都已看出玉鬟儿的性命只在呼吸之间，神仙来此也是回天无力。他们不能做任何事，所以不忍上去打扰，甚至不愿说话，不愿发出声响。

“告诉你个秘密，我也是好人家的，只为了接近你，我才被安排去了那地方……可你，一直是高高在上的郡王啊！”她已喘不过气，却挣扎出一抹笑，轻轻地道，“答应我，下辈子，你一定要娶我！”

李隆基的眼中，终于慢慢地淌出了泪来，一字字道：“我答应你。”

“三郎，你终于为我哭了，”她轻抚着他的脸，轻轻地道，“别怕，所有的罪，都由我来担！”

玉鬟儿笑了笑，忽然反握住胸腹间的短剑，狠狠扎入了自己的胸膛。

“鬟儿！”雪姑全身仿佛似被定住，怔怔地望着这个宠爱而又怨恨、呵护而又鄙夷的徒儿。直到此时，她才发现，原来这女孩多年来一直跟自己相依为命，原来自己竟是如此爱她。

玉鬟儿却望向李隆基，轻轻地道：“昔我往矣，杨柳依依……下辈子，记得我呀……”

她终于倒在他的怀中。倾城绝色，香消玉殒。

袁昇则忽地吐出一口黑血，玉鬟儿既死，反客为主之局已成，袁昇体内的蛛丝余蛊也解了。李隆基的反应更大，他口中接连不断地吐出黑血来。

啪啪数道轻响，却是听风卫苏木乘着刑部差役和金吾卫对峙之际，率领离明潇等五卫展开道术，从清心塔的另一侧悄然攀缘而上。

明晃晃的彩灯光焰下，忽然见到塔上的惨局，刑部六卫都是大吃一惊。

“临淄郡王？”苏木盯着满手是血的李隆基，玉鬟儿则横尸其身前，又是震惊又是疑惑，“你……你杀人了？”

“胡言乱语，谁说临淄王杀人了？”

青瑛忽然踏上两步，朗声道：“七夕之夜，这位花魁玉鬟儿与临淄郡王塔上诉情，玉鬟儿一心想委身于临淄王而不成，哀怨之下，挥剑自尽。我等恰好赶来，都看了个满眼。”

袁昇和陆冲只有黯然点头。而雪姑颓然倚在塔边，如痴如呆，慧范黯然转过了身，两人都无法答话。

地上的玉鬟儿双手反握着短剑，脸上还残存着一丝笑意，正与青瑛所言相符。

“恭喜袁将军寻得了临淄郡王，”苏木只得退而求其次，“但万岁限定七日之案，除了寻得临淄郡王，似乎还有碧云楼之案吧？”

青瑛冷哼一声：“碧云楼之案已是昭然若揭。玉鬟儿为了委身于临淄王，不惜杀死自己的两位诗人情人，可惜玉鬟儿落花有情，临淄王流水无意，玉鬟儿羞愧之下，才有了今日黯然殉情之举。况且碧云楼之案决断与否，是圣人亲自垂问的，轮得着你来打听吗？”

苏木给伶牙俐齿的青瑛一通抢白，不由恼羞成怒：“碧云楼之案我问不得。那慕仙斋之案呢，袁将军牵连其中，众目睽睽之下畏罪潜逃，此案已由莫神捕亲自定论，袁将军还有什么好说的？”

“慕仙斋之案，我会给天下一个交代。”袁昇疲倦地一叹，“不过莫神机既然定论我有罪，此人到底在哪里，可由他出来与我对证。”

一句话问得刑部六卫面面相觑。追风卫铁渐心直口快，忍不住顿足道：“是呀，这紧急当口，莫神机这老狐狸去了哪里？”

青瑛冷笑道：“这个莫神机行事鬼鬼祟祟，适才我家袁将军曾请他当面对证，但此人理屈词穷之后，便即遁迹不见，谁知道他去了何处！”

陆冲忽然搔了搔头：“莫神捕嘛，先前我似乎看到他了，这家伙偷偷摸摸地似是进了附近的一处祆庙。”

离明潇的老眼一寒：“祆庙，他去那里做什么？”

一直黯然垂头的慧范蓦地仰起头来，深深地望了一眼袁昇。二人四目对视，都没有说话。

“前番我家袁将军一心追查碧云楼要案，无暇与莫神机分辩，平白遭了他诬陷。眼下嘛，”青瑛的声音高了起来，“不管他在哪里，事关我家袁将军和辟邪司声誉，都要找到他，当面再辩个清楚。”

陆冲沉吟道：“那祆庙离此不远，要不然，咱们过去看看？”

苏木暗想若是由袁昇和莫神机当面争辩，由我刑部做个评判，无论谁胜谁负，我等都大有脸面，当下嘿嘿一笑：“正该如此！”

轰然一声巨响，大殿沉厚的殿门终于被人打开。很奇怪的是，在打开这道殿门的同时，这座奇怪殿宇的所有门窗居然一起张开，仿佛一只沉睡的怪兽忽然警醒，睁眼的同时，也竖耳张嘴，又仿佛打开了通往地府的幽冥之门，无数道阴森孔隙同时打开。

众人第一眼的感觉，就是这座大殿太幽暗阴森了。更可怕的是，他们听到了一阵阵奇怪的啜泣声。

那声音战栗着，充满恐惧和畏缩，似乎在向什么神祇哀恳祈求。忽然间听得这声音，众人均觉一阵难言的阴森，寒毛齐齐竖起。

几个刑部差役急忙举高了火把，明晃晃的火把光焰下，只见莫神机直挺挺地跪在大殿当中，双肩不住抖颤，在他身前的地面上，是一块不大不小的牌位。

大唐太子李重俊

那牌位上的黑字在火光下熠熠闪动着，显得触目惊心。

众人尽数呆住。这时候，居然有人明目张胆地给谋反被诛的逆太子李重俊设牌祭祀，甚至明目张胆地跪拜哀号。

愣了片晌，苏木才大喝道："来人，莫神机公然给逆党李重俊叩拜招魂，罪不可恕，快将这李重俊的死党余孽给我擒了。"他叫得声嘶力竭，似乎生恐声音小了一丝，也会被人怀疑跟这逆党有所关联。

御史台虽然也跟来了巡街探子，但亲眼见得这等怪异场景，尽皆噤若寒蝉，便是其亲信也不敢吱声。

早有追风卫铁渐率人呼哨上前索拿，没想到身手超然的莫神机居然束手就擒，甚至在被擒之后，口中兀自念念有词，连呼"太子殿下，殿下饶命……属下知罪，属下知罪了……"

这时一道身影鬼魅般地飘然闪到了殿外，正是胡僧慧范。

那次发现袁昇带着黛绮避入天堂幻境，随后他便想出用这座怨阵困死袁昇的计策。怨阵外的小园路径本就是用道家法阵布置的，他早想到这个得意弟子会如他所愿地钻入怨阵内送死。

这本是个绝妙的请君入瓮之计，只是没想到袁昇身边的那个波斯女郎元神灵力居然这样强悍，竟力助他脱困而出。这座怨阵布置起来极为烦琐，要想拆除也不是旦夕之功，好在他及时销毁了那三个废太子的灵牌，料来就是官府来此，也看不出什么端倪。

没想到袁昇竟利用了这座没有完全拆毁的怨阵，又将莫神机诱入。这种攻击元神的法阵，只要曾破阵一次，心神就会有了抗力种子，至于怨阵内那面重又出现的逆太子李重俊灵牌，一定是袁昇这小子揣在怀中，乘机送入法阵的。这小子当真敢使险招啊。

他默默地与袁昇在夜色中对视着，目光看不出是悲是喜。又废去了宣机国师的一个得意弟子，也许他该欢喜，但师徒较技中，徒弟再次胜出后竟又借力打力地除去强敌，他又有些暗自慨叹。

“看那里，起火了。那里是清心塔……”

一行人押送着神智昏聩的莫神机刚出了天堂幻境，就看到清心塔方向火光冲天。

清心塔和天堂幻境虽然分处崇化坊和丰邑坊这两坊内，实则只隔着两条街。众金吾卫和许多暗探差役急忙冲过去，要待救火，却都被一股神奇的力量给逼了回来。

众人仰头眺望，却见熊熊烈焰簇拥着的高塔上，一个银发女子黯然而立，正是雪姑。想是这位雪山派宗主万念俱灰之下，举火自焚。

章节十二

局后论局

大火烧了整整一夜，这座隋代遗留的老塔，虽以砖石为主，但各层门窗装饰均是木制，烈焰焚烧后已成为一片废墟。

清晨后，人们冲入仍然冒着烟气的废墟中，却不见了玉鬟儿的尸身，那个神秘的雪姑更是消失无踪。

在经袁昇诊脉确认没有大碍后，李隆基已连夜被相王府的人接走了。

当朝阳再次带来黎明的时候，正是破案所限的第七日。袁昇早早地带着吴六郎，去刑部大牢探问了老爷子袁怀玉，给老爹报了喜讯。袁老爷子人缘不错，在牢中倒是全没受苦，虽然朝廷还未发放人的旨意，但大案已破，刑部中人更是不敢为难他了。

慰问罢了老爹，袁昇的心才安稳下来。回到金吾卫，他能深切地感受到同僚们的扬眉吐气以及对自己的由衷佩服。如此奇案要案，在如此短的时间内侦破，金吾卫衙司上下自是一片欢腾。

袁昇却无暇给自己庆功，午后，便又带着陆冲、青瑛和黛绮赶到了长生阁。

最后一次在废墟中查找之后，四人才确信已再无可能找到一丝线索了，终于无奈地走入长生阁的观主丹房内歇息计议。

长生阁的观主无端摊上了这一场天大灾祸，当真欲哭无泪，看出袁昇是手握重权之人，一边乘机愁眉苦脸地诉苦哀求，一边紧着上茶伺候。近年来长安的贵族们受道士和僧人的影响，也开始流行起喝茶了。

屏退了啰唆唠叨的观主，四人再次计议离奇古怪的案情。

“虽然我们找到了李三郎，但这个案子，仍旧疑点重重，甚至可以说，根本没有破。”与陆冲脸上掩不住的兴奋不同，袁昇的脸色仍旧阴云一片。

“李隆基找到了，给他下蛊的婆娘也或死或逃，怎能说是没有破案？”陆冲扬起大头，“自然了，还是有些疑点的，比如当初在碧云楼内，李隆基是怎样消失的？”

袁昇道：“这个倒好解释。因为我也跟李三郎一般，遇到过同样的情形，忽然间同案饮酒之人离奇暴亡，任何人都会惊慌失措。那时候李隆基很可能听从了玉鬟儿的建议，及早离开现场。他很可能觉得凭着自己的郡王身份，绝对能将玉鬟儿及时救出，那么在不知这案情底细的情况下，还是先离开这是非之地，走为上策。”

“李隆基极可能是施展了一个小伎俩。他躲在门后，唤来了伙计甲，那人进来后被案发现场几乎吓昏，那时候雪山派宗主的亲生女儿兼得意女弟子玉鬟儿略施小计，自然会让他就此昏厥。于是李隆基换上了伙计甲的衣袍，我甚至相信，那时候的李隆基也接近‘傀儡仙’的毒蛊发作了，自然会听从玉鬟儿的摆布。碍眼的两个店伙计都被支开了，其他堂上穿梭的伙计们忙忙碌碌，是不会留意另一个穿着店伙计服饰的人进出的。

“是的，李隆基没有被什么仙术妖法凭空摄走，他就是那样堂而皇之地下了楼，应该有人看到过他，但谁会关注酒楼内一个再寻常不过的店伙计？李隆基钻进了雪姑早已为他准备好的厢车内，他以为这是来接应他了却麻烦的，哪知道他陷入了一个真正的天大麻烦中。”

黛绮恍然道：“原来这一切都是雪姑这坏女人的算计，可恨她已葬身火海，死无对证了。可她为何要杀登云观海还有老郭呢？”

陆冲道：“杀登云观海不难解释，这两人都是玉鬟儿的崇拜者，甚至追求起来会无止无休，只怕误了玉鬟儿的大好前程。雪姑何等心狠手辣，自然要下手斩草除根。”

“你说的，乍听上去确实有道理，但细究之下又漏洞连连。”袁昇却摇了摇头，“即便雪姑为免却玉鬟儿的后患而要杀登云观海，但何必还要当着玉鬟儿和李隆基的面来动手？你一定想说，她们还想顺带劫持李隆基，但越是要劫持郡王，原本越该谨慎小心、悄无声息才好，她们为何却偏要这般大张旗鼓？

“还有，雪姑曾现身定慧寺，施法劫走了登云观海的尸身，似乎要将这两个诗人炼制成傀儡奴。这两个傀儡奴现下怎样了，他们到底有什么使命？

“此外，昨晚清心塔上那场离奇的大火，你们当真相信，雪姑会最终葬身火海吗？”

这几句话问得屋内都悄静了下来。

袁昇背手缓缓踱步，又道：“还有一个奇怪之处，黛绮问得对，从奇蛊杀人手法来看，慕仙斋被杀的老郭也必是雪姑动的手脚，但是她为何要杀老郭呢？”

“或许是，”陆冲很不服气，“她要给你嫁祸呢！”

“即便要嫁祸于我，还有许多事做起来也很麻烦。比如，她怎么知道老郭当时要去哪间酒肆跟我会面，更能预先赶过去放入了蜡烛？莫非老郭的一举一动都已被她监视了？”

青瑛沉吟道：“难道是莫神机做的手脚？不然的话，他怎能第一时候赶到慕仙斋？”

“不，老郭的钱财，来自宗相府的柜坊，而莫神机在派系中也正是宗楚客的人，这二人本是一路人马，所以莫神机绝不会来杀老郭。即便要杀，莫神捕也不会用傀儡蛊。那么，莫神机能凑巧赶来，很可能是得了本属同一阵营的老郭所秘传的信息，特意赶来给他助阵的。”

袁昇继续自问自答：“可你们想过没有，最神奇的是，监视老郭的一举一动如此准确之人，会是谁呢？雪姑，根本不可能！玉鬟儿？莫神机？这些人都全无可能，答案只能是……相王！”

“相王？”

屋内的人几乎齐齐惊呼出声。

陆冲更是狠拍脑袋：“本剑客彻底糊涂了，被你搞得糊里糊涂了。”

“我是说，相王或是相王府的人，才能真正监视老郭的一举一动。如此一想，许多事便顺畅了，登云观海和老郭，都有两个共通点——其一，均有莫名的飞来横财；其二，他们都背叛了相王府。”

陆冲只觉一股寒意腾起，惊道：“你……你是说，这傀儡蛊居然是相王自己安排来对付背叛相王府的人？

“有这种可能！”袁昇却没有继续说下去，忽问，“你适才说，你和青瑛逃出那妖花人蛊之厄后，曾进入天堂幻境，竟偷看到了太平公主在密会慧范？”

陆冲的神色一紧，点了点头：“不错，确是看到了一些秘事。看来太平公主才是慧范那老家伙和天堂幻境的背后贵人，而且她果然长袖善舞，只在大赛宝日露个面，便笼络得胡商归心，更趁机搜敛了大批钱财。太平公主和慧范的密议，因那老胡僧太厉害，我二人不敢潜入太近，只偷听到了零星几句，还多是些闲话的。最要紧的似乎只有一句话——把我的话传过去，一定要不惜一切代价，进入宗相府……这句话要传给谁，听来好生古怪，难道太平公主要派人偷袭宗相府？”

袁昇摇了摇头：“你们偷听此话的时间，是大赛宝日第二晚的万国赛宝会前，依照惯例，头晚决出的万国花魁玉鬟儿要给第二晚的万国赛宝会助兴。转天黄昏，我和黛绮也曾在那祆庙后园内听过雪姑与玉鬟儿的几句密议。两相参详，便知道这句话，是太平公主给雪姑下的死令，先要让玉鬟儿在万国赛宝盛会亮相之际迷住宗楚客，再于三日后进入宗相府。”

陆大剑客恍然：“原来如此，难道玉鬟儿和雪姑竟是太平公主这边的？特别是玉鬟儿，本是太平公主用来对付宗楚客的一着险棋！她身怀毒蛊异术，只要进入了宗相府，那便……但怎的最终她？”

袁昇叹了口气：“只因情天恨海，让这个棋子出了偏差。但你们这次偷听，最让我震动和疑惑的，便是慧范。这老狐狸一直是脚踏两只船，但从太平公主的吩咐中可知，在此案中似乎他是站在了太平公主一边。可他到底参与了多深？仅仅是在花魁赛宝大日中，帮着玉鬟儿夺魁吗？那座怨阵呢，是太平公主还是另有别的大人物在推动？”

“不过这些都不是当务之急！”袁昇的眼芒愈发幽深，“不要忘了天下第三杀，那才是最真实的威胁，杀机，仍未解除！”

众人的心又是一沉。

天下第三杀的威胁，其实早在慕仙斋凶案之前，甚至是早在碧云楼凶案之前。但随后这两大奇案一起，波诡云谲，风起浪涌，将辟邪司诸人的心思都放在了那里。直到此时，众人才重又想到那个离奇而又阴沉的刺客天下第三杀。他似乎是透明的，仿佛根本不存在，又似乎无所不在。

这时忽听得啪啪的叩门声，一个金吾卫暗探匆匆赶来，刚说了一声：“将军，有贵客来访！”

“袁将军，都不是外人，我就不劳通禀，登堂入室了。”随着廊间这低沉的声音，一道熟悉的身影大步而入，正是临淄郡王李隆基。

众人都是一惊，陆冲更是不由脱口道：“郡王，您怎的不在王府好好歇息，却亲自赶来此地？”

“我为何不能来，”李隆基的脸上笼着一层掩不住的寂寞和疲倦，“一夜未眠，来到这里，心会安稳些。”

他虽大有倦意，但仍不失往日的豪爽和礼数，经得袁昇引荐后，对青瑛和黛绮两人点头微笑：“袁将军用人果然不拘一格，两位秀外慧中，巾帼不让须眉。”

青瑛冰雪聪明，知道李隆基匆匆来此，必有紧要之事，当下客套了几句，亲自给李隆基奉了茶，使个眼色，便和黛绮寻隙告退。陆冲是李隆基的贴身死士，本待留下，却也被伶俐的青瑛拉走了。

屋内忽然间安静下来，案头上的钧瓷盏内有浓郁的茶香袅袅浮动。当时唐人喝的是茶汤，内里还要添加桔皮、枣、姜葱、薄荷、茱萸等调料。李隆基喝了一大碗茶汤，脸色有了些红润。

袁昇再给李隆基把了脉，微笑道：“恭喜三郎，没有什么残毒遗存。凡经艰难，必有所得，经得这一番历练之后，三郎也必有进境。”

“我来此地，不是请袁兄诊身上之病的。”李隆基有些疲倦地抬起眼，望向窗外的那座塔。被大火焚烧后的清心塔残破不堪，却依旧执拗地挺立着。

“我想请你给我诊一诊心病，我心难安，没一刻安稳。”李隆基睁大双眸，眸中的血丝更浓了。

袁昇点头：“君心不安，只因是对玉鬟儿深怀歉疚吧。”

李隆基不语，屋内忽然悄寂得吓人。

袁昇叹了口气，举起了自己左手食指，道：“这门傀儡蛊诡异凶险之极，有附骨钻髓之力，哪怕我只是不经意间吸收了一小缕，仍旧极难剔除。那日黄昏在后园中遇到你，仓促之际我无力带走郡王，所以只给你度入一道元神灵力，实则寄望于‘七夕夜，清心塔’这六字，但没想到郡王这么快便被唤醒，这完全出乎我之意料。”

“我甚至想，”他紧紧盯着李隆基那双爬满血丝的眸子，一字字道，“玉鬟儿极可能没有给你下蛊！”

“是的……”李隆基慢慢吁出一口气，“那日碧云楼凶案发生，我仓促下楼逃避，进了他们早就准备好的厢车。一钻入车内，我就昏倒了。原来在碧云楼内玉鬟儿便给我下了一种蛊，却不是傀儡蛊，而是一种让人昏睡不止的迷魂蛊。醒来后，我才知自己落入了雪姑的手中。这实在是个疯狂的女人，但刚刚抓到我时，她还没有想好如何处置我。”

“直到玉鬟儿被放归，雪姑看到她对我情真意切，才动了将我炼制成傀儡仙的歹毒之念。但玉鬟儿心细如发，在我第一次被下蛊之后，便发现了端倪，并做了手脚。傀儡仙有‘九转成仙’之说，需要连下九次蛊，但我只中了一次。此后的情形，我都是照着玉鬟儿的吩咐，装成痴痴呆呆。

“是的，我中了蛊，但远没有那么严重，全因玉鬟儿的保护。可麻烦在于，那种毒蛊哪怕中了一次，也是如你所言，会锥骨入脑，于是我半为伪装，半为毒发，我装得真正毒发入脑，想逼迫玉鬟儿给我解毒。可玉鬟儿却哭着说，这种毒蛊无药可解。我甚至连逃出去的机会都没有，那园内小径的法阵我看不透。甚至，那晚遇到了你，可你也身入险境，无力带我逃走，而且这种毒连你都无法破解，贸然逃出去又有何用。但你走后的那一晚，玉鬟儿竟横下心来，跟我说出了这反客为主之法……”

袁昇默然。他依稀看到了那个凄恻的画面，沉黯夕影下的两个人，故作痴呆的李隆基，泪水涟涟的玉鬟儿。他本来爱她，她对他更是一往情深，偏偏他们的身份如此悬殊，而她又有那样一个偏执的母亲。

只因这个偏执的母亲要报复。可这世间的冤冤相报，多是挥棍击水，最终都会将击水之力返回，甚至弄得自己满身潮湿。

最终，那个彷徨无策的绝美女子对情郎说出了那个决绝的法子，犹如凤凰投火，毅然决然。

袁昇甚至看到了玉鬟儿深夜难眠、踟蹰月下的幽怨身影。

“她那时紧紧抱着我，不停地哭着问我，你会永远记得我是吧，你会永远记得我是吧？”李隆基瘦长的身子突突颤抖起来，“然后便是那句话，放心，所有的罪都由我来担……直到如今，我也不大明白，她要为谁担罪，是为那丧心病狂的雪无双吗？”

“她已决定去死，却说所有的罪都由她来担！”袁昇也觉心底阵阵抽痛，不由叹了口气，“那时候，郡王已知道，反客为主就是要由你亲手杀了她吧？而且只有这一个法子，能让你彻底脱困。”

“除此之外，别无他法！”李隆基深吸了一口气，“反客为主，是我唯一的法子，也是我唯一的希望。但我完全没有想到，其实玉鬟儿已看出了我的意图，却没有阻拦。她甘愿……死在我手中。她甚至最后还告诉我，所有的罪都由她来担……”

忽然间，李隆基放声大哭。

这一声长哭他憋屈已久，此时悲愤恸号发自肺腑，哭得摇动心魄。

袁昇的鼻子也是一酸，不由想到了昨晚清心塔上的惨剧，想到了那句凄恻的誓言——昔我往矣，杨柳依依……下辈子，记得我呀……

他没有劝，只是看着这个男人痛彻肝肺地号哭，这也是唯一能让他的心稍稍安稳的办法。

“还记得吗？玉鬟儿曾经说过，让我今后只爱她一个。那时我还笑她太痴了，哪料想，最终是她胜了！”李隆基慢慢扬起了脸，盯着结满蛛丝的屋顶，叹道，“只因从昨夜之后，我再不会爱上别的女子了。每时每刻，我都只会想念她了，无穷无尽地想念……”

袁昇的心一紧，骤然生出一念，玉鬟儿与她母亲雪无双一样，都是决绝偏执之人，或许这才是她想要的结局吧。

他忽然发现，李隆基今日穿了一件素白的圆领窄袖长袍，细看那袖口处又印着花卉暗纹。他知道李隆基穿上这袭白衣是为了玉鬟儿，但挚爱方逝，为何又要选上带花的襟袍呢？

略一注目，才发现那些素色暗纹竟都是牡丹图案，袁昇心中了然，叹道：“三郎心细如发，连选的袍裾都与她的喜好相同，想必玉鬟儿也是喜欢牡丹的吧？”

“她喜欢牡丹，父王也喜欢，”李隆基拈着袖口处的暗纹，黯然道，“或许他们两个都是受了雪无双的影响吧。”

袁昇不由想到那日在沉香亭畔与相王李旦的对话，想到老爷子提及自己园中牡丹的自得神态，也不由暗笑，忽然间一句话在心头亮起“看上去时日差不多，不过，肯定是头疾在前，两三日后，我们才移来了这本牡丹”，这句话犹如一道疾电，倏忽闪过。

“天邪策之天下第三杀！”他忍不住脱口而出。

李隆基扬眉道：“你说什么？”

袁昇的目光熠然一闪：“三郎知道吗？听说为了对付天下第三杀，相王府由瞿昙大师亲自主持大局，设了一道‘囚妖’奇局。”

李隆基道：“昨晚回府，我听大哥说，父王府内的又一个马夫突然暴毙，但那刺客却并没有出现。刚刚从大哥口中得知，这囚妖局，似乎也有我的好姑母太平公主参与其中！”

袁昇肃然站起来，仰头默算片刻，喃喃道：“是啊，太平公主也参与了囚妖局，原来如此，果然如此……”

听得袁昇略述了自己的推断，李隆基的脸色愈发刚硬起来：“这真是一个局中局、奇中奇呀！现在，我终于知道，我的姑母太平公主有多疼爱我了，很奇怪啊，她为何独独视我如眼中钉？”

“无论如何，让我们看看这场囚妖局如何了断吧！”

章节十三

囚妖之战

七月初十，鬼节将近。快中午了，天气有些阴晴不定。

相王府资格最老的花匠老孙，依着惯例赶赴长安牡丹胜地西明寺转悠了一番后，便向常厮混的酒肆溜达过去。

寺后的这段路很僻静，老孙忽有些迷糊的感觉，猛一抬头，他看到了一个“影子”。

那真的是他的影子，因为眉眼五官、衣着服饰都跟老孙一模一样。

老孙以为自己白日里撞见了鬼，忙抽了下自己的耳光，挺疼。

晌午时分，铅块般的浓云压得很低。

岳针王在自家的后院中慢慢地舒展着筋骨，准备开始每日必练的五禽戏。他仰头望着满天的昙色，心情却很畅快。相王的头疾这两天霍然而愈，想来过不了多久，自己的神针奇术就要名动京师了。

“别动也别叫，一般我不杀人，尤其不杀郎中。”身后忽然传来一道温和而缓慢的声音，听着竟颇为耳熟。

“好吧。”岳针王慢慢回头，霎时呆住了。他怀疑身前仿佛放着一面巨大的镜子，因为面前站着一个跟自己一模一样的人，打扮一样，五官胡须一样，神色一样，连声音……

是的，为何刚才觉得那声音耳熟，因为那完全是自己的声音呀。

岳针王忽然想到了相王府内一个可怕的传言。他虽勉力站稳，但仍然无法抑制自己的双腿在微微发颤。

“坐下吧，我想问你几个问题。”那个岳针王盯着他的腿，善解人意地说。

“你……你到底是谁？”

“知道得太多会对你不利。你去相王府的时候，一般都是在黄昏前后，那么，你见到相王李旦，一般都聊些什么？”

黄昏时分，“岳针王”背着药匣，准时来到了相王府门口，笑吟吟地跟府门前的侍卫们打着招呼。

对真正的岳针王，他已经观察了很久，此时神态举止，甚至走路的步幅和节奏都完全吻合，一步不差。

稍时便有个王府管事笑吟吟地赶来，带着他进了王府。

看到这个管事很平常的笑脸，他暗自放下心来。管事将他领入一间暖阁后恭候，说道“暂且稍候，我去禀报王爷”，便赔笑而出。

又等了许多时候，管事才将他带入了后园。

相王爷已在后园沉香亭内等候他了。老爷子依旧俯卧在八角沉香凉亭当中的那张檀木胡床上，见到岳针王走来，便只慵懒地一笑：“来啦，再来两次，就完事咯。”

“都是王爷洪福齐天。”岳针王也躬身应承着，笑吟吟地拈着长长的黑髯，在旁等候。

每次针灸所用的针具，都是由相王府准备的。王府内的张医士已捧上一个精致的针盒，里面都是依着岳针王吩咐所备的各种长短银针。

岳针王微笑着接过针盒，悄然打量周遭的环境。亭外是一片花圃，里面的奇花异常繁茂，很奇怪的是，在这七月中旬，其中还有一棵深黄色的牡丹正在娇艳怒放着。

亭子周遭显然已经被布置了法阵，适才被管事领入时，他已暗中探查过，要破解这法阵并不算太难。

“千岁尽管放松，这次行针时候会短些，只刺入五处穴位即可。”他先用岳针王招牌式的动作抚了抚如墨的长髯，再拾起了最长的几根银针，轻轻捻动间，指间的罡气已密布针内。

“随意吧，老夫全听你的。”相王舒服地趴在了榻上，摊开了四肢。

岳针王缓步上前，很轻柔地提起了长针，望了望相王的后脑。

针尖上迸出一抹不易察觉的冰冷寒芒，只要缓慢地刺进去，相王爷就永远不会再言语了。作为世间最著名的刺客之一，他自然通晓一些医道经络之学。他知道自己行针的手法远没有岳针王地道，为避免在张医士身前露出马脚，所以便只约定了五针。

这五针他选择的都是致命要穴，每一针都将比医家针灸深入许多，加上他沉厚的罡劲，李旦一定会针到人亡，而且亡得悄无声息。

从外貌上看，就如同熟睡一样。那时候他只需向恭候一旁的张医士点头微笑：“一炷香之后启针，让相王爷小睡片刻吧……”随后便可飘然退出。

一场不露任何痕迹的刺杀便圆满完成。

但就在那根长针刚刚扬起的一瞬，他陡然发觉了一抹异常的气息。

那是一股森冷的煞气。煞气仿佛来自身前凝立的张医士，又似是来自亭外的某个侍卫，甚至是花圃间在暮色中怒放的牡丹。

总之，一瞬间，这美好宁谧的夕光暮影都发生了变化，变得阴森冷肃，变得杀气腾腾。

他急忙回身，眼前是一团寒芒，几道怪异兵刃扑面而来，金丝龙鳞闪电劈、寒光冰魄刀、丧门三尖剑、藤杆钩镰，耀出一片刺目的光团。

那是陆冲的玄兵术。他自然知道这个恐怖的对手，忙向旁斜身一蹿，如一道电芒般向花圃闪去。

那是他早就看好的方位，那里似乎是法阵效力最弱之处。闪身之际，他没有忘记自己真正的重任，一扬手，十余根银针一起刺出，射向榻上俯卧的相王。

僵立的张医士忽然横身挡上，手中又挥出一面锦盒。锦盒骤然张开，仿佛一张天然的软盾，将银针尽数挡住。

但与此同时，榻上的相王爷仍是发出一声嘶号，后脑发髻上出现了一根针。

那是岳针王拈起的第一根针。在察觉那道煞气的同时，岳针王的银针已经发出，同时退走。天下第三杀果然从无失手，哪怕他深入重围，仍能在百忙之中完成重重一击。

“王爷！”张医士吓得魂飞天外，转身去看相王爷。好在这一针到底是岳针王仓促发出，相王爷虽在榻上喘息扭动着，但却没有毙命。

“第三杀，你逃不掉！”一声沉冷的怒喝自花圃间响起，法阵最虚弱的地方骤然现出一个长髯如火的天竺老僧。

随着天竺老僧的冷喝，四道诡异的身影分别从四个方位掩向岳针王，这四人身法各异，或淡如青烟，或快如奔马，或势如山飞，或凌厉如剑。

“雷、云、电、雨，相王府的四大高手护卫已经齐齐出动了！”岳针王脸上咧开一道狞笑，身形诡异地一弯，又转而冲向了沉香亭。

他已将神行术提到了极致，全身化作了一道青色光影。

“保护王爷千岁！”又是一阵凌乱的喊声响起，亭外挺立的几道身影齐齐冲向亭中那具檀香卧榻。这些身影中有侍卫、有管事，甚至有装扮成花匠、侍女的高手们。

“发！”那红髯天竺僧人一声断喝。随着这道喝声，沉香亭内的情形骤然生出变化。岳针王觉得自己似乎踏入了泥沼中，双脚都被缠上了万钧重物，举步艰难。

与此同时，相王府四大高手“雷云电雨”的四种法宝兵刃震天鼓、凌云刺、透龙剑、碧光斩已齐齐劈到。岳针王不得不出手抵挡，他的掌间带起道道青芒，硬生生接了四件异宝的联袂一击。

蓦然间岳针王发出一声闷哼，身子倒飞而出，一道凌厉的剑芒穿透了他的肩胛，将他死死地钉在了柱上。

陆冲从亭后转出，呵了口气：“关键时刻，还得本剑客出手。”

“天下第三杀，你败了！”世子李成器也缓步走入亭内，“你败得不冤，为了这套‘囚妖’之局，我们苦心寻觅了十二个可能会被你寻到的替身，他们都是相王府的死士，包括最近被纳入的岳针王。我说过，相王府的一草一木，都在等着你来！”

“囚妖之局？”天下第三杀苦笑一声，“但你们怎么看破我的……”

“十二个死士，每人在进入王府前都会有一个隐秘的动作，比如岳针王，会轻卷一下衣袖再放开……这才是他们的终极讯号，如果没有那个隐秘动作，王府侍卫就会立时禀告，囚妖之局立时启动。”

“明白了，我遥遥观察过他，原以为……他是掸掸袍袖！不过，我从来不会失手的！”天下第三杀忽地撮口一喝。

一道厉芒猛从他口中飞出。那是一把惨白如雪的小剑，疾向着横卧榻上喘息冷笑的相王爷射去。

这一下决计出乎所有人的意料。

陆冲急忙挥袖催动玄兵术，十几把软盾连环飞出，却仍然慢了一瞬。

惨白的小剑迅疾如电般穿透了所有人的阻隔，势不可挡地射向李旦。陡然间黄影一闪，一道高瘦的身影拦在了榻前，正是赤须天竺僧瞿昙达。

他出现得极是突兀，仿佛平地涌出，又好似算准了刺客会有此一着。惨白小剑直刺天竺僧的小腹，却被他双掌一合，轻轻巧巧地接住了。

众人惊魂未定，才要松一口气，忽见人影闪动，异变再起。

当所有人的目光都被吸引到刺客那一边，甚至主持法阵的瞿昙大师都绕到相王榻前时，谁也没有留意到，在相王卧榻的另一侧，一个花匠忽然动了。

那是大家最熟悉不过的花匠老孙。先前刺客突然杀了个回马枪，重又冲向沉香亭时，他和许多护卫一样也赶来亭前护卫，但因为他的花匠身份，不能太过近前。

直到此时，他终于觑准了机会。他抡起了那只锄土的大锄头，寒芒乍现，锄把裂开后，一把短剑跃出。老孙挥剑，短剑耀出如虹剑气，狠狠斩在了李旦身上。

众人齐齐惊呼，天下第三杀则发出了号哭般的长笑。花匠老孙一动起来就如行云流水，转眼间便是七八剑重重刺落。

李旦的脖颈、背心、后脑，数处要害都被砍中。鲜血迸溅，陆冲等人惊骇嘶吼，几个近前的侍卫惊骇之下甚至跌倒在地，相王李旦哪怕再有八条命，此时肯定也都被斩杀殆尽了。

“三杀出手，从无失手！”还被紫火烈剑钉在亭柱上的岳针王此时不由仰头狂笑。

“三杀出手，从无失……”岳针王忽然不笑了。因为他发现亭间所有人的表情都很奇怪，陆冲和众侍卫一脸的震惊，李成器和瞿昙大师则脸现冷笑。

甚至，狠狠挥剑的花匠老孙也愕然住手了。只因他发觉本该在剑下死去七八回的相王李旦居然在笑。

那笑声悠长缓慢，却极粗沉，听起来便如一只老牛在喘笑。跟着，李旦扬起了头，他脸上血淋淋的，却没有一丝痛苦的神色，只是在笑，极畅快极得意的笑。

“这他娘的到底是怎么回事？”连陆冲都惊呆了，好在他转脸看到了李成器，见他一脸成竹在胸的得意模样，一颗悬着的心才放了下来。

相王忽然张口，嘴中竟喷出怪异的蛛丝。

陡见如此诡异的情形，老孙当机立断，立时收剑，身形斜掠，冲到岳针王身前，短剑斜挑，已将钉在他肩头的紫火烈剑硬生生地挑了出来。

“走！”他再一把扯住岳针王的手，作势飞跃。但这一次神行术却没有成功，沉香亭的法阵再次发动，两人都觉双足如坠深潭泥沼般艰难。

下一刻，老孙便看到了无穷无尽的蛛丝，劈头盖脸地向两人缠了过来。漫天蛛丝中，他看到一个窈窕的白衣女子，女子似乎容颜极美，只是满头银发如雪，那冷酷而绝望的眼神尤其让人心悸。

跟着，老孙便发觉自己已被相王紧紧抱住。

相王还在僵硬地诡笑着，无数的蛛丝兀自从他的口中源源不绝地喷出。

“这是怎么回事？”老孙和岳针王虽然身手绝顶，但深陷法阵，先机尽失，片刻间两人被蛛丝缠得如同粽子一般。

“怎么回事，老子还想问你！”陆冲闪身上前，长剑宛转而过，剑气到处，老孙和岳针王脸上的易容尽去，却现出两张瘦削的脸孔。

那是两个中年人，平实而普通的脸，扔到人海中绝对不会引起人注意的脸。唯一古怪的是，这两张微瘦的脸孔居然一模一样。

名震江湖的天下第三杀，原来是一对双生兄弟。

“真正的相王在哪里？”岳针王已身受重伤，靠在老孙身上，才勉强站立，此时喘息着问。

“你们没必要知道了。”李成器摇了摇头。

此时，仍是那座被假山和高大古柏掩映的精致阁楼内，袁昇正陪着相王李旦静坐窗前，仔细观察着沉香亭中发生的一切。

他和陆冲凑巧赶在今日拜访相王，便得知了囚妖局发动的信号。即便相王府的诱杀计划周密稳妥，袁昇仍奉命守在相王身边，以防万一。

看到易容成岳针王和老孙的一对刺客兄弟被擒，袁昇终于长长舒了口气：“原来这就是囚妖之局。恭喜王爷，天下第三杀，终于现形受擒。”

相王却似没有听到袁昇的话，一双眼睛兀自远眺那飘然远去的一袭窈窕白衣，喃喃道：“走了，她走了，她果然再不会来跟我见上一面了！”

袁昇察言观色，暗想：“王爷对她，难道也曾动心过？”随即心中恍然，“相王曾说今生只深爱过两个女人，偏这两人都喜欢牡丹，原来除了惠妃，另一人竟是当年的雪无双，现在的雪姑。”

“人都是很贱，越是错过的东西，越是回味无穷。”李旦喃喃出声，脸上竟浮出一种刀刻般的痛楚。

仿佛如有感应般，那道雪白的身影顿住了，忽向这阁楼的小窗望过来。

那团白雾般的身影终于慢慢转身，向这边摇曳而来。她走得很慢，却很坚定。望着那熟悉的窈窕倩影逼近了，李旦的脸上也耀出了光彩。

与袁昇一样，走近这阵法环绕的小楼时，雪姑也选择了那座讨巧的假山。只是假山上的阵法加固后，她上得极是吃力。但这般错落起伏地翩然而上，让她更像一朵盛放的白牡丹。

“袁公子，你可先去歇息，我想单独跟无双聊聊。”李旦说这话时，眼睛始终紧盯着那朵白牡丹。

袁昇略一犹豫，却见雪姑白衣飘飘，已站在了与楼窗齐高的假山上，满头银发映着如血的残阳，现出一种凄艳的妖娆。

他叹了口气，缓步向外退去。但他身负守护相王的安危，而这位雪姑又是喜怒无常，他又不敢退出太远。

“我不想和你聊。”雪姑漠然一笑，“甚至懒得跟你多说一句话。我要说的，都在这封信上……”

素手轻挥，一封信笺稳稳飞入了李旦手中。

相王刚捏住那封信，耳边便传来一声幽幽的叹息，抬眼看时，雪姑已翩然转身，身法骤快，如一道白雾般飘摇而去。

李旦望着那道瞬息远逝的白影，黯然若失，良久，才怔怔地展开了手中的信。

才看了两眼，相王整个人便如泥塑木雕般地愣住了。

章节十四

最后的盛宴

七月十六，鬼节过后第一天，似乎随着奇蛊凶案被破和天下第三杀的被抓，笼罩在京师长安的那片阴霾终于散去了。

晌午时分，曲江池北一座豪奢别墅的高楼内正大排筵宴。这是给死里逃生的相王之子李隆基的压惊宴，也是给辟邪司出山后漂亮地破了第一案的庆功宴。荣光出狱的老爷子袁怀玉带着袁昇及辟邪司一干精锐风光赴宴。

这阁楼的地势极妙，从其两层高阁内可以饱览曲江那碧玉般澄澈静谧的悠然江色。这座别墅属于太平公主，但马上就要属于安乐公主了。

因为大唐权势最大的两位公主曾经打了一个豪赌，赌的便是大唐辟邪司的首次大案能否如期破案。一如既往甚至是无原则看好袁昇的安乐公主押上了自己一套占地数十亩的别墅，太平公主自然不甘示弱，将这套曲江边上风光独占的豪宅也押了上来。

这当然是一场轰动京师的豪赌。

所以在这场豪赌尘埃落定之后，今日是两大公主联袂出面请客。在这场必将传颂一时的豪门盛宴之后，这座豪奢别墅也将易主。

由于是两大公主请客，所以韦家和李家两党等诸多亲近臣僚都率众前来赴宴，只有宗楚客称病未到。相王李旦虽也因病体缠绵未曾赴宴，但相王府的五位郡王和数位郡主尽皆联袂而来。

盛宴上的一大主角就是李隆基。

才短短几日的工夫，李隆基已经“名满朝野”了，并获得了“风流不过李三郎”的雅称。谁都知道有一位美艳花魁为了得到李隆基的爱，不惜用巫蛊杀死了两位大有前途的青年诗人，更不惜动用蛊咒来控制李隆基，甚至求爱不得后，最终甘愿自刎。而且大家都风传，这位英锐干练的青年王爷在此事件之后，得了风流报应，经常头疼健忘，变得愈发糊涂颟顸。

安乐公主大张旗鼓地举办如此豪奢宴会还有另一层深意。

前段时日袁昇及其辟邪司遭到朝中多派势力的声讨，风雨飘摇，那时只有安乐公主全力死保，没想到袁昇及辟邪司最终竟扭转乾坤，不但破解了碧云楼奇蛊大案，更解救了临淄郡王，接着揪出了废太子李重俊的残余死党莫神机，甚至在擒杀相王刺客之役中都有其功劳，诚可谓一鸣惊人，功莫大焉。

自己举荐并力保的人立下如此大功，最高兴者莫过于安乐公主，这次盛宴将朝中韦李两党要员尽数聚齐，也是给袁昇一个光鲜露脸的机会。

这是一场皆大欢喜的宴饮。

场中有太平公主府内的绝色伎乐献艺，胡旋舞与宫廷乐舞交相登台。筵席间则是各路贵胄臣僚推杯换盏。不管韦李两党在朝堂上斗得如何不可开交，酒筵上还是一团和气。

只是苦了袁昇这个胜利者，自世子李成器开始，各路人马都要赶来给他敬酒，有感谢其为相王解了心腹大难的，有恭贺其大功告成的，有祝贺其得了万岁嘉奖前程不可限量的……若非袁昇修真有得，身怀异术，早就会被灌得一醉不起。

而一辈子没立过多少大功的袁老爷子已被众人恭维得飘飘欲仙，堪堪就要烂醉如泥了。

酒过数巡之后，便有几个热心的老夫子来向袁怀玉道贺，大赞他教子有方后，便打听令郎如此一表人才、年少有为，不知为何尚未婚配呀，某尚书之女德淑贤惠，某侯爷之女才貌双全，我等愿做一回牵线月老……

袁昇听得头大如斗，眼见主座的太平公主、安乐公主、李隆基等人都已借故离席了，便也寻了由头，带着陆冲等人暂且“逃出”了酒气熏天的大厅，来到园中闲逛。

这座别墅依着小山而建，园内景物清幽别致，给清风一吹，袁昇等人酒意顿消。

“最新消息，昨日晚间，天下第三杀两兄弟已在刑部大狱中自尽了！”青瑛低声禀告着。

陆冲愤愤道：“真他娘的岂有此理，他们以‘谋刺千岁、兹事体大’为名，偏要将这二人押入刑部大牢，没想到……”

“意料之中。”袁昇摇了摇头，“如果这两人不死，难保会吐露出些什么来，而这件大案背后的任何一点秘密流出来，都可能提前掀起一场腥风血雨，这是朝中各方势力都不愿看到的。”

他回头望着那座兀自喧嚣热闹的阁楼，叹道：“他们都还没有准备好，所以都不愿提前打破这份虚假的和气。所以连老胡僧慧范都轻易脱困，没被追究。自然了，要抓这老狐狸的把柄太难了，莫神机被抓的那座祆庙寺主并不是他，而且那寺主也已经服毒自尽了，死前还要留书一封，自辩清白，说那法殿只是给韦后祈福所用……”

黛绮忽道：“可这些古怪案件，还有很多我们并不明白的地方，袁大将军，麻烦你给属下等讲解清楚些！”

“那就讲一讲吧！”

袁昇揉了揉微醺的脑袋，“这一连串京师奇案的源头，其实都是相王的大政敌对他下了那必杀之令‘天邪策’。这个大政敌也许今晚根本没有来赴宴，也许派了心腹过来和李隆基推杯换盏。此人极可能便是宗楚客，而他也正是这一系列谜案的推动者。”

他说着望向了陆冲，“陆冲应该最是清楚了，当日你曾奉命打入他府内卧底，就是为了探听‘天邪策’之秘，事机败露后才引来了当日龙神庙内的一番搏杀。”

陆冲苦笑：“确是事机败露了，宗楚客这家伙实在是心机过人，是个劲敌。”

袁昇道：“从时间上推断，在数月之前，宗楚客便发动了天邪策，对天下第三杀下了必杀令。最早截获这个密令的，应该是深沉多智的太平公主。但面对几乎是完全隐形的天下第三杀，太平公主和相王均是束手无策，只能被动应对。于是这对兄妹依据其脾气不同，施出了两个完全不同的路数。相王启动了囚妖局，设置陷阱，静候第三杀进入陷阱。而太平公主则因为当年的亲信雪无双恰好回到自己身边，想到她精通蛊术，便启动了更加诡秘的傀儡蛊。傀儡蛊的首要功用是培植出最终的傀儡魔，无所不能的傀儡魔会易容成惟妙惟肖的相王，替他挡下终极一击。要知天下第三杀曾经大小四十余次终极刺杀，从无一次失手，包括那次最著名的刺杀昆仑派宗主包无极。太平公主行事谨慎，绝不认为区区一个囚妖局就能困住此人。”

青瑛皎洁的玉面微微一颤：“太平公主猜中了，那日刺客易容成岳针王来行刺，若无那个最终的傀儡魔，刺客极可能已经得手。谁会想到，刺客竟是一对双生兄弟！”

陆冲若有所思地瞟了一眼神色有异的青瑛，沉吟道：“那个易容成相王的傀儡魔，实则就是登云观海中的一位吧？”

袁昇叹道：“那是邓子云。那晚定慧寺小沙弥曾看到两位死鬼破棺复生，谈诗论道，那时这两人已被雪无双炼制成了傀儡奴，最终还是与相王身材相仿的邓子云更进一步，被由奴炼成了魔。”

“说起来，这傀儡蛊的次要功用，则是利用这种神鬼莫测的蛊术帮助相王清除异己。相王身边已经被政敌安排了密探，若不剔除这些密探，相王会日益危险。比如，被权相宗楚客买通的总管老郭。此人会让相王的一举一动都被对手掌握；再比如登云观海二人，进入‘俊逸林’的目的，是要给相王罗织罪名，他们很可能已经找到了一些蛛丝马迹。我已派青瑛偷偷查过，这三人都在宗楚客家所开的柜房中有巨额存项。”

“可即便如此，”黛绮蹙起了好看的秀眉，“登云观海和老郭，他们便……该死当杀吗？”

“若是依照法度推算，当然不！”袁昇赞赏地望向波斯女郎，“但若留着他们，肯定会害死很多人。这是朝廷的两党之争，他们只需传递个消息，或是假意诬告，只要背后的金主一点头，他们随时会炮制出一个相王图谋不轨的冤案，那便是上百颗人头落地，千万人沦为奴仆。要杀这三人并不难，难就难在不着痕迹，不露出相王府和太平公主府的痕迹。于是，傀儡蛊正好派上用场。”

陆冲愤愤道：“某最搞不明白的是，为何要杀登云观海时，偏要在碧云楼动手，偏要将李隆基牵连在内？”

“这应该是太平公主的一石二鸟之计。她曾说过，相王五郡，唯三为龙——这五位郡王中，她最忌惮的就是李隆基。于是，傀儡蛊出手，她偏要牵扯上李隆基，让这位李家党的青年才干狼狈不堪，背上一个贪花好色的骂名，甚至从此断绝仕途。所以，那张壶门案下，甚至用血写上了‘李隆基’三字，这应该便是雪无双密令玉鬟儿所为。要知道，相王虽是太平的亲兄长，但对于酷似武则天的太平而言，平庸的相王只是个工具而已。工具只能利用，不能反噬，所以太平公主要提早将工具上的倒刺拔去。

“当然还有雪无双的私心，她女儿跟李隆基的事，一直只是遮遮掩掩，经得碧云楼一案，立时轰动京师，谁都知道玉鬟儿是李隆基的私宠了。做事一往无前，偏激至死，这才是雪山派宗主的行事之风。

“只是雪无双母女到底是初回长安，根基不牢，所以太平公主派出了自己的亲信胡僧慧范来资助招待这对母女。此外，雪无双母女的所作所为，都是杀人炼蛊这些违背王法之事，所以太平公主暂时便不与她们相见。她们之间，只能由慧范来传话。于是，阴差阳错，雪无双遇到了自己第一个情人鸿罡真人的真身慧范。

“而在太平公主眼中，慧范只是个帮她敛财的胡僧，以太平公主之阴沉严谨，对慧范定然不会吐露傀儡蛊秘策的过多细节。于是在太平公主这一方，慧范所知的情形极为有限。他慧范作为一个身份隐秘的多财胡僧，只需伺候好、藏匿好这对母女即可。

“还有一遭，以太平公主的刚烈之性，绝不会仅仅采取守势，她对宗楚客也要反守为攻。于是就有了玉鬟儿驾临天堂幻境，夺得了万国花魁，转天再挟花魁之势助兴赛宝盛会，迷住了好色的宗楚客。原打算在三日后，玉鬟儿就会进入宗相府，设法将毒蛊注入宗楚客体内，一切就万事大吉。

“可连机智过人的太平公主也料不到，雪无双这一步棋会自己走偏。她因为曾和相王有过一番难了的情怨，竟想将李隆基制成傀儡仙，成为自己女儿终生的玩物……”

“当真如此吗？慧范真的对那傀儡蛊所知不多？”陆冲兀自疑惑不解，“那怨阵又是怎么回事？这应该是那老狐精亲手布置的吧，到底是谁让他布置的？”

青瑛沉吟道：“这老狐精脚踏两只船，他还有另一个隐秘的身份，就是韦皇后的亲信。那法殿所在的寺主自杀前留书自辩，说那法殿只是给韦皇后祈福所用，这岂不正是昭然若揭？布置怨阵，一定是慧范奉了韦皇后的密令。这次宗楚客出手，背后必有韦皇后的力援。怨阵和刺客双管齐下，本就是权相奸后的联手一击。”

袁昇却微微一笑：“此案初了时，我也曾这么想，但现下看来，只怕未必了！”

“未必？”黛绮等三人都是一惊。

如果密令慧范布置怨阵的人不是韦后，那就只能是太平公主了。身为李家党最要紧的两位王者，太平公主难道还要暗算自己的亲哥哥相王吗？

袁昇蹙眉不语。

这时四人边说边聊，转过一处花树簇拥的小径，来到一方小山前，但见山间亭轩错落，长廊曲折，环绕出一座八角飞檐的沉香亭。亭间有几个锦袍男女正在推杯换盏，正是安乐公主和李隆基、李成器乃至太平公主子女等几个有着皇族血统的堂表兄妹。

这些人身份高贵，懒得在楼上跟众臣过多寒暄，酒过三巡之后，便躲来这清闲之地继续畅饮。袁昇四人不由顿住了步子，只是遥遥观望。

年长一辈的太平公主不在场，亭内这几位年青的金枝玉叶便都已喝得酩酊大醉，笑谑醉语不时传来。看情形，安乐公主等人都在打趣李隆基，笑他风流多情。

最美丽的大唐公主李裹儿正追问着比自己小一岁的堂弟李隆基：“好三弟，那个美丽花魁当真跟你约定了，下辈子再来嫁给你？”

李隆基醉醺醺地说：“约定了约定了，可三弟我在这一场大劫之后总是头疼忘事。为了不爽约，十五年后一定要多多金屋藏娇，宁可多娶十美，不得错过一女。”

亭内便爆起了一团大笑。

袁昇等人离得虽远，但他们均是修道中人，听得真真切切。

袁昇眼前不由闪过前两日长谈时李隆基空旷的眼神，那时他说自己无时无刻不想着玉鬟儿。那个深情款款的男人和眼前这个放荡不羁的公子哥实在是天差地别的两个人。

他不由叹了口气："李三郎也在将计就计。傀儡蛊奇案之前，他和相王爷都被韦皇后等人视为眼中钉，必欲杀之而后快。现在，韦皇后和安乐公主等人再也没有人注意这个去花海青楼闯荡的荒唐王爷了，临淄郡王成了一个笑话，甚至累得他老爹相王也成了一个笑话。"

青瑛忽地想起一事："刺客被擒的当日，据说雪无双终于见了相王一面，但她离开之后，相王当晚呕血数升。这到底是为了何事，难道相王终究对她放心不下，相思成疾？"

袁昇摇头沉吟："相王曾亲口说，今生深爱的两个女人都喜欢牡丹，除了当年产子早夭的惠妃，看来另一个便是这雪无双了。但即便是求之不得，这大年岁，也不必呕血数升呀，也不知那晚雪无双都跟他说了什么。"

陆冲叹道："朝中疯传，经此一役，相王病重萎靡，三郎昏庸荒唐。这对父子，今后不会再被韦皇后视为眼中钉了吧。也许这便是相王父子最大的意外之喜。"

望着安乐公主志得意满的笑靥，袁昇的心中五味杂陈。在她眼中，李隆基已经是个十足的傀儡了吧？可人生如梦，当你看到别人是傀儡时，却不知道，你其实也是别人眼中的或手中的牵线傀儡！

"小袁将军，原来您在这里啊！"

一个白脸胖子急匆匆奔来，正是太平公主府的华总管，老远便拱手笑道，"公主殿下有请！"

袁昇微微蹙眉，想不到宴会主人居然单独来请自己，但太平公主何等身份，又拒绝不得。他若有所思地瞟了眼陆冲，便跟在了华仙客的身后。

这座别墅依山而建，错落有致，两人转过一个山坳，穿过几丛修竹，便到得一间精致的暖阁前。华总管赔笑做了"有请"的手势，任由袁昇独自进入。

才踏进幽静的暖阁内，袁昇便嗅到股如兰似麝的高雅幽香，却见一座镏金双凤香炉正吐着袅袅香气，一道高挑而雍容的身影正斜倚在香炉旁的胡榻上，云鬓高挽，凤目闪亮，正是太平公主。

“对香道有研究吗？”太平公主没说其他的套话，而是轻轻弹了弹身侧的香炉。

“以龙涎香和麝香为主，应该还有蔷薇露、零陵香和百合香，至于其余的，便分辨不出了。”大唐的贵胄间流行香道，举凡世家都习惯熏香焚香，这已是上层社会的一种学问。袁昇当日师从无所不精的鸿罡国师，于此道浸淫颇多。

“果然很聪明，连香道都精通，怪不得安乐那小丫头被你迷得神魂颠倒。”

袁昇忙道：“公主殿下打趣小将了，安乐公主只是慧眼识人，于我有知遇之恩。”

“我便于你没有知遇之恩？你荣登眼下的高位，便是我和相王最先联袂举荐的，安乐那丫头，不过是随后附和罢了。可惜，当日两辆车停在你面前，你却没有上我的车。不过，现在我仍想再给你一次机会……”

“多谢公主殿下赏识，不过当日上了安乐公主厢车的，只是袁昇的人而已，心却未上。而袁昇之心，今后也不会上任何人的车。”

“不会上任何人的车……那太遗憾了！”

太平公主的声音阴冷下来：“倔强之人，往往活不长久，倔强而又锋芒毕露者，更可能会遭遇不测。”

随着她这淡淡的一句话，整座暖阁变得晦暗阴沉起来，她身侧的香炉依旧香烟袅袅，但那缥缈的烟气也显得愈发古怪。太平公主高挑的身影似乎动了动，那些缭绕的烟气将她裹了起来，变得模糊难辨。

袁昇却已无暇去看太平公主，他已清楚地觉出，一道宏大而肃杀的气息，从暖阁四周漫卷而来。

一道灰影鬼魅般出现在阁内，火光一闪，那黑影点燃了一根蜡烛，烛火映亮了一块木牌，跟着是第二块木牌，然后是第三块。

三块熟悉的灵牌，牌上是三个让人心惊肉跳的名字：李建成、李承乾、李重俊。

这三块灵牌，正是那座怨阵法殿中日夜经受地煞滋养的法器。只是在袁昇逃离大殿，怨阵的秘密被发现后，这三件法器被及时清走，但殿内残余的凌厉煞气仍是将毫无防备的莫神机击得神智昏聩。

而此时，这三件凝聚怨气的法器竟然汇集于此。

肃杀的怨气瞬间浓郁起来，无数冤魂厉鬼的凄恻嘶号，如万把钢针般刺入袁昇的心神。

“小袁将军庆功宴上志得意满，饮酒无度，更兼毒性未能祛尽，终于毒发而亡！”飘忽的烟气中，太平公主款款起身向珠帘后走去，幽幽叹道，“小袁将军英年早逝，实在很可惜。不过，除了有些人会遗憾，安乐为你挤几滴眼泪，朝堂中没有什么人会在意的。嗯，这座宅子马上就要属于安乐那丫头了，你的魂魄也永远留在这里吧，算是我送给安乐的一个意外之喜。”

叹息声渐去渐远，太平公主已离开了暖阁。

阁内的煞气瞬间提升了百倍。三个狰狞的头颅已自地底向上涌出，并不断膨胀。

袁昇急忙凝定心神，原本他已从怨阵中脱困一次，对这种精神攻击法阵应该有些抗力，但此时不知怎的，这暖阁内仓促布就的怨阵煞力，居然比当初那座法阵还要强大。

“慧范，出来！”他忽地扭身大喝。

那道若隐若现的灰影才转过身，现出一张更加熟悉的温和笑脸。这老胡僧居然亲自出马施法调动，怪不得能形成如此恐怖的法阵效力。

“好徒儿，你总能出人意料，但这一次，只怕再难逃出生天了。”慧范很遗憾地摇着头。

袁昇喘息道：“相王一直认为，是韦后奸相联手，布置了怨阵和第三杀，双管齐下。但真正命你布置怨阵之人，却是太平公主！”

慧范眸光一闪，却没有言语。

“虽然那法殿的寺主故意留下了一封欲盖弥彰的自辩之信，将怨阵来由抛给了韦后，但想那天堂幻境，本是太平公主聚敛胡商财宝的地盘，怎么会容许在那里给韦后祈福？怨阵，只能是太平公主命你做的手脚。自然了，你很可能两面讨好，布阵收效之后，也会向韦后那边邀功买好。”

慧范终于淡淡一笑：“这便是狡兔三窟的好处吧。”

袁昇拼力想引他发言，只要慧范这位阵主稍一开口，便让他这位入阵者能有喘息之机，当下又冷笑道：“可脚踏两只船的滋味其实不好受，想过没有，你随时会被双方抛弃。”

“她们不会，她们谁都离不开我！”慧范笑起来更像一只老狐狸，“这世界上还有谁，能有我这般生财有道的异能？韦后欲举大事，太平奢侈无度，无论是谁，如果离开了我，不出三年就会在半夜里哭醒。她们都从我这里吃到了钱的甜头。钱，才是世间最大最有效的奇蛊，她们会迅速上瘾，永不解脱……”

“还记得这卷天书吗？”慧范自怀中摸出了那套书卷，“本想让你做整卷书的见证之人，现在看来，你没这个福分了，不必挣扎了，还是安心上路吧……”

熟悉的精致装饰，熟悉的红琉璃轴。明亮的烛火下，书卷轻轻展开来，仍是翻过那画着炼丹炉的首页，第二页却已空了，当日那幅《地狱变》已被他撕下烧毁，便只剩下书卷的衬页。

书卷继续打开，第三页则绘着一幅熠熠生辉的妖艳牡丹。

“现在，它已完成了使命，该当回归冥间了。”慧范自腰间摸出了一支笔，在牡丹花下写了“袁昇”二字。

墨是沾了朱砂的红色，字是硕大醒目的虞派端楷，看上去分外惊人。

慧范已将牡丹图扯下来，凑到了烛火前：“好徒儿，你也会随它一起回归冥间的。”

牡丹图被烛焰舔到，迅速泛黄打卷，融入烈烈的火光中。说来也怪，在图中牡丹枯萎的一瞬，阁内似乎响起了缠绵悱恻的凄厉嘶喊。

“烧了我的名字，便能将我收归地府阴冥吗？”袁昇拼力护住心脉。

“天下万物都起于因缘，当你的名字与这幅牡丹图一起从这世间消失时，便已给世间种下了一个缘。”

慧范的老眼闪出了灼灼幽光：“你想过没有，这牡丹图，已是第二张了。这书卷便如一本生死簿，每当一页画卷准确发生时，因缘便多了一层凑泊，也预示着距离册内的最终结果更近了一步。”

“天邪策！”

袁昇心内忽然一阵发紧，忍不住叫道：“原来天邪策便是你手中的这份……天邪册！”他几乎便想冲上去，夺下那本薄薄的册子，但此时深陷阵中，浑身僵硬，寸步难行。

“很想看看后面是什么吧？”慧范抖了抖那本册子，“可似你这般看透了诸多秘密的人，又怎能活在世间？”

册页飞快颤了颤，袁昇仍只是看到了第一张炼丹炉的图页。

此时他心内焦急，偏又无能为力，只觉随着那牡丹化作一团残红，花下红灿灿的“袁昇”二字也被火焰卷入，一颗心竟也痛如火焚。

他忽地灵机一动，叫道：“你当真是算准了一切吗？你虽算出了以牡丹为媒介的傀儡蛊奇案，但你算到了玉鬟儿之死吗？自己的女儿惨死眼前，你却无能为力，天下还有比你更失败的人吗？”

“谁说玉鬟儿是我的女儿？”

慧范笑得有些狡猾，也有些苍凉：“知道雪无双交给相王的书信都说了什么吗？好吧，便让你多活一刻，做个明白鬼。”

话音一落，整幅牡丹图已完全化为灰烬，但袁昇身心的剧痛却稍稍一减。

“这是雪无双留下的信，原是她想托老衲呈给太平公主，再转交给相王的，但想不到她身上竟还有一封。很可能是她临时变了主张，亲自交给相王了，所以这封信也不必呈给太平公主了，你也正可一看究竟，做个明白鬼。”

他屈指一弹，那封信稳稳飞入了袁昇手中。

信上字迹娟秀妩媚，显是出自女子之手，只是寥寥的几行诗：

东飞伯劳西飞燕，黄姑织女时相见。

塔上玉碎谁家女，一日一点攒真心。

南窗北牖失骨肉，罗帷散乱红颜恸。

三春已暮花从风，空留可怜与谁同。

“这是萧衍的《东飞伯劳歌》？”袁昇只看了首尾两句，认得这是南朝萧衍在继承帝位之前所作的情诗，后世“劳燕分飞”的成语，便由这首句而来，但他随即发现，中间两句已被换了，略一沉吟，不由全身巨震，心神如遭重锤轰击。

“她没读过几年书，却聪颖过人，这几句似诗似谜的话，也不难猜吧。”慧范这时候很有循循善诱的耐心，便如当日给他讲解功法口诀一般，“最要紧的是那句‘一日一点攒真心’，这是她当年喜欢玩的字谜，你应该明白，那是个‘惠’字……”

“塔上玉碎谁家女？”袁昇颤声道，“竟是……”

慧范冷冷道："不错，那是惠妃之女！"

"玉鬟儿竟不是雪无双的亲生女儿，而是惠妃所生……"袁昇随即想到当日在相王府内沉香亭下，他亲耳听得相王谈及惠妃因为生下一个血团，随后悲戚而死，不由瞪大双眼，"原来那血团竟是被雪无双偷换的……"

慧范幽幽地笑道："南窗北牖失骨肉，罗帷散乱红颜恸——当年惠妃生下一个肉团之事，我也有听闻，这句诗则点明，原来惠妃所生之女，已被雪无双穿窗盗走了。无双确是聪明无双，这首诗选得也颇精当。首句便点明她和意中人劳燕分飞，后面那句更有牵牛与织女双星，隐然与七夕惨变对应！嗯，听说这首《东飞伯劳歌》原是惠妃最喜欢的情诗……"

他说着呵地一笑，"无双很可能已经认出了我，故意将这封信托我转交，实则也是在激我，想让我心痛。只是，鸿罡早死了，我现在是胡僧慧范，老衲的心，早已古井无波了！"

"雪无双，当真是一个疯狂至极的女人……"袁昇在心底嘶叫起来。

一瞬间，所有的谜题迎刃而解，为何相王看了雪无双的信会悲恸呕血，为何雪无双会狠心地将玉鬟儿送入宗相府当卧底，为何雪无双会如此残忍地对待玉鬟儿的意中人……

只因玉鬟儿根本就不是雪无双的女儿。

慧范缓缓道："不过，无双对玉鬟儿的情愫非常复杂，有时视其为情敌之女，恨之无极，有时又视其为多年相依为命之骨肉。所以在玉鬟儿高塔惨死时，雪无双也曾凄恻悲呼。不知在她的心底，到底是恨意居多，还是爱意居多呢？"

袁昇的全身不由簌簌发抖，甚至忘了自己身处险境，喃喃道："不错，所以雪无双要报复，报复当年的惠妃，报复现在的相王，她甚至不让相王死在刺客的剑下，只为了亲口告诉他这个残酷的真相。"

他眼前不由闪过玉鬟儿那凄美忧郁的眼神，忽然间心中一动，一个大胆的念头忽地跃入脑中，他忍不住惊呼道："玉鬟儿，玉鬟儿很可能早已知道了真相！我明白了，为什么她临死前要说那句话……所有的罪，都由我来担！"

慧范的眼芒也不由一闪，叹道："极有可能。雪无双此次出山，似乎与太平有些约定，对将玉鬟儿推入宗相府卧底之事，颇为心急。可玉鬟儿一颗心始终系在李隆基身上，也只有让她'无意间'知道她与李隆基的兄妹真相，才能彻底断了她的念想。这一招虽然残酷大胆，但雪无双一定会使得出来，而且她会想出许多高明的办法，让玉鬟儿‘无意间’查知真相！”

说话间他已夺去了袁昇指间的信，凑上了蜡烛，又一抹艳丽的火苗蹿了出来。

袁昇的脑袋嗡嗡作响，已无暇分辨慧范让自己知道这么多内情，是单纯地有感而发，还是想再借机诱乱自己的心神。他脑中闪来闪去的都是玉鬟儿那凄恻哀怨的眼神，怪不得在她荣登花魁高位时，也是如此目光忧郁。

这个痴情而可怜的女孩一定是知道真相了，这才是她最终一心求死的缘由。

他仿佛又看到了那个凄艳的画面，珠泪盈盈的少女在夕光暮影下徘徊，在明月斜照下徘徊……但所有的伤痛、无奈、黯然和悔恨都在残酷的真相面前无济于事。

她爱他，却终究不能相爱，甚至不该相爱。

所以她才凤凰扑火般地毅然赴死。

哧的一声，那封信终于在火焰中完全扭曲黯黑，化作灰烬。

袁昇也觉心头一阵锥痛，身周的一切都模糊起来，只有慧范那双阴沉而又有些悲悯的老眼，愈加清晰锐利。

阁内怨阵的力量随着那封灰飞烟灭的信，如四合的烈火般向他漫卷过来。

袁昇吐出了一口鲜血，无力地栽倒在地。

便在此时，门外忽然响起一道醉醺醺的大笑：“好姑母，你在这吧？”

跟着砰然一响，房门被人撞开。李隆基搂着一名妖艳女郎滚了进来，狂笑道：“你这叫小似的歌女很像我的玉鬟儿，便赐给侄儿如何？”

房门突启，阁内的法阵霎时便如紧闭的铁屋被掀开了一角，阵气迅疾消散开来。本已束手待毙的袁昇心神顿时一清，忙大叫道：“临淄郡王，我在这里！”

守在门外的陆冲听得袁昇这道惶急的叫喊，忙闪身喝道：“袁将军，你怎的了？”

原来适才陆冲见袁昇被太平公主单独召走，便觉心内不安，但想此地是太平公主别墅，终究不敢贸然行事，只得悄悄唤来了李隆基。李隆基实则根本未醉，索性便借酒装疯，拉住一名途中遇到的歌女撞门入内。

望见兀自嬉笑不已的李隆基，慧范不由暗自叹了口气。

他可以遵照太平公主的旨意，让袁昇毫无伤痕地死去，却终究不能在太平公主府内害了李隆基的性命，那样造成的巨大后果连太平公主都无力承担。

门外一道汹涌的剑气瞬间逼近，陆冲已如风般冲来。慧范目光微寒，终于向后一转，鬼魅般地消失在细密的珠帘后。

与此同时，那三块凝聚诡异怨力的牌位齐齐开裂，跟着，碎如齑粉。

“袁昇，你没事吧？”陆冲急忙赶过去搀起了他。

“只是喝得多了些，无妨。”袁昇擦去嘴角的血迹，和李隆基黯然对望一眼，苦笑道，“临淄郡王也喝得不少了，咱们不如早些退吧。”

李隆基点了点头，拍了拍那目光仍有些迷离的歌女，才慢悠悠地站起身，若有所思地望向那珠帘，喃喃道：“看来姑母已累了，咱们就不要打扰了。”

三人的目光都望向那道珠帘之后。

帘内没有一丝声息传来，仿佛那是一个无比深邃的世界。

烛光映照下，珠光闪闪的珠帘摇曳渐止，终于冉冉地凝出一朵娇艳的牡丹图案。